〈グレアム・グリーン・セレクション〉

事件の核心

グレアム・グリーン

小田島雄志訳

epi

早川書房

5774

THE HEART OF THE MATTER

by

Graham Greene

Translated by
Yushi Odashima

Published 2005 in Japan by
HAYAKAWA PUBLISHING, INC.
This book is published in Japan by
arrangement with
VERDANT S. A.
c/o DAVID HIGHAM ASSOCIATES LTD.
through TUTTLE-MORI AGENCY, INC., TOKYO.

V・Gと、L・C・Gと、F・C・Gへ

罪人はキリスト教の核心にいる……
罪人ほど教える力をもつものはいない、
聖者をのぞいては。

——ペギー

事件の核心

序文

イーヴリン・ウォーがあるとき書いて寄こした手紙のなかに、自作『ブライズヘッド再訪』のために言いわけさせてもらえる点があるとすれば、それは「豚肉の罐詰と、灯火管制と、プレハブ住宅」だ、とあった。私も『事件の核心』にたいしてほとんど同じような気持ちを抱いている、もっとも私の言いわけはちがうものである――「沼地と、雨と、マッド・コック」――つまり私たちの二つの大戦はひじょうにちがっていたのである。『権力と栄光』を終えてから『事件の核心』をはじめるまでの六年間、私のペンは不使用と誤使用で錆びついていた（その誤使用には、シエラ・レオネのフリータウンからロンドンの私の上層部にあてた無数の電報と報告書もふくまれていた）。戦争が終わってすぐ、一九四六年に私はこの小説を書きはじめた、その三年前に私は私の小さなオフィスを閉じ、書類や暗号帳などを焼き捨てていた。安全を期するために私はちゃんとした日記をつけることもできないでいた、だが手もとに残ったわずかなメモ帳を見てみると、どうやら私は、電報と報告書の合間にすでに、小説のことをあれこれ考えはじめていたようである――結局実際に書いた小説とは別のものだったけれども。

　奥地への旅の一つで、B神父との偶然の出会いがあった、その神父のことはもうすっかり忘れてしまっているが、スコービーがペンバートン青年の自殺を調べにバンバに行って出会ったクレー神父のことを書いたときには、私も思い出していたはずである。「同僚たちに無視されているあわれな小柄な赤髪の北部生まれの若者」と私のメモ帳には書いてある。「黒水熱（悪性マラリヤ）に関する彼の説明。「私はただあちらこちら、あちらこちらと歩きまわるだけです」」（これはまさにクレー神父のことばである）「彼が着任したとき伝道本部で受けとったのは三十八ポンドの現金と二十八ポンドの請求書。もうけにはならないらしい。六年任期――その三年半がすんだところ。汚れたシャツの上の古いレーンコート」

　その当時スコービー副署長はまだ私の念頭にはなかった。私の想像力のなかで成長していったのは若い北部生まれの司祭だった、だから彼の物語が色あせた鉛筆で数行、書きはじめられているのである。

「もし私が作家であれば、この物語を小説にしたいという誘惑に駆られるだろう。想像するに作家たちはきっとこう感じるだろう――このつきまとって離れない一個の人間こそ自分たちが理解したいと望む存在なのだ。だが私にはそのような仕事をする時間もなければ腕もない、私になしえたことと言えば、この男が知人たちに与えた印象、いわば◯◯◯◯神父事件に関するドキュメントを集めることだけだった。このようなコレクションから作中人物《キャラクター》が生まれ出ることはまずないのではなかろうか。私は書評のなかで、小説家たちがあるキャラクターを創造するのに成功したとか失敗したとかいってほめられたりけなされたりしているのを目にしている、だがそのようなキャラクターはふつう、人生にたいして、田舎家の泥壁に見受けられる落書きの絵とほとんど同じ関係をもっているように思われる。列車は一列の長四角形で表わされ、長四角形のそれぞれは二つの円に乗っている、というわけである。つまり〝キャラクター〟は小説家によって単純化されている。人間存在に見られる矛盾は切りとのえられるか説明されつくすかしている。その結果が〝芸術〟である――それは心的状態を伝達するための整合と単純化である。この本は芸術を気どるわけにはいかない、編者はあらゆる矛盾をそのまま残しているからである。その唯一の目的は、謎《エニグマ》をできうるかぎり真実のままに描くことである、それはおそらく、各人が自分の症例集をもっていれば、たいていの人間に共通する謎であろうけれども。

私の名前は……である。私は……旅行代理店の勤め人である」

その名前とその代理店名は空白のままであり、小説は先へは進まなかった。それは、シエラ・レオネ河中のブンセ島に横たわる大砲の残骸のように、海岸地方にうち棄てられたもう一つの物体だった。私は『事件の核心』よりもいい小説になったかもしれないこのささやかなメモをここに掲げることができて嬉しく思う。

　昔のメモ帳に目を通してみると、私の小説に登場させることもできたはずなのに迷子になってしまった出来事や人物に出会う、それはフリータウンのあるSIS（英国秘密情報部）代表者の日常生活の一部を形成していたものである、そしてそのなかにはこの小説のどこか片隅に頭をのぞかせているものがあるかもしれない――だが私はいまそれを調べてみる気はない。

「ドイツ情報部員の手紙。寄港した船のリスト。いかなる船もここには入港できないと彼が言うとき彼はあまりにも楽天的すぎる、という噂。平和主義の肌合い、「リヴィングストーンだったらなんて言ったろう？」」（この情報部員はだれだったか？B神父と同じくすっかり忘れてしまっている）

「商店のあいだの道路のまんなかに小さな褐色の子供の死体、あたりを跳びはねて車が近づくと溝をふり返る禿鷹」

「容疑者のスーツケース――男のスーツケースの汚れと親近感」

「外の通りを帰って行く葬列――私は結婚式かと思った。この土地の明るい色のドレスに一種の黒いエプロンと上っぱりをつけた女たちの群れ。ダム・ダム・ダムと行くトロンボーン奏者たちと、小さく踊るような足どりで進みながら兵営のそばを通るとき兵士たちに向かってしなを作って声をあげる女たち。全員やや千鳥足。死者の家では若い男たちがフットボールを蹴っていた。最後の会葬者たちはまじめで暗い顔をし、ハンカチを手にしている。白いヨーロッパふうのドレスをつけて独りで歩いている一人の女」

「うちの給仕の兄が危篤。淋病。うちの給仕も淋病にかかっている。「もうなおりました」「注射したのか？」「いいえ」彼は両手で表情ゆたかな身ぶりをする。「ドクターが必要ない言います」彼の尻を突き出しての大股歩きと、酒の臭い。「自分の兄さんが――自分の父さん、自分の母さんでもいい――重い病気になって自分を見なくなるのを見ると、酒飲みます。目から水流し続けるため酒飲みます」彼はまだ兄嫁には知らせることができないでいる。危篤だと知ったら親類一同やってきて品物を盗むからである。一晩じゅう彼は兄の家でパーティーを開き、目の水を絶やさないよう酒を飲み、ひそかに兄の財産を調べ、弟にそれを書きとめさせる。翌朝彼は興味ありげにミシンが二台あったと私に言う――だが彼の兄はまだ死なないでいる」

これはたしか私の最初の満足できなかったメンデ人給仕である、うちのマッド・コックは彼をまさかりで殺そうとした、彼が調理道具――イワシの空罐――を借り出したという理由で。彼が偽証罪という彼には理解できない罪で投獄されたとき、私は感謝をこめて彼を手放した。私のコックは、のちに魔法を見せると言って金をとり約束をはたさなかったために告訴された。ある晩、私のために夕食を作ってくれるものをだれ一人連れずに長旅から帰ってみると、私の家はからっぽだった。コックは、ある隣人から教えられたのだが、監獄に入っていた。そこに面会に行ったが、暗い独房にいる彼は見るに耐えなかった。私は、容易ではなかったが、国境の向こうのフランス領ギニアのヴィシー政府地方長官と連絡をとり、彼を生まれ故郷の村に帰らせてやった、そこで彼は充分世話を受け、神に苦しみを課せられたことを示すくるぶしの鉄の輪以外は自由に、余生をすごしたろう。

「収容所にいるアフリカのアジテーターへの手紙、彼は再婚し、いまはイングランドで彼に資金を与えてくれていた熱烈な人道主義者のイギリス女性と関係をもっているらしい。その手紙はグレーズ・イン地方のガウアー・ストリートにいるあるアフリカ人からのものである。まず彼にカラーをクリーニングに出させようとすること。アジテーターの新しいロマンスへの言及。「ああ、彼女がこのニュースを聞いたらさぞかし嫉妬するだろう。きみはまったく女殺しだよ」ファイルにその女殺しの写真。あるべき場所に鳴りひびく著名な人道主義者たちの名前——ヴィクター・ゴランツ、エセル・マニン……」

「イエンゲマ（ダイヤモンド鉱山の本部）の法廷メッセンジャー、その無感覚な顔と、ジュー・ジュー（西アフリカの護符）によるわに足」（彼はアフリカ妖術師に診てもらうために生まれ故郷の村に送り返されねばならなかった）

「官庁の文書課からの機密電報で果物や野菜を包む市場の女たち」

「絞首刑からげんなりして帰ってきた長官。「絞首刑のあと一週間は食事もできんのだよ」」

メモ帳に書くことができず、私の胸を悪くさせた事件がもう一つあった——ドイツのスパイという嫌疑をかけられたブエノス・アイレスからきた若いスカンディナヴィアの水夫の尋問である。私は報告書によりブエノス・アイレスで彼が愛していた女のことを知った——多分淫売婦だろうが、彼は彼なりのロマンティックなやりかたでほんとうに愛していた。嫌疑が晴れたら彼女のもとへもどれるだろう、と私は彼に言った、だが口を開かなければ戦争が続くかぎり拘禁されるだろう。「で、彼女はいつまできみに忠実でいると思う？」それは警察の仕事、ＭＩ５（英国防課部）の仕事だった。私はそれを押しつけられて腹を立てていた。それは私の契約にはなかったいやな仕事だった。私はまだ早すぎるのに、なんの結果も得られないまま、私自身を憎みながら、その尋問を放棄した。彼は無実であったかもしれない。くたばるがいい、とそのとき私は思った、ＭＩ５なんか。

また私はポルトガル定期船に乗っていてスパイと思われたある男の住所録に目を通す機会があった、そしてフランスにいる私のいちばんの友人の名前と住所を見つけた（彼女はのちに収容所で死んだ）。私はそれがどういう意味なのかロンドンに問いあわせたが、返事はなかった。私には友人の運命についてさえ知る権利がなかった。

　経験は豊富にあった、だが私はそれから創り出したものにけっして満足はしていない。私の批評家たちはおそらくは正しく批判して、「やりきれないほど多く書きすぎた」と言ったが、素材そのものがやりきれないほど多かったのである。先ほども書いたように、私のほんとうの欠点は長い不活動のため錆びついていたことにあった。戦時中私が従事していたのは本物の行動ではなかった——それは現実と責任からの逃避だった。小説家にとって、作品が唯一の現実であり、唯一の責任なのだ。ジュー・ジューで病んだ男のように、私もなおすのに適当な領域へもどらねばならなかった。

　一九四五年、私は途方に暮れた。過去の私はいったいどうやってある場面から次の場面へペンを進めていったろう？　どうやって物語の視点を一つかせいぜい二つに限定していたろう？　このような技術上の問題が一ダースほども束になって私を苦しめた、これは解決がつねに容易にやってきた戦前にはかつてないことだった。仕事はますます困難をきわめた、私が無考えにも自分の個人生活に仕掛けておいた落とし穴にみずからはまりこんだからである。私は戦争が解決としてなんらかの形の死をもたらすだろうとばかり思っていた、爆撃でか、沈没船でか、アフリカの黒水熱でか。だがこうして私は生きている、愛する人々への不幸のはこび手として、昔の売文稼業を続けながら。だからおそらく私がこの小説のなかでほんとうに嫌っているのは個人的苦悩の記憶である。スコット・フィッツジェラルドが書いていたように、「作家の気質はつねに当人にはとり返しのつかないことをさせ続ける」のである。私はある晩、自殺への第一着手を考えていた、だが夜の十時だというのに電報が届いたのでそのゲームはじゃまされてしまった（私は電報がそんな遅い時間にも配達されるとは知らなかった）、それはかつて私のために苦しみ、いま私の安全を気づかってくれている人からの電報だった。

だが絶望のその地点に達するずっと前に、私は自分のあまりのへたさに自信を失い、何カ月もウィルスンという人物を、警察副署長スコービーが広い舗装されてない通りを歩いて行くのを見おろしていたホテルのバルコニーから、立ち去らせることができないでいた。彼をバルコニーから立ち去らせることは一つの決断を意味した。同じバルコニー、同じ人物による二つのちがう小説が頭の中ではじまっていた、そして私はどちらを書くか選ばねばならなかった。

その一つはのちに私が書いた小説《ノヴェル》である、もう一つは娯楽作品《エンターテインメント》になるはずだった。私は長いあいだこういう犯罪小説が書けないものかと考え続けていた、つまり、犯人は読者に知らされており、探偵は注意深くかくされていて、読者をクライマックスまで迷わせる偽の手がかりで姿をくらませている、というような。その物語は犯人の視点から語られ、探偵は必然的に情報部員になるはずだった。ＭＩ５はあきらかに利用しうる組織だった、そしてウィルスンという人物はその娯楽作品《エンターテインメント》の不満足な遺品である、というのは、私はウィルスンをバルコニーにおき去りにしてスコービーのもとへ行ったとき小説《ノヴェル》を選びとったのだから。

　それは作者にたいしてより以上に、一般読者に、批評家にたいしてさえ、人気のある本となった。私には、その規模は重すぎ、筋立ては詰めこみすぎ、スコービーの宗教的良心のとがめは極端すぎるように見える。私はスコービーの物語で、『恐怖省』にちょっと出てくるテーマを拡大しようと思っていた、同情《コンパッション》とは区別されたあわれみ《ピティー》の人間にたいする悲惨な効果、というテーマである。私は『恐怖省』のなかにこう書いた、

「あわれみは残酷である。愛は、その周辺をあわれみがうろつくとき、安全ではなくなる」

　スコービーの性格は、あわれみがほとんど奇怪とも言える傲慢《プライド》の表現になりうることを示すべく創られたものである。だが私は読者に与えるその効果がまったく別物であることに気がついた。読者にとってスコービーは無罪だった、スコービーは「いい人」だった、

彼は妻の苛烈さによって破滅に追いこまれる男だった。

ここに心理的というより技術的な欠点があった。ルイーズ・スコービーは主としてスコービーの目を通して見られている、そしてわれわれは彼女についての意見を修正する機会がない。スコービーの愛する女性ヘレンは、不当な有利さを与えられている。この小説の最初の草稿では、丘の駅の下の廃棄された線路を散歩する夕方、スコービー夫人とウィルスンのあいだで一場が演じられていた。第二部第一章の終わりと第二部第二章のはじめのあいだである。これはスコービー夫人の性格をもっと好意的に見られるようにするものだった、だがその場はウィルスンの目を通して描く必要があった。この場は――この小説の出版準備にかかったとき私は思ったのだが――スコービーの視点を早まってこわすものだった、物語の推進力がゆるむように思われた。それを削除することによって緊張とはずみが得られると私は思った、だが全体の調子を犠牲にしてしまった。そこで今度その出来事をふたたび挿入することにした、したがってこの版（一九七一年）は私が最初に書いたままをはじめて活字にするものである、もっとも小さな改訂はおそらくこの全集の他の小説よりはるかに数多くなされているけれども。

多分私はこの小説にたいしてきびしすぎるのだろう、カトリック系新聞雑誌でなされたスコービーは救われるのか地獄へ堕ちるのかという論争のくり返しにうんざりしてはいるのだが。私とてこれが一篇の小説における問題点になりうると信じるほどばかではなかった。それに私は永遠の劫罰という教義をほとんど信じてはいない（それはスコービーが信じていることであって、私がではない）自殺はスコービーの避けられぬ結末だった、神さえも自分から救ってやろうという、彼独特の自殺の動機は、彼の過剰な傲慢さのねじをぎりぎりまで締めあげるものだった。おそらくスコービーは、悲劇よりも残酷喜劇の主題にふさわしいはずだった……

いろいろ言ってはみても、この小説には私の好きなページ（とユーゼフという人物）がある、多くのしあわせな月日とわずかなふしあわせな月日を思い起こさせてくれるフリータウンとシエラ・レオネの内地の描写である。隠匿された手紙と密輸のダイヤモンドをはこぶポルトガル定期船は、私が一九四二〜三年にそこですごした奇妙な生活の一部と言ってよかった。スコービーは私自身の無意識以外のなにものにも依拠していない。彼は私の警察署長とはなんの関係もない、その署長の友情はかなり孤独であった十五カ月のあいだで私がもっとも人間的と評価するものだった。ウィルスンもまた──生き生きとすることをかたくなに拒絶した男だが──MI5情報部員のだれにも依拠していない、彼らは──二件ほど悲惨な事件があったが──その当時西アフリカ海岸地方を歩きまわっていたけれども。

「その当時」──あの日々をもてたことを私は嬉しく思う、そこではアフリカへの愛が深まっていった、特に世界じゅうで「海岸地方」と呼ばれている土地への愛が。私はよくグリーンランドと呼ばれる国を勝手に作り出したと責められてきた、だがこのトタン屋根とガタガタ踏み鳴らす禿鷹と、夕映えでバラ色に変わる紅土の道の世界は、実際に存在するのである。魔法の件で監獄に入ったコック、不当にも偽証罪を宣告された執事、叢林地からだれの推薦状ももたずにやってきてアリがスコービーにつくしたように忠実に私の世話をし、もう一つの秘密軍事作戦部ＳＯＥの代表者から私の使用人であることをやめるよう金を提供されたのに拒否した給仕——彼らはたんなるグリーンランドの住人だったろうか？　そう言いたい人は、ある女に恋をしている男に、彼女はおまえのロマンティックな空想が生んだ虚構にすぎない、と言うがいい。

第一巻

第一部

第一章

1

　ウィルスンは、ベッドフォード・ホテルのバルコニーで、むき出しのピンク色の両膝を金網に押しつけるようにして腰かけていた。日曜日であり、教会の鐘が朝の祈りの時刻を告げていた。ボンド街の向かい側にある高等学校の窓に、紺の体操服を着た黒人少女たちがすわっており、針金のバネのような髪にウェーブをかけようとはてしない努力を続けていた。ウィルスンは、まだ生えそめたばかりの口髭を撫でながら夢想にふけり、シン・アンド・ビターズがくるのを待っていた。

　彼は、ボンド街に面してすわっていながら、顔は海の方へ向けていた。その青白い顔色は、彼が最近海から港へあがったばかりであることを示していた、向かい側の女学生たちに無関心であるのも同じ理由だった。彼は、晴雨計のほかの針が全部「暴風雨」の方へまわったずっと後まで「晴天」を指している、遅れがちな針のようだった。下の通りを、黒人の事務員たちが教会に向かっていた、だが、青と淡紅色の華やかなアフタヌーン・ドレスをつけた彼らの妻たちも、まったくウィルスンの興味を惹きはしなかった。彼のほか、バルコニーにいるのは、先ほど彼の運勢を占ってやろうと申し出た、ターバンを巻いた顎髭のあるインド人だけだった。そこに白人がいるような時間でも日でもなかった——白人は五マイル離れた海水浴場に行っているのがふつうだった、だがウィルスンは車をもっていなかったのである。彼はほとんど耐えがたいほどの孤独を感じた。学校の両側では、家々のトタン屋根が海の方へ傾斜しており、彼の頭上では、なまこ鉄板が禿鷹の止まるたびにガタガタ音を立てていた。

港の護衛船から上陸した三人の高級船員が波止場から歩いてくるのが見えた。彼らはたちまち学帽をかぶった男の子たちにとりかこまれた。子供たちの歌のリフレーンが、ウィルスンのところまで、かすかに、子守唄のように、聞こえてきた、「船長さんはダンスがお好き、うちの姉さんは学校の先生、船長さんはダンスがお好き」顎髭のインド人は、顔をしかめて、封筒の裏でややこしい計算をしていた——星占いか、生活費か？　ウィルスンがふたたび通りを見おろしたとき、高級船員たちはやっと解放されたところであり、子供たちは今度は一人でできた一等水夫をとり巻いていた。彼らはその水夫を、子供部屋にでも連れて行くかのように、意気揚々と警察署の近くの女郎屋の方へ連れ去って行った。

黒人給仕がウィルスンのジンをもってきた、彼はゆっくりなめるようにそれを飲んだ、というのは、彼にはほかにすることがなかったのである、せいぜい暑いむさ苦しい部屋に帰って、小説——または詩を読むことぐらいしか。ウィルスンは詩が好きだったが、麻薬のようにこっそり味わっていた。どこへ行くにも『ゴールデン・トレジャリー詩華集』をたずさえていたが、夜、一口ずつ楽しむのだった——ロングフェロー、マコーレー、マンガンをほんの少しずつ、というように。「ためらわず言うがいい、才能を浪費し、友情に裏切られ、恋にたぶらかされたさまを……」彼の趣味はロマンティックだった。人には大衆作家ウォレスが好きだと見せかけていた。彼は、見かけは他人となんら違いのない男でありたいと願っていた、口髭をつけたのもごく平凡なネクタイをつけるようにだった——それが彼をふつうの人間に見せる最高の要素だった、だが彼の目がそういう人間ではないことをひそかに示していた——ボンド街に悲しげに向けられた、褐色の犬のような目、セッター種の犬のような目が。

「失礼ですが」と声がした、「あなたはウィルスンさん？」

見あげると、乾草色の引きつった顔をし、ここでは必然的なカーキー色の半ズボンをはいた、中年の男だった。

「ええ、そうですが」

「ごいっしょしていいですか？　ぼくはハリスって言うんです」

「どうぞ、ハリスさん」

「あなた、ＵＡＣの新任会計係でしょう？」

「そうです。一杯やりますか？」

「悪いけど、レモン・スカッシュにします。昼間は飲めないので」

インド人が席を立ち、敬意をもって近づいてきた。「私のこと、覚えておいででしょうね、ハリスさん。きっとそのお友だちに、私の才能のこと、お話しいただけると思います。きっとお友だちも、私の推薦状、読みたくなると思います……」汚い封筒の束がいつも彼の手にあった。「社会の指導者たちのものです」

「うるさいな。あっちへ行け、ごろつき」とハリスが言った。

「どうしてぼくの名前がわかったんですか？」とウィルスンが尋ねた。

「電報で見たんです。ぼくは電信検閲官なので」とハリスは言った。「いやな仕事です！いやな町です！」

「ここからでもわかりますよ、ハリスさん、あなたの運命が大きく変わったことが。ほんのちょっとバスルームまでいっしょにお越しくだされば……」

「あっちへ行けって言ってるんだ、インド猿」

「どうしてバスルームへこいと？」とウィルスンが尋ねた。

「いつもそこで占いをやってるんです。おそらくそこが利用できる唯一の私室だからでしょう。いままできいてみる気にもならなかったが」

「ここはもう長くなるのですか？」

「延々一年半も」

「近いうちに帰国なさるご予定は？」

ハリスはトタン屋根越しに港の方へ目をやった。彼は言った、「船はどれもこれもとんでもない方向へ行きますからね。だがなんとか故郷《くに》にたどり着いたら、二度とこんなところへきやしませんよ」彼は、レモン・スカッシュを飲みながら、声を落とし、毒をふくんだ口調で言った、「ぼくはこの町が大嫌いです。ここの連中が大嫌いです。黒んぼどもが大嫌いです。そういう呼びかたをしちゃあいけないんですがね」

「ぼくのとこの給仕はよさそうだがな」

「給仕はみんないいんです。ほんとうの黒んぼだから――だが、ほら、あの連中をごらんなさい、あそこに羽根のボアをつけたやつがいるでしょう、あの連中は黒んぼでさえないんです。西インド諸島のやつらなのに、この海岸地方を支配しているんですからね。商店の事務員、市の参事会員、治安判事、弁護士――なんてこった。この保護領も奥地はいいんです。ぼくだってほんとうの黒んぼにはなにも文句はありません。神が肌の色をお作りになったんだから。だがあの連中ときたら――なんてこった！　政府もやつらを恐れている。警察もやつらを恐れている。ほら、ごらんなさい」とハリスは言った、「あそこにいるスコービーを」

禿鷹が一羽、鉄板の屋根の上で羽ばたいて位置を移し、ウィルスンはスコービーを見た。

彼は、はじめて会った男の指さす方を、なんの興味もなしに見やったのであるが、彼には、ボンド街を一人で歩いてくるずんぐりした白髪まじりの男のどこにも、特別な興味を惹くものがあるとは思えなかった。彼にはまだ、これが生涯忘れられない機会の一つとなることはわかっていなかった、このとき記憶に残された小さな痕は、やがてあるものと結びついたとき決まって痛み出す傷になったのである——真昼間のジンの味とか、バルコニーの下の花の匂いとか、なまこ鉄板のガタガタという音とか、羽ばたきをして居場所を移す醜い鳥とかと。

「あの男はやつらが大好きなんですよ」とハリスは言った、「なにしろいっしょに寝るんですからね」

「あれは警官の制服ですか?」

「ええ。わが偉大なる警察官の。失われしものは二度と現われず——という詩、ご存じでしょう」

「ぼくは詩は読まないんで」とウィルスンは言った。彼の目は、太陽の光に呑みこまれた通りをやってくるスコービーを追っていた。スコービーは立ちどまり、白いパナマ帽の黒人と一言ことばを交わした、黒人警官がさっと敬礼してそばを通りすぎた。スコービーはまた歩きはじめた。

「多分あの男はシリア人にも買収されていますよ、真相がわかれば」

「シリア人に？」

「ここはまさにバベルの塔なんです」とハリスは言った。

「西インド人、アフリカ人、本物のインド人、シリア人、イギリス人、スコットランド人などが職業安定所にひしめいている、それにアイルランド人の司祭、フランス人の司祭、アルサス人の司祭ですからね」

「シリア人はなにをしているんです？」

「金もうけですよ。やつらは奥地の商店全部とここの商店のほとんどを経営してるんです。ダイヤモンドも一手に引き受けてます」

「いい商売になるんだろうな」

「ドイツ人が高い値で買うんでね」

「彼の奥さんはここにいるんですか？」

「だれの？　ああ、スコービーか。ええ、まあ、いますよ。だがあんな奥さんをもったら、ぼくだって黒んぼといっしょに寝たくなるでしょう。あなたもすぐあの奥さんに会えるはずです。この町のインテリでしてね。美術や詩を愛する女です。難破した船の水夫たちのために展覧会を開いたりして。それがどんなものだと思います――飛行士が書いた流浪の詩、火夫が描いた水彩画、ミッション・スクールから送られてきた白木の焼き絵、ですからね。スコービーもかわいそうに。もう一杯、ジンをやりますか？」

「そうしましょう」とウィルスンは言った。

2

スコービーはジェームズ街に入り、長官官房の前にさしかかった。その長いバルコニーを見ると、彼はいつも病院のようだと思った。十五年間、彼は次から次へ患者が到着するのを見てきた、一年半たつごとに黄ばんで神経質になった患者が故郷《くに》に送り返され、別の患者がかわりにやってくるのだった——植民地長官や、農務長官や、財務長官や、公共事業長官などが。彼はその一人一人のカルテを見てきた——理由のないかんしゃくの最初の爆発、過度の飲酒、一年間黙認したあと突然はじまる原則の主張。黒人事務員たちは、患者に接する医者のような態度で、廊下を行き来する。どのような侮辱にも、明るく丁重に耐えてみせる、患者の言うことはつねに正しい、というように。

角を曲がると、かつて最初の植民者たちがこのよそよそしい海岸に着いた日、はじめての会合を開いたカポックノキの老木の前に、裁判所と警察署があった、それは弱い人間の大言壮語に似た大きな石造建築だった。そのどっしりした構造の内部で、人間は乾いた種子のようにカタカタと廊下を歩きまわっていた。もちろんそのような形容に実際にあてはまる人間がいたわけではない。いずれにしろそれは一歩入ったときの印象にすぎない。奥の暗い狭い通路や、取調べ室や独房に行けば、スコービーはいつだって人間の卑しさと不正の臭いをかぎ出すことができた——それは動物園の、鋸屑《おがくず》の、排泄物の、アンモニアの、束縛の臭気だった。そこは毎日ごしごし拭き掃除されていたが、その臭いを消し去ることはとうていできなかった。囚人と警官たちがその臭いを、タバコの煙のように、衣服にしみこませてもちまわっていたのである。

スコービーは大きな階段をのぼり、右に曲がり、日覆いのある外側の廊下を通って、自分の部屋に入った。テーブルが一つ、台所用の椅子が二つ、戸棚が一つ、古帽子のように釘にかかっている錆びた手錠がいくつか、文書整理用のキャビネットが一つ。外来者には殺風景な居心地の悪い部屋に見えたかもしれないが、スコービーにはそこが家庭だった。ふつうの人はものを蓄積していくことで家庭の雰囲気をゆっくり作りあげていく——新しい絵とか、次第に多くなる本とか、珍しい形の文鎮とか、忘れ去られた休日に忘れ去られた理由で買った灰皿とかで。スコービーはものを削減していくことで家庭を作り出した。彼が十五年前にここの生活をはじめたときは、もっといろいろなものがあった。妻の写真や、市場で買った華やかな革のクッションや、安楽椅子や、壁には港の大きな彩色した地図などがあった。その地図は若い連中が借りていった、彼にはもう無用だった、この植民地の全海岸線は彼の心の目に刻みつけられていた、キューファ湾からメドレーまでが彼の担当区域だった。クッションと安楽椅子については、そういうものが与えてくれる喜びはこの風の通らない下町ではすなわち暑さである、ということを彼はすぐに発見した。なにかにさわられたりくるまれたりすると、からだはたちまち汗をかいた。最後まであった妻の写真も、本人がきたことで不要な品となった。彼女はこの見かけ倒しの戦争がはじまった最初の年に彼のもとへきて、いまでは立ち去ることができなくなっていた、潜水艦の危険が彼女を釘にかかった手錠のように固定させたのである。それに、あれはだいぶ昔の写真であり、彼はその形のととのわぬ顔や、知識がまだ身についていないままおだやかでやさしくしている表情や、写真屋に言われたとおり微笑んでおとなしく開いている唇などを、もう思い出す気にはなれなかった。十五年という歳月は顔の形をととのえ、やさしさは経験によって潮の引くように去ってしまっていた、そして彼はいつもそれを自分の責任だと思っていた。彼女を先導したのは彼だった、彼女のへてきた経験は彼が選んだ経験だった。彼が彼女の顔を形作ったのだ。

彼がむき出しのテーブルにつくと、ほとんど間をおかずに、部下のメンデ人巡査部長がドアのところで踵をカチッと言わせた。「閣下」

「なにかあったのか？」

「署長がお会いしたいと言っておられます、閣下」

「なにか事件は？」

「市場で二人の黒人が喧嘩しました、閣下」

「女出入りか？」

「そうであります、閣下」

「ほかには？」

「ミス・ウィルバーフォースが会いたいと言ってきました、閣下。ただいま教会に行っておられるからあとでこい、と言ったのでありますが、帰らんのであります。一歩も動かんと言っとります」

「その、ミス・ウィルバーフォースとはなにものかね、部長？」

「私も知らんのであります、閣下。シャープ・タウンの女だそうであります、閣下」

「よし、署長のあと会うことにしよう。だがそのほかにはだれにも会わんぞ、いいな」

「わかりました、閣下」

　スコービーは、署長の部屋へ行く廊下で、その娘が一人ベンチにすわって壁にもたれているのを目にした、彼は二度とは見なかった、ただ若いアフリカ黒人娘の顔と、明るい木綿の上着の、漠然とした印象を得ただけだった、そしてもうその娘のことは念頭を去り、彼は署長にどう言ったものか考えはじめていた。それはこの一週間ずっと気にかかっていたことだった。

「掛けたまえ、スコービー」署長は五十三歳になる老人だった——植民地では勤務年数によって年を数える。二十二年も勤務した署長はここでは最年長者だった、同様に六十歳の総督は、五年間の知識をもついかなる地方官吏とくらべても、若僧にすぎなかった。

「おれは引退することにしたぞ、スコービー」と署長は言った、「この任期が終わったらな」

「そう思っていました」

「みんなそう思っているだろう」

「そう噂しているのを聞きました」

「だがおれの口からこの話をしたのはきみが二人目なんだがね。だれがおれの後任になるか、という噂もしているのか？」

スコービーは言った、「だれが後任にならないかはみんな知っているようです」

「まったくけしからん話だ」と署長は言った。「おれとしてはこれ以上どうにもできんのだよ、スコービー。きみは敵を作り出す天才だ。正義漢アリスティデスのように」

「私はそれほどの正義漢ではないと思いますが」

「問題はきみがどうしたいかということだ。当局はガンビアからベーカーという男をまわしてよこそうとしている。きみより若い男だ。きみはどうしたい、スコービー、辞職か、引退か、転任か？」

「私はこのままここにいたいのです」

「奥さんはいやがるだろう」

「私はあんまりここに長くいたので、いまさらほかへは行けません」彼は胸のなかで思った、かわいそうなルイーズ、あれにまかせていたら二人はいまごろどこにいたろう？　そして彼はすぐに認めた、もちろんここにはいなかったろう——もっといいところに、気候もよく、給料もよく、地位もいいところにいたろう。あれは出世のためならなんでもやってみたろう、すばしっこく梯子を駆けのぼり、足もとにまつわりつく蛇どもを振り捨てたろう。その彼女をおれはここへ連れてきたのだ、と彼は思った、彼は不思議な予感に満ちた罪の意識でもって、予知しえぬ未来の出来事にたいして自分に責任があるかのように、いつも感じていた。彼は声を出した、「とにかく私はここが好きなんです」

「好きなのはわかっている。なぜ好きなのかわからんのだ」

「夕暮れなんかすてきですよ」とスコービーはあいまいに言った。

「長官官房できみをおとしいれようとする連中の最近の噂話、知っているか？」

「私がシリア人から金をもらっている、っていう話でしょう？」

「そこまでは連中も言っとらん。それは次の段階だ。そうではなくて、きみが黒人娘たちと寝るという話だ。わかるだろう、スコービー、きみは連中の奥さん相手に浮気をすればよかったんだ。そうしないから侮辱されたと思ってるんだよ、連中は」

「おそらく私は黒人娘と寝たらいいんです。そうしたら彼らもほかのことを考え出さずにすむでしょうからね」

「きみの前任者は何十人もの黒人娘と寝たがね」と署長は言った、「だがだれもそんなことを苦にはしなかったぞ。ちゃんと別のことを考え出したからな。あの男はこっそり酒を飲んでいる、と言い出したんだ。おおっぴらに飲むほうがいいとでも思ってるんだろう。まったく豚みたいな連中だよ、スコービー」

「植民地副長官は悪い男じゃありませんよ」

「うん、副長官はいい男だ」署長は笑った。「きみはしようのないやつだな、スコービー。正義漢スコービーだ」

スコービーは廊下を引き返した、娘が薄暗がりにすわっていた。彼女は素足だった、その足は博物館の銅像のように並んで立っていた、それは明るいしゃれた木綿の上着とは別物だった。「ミス・ウィルバーフォースだね？」とスコービーは尋ねた。

「はい、そうです、閣下」

「ここに住んではいないんだろう？」

「ええ！　シャープ・タウンに住んでいます、閣下」

「ま、お入り」彼は自分のオフィスに案内し、デスクにすわった。そこには鉛筆が用意されてなかったので、彼は引き出しを開けた。そのなかは、そしてそのなかだけは、いろいろなものがたまっていた、手紙、消しゴム、こわれたロザリオ――鉛筆はなかった。「で、どういうことだい、ミス・ウィルバーフォース？」彼の目は、メドレー・ビーチの海水浴のスナップ写真にとまった、彼の妻、植民地長官の妻、死んだ魚のようなものをもちあげている教育長官、財務長官の妻。白い肉体が居並ぶところは白子たちの集まりのように見えた、そしてみんな口を開けて笑っていた。

その娘は言った、「家主のおかみさんが――おかみさんがゆうべあたしの家をめちゃめちゃにしたんです。暗くなってからやってきて、仕切り板を全部ぶちこわして、あたしの全財産が入ってる茶だんすを盗んだんです」

「おまえは間借り人をたくさんおいといたんだろう？」

「たったの三人です」

彼にはその事態が正確にわかっていた。借家人は、週五シリングで一間《ひとま》の掘ったて小屋を借りると、薄板で間仕切りし、そのいわゆる部屋を二シリング半で又貸しする――平家のアパートにするのである。各部屋には、雇い主に「贈られた」か、雇い主から盗んだかした陶器やガラスの食器を入れた箱、古い荷箱で作ったベッド、それに耐風ランプがおいてある。そのランプの火屋《ほや》は長もちしないので、小さな裸の炎がしょっちゅうこぼれたパラフィンに燃え移り、ベニヤ板の間仕切りをなめ、絶え間ない火事の原因となっていた。ときには家主のおかみがその小屋に押し入り、危険な間仕切りをぶちこわすこともあったし、ときには間借り人たちのランプを盗むこともあった、そうするとランプ盗みの輪が隣家から隣家へとひろがっていき、ついにはヨーロッパ人居住地区にまで達して、クラブでのゴシップの話題となるのだった。「まったくランプ一つ家においとくことができないんですからね」

「おまえの家主のおかみさんはだな」とスコービーは娘に鋭く言った、「おまえが面倒をかけすぎると言うだろう、間借り人が多すぎる、ランプが多すぎる、とな」

「いいえ、ランプの問題じゃありません」

「じゃあ男女の問題か、え？　悪い娘《こ》だ」

「いいえ、ちがいます」

「なぜここへきたんだ？　なぜシャープ・タウンのラミナー警部のところへ行かないんだ？」

「あの人は家主のおかみさんの弟なんです」

「あの警部がか？　父親も母親も同じなのか？」

「いいえ、父親だけ同じです」

この面談はミサのとき司祭と侍者のあいだでなされる儀式のようだった。彼には部下の一人がこの件を調査したときどうなるか正確にわかっていた。おかみは、借家人に間仕切りの板をとりはずすように言ったが、実行しないので、自分でやったのだ、と言うだろう。そして陶器を入れた茶だんすがあったことなど否定するだろう。警部がそれを確認するだろう。彼はおかみの弟ではなく、なにか別のあいまいな関係――おそらく外聞の悪い関係にあることがわかるだろう。賄賂――それは体裁よく贈物と呼ばれている――があちこちに飛び交い、腹の底からのものと思われた憤怒の嵐は静まり、間仕切りはふたたびできあがり、茶だんすのことはだれも耳にしなくなり、何人かの警官が一、二シリングゆたかになるだろう。はじめて勤務についたころ、スコービーはよくこのような調査に飛びこんだものだった、そして何度となくくり返し、彼の信じるところによれば、金持ちで罪深い家主にたいし、貧しくて罪のない借家人を支持する立場に自分が立っていることに気づいた。だがやがて彼は、罪のあるなしは金のあるなしと同じように相対的なものであることがわかった。ひどい仕打ちを受けた借家人は、同時に、一部屋で週五シリングもうけた上に自分はただで住んでいる金持ちの資本家でもあったのだ。それがわかってから彼は、このような事件が起こるとすぐに流産させようとした、告訴人を説きつけて、調査してもなんの役にも立たず時間と金を浪費するのみであることをわからせようとした、そしてときには調査を拒絶さえした。そのように動こうとしなかった結果、彼の車の窓は石をぶつけられ、タイヤは切り裂かれ、「悪いやつ」という綽名が長い悲しい一任期のあいだずっと彼につ いてまわることになった――そのことは暑さと湿気のなかにある彼を途方もなく悩ませた、彼はそれを気軽に考えることができなかった。その後彼はそういった人たちの信用と愛情とを望むようになっていた。その年、彼は黒水熱にかかり、あやうく勤務を解かれそうになった。

その娘は忍耐強く彼の決定を待っていた。彼らは、忍耐が必要とされるときには忍耐する限りない才能をもっていた——短気がなんらかの利益をもたらすときには節度を越えてはてしなく短気を爆発させるように。彼らは、ある白人が与える力もないなにかを求めるために、その人の家の裏庭に一日中黙ってすわっていることもできたし、ある店で隣人たちより先に買物しようとして、金切り声をあげ、つかみあい、ののしりあうこともできた。彼は思った、この娘はなんて美しいんだろう。考えてみればおかしな話だが、十五年前ならこの娘の美しさには気づかなかったろう——小さな盛りあがった乳房、かわいい手首、突き出ている若々しいお尻なども、彼女をその仲間たちと区別させはしなかったろう——一人の黒人娘にすぎなかったろう。その当時、彼は自分の妻を美しいと思っていた。白い肌もそのころは白子を思い出させはしなかった。かわいそうなルイーズ。彼は言った、

「この書付けをもってデスクの警部のところへ行きなさい」

「ありがとうございます」

「それでいい」彼は微笑んだ。「ほんとうのことを話すんだよ」

彼は娘が暗いオフィスから出て行くのを見守った、その姿は浪費された十五年の歳月のようであった。

3

　スコービーは家に関する終わりなき戦いでうまく出し抜かれていた。この前の休暇のあいだに、ヨーロッパ人地区のケープ・ステーションにあった彼のバンガローは、フェローズという上級衛生監査官のものになっており、彼自身は、もともとはシリア人商人のために建てられた、低地にある正方形の二階建ての家に追いやられていた——そこは沼地を埋め立てた土地で、雨が降ればたちまちもとの沼地にもどるのだった。窓からは、クリオール人の家々の屋根越しに、まっすぐ海を見ることができた、道路の向かい側では、輸送車駐車場でトラックがバックしたりターンしたりしており、連隊のゴミ捨て場で禿鷹が飼いならされた七面鳥のように闊歩していた。背後の丘の低い峰々には警察署関係のバンガローが立ち並び、低い雲におおわれていた、そこでは戸棚のなかに一日中ランプをともして湿気を除かねばならず、長靴にはカビが生えた——にもかかわらずそれが彼の階級のものが住む家だった。女たちは誇りを頼りに生きていた、自分自身への、自分の夫への、自分の境遇への誇りを頼りにして。女たちは、彼の見るところでは、目に見えないものを誇りに思うことはめったになかった。

「ルイーズ」と彼は呼んだ、「ルイーズ」呼ばなければならない理由はなかった、彼女は居間にいなければ寝室にいるほかなかったのだから（台所は裏口を出た庭にある小屋にすぎなかった）。だが彼女の名前を呼ぶのは彼の習慣だった、思いやりと愛の日々に彼が作った習慣だった。彼は、ルイーズを必要としなくなればなるほど、彼女のしあわせにたいする自分の責任をますます意識するようになった。彼は彼女の名前を呼ぶとき、かつてカヌート王が潮に向かって叫んだように叫んだ——彼女の憂鬱と失意の潮に向かって。

昔は彼女も呼び声に答えたものだった、だが彼女は彼のような習慣に生きる人間ではなかった——また彼のような欺瞞に生きる人間でもない、と彼はときどき自分に言い聞かせた。やさしさとあわれみは彼女にたいしてなんの力ももっていなかった、彼女は自分が感じていない感情を感じているように見せかけることなどけっしてしなかったろうし、病気になれば動物のように一時は完全にまいってしまってもまたたちまち回復するのだった。寝室で蚊帳《かや》のなかに寝ている彼女を見つけたとき、彼には彼女が犬か猫のように思われた、それほど完全に「彼女離れ」していた。髪は乱れ、目は閉じていた。彼は外国領にいるスパイのように息をひそめて立っていた、事実彼はいま外国領にいた。彼にとって家庭とは、さまざまなものを親しみやすく変わることなき最小限にまで削減することであるとすれば、彼女にとって家庭とは、蓄積することだった。化粧台は壺や写真でいっぱいだった——この前の戦争のときの妙に古めかしい士官制服をつけた若き日の彼自身の写真、いまのところ妻が親友と思っている治安判事夫人の写真、三年前にイングランドの学校で死んだ彼らの一人娘の写真――初聖体のときの白いモスリンの服を着た小さな敬虔な九歳の少女の顔――ルイーズ自身の無数の写真、看護婦たちととったものや、メドレー・ビーチで海軍大将の一団ととったものや、ヨークシャーの荒野でテディー・ブロムリー夫妻ととったものなど。それはまるで彼女にもほかの人たちと同じように友だちがあるという証拠を蓄積しているかのようだった。彼はモスリンの蚊帳越しに彼女を見守った。その顔はマラリア予防薬アタブリンのような象牙色をしており、その髪は、かつては瓶詰の蜂蜜色であったのに、いまは黒ずみ汗でねばねばしていた。妻の醜さにふれるこういうときこそ、彼が彼女を愛し、あわれみと責任感が激しい情熱にまで高まるときだった。その場を去るよう彼に命じたのはあわれみだった、彼は最悪の敵でさえ眠りから呼び起こす気にはなれなかったろう、ましてルイーズを。彼は爪先でそっと歩いて部屋を出、階段をおりた。（屋内階段はこのバンガローの町では総督官邸とここ以外のどこにも見られなかった、そこで彼女は、階段に絨毯《じゅうたん》を敷いたりそこの壁に絵を掛けたりして、それを誇りの種にしようとしていた）居間には、彼女の本のいっぱい詰まった本棚があり、床に絨毯が敷かれ、ナイジェリア人の仮面やさらに多くの写真が飾られてあった。本は湿気をとり除くために毎日拭かねばならなかった、そして蟻が入らないように四本の脚をそれぞれ小さなエナメルの水鉢につけてある食品棚には花模様のカーテンが掛けてあったが、どうしてもそれは食品棚としか見えなかった。給仕が昼食を一人分用意しているところだった。

給仕は、広い醜い愛想のいい顔をした、背の低いずんぐりしたテムン人だった。そのむき出しの足は床を歩くときからっぽの手袋のようにパタパタ音を立てた。

「奥さんはどうしたんだ?」とスコービーは尋ねた。

「おなかがおかしいんです」とアリは言った。

スコービーは本棚からメンデ語文法書をとり出した、古い汚れた表紙がもっとも目立たない底の段に突っこまれてあった。上の方の段にはルイーズ好みの著者たちの本が少し並べてあった——それほど若くはない近代詩人たちの詩集や、ヴァージニア・ウルフの小説など。彼は集中できなかった、あまりにも暑かったたし、妻がそこにいないことは彼に責任を思い出させるおしゃべり仲間がその部屋にいるようなものだったから。フォークが床に落ちた、彼はアリがそれをこっそり袖で拭くのを見守った、愛情こめて見守った。彼とアリがいっしょに暮らすようになってから十五年たっていた——彼の結婚生活より一年長い——召使いを雇っておくには長い歳月だった。アリは最初「少年給仕」だった、やがて召使いを四人おけるようになったころは副執事になり、いまは執事だった。休暇明けで帰ってくるたびにアリは、荷物をはこばせるために三、四人のボロをまとった男を連れて、桟橋で待っていた。休暇のあいだ何人もの男がアリの仕事を盗みとろうとしたが、アリは断じて他に譲らず必ず待っていた——一度、刑務所に入っていたときだけは別だったが。刑務所入りは恥ずべきことではなかった、それはだれ一人永久に避けることなどできない一つの障害にすぎなかった。

「ティッキー」と泣くような声がした、スコービーはすぐに立ちあがった。「ティッキー」彼は二階へ行った。

妻は蚊帳のなかですわっていた、彼は一瞬皿覆いのなかの骨つき肉を見る思いがした。だがその残酷なイメージのすぐあとからあわれみがやってきて、それを乱暴に押しのけた。

「気分はよくなったかい？」

ルイーズは言った、「カースル夫人がいらしたのよ」

「じゃあ病気になるのも無理ないな」とスコービーは言った。

「あなたのことを話していったわ」

「おれのこと？」彼は明るい作り笑いをしてみせた、その程度の元気さでも不幸を次の機会まで延ばすことになる。延ばすことによって失われるものはなに一つなかった。延ばせるだけ延ばしたら、おそらく死によって万事は人の手を離れるだろう、という漠然たる考えを彼はもっていた。

「あの人が言うにはね、署長さんが引退することになったけど、あなたはその後任をはずされたんですって」

「あの人のご主人は寝言を言いすぎるようだな」

「ほんとうなの？」

「うん。おれは何週間も前から知っていた。だがなあ、おまえ、たいしたことじゃあないさ」

ルイーズは言った、「私、もう二度とクラブに顔出しできないわ」

「それほどひどいことじゃあないよ。よくあることさ」

「あなた、辞表出すんでしょ、ティッキー？」

「そういうわけにはいかんと思うがね」

「カースル夫人は私たちの味方よ。怒ってたわ。あの人が言うには、みんなその話でもちきりで、いろいろ言ってるんですって。ねえ、あなた、まさかシリア人からお金もらってるんじゃないでしょうね？」

「とんでもない」

「私、カーッとなって、ミサも終わらないうちに出てきてしまったのよ。あの連中ってやりかたが汚ないわよ、ティッキー。勝手に言わせておく手はないわ。私のことも考えてくださらなくちゃ」

「ああ、考えてるよ。いつだって」彼はベッドに腰をおろし、蚊帳の下に手を入れて、彼女の手に触れた。二人の皮膚が触れあったところに小さな汗の玉が出てきた。彼は言った、「おまえのことをちゃんと考えてはいるんだ。だがなあ、おれはここにきてもう十五年になる。ほかのところへ行ったら迷子同然だろう、たとえなにか別の仕事にありついたとし

ても な。後輩に先を越されたっていうことは、そうりっぱな推薦にはならないし」

「引退すればいいじゃない」

「年金じゃあ食べていけないさ」

「私、なにか書いて少しぐらいなら稼げるわ。カースル夫人は私が職業作家になるべきだって言うのよ。ここでの経験を生かして」と言って、ルイーズは白モスリンの蚊帳越しに化粧台まで目をやった、そこの鏡から白モスリンの奥のもう一つの顔が彼女を見返した、彼女は目をそらした。彼女は言った、「私たちも南アフリカへ行けさえしたらいいんだけど。ここの連中って、私、がまんができないわ」

「その手配はしてやれると思うよ。向こうも最近は船の沈没事件など少なくなったようだし。おまえは休暇をとったほうがいい」

「あなただって引退したがってたときがあったじゃない。あと何年ってよく数えてたものだわ。計画を立てたりして――私たち一家の将来の」

「ああ、だがなあ、人の気は変わるものなんだよ」と彼は言った。

彼女は容赦なく言った、「そのころあなたは私と二人っきりになるなんて思ってもみなかったんでしょ」

彼は汗ばんだ手を彼女の手に押しつけた。「なにばかなことを言ってるんだ。さあ、起きてなにか食べなきゃ……」

「あなた、だれかを愛しているの、ティッキー、あなた自身のほかに？」

「いいや、おれが愛しているのはおれ自身だけだ、ほかにはいない。それに、アリを忘れていた。もちろんあの男も愛している。おまえを愛してはいないがね」と彼は気ののらないひやかしのことばを機械的に言い続けた、彼女の手を愛撫し、微笑みかけ、いたわってやりながら……

「そしてアリの妹は？」

「妹があるのか？」

「あの人たちってみんな妹があるじゃない。あなた、どうして今日ミサに行かなかったの？」

「今朝は勤務だったからさ。わかってるだろう」

「変えてもらうことだってできたはずよ。あなたはあまり信仰がないようね、ティッキー」

「おまえが二人分もっていてくれるからいいさ。さあ、なにか食べるとしよう」

「ティッキー、ときどき私思うのよ、あなたがカトリックになったのはただ私と結婚するためだったんじゃないかって。信者になることはあなたにとってなんの意味もないことなんでしょ？」

「いいかい、おまえ、いまおまえがしなければならないのは、下におりて軽い食事をとることだ。それから海岸までドライヴして新鮮な空気を吸うことだ」

「今日一日がすっかりちがったものになっていたでしょうね」と彼女は蚊帳の外を見つめながら言った、「もしもあなたが帰っていらして、『おい、おまえ、おれは署長になることに決まったぞ』っておっしゃったならば」

スコービーはゆっくり言った、「だがなあ、おまえ、戦争中のこういうところでは――重要な港で――国境のすぐ向こうはヴィシー政権下のフランス領だ――保護領からのダイヤモンド密輸出もさかんだったりして、どうしてももっと若い男が必要なんだよ」彼は自分の言っていることばを一言も信じてはいなかった。

「そんなこと考えもしなかったわ、私」

「それが唯一の理由さ。だれが悪いのでもない。戦争のせいなんだ」

「戦争がなにもかもだめにしてしまうのね」

「若い連中にはチャンスを与えるがね」

「ねえ、あなた、下におりてコールド・ミートでもつまむことにするわ」

「それがいい」彼は手を引っこめた、その手は汗でぐっしょりだった。「アリに言いつけておこう」

下におりて、彼は裏口から「アリ」とどなった。

「はい、旦那様」

「二人分用意してくれ。奥さんはよくなった」

その日の最初の微風が海から叢林地の上を通り、クリオール人たちの小屋のあいだを抜けて吹いてきた。禿鷹が鉄板屋根から重々しく羽ばたきして飛び立ち、隣りの中庭に舞いおりた。スコービーは深い溜息をした、彼は疲れはてながら勝ち誇った気分だった、ルイーズを説得して軽い食事をとらせることに成功したのだ。愛するものをしあわせにしておくことはつねに彼の責任だった。一人はいまや永遠に安全であり、もう一人は軽食をとろうとしていた。

4

夕暮れの港は、おそらく五分間ほどは、ひじょうに美しくなった。昼間はあれほど醜くどんよりしていた紅土の道も、優雅な花のようなバラ色に染まった。それは満ちたりた気分の時間だった。この港を永久に去った人々は、灰色で湿ったロンドンの夕暮れにあって、見えたと思うとたちまち消えてしまうこの華麗な夕映えをときどき思い出すことだろう。彼らはなぜあの海岸が嫌いだったか不思議に思い、一杯の酒を飲むあいだぐらいはもう一度あそこへ帰ってみたいという気になるだろう。

　スコービーは坂道の大きな曲がり角の一つに運転してきたモリスをとめ、ふり返った。彼はもうちょっとのところで間にあわなかった。夕映えのバラ色の花は町の上空ですでに枯れしぼんでいた、切り立つ丘の絶壁をなす白い石が新たにきた夕闇のなかでろうそくのように輝いていた。

「だれかくるんでしょうね、ティッキー」

「もちろんさ。図書クラブの夜だもの」

「ねえ、いそいで。車のなかは暑いわ。早く雨季になったら嬉しいんだけど」

「そうかね？」

「一カ月か二カ月で終わってくれればね」

　スコービーは正確に答えていた。彼は妻がしゃべっているあいだちゃんと聞いてはいなかった。彼は妻の声の平坦な流れにのみ神経を集中していた、苦しそうな調子が出るとすぐそれに気がついた。小説本を開いている無電技師のように、彼は船の符号とＳＯＳ以外のあらゆる信号を無視することができた。耳の鼓膜が静かな声を受信しているかぎり、彼は妻が黙っているときよりしゃべっているときのほうが安心して仕事ができさえした――クラブのゴシップや、ランク神父の説教にたいする批評や、新しい小説の筋や、お天気についての愚痴でさえよかった――それで彼には無事であることがわかった。彼に仕事をやめさせるものは沈黙だった――妻が沈黙すると、彼は目をあげて、彼の注意を待ちうけている涙を見なければならぬおそれがあった。

「冷凍船がみんな先週沈められたって噂ね」

彼は、妻がしゃべっているあいだ、明日の朝港口の防材が開かれるとすぐに入港するはずのポルトガル船のことで、自分の仕事の段どりを考えていた。二週間に一度の中立国船の入港は、下級署員にとって遊山旅行のようなものだった。食物を交換したり、本物のワインを何杯か飲んだり、船の売店でガール・フレンドのためにちょっとした装飾品を買う機会さえあったりした。そのお返しに、彼らはただパスポートの検査や、被疑者の船室捜索などで、憲兵を手伝うだけでよかった、いやなつらい仕事はすべて憲兵がやった、船艙で米袋をふるい分けて工業用ダイヤモンドを探すのも、むんむんする調理場でラード罐に手を突っこんだり、詰めものをした七面鳥の腸をとり出したりするのも。一万五千トンの定期船のなかで数個のダイヤモンドを探そうとするのはばかばかしいことだった、お伽話に出てくるどんな意地悪な暴君でもこれ以上むつかしい仕事を鵞鳥飼いの娘にさせたことはなかった、それでも船が入港するたびに決まって暗号電報が飛びこんできた――「一等船客の某々がダイヤモンドを所持する疑いあり。船員で疑わしきものは次のとおりである……」なにか発見したものは一人もいなかった。彼は考えた、船に行くのはハリスの番だ、フレーザーも同行させるか。おれはもうこういった遊山旅行に行くには年をとりすぎた。若い連中をちょっと楽しませてやるとしよう。

「こないだは着いた本の大半がこわれていたのよ」

「そうかね？」

車の数から見ると、クラブにはまだあまり人がきていないようだった。彼はライトを消してルイーズがおりるのを待った、だが彼女は配電盤のあかりに握りしめた拳を浮き立たせたままじっとすわっていた。「さあ、着いたよ」と彼は、知らないものが聞いたら愚鈍のしるしと思うような、すっとんきょうな声で言った。ルイーズは言った、「みんなもう知ってるかしら？」

「知ってるって、なにを？」

「あなたが後輩に追い越されたこと」

「その話はもうおしまいにしたはずだろう。一九四〇年以後、後輩に追い越された将軍が何人いたと思う？　警察の一副署長のことなんかだれも気にしやせんさ」

彼女は言った、「でもみんな私のこと、嫌ってるのよ」

かわいそうなルイーズ、と彼は思った、人に嫌われるのはひどくつらいことだ。彼は最初のころの任期中に受けた自分の体験をふと思い出した、黒人たちに車のタイヤを切り裂かれ、車体に侮辱のことばを書かれたときのことを。「ばかなこと言うなよ、おまえ。おまえほど友だちをおおぜいもってる人間なんてお目にかかったこともないんだから」彼は説得力のない声で言い続けた。「ハリファックス夫人だろ、カースル夫人だろ……」

そして結局友だちの名前を全部あげないほうがよさそうだと思いついた。「みんなあそこで待ってるわ」と彼女は言った、「私が入ってくるのをじっと待ってるのよ……私、今夜はクラブにきたくなかったの。ねえ、帰りましょうよ」「そうはいかんよ。ほら、カースル夫人の車がきたぜ」彼は笑おうとした。「おれたちは袋のねずみなんだ、ルイーズ」彼は妻の拳が開いたり閉じたりするのを見た、その関節の一つ一つに湿って役に立っていない白粉《おしろい》が雪のように積っていた。「ねえ、ティッキー、ティッキー」と彼女は言った、「私のそばを離れないでね。私、お友だちなんて一人もいないのよ――トム・バーロー夫妻が行ってしまってから」彼は妻の湿った手をもちあげ、その掌にキスした、人を惹きつける力を失った妻の哀れさに胸を締めつけられながら。

二人はパトロール中の一組の警官のように並んで歩き、ラウンジに入った、そこではハリファックス夫人が図書を配っていた。人が恐れているような悪いことはめったに起こりはしない。二人が話題にされていたと信じる理由はなかった。「まあ、すてきよ」とハリファックス夫人は二人に呼びかけた、「クレメンス・デーンの新作が届いたわ」彼女はその居留地でもっとも人当りのいい女だった、長いもつれた髪をしていて、図書室の本の読みさしのところによくヘヤ・ピンをはさんだままにしてあった。スコービーは妻を彼女のそばにおいておけば安全だと思った、ハリファックス夫人には悪意もなければゴシップの才能もないのだから。彼女は記憶力の弱い女で、どんなことでも長いあいだ覚えていることとはなかった。彼女はそれと知らずに同じ小説を何度もくり返し読んだ。

スコービーはヴェランダにいるグループのところへ行った。衛生監査官のフェローズが、植民地副長官のライスと、海軍士官のブリッグストックに向かって、まくし立てていた。

「とにかくここはクラブだ」と彼は言っていた、「駅の喫茶室じゃあない」フェローズに家を奪われて以来、スコービーはこの男を好きになろうと精いっぱい努力した――負けて悪びれず、というのが彼の生活方針の一つだった。だがその彼もフェローズを好きになるのは至難の業だと思うことがあった。その暑い夜は彼には心楽しいものではなかった、それにこの男の薄い湿ったショウガ色の髪、小さいチクチクするような口髭、スグリ色の目、緋色の頬、古いランシングのネクタイである。「まったくな」とブリッグストックがかすかにからだをゆすりながら言った。

「どうかしたのか?」とスコービーは尋ねた。

ライスは言った、「この男はわれわれがもっと排他的であらねばならんと考えているんだよ」彼は完璧に排他的であった時代をもったことのある男の気楽な皮肉をもって言った、事実彼は保護領の自分の家の一人用食卓に自分以外のだれをも近づけなかった。フェローズは怒気をふくんで、「限度ってものがあるでしょう」と言った、これ見よがしにランシングのネクタイをまさぐりながら。

「それはそうだ」とブリッグストックは言った。

「こういうことになるんじゃないかと思っていたんだ」とフェローズは言った、「ここの将校を全員名誉会員にした以上は。遅かれ早かれ彼らは望ましくないものを連れてくるだろうって。ぼくは別に上品ぶる男じゃあないよ、だがこういうところでは一線を画すべきだ――ご婦人がたのために。本国にいるのとわけがちがうんだから」

「で、なにがあったんだい？」とスコービーは尋ねた。

「名誉会員は」とフェローズは言った、「ゲストを連れてきちゃあいかんよ。つい先日も一兵卒を連れてきた人がいただろう。そりゃあ軍隊が民主的にやっていきたいっていうなら、いくらだってやっていきゃあいい、だがそのためにわれわれが迷惑をかけられちゃあ困るんだ。それともう一つ、そういう連中がこなくたって、みんなに充分行き渡るほどの酒がないんだよ」

「それが問題だな」とブリッグストックはいっそう激しくからだをゆすりながら言った。

「いったいなんの話なのか教えてくれよ」とスコービーは言った。

「四十九連隊の歯科医の少佐がウィルスンという民間人を連れてきた、そしてそのウィルスンという男がクラブに入れてくれと言い出した。それでみんなひじょうに困っているんだ」

「その男になにか問題があるのか？」

「彼はＵＡＣの事務員だからね。シャープ・タウンのクラブにでも入ればいいんだよ。ここに入ってどうしようっていうんだ？」

「あのクラブはもうつぶれたよ」とライスは言った。

「とすれば、それはあの連中の責任でしょう？」衛生監査官の肩越しに、スコービーは夜の巨大なひろがりを見ることができた。ホタルが丘の稜線に沿って飛び交いつつ明滅していた、湾内を行くパトロール船のランプは明滅しないのでそれと見分けがついた。「灯火管制の時刻だ」とライスは言った、「なかに入るとしよう」

「ウィルスンっていうのは？」とスコービーは彼に尋ねた。

「あそこにいるのが彼だ。かわいそうに、さびしそうにしている。ここにきてまだ二、三日にしかならないのだ」

　ウィルスンは、肘掛椅子の荒野のなかにただ一人、壁の地図を眺めるふりをして、不安げに立っていた。その青白い顔は石膏のように輝いて汗をしたたらせていた。彼のトロピカル・スーツは、あきらかにある荷主が好みにあわないので彼にうまく売りつけたものだった、それは奇妙な縞の服で、色は肝臓のようだった。「きみがウィルスンだね？」とライスは言った。「植民地長官の名簿で今日お名前を見たところだ」

「はい、ウィルスンです」と彼は言った。

「私の名前はライス、植民地副長官だ。こちらはスコービー、警察副署長だ」

「今朝、ベッドフォード・ホテルの前でお見かけしました、閣下」とウィルスンは言った。

彼の態度全体になにか無防備なところがあるようにスコービーには思われた、彼はそこに立って人々が好意を示すか敵意を示すか待っていた——どちらかの反応をより以上に期待しているとは見えなかったが。彼は犬のようだった。だれもまだ彼の顔に、人間とならしめる皺を刻みこんではいなかった。

「一杯やれよ、ウィルスン」

「では遠慮なくいただきます、閣下」

「これは家内だ」とスコービーは言った、「ルイーズ、こちらはウィルスンだ」

「ウィルスンさんのことはもういろいろうかがっていました」とルイーズは固くなって言った。

「ほら、きみは有名なんだよ、ウィルスン」とスコービーは言った。「きみは一民間人でありながら、ケープ・ステーション・クラブに招かれざる客として闖入《ちんにゅう》したわけだ」

「私は悪いことをしているとは思いもよらなかったのです。クーパー少佐に招待されたものですから」

「それで思い出した」とライスは言った、「クーパーに診てもらう時間を申しこまねばな。膿んでいるらしいんだ」彼はさりげなく立ち去った。

「クーパー少佐が図書クラブのことを聞かせてくれたんです」とウィルスンは言った、「それで私は、多分……」

「読書がお好きですの？」とルイーズは尋ねた、スコービーは妻がこのあわれな男に親切にしようとしているのを知ってほっとした。ルイーズがどういう態度に出るかは銅貨をほうりあげて表が出るか裏が出るかというようなものだった。彼女はこの居留地一のお体裁屋になることもできた、だがおそらく今夜は体裁ぶってはいられないと覚悟しているらしいと思うと、彼はあわれみの情に襲われた。事情を「知らない」どんな新顔でも歓迎すべき相手だったのである。

「ええ」とウィルスンは言い、薄い口髭をやみくもにひねりまわした、「まあ……」それはまるで偉大な告白か偉大な言いのがれをするために全力を集中しているかのようだった。

「推理小説？」とルイーズは尋ねた。

「いえ、推理小説はあまり」とウィルスンは不安げに言った。「あまり好きでない推理小説もあります」

「私は」とルイーズは言った、「詩が好きなの」

「詩ですか」とウィルスンは言った、「いいですね」彼は渋々口髭から指を離した、そしてその感謝と希望に満ちた犬のような顔つきに現われたなにかが、スコービーに嬉しい思いを湧かせた——おれは妻に友だちを見つけてやったらしいぞ。

「私も詩は好きです」とウィルスンは言った。

スコービーはその場をはずし、バーへ向かった。やっと心の重荷が一つとりのぞかれた思いだった。今夜はだいなしにはならなかった、妻はしあわせに家に帰り、しあわせにベッドにつくだろう。一晩じゅう気分は変わらず、彼が勤めに出かけるまでそのしあわせは生き続けるだろう。彼は眠ることができるだろう……

バーには彼の部下たちが集まっていた。フレーザーもトッドもいた、それにパレスチナからきたシンブルリッグという奇妙な名前の新人も。スコービーはそのなかに入るのをためらった。彼らは彼らだけで楽しくやっており、上官が仲間に加わるのは望まないだろう。「図々しい野郎だぜ」とトッドは言っていた。彼らはおそらくあわれなウィルスンのことを話していたのだ。彼はそこを立ち去る前にフレーザーの声を聞いてしまった。「やつはその罰を受けてるぞ。女文学者ルイーズ女史にとっつかまってな」シンブルリッグは喉をゴロゴロ言わせて小さく笑い、厚ぼったい唇にジンの泡を一つ浮かべた。

スコービーはいそぎ足でラウンジにもどった。彼はまっしぐらに肘掛椅子の一つに飛びこむと、やっと息をついた。視覚はけいれんしつつ次第に焦点をとりもどしたが、したたる汗が右目に流れこんだ。それを拭いとる指はアル中の指のようにふるえていた。彼は自分に言い聞かせた、気をつけろよ。ここは激しい感情に適した風土ではない。卑劣と、悪意と、お体裁ぶりにはお似合いの風土だが、憎しみとか愛とかいったものは人をくるわせてしまう。彼は、パーティーの席上で総督の副官をなぐったために本国に送還されたバウアーズのことや、精神病院で生涯を閉じた宣教師メーキンのことを思い出した。

「ひどい暑さだな」と彼はいつのまにかぼんやりそばに現われただれかにむかって言った。

「顔色がよくないぞ、スコービー。一杯やれよ」

「いや、結構だ。車でパトロールに行かなければならないんでね」

本棚のそばで、ルイーズはしあわせそうにウィルスンに話しかけていたが、彼には世間の悪意とお体裁ぶりとが狼の群れのように彼女を包みこもうとしているのを感じることができた。彼らは彼女が本を楽しむことさえ許しはしないだろう、と彼は思った、そして彼の手はふたたびふるえはじめた。そばに近づくと、彼女は例の寛大な女神のような態度で言っていた、「そのうちにぜひ、お食事にいらしてくださいね。あなたの興味をひきそうな本がたくさんありますのよ」

「それはもう、喜んでうかがいます」とウィルスンは言った。

「お電話をくだされば、ありあわせのお食事を用意しますから」

スコービーは思った、あの連中にどれほどの値打ちがあるっていうんだ、いやしくも一個の人間を嘲笑するとは無礼ではないか？　彼は妻の欠点のことなら一つ残らず知っていた。妻が初対面の人に保護者然たる態度を見せることに何度眉をひそめたことか。彼は人を遠ざけることになることばや抑揚の一つ一つを知っていた。ときどき彼は彼女に注意してやりたいと思うことがあった——母親が娘に教えるように、そのドレスを着てはいけない、そのことばは二度と使わないほうがいい、と——だが彼は、妻が友だちを失うと見越して胸を痛めながらも、黙ったままでいなければならなかった。いちばん腹が立つのは、同僚たちがまるで彼をあわれむように特別な友情のあたたかみを彼に見せるときだった。おまえたちに彼女を批判するどんな権利があるんだ？　と彼は叫びたかった。これはおれがしたことだ。おれが彼女をこのような女にしたんだ。彼女も昔はこんなじゃなかった。

彼はいきなり二人のところに近づいて言った、「ルイーズ、おれは一まわりしてこなければならないんだ」

「もう？」

「残念ながら」

「私、もう少しここにいるわ。ハリファックス夫人が送ってくれるでしょう」

「いっしょにきてほしいんだよ」

「え？　パトロールに？　何年もしてないわ、そんなこと」

「だからこそきてほしいんだ」彼は彼女の手をとり、キスした、それは一種の挑戦だった。彼はクラブ全員にむかって、自分はあわれみをかけられるべき男ではないこと、自分は妻を愛していること、二人はしあわせであることを、高らかに宣言したのだった。ところが大事な人はだれもそれを見ていなかった――ハリファックス夫人は本に夢中であり、ライスはだいぶ前にいなくなっており、ブリッグストックはバーにおり、フェローズはカースル夫人と熱心に話しこんでいてほかのことは眼中になかった――見たのは、ウィルスンだけだった。

ルイーズは言った、「いっしょに行くのはまた今度にするわ。今夜はハリファックス夫人が私たちの家に寄ってからウィルスンさんを送るって約束してくださったの。ウィルスンさんに貸してあげたい本があるのよ」

スコービーはウィルスンにはてしない感謝の念を覚えた。「それはいい」と彼は言った、「いいけれど、よかったら私がもどるまで家で飲んでいてくれないか。私がホテルまで送ってあげるから。そう遅くはならないつもりだ」彼はウィルスンの肩に手をおいて、無言で祈った、どうか妻がこの男にあまりにも保護者然たる態度をとりませんように、妻がばかなまねをしませんように、妻が少なくともこの友だちだけは失いませんように。「いまはおやすみを言わないよ」と彼は言った、「どうせもどってきたときまた会えるはずだから」

「どうもありがとうございます、閣下」

「閣下はよしてくれよ。きみは警官じゃないんだ、ウィルスン。その点、運命の星に感謝するんだね」

5

スコービーは思ったより遅くなった。遅れたのはユーゼフと出会ったからである。丘をおりて行くと、途中の道ばたにユーゼフの車がとまっており、バック・シートにユーゼフがぐっすり眠っていた。スコービーの車のライトが、大きなぼってりした顔と、額に垂れさがっているわずかな白髪を照らし出し、さらにぴちっとした白い綾織りのズボンに包まれた大きな腿の付け根にまで触れた。ユーゼフのシャツは首のところが開いており、黒い胸毛がボタンのまわりに渦巻いていた。

「どうかしたのか?」とスコービーは気がすすまないままに尋ねた、ユーゼフは目を開けた、それと同時に、歯科医の兄に入れてもらった金歯が懐中電灯のように光った。いまフェローズがここを車で通りかかったら、どんな風評が立つことか、とスコービーは思った。警察副署長が、深夜ひそかに、商店主ユーゼフと会合しているのだ。シリア人に助力を与えることは、その助力を受けることに次いで、危険だった。

「ああ、スコービー副署長」とユーゼフは言った、「困ってるときの友こそまことの友です」

「なにかおれにできることは?」

「私たちは半時間もエンコしたままでしてね」とユーゼフは言った。「車はどんどん通りすぎて行くばかりで、よきサマリアびとはいつ現われる? と思ってたところです」

「おれはよきサマリアびとのようにおまえの傷口に注いでやる余分な油などもってないぞ、ユーゼフ」

「ハッ、ハッ、スコービー副署長は洒落がお上手だ。ただ町までちょっと乗せて行ってくだされば……」

ユーゼフは彼のモリスに入りこみ、大きな腿をブレーキのほうへ伸ばした。

「おまえの給仕もうしろに乗せてやろう」

「いや、ここに残しておきます」とユーゼフは言った。「やつも車をなおさなければベッドにもぐりこめないとわかれば、なんとかなおすでしょう」彼は大きなふとった両手を膝の上で組みあわせて言った、「すてきな車ですねえ、スコービー副署長。きっと四百ポンドはお出しになったでしょう」

「百五十さ」とスコービーは言った。

「私なら四百は出しますね」

「これは売物じゃないからな、ユーゼフ。おまえに売ったら早速別の車を手に入れるのに困ることになる」

「いまはだめでも、多分ここを離れるときは」

「ここを離れるつもりはない」

「でも引退されるおつもりだと聞きましたがね、スコービー副署長」

「いいや」

「私たち商人の耳にはいろんな話が入ってきますが――みんなあてにならないゴシップばかりでしてね」

「商売はどうだい？」

「まあまあです。よくも悪くもない、といったところで」

「おれの耳に入ったところでは、おまえは戦争以来、一財産も二財産も作ったそうだな。もちろん、あてにならないゴシップだが」

「いや、スコービー副署長、よくご存じでしょう、そんなものじゃないってことは。シャープ・タウンの私の店は、私がいて目を光らせてるんでうまくいってます。マコーレー街の店は――妹がいるんでまあまあやってます。ところがダーバン街とボンド街の店は、ひどいものです。私はしょっちゅうだまされてましてね。私の国のものはみんなそうですが、私も読み書きができないので、それでみんな私をだますんです」

「これもゴシップだが、おまえは全部の店の全商品を頭に刻みつけているそうじゃないか」

ユーゼフは顔をほころばせてクスクス笑った。「私の記憶力はまあまあいいほうです。だがそのために夜も眠れないんですよ、スコービー副署長。ウィスキーをうんと飲まないと、ダーバン街やボンド街やマコーレー街の店のことが頭にちらついていましてね」

「どの店におろそうか？」

「ああ、今夜は家に帰ってやすみます。シャープ・タウンの私の家までお願いしたいのですが。ちょっとお寄りになって、ウィスキーを一杯いかがです？」

「残念ながら、勤務中だ、ユーゼフ」

「乗せてくださって、ほんとうにありがとうございます、スコービー副署長。お礼のしるしに、奥様に絹を一ロールさしあげたいのですが？」

「おれがいちばんいやがることだぞ、それは」

「ええ、ええ、わかってます。困ったものですからねえ、あのゴシップってやつは。それもただ、タリットみたいなシリア人がいるせいで」

「タリットを追っ払いたいんだろう、ユーゼフ？」

「そうなんです、スコービー副署長。そうすれば私のためにもなりますが、あなたのためにもなるはずです」

「おまえは去年、あの男に贋《にせ》ダイヤを売りつけたんだろう？」

「ああ、スコービー副署長、まさか私がそんなことをしてだれかをだますような男だなんて、ほんとうに信じてはいらっしゃらないでしょうね。あの贋ダイヤのことでは、あわれなシリア人が何人もひどいめに会いました。そうやって同国人をだますとすれば、恥辱ですよ」

「法律を破ってまでダイヤを買わなければよかったんだ。なかには警察に文句を言ってくる図々しいやつまでいたからな」

「無知であわれなやつらです」

「おまえはそれほど無知ではなかったわけだな、ユーゼフ？」

「おききになるなら言いますがね、スコービー副署長、犯人はタリットだったんです。でなきゃあ、どうしてやつは私にあのダイヤを売りつけられたなんて言いふらすんです？」

スコービーはゆっくり車を走らせていた。デコボコ道は人でいっぽいだった。黒人たちの細長いからだがぼんやりしたヘッドライトのなかで足長蜘蛛のように行き交《か》った。

「米不足はいつまで続きそうだね、ユーゼフ？」

「私が知ってるぐらいのことはあなたもご存じでしょう、スコービー副署長」

「おれが知っているのは、貧しい連中は統制価格で米を手に入れることができんってことだ」

「話によると、入口でお巡りさんにチップをやらなきゃ無料配給の分さえ手に入らないそうですね」

そのとおりだった。この植民地では、告発には必ずしっぺ返しがあった。一つ指摘すれば必ずもっとひどい腐敗がほかにあることがわかった。官房のゴシップ屋たちは有益な目的をはたしていた――彼らは、だれ一人信用してはならぬ、という理念を生かし続けていた。それは自己満足よりはましだった。どうして、と彼は野良犬の死骸を避けてハンドルを切りながら自問した、おれはこの町がこんなに好きなんだろう？　ここには人間性がおのれを偽装する暇がなかったためか？　ここではだれも地上の天国について語ることはできなかった。天国は死の向こう側のあるべき場所に厳然と存在しており、こちら側にはよそでは人々が巧みにもみ消している不正や、残虐や、卑劣が隆盛をきわめていた。ここでは人間を、ほとんど神が愛するように愛することができた、その最悪の部分を知りながらも、である。ここでは見せかけのポーズや、きれいなドレスや、わざとらしい感情などを愛するのではなかった。彼は突然ユーゼフにたいして愛情を感じた。彼は言った、「二つの悪をたしても一つの善にはならんぞ。いずれ、ユーゼフ、おまえのでかいケツをおれの足が蹴っ飛ばすことになるだろう」

「かもしれませんね、スコービー副署長、あるいは二人が友だちになるかもしれません。それこそ私がなによりも望むことですよ」

彼らはシャープ・タウンの家の前に着いた、ユーゼフの執事が足もとを照らす懐中電灯をもって駆け出してきた。

「スコービー閣下」とユーゼフは言った、「ウィスキーを一杯召しあがっていただけるとたいへん嬉しいのですが。私はいろいろお役に立つことができる男だと思っています。これでもなかなか愛国者でしてね、スコービー副署長」

「だからだろう、おまえがヴィシー政府軍の侵入にそなえて木綿を買い溜めしているのは？　木綿のほうがイギリス貨幣より値打ちが出るだろうからな」

「エスペランサ号は明日入港するんでしょう？」

「多分」

「ダイヤモンドを見つけるためにあんな大きな船を捜索するなんて、まったく時間の浪費ですよ。もっとも、どこにあるかあらかじめ正確に知っているなら別ですがね。ご存じのように、船がアンゴラにもどると、船員はどこを捜索されたか報告します。あなたがたは船艙の砂糖を全部篩《ふるい》にかける。調理場のラードを探ってみる、だれかがドルース憲兵隊長に、ダイヤを熱するとラード罐のまんなかに埋めることができる、と言ったから。もちろん、船室や通風孔やロッカーは全部。それに、歯みがきのチューブも。それでいつか小さなダイヤの一つでも発見できるとお思いですか？」

「いいや」

「私も思いませんね」

6

耐風ランプが木箱を積みあげたピラミッド群の各隅ごとに燃えていた。黒いゆっくり動く水面のむこうに、彼はかろうじて海軍兵站《へいたん》部の船を見分けることができた、それは廃船となった定期船で、ウィスキーの空瓶でできた暗礁に乗っていると信じられていた。彼はしばらくのあいだ海の重い匂いを吸いながら静かに立っていた。そこから半マイル以内に全警護船が碇泊していたが、彼が目にしえたのは、兵站部の船の長い影と、繁華街を思わせるようなばらまかれた小さな赤い灯火の群れだけだったし、彼が海から耳にしえたのは、突堤を打つ波の音だけだった。その場所の魔力はきまって彼を魅了した、そこにいると彼は異国の大陸の突端に立つ思いがした。

暗闇のどこかでネズミが二匹駆けまわっていた。このあたりにいる海岸ネズミはウサギほどの大きさだった。原住民はそれを豚と呼び、あぶって食べた。豚と呼ぶのはいわゆる波止場ネズミと区別するのに便利だったからである、波止場ネズミとはある種の人間たちのことだった。軽便鉄道沿いに歩いて、スコービーは市場にむかった。倉庫の角で彼は二人の警官に出会った。

「なにかあったか？」

「ありません、閣下」

「この道をきたのか？」

「はい、そうです、閣下、向こうからきたところです」

彼は二人が嘘をついていることを知っていた、彼らは白人の上官が付き添ってくれなければ波止場の端の、人間ネズミどもの遊び場にはけっして近づこうとしなかった。そのネズミどもは臆病だが危険だった——十六歳かそこいらの少年たちで、剃刀や瓶のかけらで武装し、倉庫のあたりに群らがり、かんたんに開けられる箱を見つけると盗み出し、よろけながらやってくる酔っぱらい水夫には蠅のようにたかり、彼らの無数にいる親類の一人を怒らせるようなまねをした警官にはいきなり切りつけることさえあった。門を閉じても彼らを波止場から閉め出すことはできなかった、彼らはクルー・タウンや釣場の浜のほうから泳いでくるのだ。

「さあ」とスコービーは言った、「もう一まわりするか」

二人の警官はうんざりしたような忍耐をもって、むこうに半マイル、こっちに半マイルと彼について歩いた。波止場に動くのは豚だけであり、聞こえるのは波の音だけだった。警官の一人が自己満足の口調で言った、「静かな夜ですね、閣下」彼らは意識的な勤勉さをもって一方から他方へと懐中電灯を動かし、捨てられた車の車台や、からっぽのトラックや、防水帆布の一端や、コルクのかわりに椰子の葉を詰めて倉庫の片隅においてある瓶などを照らし出した。スコービーは言った、「なんだ、あれは？」彼が職務上悪夢のように恐れているものの一つは火焔瓶だった。それを用意するのはかんたんだった、毎日ヴィシー政府領から牛を密輸する連中がいた——彼らは肉不足を補うので歓迎されていた。国境のこちら側では侵入にそなえて怠惰な原住民が訓練を受けていた、向こう側でもそうしてはいけないわけがあるだろうか？

「それを見せろ」と彼は言った、だが警官は二人ともそれにさわりに行こうとはしなかった。

「原住民の薬ですよ、閣下」と警官の一人がうわべだけの嘲笑を浮かべて言った。

スコービーはその瓶をとりあげた。それはくぼみのあるヘーグの瓶だった。そして椰子の葉を引き抜くと、犬尾草やなにかよくわからない腐敗物の臭気がガスのようにもれてきた。彼の脳神経が突然のいらだちにぴくついた。なんの理由もなしに彼はフレーザーの赤ら顔とシンブルリッグのくすくす笑いを思い出した。瓶の悪臭で彼は吐き気をもよおし、椰子の葉で指が汚れたように感じた。彼は波止場越しに瓶を投げた、飢えた海面はそれを一呑みにしたが、中身は空中に飛散し、風のないそのあたり一帯に酸とアンモニアの臭いをまき散らした。警官たちは黙っていた、スコービーは彼らの無言の非難を感知した。彼はその瓶をもとの位置におくべきだった、それはある人間にあててわざわざそこにおかれたものだった。だがいまは中身がばらまかれてしまったので、まるで盲目的に空中にさまようままにされた悪意のように、罪のないものに降りかかる恐れがあった。

「じゃあ、おやすみ」とスコービーは言って、唐突に踵を返した。彼は二十ヤードと行かないうちに二人の長靴が危険地帯からいそいで立ち去る音を聞いた。

スコービーはピット街を通って警察署まで車を走らせた。左側の女郎屋の外では女たちが舗道に腰をおろして一息入れていた。灯火管制のブラインドをおろした警察署の内部は夜のあいだ猿小屋のような臭いが立ちこめていた。夜勤の警部補が警備室のテーブルから両脚をおろし、気をつけの姿勢をとった。

「なにかあったか？」

「酔っぱらって乱暴したものが五人です、閣下。留置所の大部屋に収容してあります」

「ほかには？」

「旅券のないフランス人が二人です、閣下」

「黒人か？」

「はい、閣下」

「どこで見つけた？」

「ピット街です、閣下」

「朝になったらおれが調べよう。汽艇《ランチ》のぐあいはどうだ？　ちゃんと走るようになったか？　明日エスペランサ号に乗りつけたいんだが」

「こわれてます、閣下。フレーザーが修理しようとしましたが、どうにもなりませんでした」

「フレーザーは何時に出勤する？」

「七時です、閣下」

「エスペランサ号には行かんでいいと言ってくれ。おれが自分で行くから。汽艇がだめなら憲兵といっしょに行く」

「わかりました、閣下」

　また車に乗りこむと、感度の鈍いスターターを押しながら、スコービーは人間にはこれぐらいの復讐をする権利があるはずだと思った。復讐は大人物にとっていいことだった、復讐することから許しが生じるのだ。彼はクルー・タウンを引き返しながら口笛を吹きはじめた。彼はほとんどしあわせだった、ただ、彼が去ったあとクラブでなにごとも起こらなかったことと、この瞬間、午後十時五十五分に、ルイーズが心楽しく満ちたりていることを確認しさえすればよかった。次の時間は次の時間がきたときに対処すればよかった。

7

　なかに入る前に、彼は灯火管制が万全かどうかたしかめようと、家の海側のほうへまわってみた。屋内からルイーズのつぶやき声が聞こえてきた、多分詩を読んでいるのだ。彼は思った、神かけて、あのばかな青二才フレーザーごときに詩が好きだからといって彼女を軽蔑する権利はないはずだ！　そして彼の怒りは、翌朝のフレーザーの失望を思いついたとたんに、卑劣な男のようにこそこそと消えて行った――フレーザーにはポルトガル船を訪れることもなく、大好きな女に贈るプレゼントもなく、暑い単調なオフィス勤めの一日があるだけなのだ。懐中電灯をつけずに裏のドアの取っ手を手探りしているうちに、彼は木のそぎとげで右手にけがをした。

あかりのついた部屋に入ると、彼の手から血がしたたり落ちていた。「まあ、あなた」とルイーズは言った、「どうしたの？」そして顔をおおった。彼女は血を見ることに耐えられなかった。「お手伝いしましょうか、閣下？」とウィルスンは尋ねた。彼は立ちあがろうとしたが、ルイーズの足もとの低い椅子にすわっていて、その膝には書物の山があった。

「大丈夫だ」とスコービーは言った。「ただの引っかき傷だよ。自分で手当てする。アリに水を一杯もってくるよう言ってくれないか」階段をのぼりかけたところで彼はふたたび言いはじめた声を聞いた。ルイーズは言っていた、「古代エジプトの塔をうたった美しい詩ですのよ」スコービーはバスルームに入った、墓石の上の猫のように浴槽の冷たい縁にうずくまっていたネズミが驚いて逃げ去った。

スコービーは浴槽の端に腰をおろし、かんなくずのあいだにある洗面器に手の血をしたたらせておいた。そこにいるとオフィスにいるときと同じように自分の家庭にいる感じに包まれた。ルイーズの装飾の才もこの部屋にたいしてはどうすることもできないままだった、乾季が終わる前に決まって水の出なくなる蛇口が一つしかない疵《きず》のついたエナメルの浴槽、一日に一度からにする便器の下のバケツ、これもまた役に立たない蛇口のある固定した洗面台、むき出しの床板、くすんだ緑色の灯火管制用のカーテンにたいしては。ルイーズになしえた改善は、浴槽のそばにおかれたコルクのマットと、真白な薬箱だけだった。この部屋のそれ以外のものは全部彼自身のものだった。それは家から家へはこび続けられてきた彼の青春の形見のようなものだった。ずっと昔、結婚する前の彼の最初の家もこのようだった。彼がいつも独りになれたのはこのバスルームだった。

アリが入ってきた、ピンクの足裏を床板でピタピタ言わせ、濾過器から水を一瓶もってきた。「裏のドアのやつ、おれをだまし討ちにしやがった」とスコービーは説明した。アリが傷口に水を注ぐあいだ、彼は手を洗面台に差し出していた。給仕は喉の奥でやさしい同情の音を立てた、その手は少女の手のようにやさしかった。スコービーがいらいらして、「もういい」と言っても、アリは平気で無視した。「とっても汚れてます」と彼は言った。「さあ、ヨードチンキだ」この土地ではどんな小さなかすり傷でも一時間ほうっておけば膿むのだ。「もう一度」と彼は言った、「それを注いでくれ」と刺すような痛みにひるみながら。階下で揺れて動いている声のなかから「美しさ」ということばが一つだけ飛びあがってきて、浴槽に沈んで行った。「次は絆創膏だ」

「いいえ」とアリは言った、「それより、包帯のほうがいいです」

「よし。じゃあ包帯だ」何年も前に彼はアリに包帯のしかたを教えていた、いまではアリは医者のように専門的に巻くことができた。

「おやすみ、アリ。もう寝ていいぞ。あとは別に用もないだろう」

「奥様に飲物出します」

「いや。飲物の世話はおれがやる。おまえはやすむがいい」独りになると彼はまた浴槽の縁に腰をおろした。傷が彼の神経をややいら立たせていたし、とにかく階下の二人といっしょになるのは気がすすまなかった、彼が同席するとウィルスンに気まずい思いをさせるだろうから。第三者の同席するところで女が詩を朗読するのに聞き惚れることのできる男はおるまい。「私はむしろ子猫となり、ニャーオと鳴きたい……」だがそれが彼のほんとうの態度ではなかった。彼は軽蔑しているのではなかった、ただこのような内密な感情のむき出しな関係を理解することができないだけだった。それに彼は、ここで、先ほどネズミがいたところにすわって、自分自身の世界にいることでしあわせだった。彼はエスペランサ号のこと、翌日の仕事のことを考えはじめた。

「あなた」とルイーズは階上に向かって呼びかけた、「大丈夫？　ウィルスンさんをお宅までお送りすることができて？」

「ぼくは歩いて行けますよ、奥さん」

「そんなばかな」

「いえ、ほんとうに」

「いま行く」とスコービーは答えた。「もちろん車で送ってあげるよ」彼が二人のところに行くと、ルイーズは包帯された手をやさしく自分の手にとった。「まあ、かわいそうな手」と彼女は言った。「痛む？」彼女は清潔な白い包帯をこわがりはしなかった、それは病院で顎まできちんとシーツを掛けられている患者のようだった。見舞いにくるものは葡萄をもってくるだけで、メスを入れられた目に見えない傷口の細部については知らないですむのだ。彼女は包帯に唇をつけ、オレンジ色の口紅の小さなあとを残した。

「大丈夫だよ、ほんとうに」とスコービーは言った。

「いや、閣下。ぼくは歩いて行けます」

「もちろん歩くことはないさ。さあ、乗ってくれ」

泥よけからもれるライトがウィルスンの奇妙な服の一部を照らした。彼は車から身を乗り出して叫んだ、「おやすみなさい、奥さん。すばらしい夜でした。お礼の申しあげようもありません」そのことばは誠実さでふるえていた、そのために外国語のような響きがした――つまりイングランドで話される英語の響きが。ここへきて二、三カ月もたつと、ことばの抑揚が変わった、高い調子で不誠実になるか、低い調子で慎重になるか、どちらかなのだ。ウィルスンが本国からきたばかりであることはだれにでも聞き分けられた。

「近いうちにぜひまたきてくれよ」とスコービーは言った、バーンサイド街をベッドフォード・ホテルに向かって車を走らせ、ルイーズのしあわせな顔を思い浮かべながら。

8

傷ついた手の痛みのためにスコービーは午前二時に目を覚ました。彼はベッドの端のほうで腕時計のゼンマイのように身を丸めた、自分のからだをルイーズのからだから離しておきたかったのである、からだが触れあうと――たとえ指と指がかさなるだけでも――汗が噴き出した。離れていてさえ熱気が二人のあいだを揺れ動いた。月の光が涼しいもののように化粧台に差しこみ、ローションの瓶や、クリームの小さな壺や、写真の額縁の角を照らしていた。すぐに彼はルイーズの呼吸に耳をすました。

それは不規則に引きつるように聞こえてきた。彼女は目覚めていた。彼は手をのばし、熱い湿った髪に触れた、彼女は身を固くして横たわっていた、まるで秘密を守ろうとするかのように。胸を痛め、なにを見出すか知りつつ、彼は指が妻の瞼に触れるまでさげていった。彼女は泣いていた。彼は大きな疲労感を覚えながら、気をとりなおして妻を慰めようとした。「なあ、おまえ」と彼は言った、「愛しているよ」いつも彼はそのようにはじめるのだった。慰めは、性行為と同じく、決まった手順を踏むようになるのだ。

「わかってるわ」と彼女は言った、「よくわかってるわ」いつも彼女はそのように答えるのだった。彼は自分の愛情のなさを責めた、いまは二時か、という考えが不意に頭に浮かんできたからである、この話しあいは何時間も続きかねないし、六時には一日の仕事がはじまるのだ。彼は彼女の額から髪をかき分けて言った、「もうすぐ雨季になる。そうしたらおまえも気分がよくなるだろう」

「気分ならいまだって大丈夫よ」と彼女は言って、すすり泣きはじめた。

「どうしたんだい、おまえ？　言ってごらん」彼はぐっと気持ちをおさえた。「ティッキーに言ってごらん」彼は妻につけられたその呼び名が大嫌いだった、だがそれはいつも効果があった。彼女は言った、「ああ、ティッキー、ティッキー。私、このままではがまんできないわ」

「今夜はしあわせだったと思っていたが」

「そうだったわ――でもいいこと、しあわせになれたのは、ＵＡＣの一事務員にやさしくされたからなのよ。ティッキー、どうしてみんな私のこと嫌うの？」

「ばか言うんじゃないよ、おまえ。暑さのせいだ、暑さのせいでおまえはありもしないことを考えるんだ。みんなおまえが好きなんだよ」

「ウィルスンだけよ」と彼女は絶望と恥辱からくり返し言い、またすすり泣きはじめた。

「ウィルスンは信用できるやつさ」

「みんなあの人をクラブに入れたがらないわ。あの人は歯医者ときた招かれざる闖入者だったから。みんなあの人と私のことを笑いものにするでしょう。ああ、ティッキー、ティッキー、私をどこかへ行かせて、もう一度はじめからやりなおすことができるように」

「いいとも、おまえ」と彼は言った、「もちろんだ」と蚊帳を通し、窓を通して、静かでたいらであやしげな船の横行する海のほうをじっと見ながら。「で、どこへ？」

「南アフリカへ行ってあなたがくる日を待っていたいわ。ティッキー、あなたはもうすぐ引退するんでしょう。私、あなたのために家を用意しておくわ、ティッキー」

彼はたじろいで彼女からやや離れた、そしてそれに気づかれないように、いそいで彼女の湿った手をとり、掌にキスした。「だいぶ費用がかさむぞ、おまえ」引退のことを思うと彼の神経はピクつき引きつった、彼はそれより先に死がやってくることをいつも祈っていた。それを願って彼は生命保険に入っていた、死んだ場合にのみ支払われるものである。彼は家庭のことを考えた、永住する家庭のことを——華やかな芸術的なカーテン、ルイーズの本でいっぱいになった書棚、きれいなタイル張りのバスルーム、オフィスなどどこにもない——死ぬまで二人が住む家庭、永遠が定住するまでもうなんの変化もない家庭のことを。

「ティッキー、私、もうここにはがまんできないのよ」

「まず予算を立ててみないとな、おまえ」

「エセル・メーベリーが南アフリカにいるわ、コリンズ夫妻も。南アフリカにはお友だちがいるのよ」

「物価は高いぜ」

「あのばからしい生命保険の一部を解約すればいいじゃない、ティッキー。それにね、ティッキー、私がいなければあなたもここでの生活費を節約できるでしょう。食堂で食事をとればコックだっておかずにすむし」

「あの男の給料なんてたかが知れてるさ」

「塵《ちり》も積もれば山よ、ティッキー」

「おまえがいないとさびしいだろうな」と彼は言った。

「いいえ、ティッキー、あなたはさびしい思いなどしないでしょうよ」と彼女は言って、その悲しい発作的な理解の広さで彼を驚かせた。「結局」と彼女は言った、「貯金してもお金を残してやる人はいないわ」

　彼はやさしく言った、「なんとか考えてみるよ。おれはおまえのためにできることならなんでもしてやりたいんだ――なんでもな」

「それはただ午前二時の慰めにすぎないんじゃないでしょうね、ティッキー？　なんとかしてくれるんでしょうね？」

「うん、きっとなんとかするよ、おまえ」彼女がたちまち眠りに落ちたので彼は驚いた、彼女は疲れはてて重荷をおろした運搬人のようだった。彼女は彼のことばが終わらないうちに眠っていた、子供のように彼の指を一本つかみ、安らかな寝息を立てながら。その重荷はいまや彼のかたわらにあった、彼はそれをもちあげる用意をした。

第二章

1

午前八時、桟橋に行く途中でスコービーは銀行に立ち寄った。支配人室は日覆いがしてあり涼しかった、氷水のグラスが金庫の上にあった。「おはよう、ロビンスン」

ロビンスンは背の高い胸のひらべったい男で、ナイジェリア勤務をはずされたためににがい思いをしていた。彼は言った、「いつになったらこのいやな天気が終わるのかねえ？雨季は遅れているようだな」

「保護領ではもうはじまったそうだ」

「ナイジェリアでは」とロビンスンは言った、「いまどうなっているかいつだってわかっていたものだよ。で、なんの用だい、スコービー？」

「すわってもいいかな？」

「もちろん。おれは十時前にはすわらんことにしている。立っているほうが消化にいいんでね」彼は竹馬のような足どりで室内をせかせかと歩きまわった、そして氷水を薬でも飲むようにまずそうに一口すすった。スコービーは、デスクの上に『泌尿器病』という本が挿絵のページのところで開かれておいてあるのを見た。「なんの用だい？」とロビンスンはくり返した。

「二百五十ポンド貸してほしいんだ」とスコービーは冗談めかそうと神経を使いながら言った。

「きみたちはみんな銀行が金でできていると思っている」とロビンスンは機械的に冗談を言った。「ほんとうはいくらいるんだ？」

「三百五十」

「いまの預金残高は？」

「三十ポンドぐらいじゃないかな。月末なんでね」

「たしかめてみよう」彼は事務員を呼んだ、そして二人が待っているあいだ、ロビンスンは小さな部屋を歩きまわった――六歩行くと壁にぶつかり、引き返すのだ。「あそこまで百七十六回往復すると」と彼は言った、「一マイルになる。昼食までに三マイルにしようってわけだ。健康にいいぞ。ナイジェリアではクラブで朝食をとるのに一マイル半歩いて行き、また一マイル半歩いてオフィスにもどったものだ。ここでは歩くのに適した場所はどこにもない」と彼は言って、絨毯の上でくるっとまわった。事務員がデスクの上に紙片をおいた。ロビンスンは匂いでもかごうとするかのようにそれを目に近づけた。「二十八ポンド十五シリング七ペンス」と彼は言った。

「女房を南アフリカにやりたいんでね」

「ああ、そうか」

「もしかしたら」とスコービーは言った、「もうちょっと少なくてすむかもしれん。だがおれのサラリーから女房にそう出してはやれないんだ」

「よくわからんが、どうしてまた……」

「いや、貸し越しにしてもらえるんじゃないかと思ったんでね」と彼はあいまいに言った。

「そうしてもらっている連中はたくさんいるんだろう？　たしかおれも一度だけ貸し越しにしてもらったことがある——ほんの数週間——十五ポンドほど。いやなものだったよ。おどおどしてしまって。銀行の支配人に借金しているという思いがつきまとって離れないんだ」

「困ったことにはな、スコービー」とロビンスンは言った、「貸し越しにはきびしくするよう命令が出されたんだ。いまは戦争だろう。だれだって一つの安全な担保を提供しえなくなったんだよ、自分の生命という」

「うん、それはわかるよ、もちろん。だがおれの生命は結構長もちしそうだし、おれはここから動く気はない。潜水艦にやられる恐れはないんだ。それに、仕事は安全だよ、ロビンスン」と彼は、軽い冗談口にしようと無駄な努力をしながら言い続けた。

「署長は引退するんだろう?」とロビンスンは、部屋の端の金庫の前で向きを変えながら言った。

「うん、だがおれはしない」

「それはよかった。噂によると……」

「いつかはおれも引退しなけりゃならんだろうが、それはだいぶ先のことだ。おれとしては引退する前に変死体になりたいぐらいだよ。おれの生命保険ならいつでも提供できるがね、ロビンスン。それを担保にしたらどうだい?」

「その一つは三年前に解約したろうが」

「ルイーズが手術を受けに帰った年だ」

「あとの二つはたいした額にはならんと思うがね、スコービー」

「だが死んだ場合はちゃんと保証してくれるだろう」

「きみが保険料を払っていけばな。結局なんの担保もないわけだ」

「そういうことだな」とスコービーは言った、「よくわかる」

「きみにはすまないが、これは個人の問題じゃない。銀行の方針なんだ。五十ポンドでよければおれが個人的に貸してやるんだが」

「この話はもう忘れてくれ、ロビンスン」とスコービーは言った。「どうでもいいことなんだ」彼は苦笑した。「官房の若い連中はおれならそんな金いつだって賄賂《わいろ》で稼げると言うだろう。モリーはどうしている？」

「ああ、元気だよ。おれもそうだといいけどな」

「きみは医学書を読みすぎるんじゃないのか、ロビンスン」

「人間、だれでも自分のからだのどこが悪いか知っておく必要があるのさ。今夜はクラブへ行くか？」

「いいや。ルイーズが疲れているんでね。雨季の前っていうとそうなるんだ。お邪魔してしまったな、ロビンスン。おれはこれから波止場へ行かなければ」

彼は銀行からのくだり坂をうなだれたまままいそぎ足で歩いた。彼は卑劣な行為をしているところを見つかったときのような気持ちだった——金を借りようとして、ことわられたのだ。ルイーズは自分よりましな男にふさわしい。自分はある意味で男としては失格者だ、と彼には思われた。

2

ドルースみずから憲兵の一隊を率いてエスペランサ号にやってきた。舷門で一人の給仕が彼らを出迎え、船長室で船長と一杯やるよう招待した。海軍警備隊の担当士官が先にそこにきていた。これは二週間に一度のお定まりのコースだった——友好関係を確立するための。船長の歓待を受けいれることによって、彼らは中立国人のために捜索というにがい丸薬を飲みやすくしてやったのだ、船橋の下では捜索隊が彼らなしで円滑にことをはこんでいるのだった。一等船客がパスポートを調べられているあいだに、その船室は憲兵の一隊によってくまなく捜索されるのだ。すでにほかのものが船艙調べをはじめていた——米を篩《ふるい》にかけるというものうい希望のない仕事を。「小さなダイヤの一つでも見つけたことがありましたか？　いつか見つけることがあると思いますか？」とユーゼフが言っていた仕事を。二、三分酒を飲んで、おたがいの関係が充分円滑になると、スコービーは船長自身の船室を捜索するという不愉快な仕事にかかるのだった。固苦しい脈絡のない会話がおもに海軍大尉によってなされていた。

船長はふとった黄色い顔を拭いながら言った、「もちろんイギリス人にたいして私の心は大いなる賛嘆の念を抱いております」

「われわれもこういうことはしたくないんですがね」と大尉は言った。「中立国であるのもたいへんな時代ですよ」

「私の心は」とポルトガルの船長は言った、「貴国の偉大なる戦いにたいする賛嘆の念でいっぱいです。怨恨の入りこむ余地はありません。わが国民のなかには怨恨を感じているものもおります。私はちがいます」その顔は汗でびっしょりであり、目玉は腫れぼったたかった。この男は自分の心のことを言い続けているが、それを見つけ出すにはよほど長い深い外科手術が必要だろう、とスコービーは思った。

「それは嬉しい」と大尉は言った。「あなたの態度には感謝します」

「ポートワインをもう一杯いかがです、皆さん？」

「いただきたいな。陸《おか》にあがるとこういうものは飲めませんからね。きみは、スコービー？」

「いや、結構だ」

「おれたちを今夜ずっとここに縛りつけておく必要がないようにしてくれよ、副署長」

スコービーは言った、「きみたちが明日の正午前にここを立ち去る可能性はまずないと思うね」

「おれたちも最善をつくすさ、もちろん」と大尉は言った。

「私の名誉にかけて申しますが、皆さん、私の胸に手をあてて誓いますが、私の船客のなかに悪人は一人も見つからないでしょう。そして船員は――私がよく知っている男ばかりです」

ドルースは言った、「これは定められた形式でしてね、船長、省略することはできんのです」

「葉巻《シガー》きをどうぞ」と船長は言った。「その紙巻き《シガレット》はお捨てなさい。特製の箱入りがありますから」

ドルースは葉巻きに火をつけた、それは火花を散らしてパチパチ鳴り出した。船長はくすくす笑った。「ただの冗談です、皆さん。まったく害はありません。私はこの箱を友だちのために用意してあるのです。イギリス人はすばらしいユーモアの感覚をおもちだ。あなたがたがけっして怒らないことはわかっています。ドイツ人は怒る、イギリス人は怒らない。フェアプレーですよ、ね？」

「なかなかおもしろい」とドルースは不機嫌そうに言って、船長の差し出した灰皿に葉巻きをおいた。その灰皿は、おそらく船長の手でセットしてあったのだろう、チリンチリンとかわいい曲を奏ではじめた。ドルースはまたしてもギクッとした、彼は立ち去る機会を逸していたので、神経がいらいらしていた。船長は微笑み、汗をかいていた。「スイス人は」と彼は言った、「すばらしい国民です。そして中立国人でもあります」

憲兵の一人が入ってきて、ドルースに紙片を渡した。彼はそれをスコービーに読むよう手渡した。「解雇通告を受けている給仕の言によれば、船長がバスルームに手紙をかくしているそうです」

ドルースは言った、「そろそろ下に行って連中にハッパをかけなくちゃあな。いっしょに行こうか、エヴァンズ？　ワインをごちそうさまでした、船長」

スコービーは船長と二人だけになった。これが彼のいつも嫌っている仕事だった。この連中は犯罪者ではない、封鎖海域航行許可制によって航海するものに課せられた規定を破っているだけだ。捜索すればなにが出てくるかわかったもんじゃない。ある個人の寝室は当人の私生活だ。引き出しをのぞきこめば恥辱に出会う、小さな悪徳が汚れたハンカチのように見えないところに突っこんである。下着を積みかさねた下を見れば当人が忘れようとしている悲しみに出会うかもしれない。スコービーはおだやかに言った。「申しわけないが、船長、ちょっと見させていただきますよ。定められた形式ですので」

「義務をはたされるのは当然ですよ、副署長」とポルトガル人は言った。

スコービーはてきぱきと手際よく船室を見てまわった、なにかを動かしたら必ずもとの位置にきちんともどした、彼は注意深い主婦のようだった。船長はスコービーに背を向けて立ち、窓から船橋を見ていた、それはいやな仕事をしている客の邪魔になるまいとしているかのようだった。スコービーは、フランス語の手紙の箱を閉め、ハンカチや豪奢なネクタイや汚れた写真の小さな束などとともに、それをロッカーのいちばん上の引き出しに注意深くもどして、仕事を終えた。「すっかりすみましたか？」と船長は、顔を向けなおしながら、丁重に尋ねた。

「あのドアは」とスコービーは言った、「あの向こうはなんです？」

「バスルームがあるだけですよ、W・Cが」

「ちょっとのぞいてみたいのですが」

「もちろんどうぞ、副署長、ただなにかをかくせるようなところはあまりありませんがね」

「おさしつかえなければ……」

「もちろんですとも。それがあなたの義務ですから」

バスルームはなんの飾りもなく、ひじょうに汚れていた。浴槽の縁には乾いた灰色の石鹼かすがこびりつき、足もとのタイルには汚水がたまっていた。問題はすばやくかくし場所を見つけることだった。ここでぐずぐずしていたら、特別な情報を得ていたという手の内をさらすことになる。捜索はあくまで定められた形式と見せかけなければならない——手ぬるすぎてもきびしすぎてもいけないのだ。「そう長くはかからないでしょう」と彼は陽気に言って、髭剃り用の鏡に映っているふとった冷静な顔を目にとめた。もちろんあの情報は、給仕がただごたごたを引き起こすためにでっちあげたものかもしれない。

スコービーは薬箱を開けていそいで中身を調べた、練り歯磨きの蓋をはずし、剃刀箱を開け、シェーヴィング・クリームに指を突っこんだ。そこになにかを見つけるだろうとははじめから期待していなかった。だがそこを探しているうちに考える余裕ができた。彼は次に水道の蛇口に行き、水を出し、蛇口の奥まで指でさぐってみた。床も気になったが、そこになにかをかくす可能性はなかった。舷窓。彼は大ネジを調べ、内窓を前後に開閉した。ふり向くたびに彼は鏡に映っている冷静な忍耐強い自己満足している船長の顔を目にした。それはしょっちゅう彼に向かって「はずれ、はずれ」と言っていた、もの当てゲームで子供が言うように。

最後に、便器。彼は木のシートをもちあげた、陶器と木のあいだにはなにもおかれていなかった。彼は水洗の鎖に手をかけた、すると鏡のなかにはじめて緊張が読みとれた、褐色の目はもはやスコービーの顔を見てはおらず、なにか別のものに固定されていた、その視線をたどっていくと、鎖を握っている彼の手に行き当った。

水槽はからなのか？　と彼は思って、鎖を引いた。管のなかでゴボゴボと音を立てて、水がほとばしり出てきた。彼がふり返ると、ポルトガル人はかくしきれぬ得意げな態度で言った、「おわかりでしょう、副署長」そしてその瞬間、スコービーはほんとうにわかった。おれはついうっかりするところだったぞ、と彼は思った。彼は水槽の蓋を開けた。その裏に付着テープで水につからないようはりつけられた手紙があった。

彼は宛名を見た――ライプチッヒ、フリードリッヒ街、グレーナー夫人。「お気の毒ですが、船長」と彼はくり返し言ったが、相手が答えなかったので、目をあげると、上気したふとった頬を伝わる汗を追って涙がしたたりはじめているのが見えた。「これはもって行かなければなりません」とスコービーは言った、「そして報告しなければ……」

「ああ、この戦争」と船長は叫んだ、「私は憎みます、この戦争を」

「憎む理由ならわれわれにだってありますよ」とスコービーは言った。

「自分の娘に手紙を書くだけで身の破滅とは」

「娘さん？」

「ええ。いまはグレーナー夫人と言います。開けて読んでごらんなさい。おわかりになるはずです」

「それはできない。私としては検閲官にまかせるほかありません。どうしてリスボンに着くまで待ってから書かなかったのです、船長？」

相手は大きなからだを浴槽の縁までかがめていた、まるで両肩に支えきれないほどの重荷を背負わされたかのように。彼は子供のように手の甲で涙を拭き続けていた——なんのとりえもない子供、ふとった小学生といった有様だった。美しいもの、賢いもの、成功したものにたいしてなら、仮借ない戦いを挑むことができる、だがなんのとりえもないものにたいしてはそうはいかない、そうすれば胸が重石に押しつぶされる。スコービーはその手紙をもって立ち去るべきであることはわかっていた、同情したってなんの役にも立たないのだ。

船長はうめくように言った、「あなたに娘さんがおありならわかっていただけるはずです。だがおありにならない」彼は子供のないことが犯罪ででもあるかのように責めた。

「ないですね」

「あの子は私のことを心配しているのです。私を愛しているのです」と彼は、その不似合いなことばをどうしても信じこませようとするかのように、涙にぬれた顔をあげて言った。

「あの子は私を愛しているのです」と彼は悲しげにくり返した。

「だがどうしてリスボンに着いてから書かなかったんです？」とスコービーはもう一度尋ねた。「どうしてこんな危険をおかすんです？」

「私は独り者です。妻はありません」と船長は言った。「しゃべっていいときまでいつも待つわけにはいかないのです。それにリスボンには――お察しいただけるでしょうが――友だちがあり、酒があります。あそこにはまた私の女がいました、それが娘にたいしてさえ妬《や》きもちを焼くんです。喧嘩しているうちに、時はたちます。一週間後には私はまた発《た》たなければなりません。今度の航海まではいつもかんたんにすんでいたことなのです」

スコービーは彼のことばを信じた。その話はつじつまがあわないだけに真実と思われた。戦争中でも信じる能力を萎縮させまいとすればときにはそれを行使しなければならない。彼は言った、「お気の毒です。が、私にはどうすることもできない。おそらく無事にすむでしょう」

「お国の当局は」と船長は言った、「私の名前をブラックリストにのせるでしょう。それがどういうことかおわかりでしょうね。領事は私を船長とする船に航行許可を与えなくなるのです。私は陸《おか》で餓え死にするほかないでしょう」

「こういう件については」とスコービーは言った、「書類が無数にありましてね。綴じこみはめちゃめちゃになっている。多分あなたのところにはなにも言ってこないでしょう」

「私はお祈りをするだけです」とその男は希望もなく言った。

「それがいい」とスコービーは言った。

「あなたはイギリス人だ。お祈りなどばかになさっているでしょう」

「私だってカトリックですよ」とスコービーは言った。

ふとった顔がすばやく彼を見あげた。「カトリック？」と彼は希望をもって叫んだ。はじめて彼は哀訴しはじめた。彼は異国の大陸で同国人に出会った人のようだった。彼はライプチッヒにいる娘のことを早口にしゃべり出した、使いふるした紙入れをとり出し、彼同様に品のないずんぐりした若いポルトガル女の黄ばんだスナップ写真を見せた。小さなバスルームは息づまるように暑く、船長はくり返し何度も言った、「あなたもおわかりになるでしょう」彼はすでに二人がどれほど多くのものを共有しているかたちまち発見していた、血の流れ出る心臓に剣を突き刺した石膏像、告解室のカーテンの背後のささやき声、聖なる衣と血痕の溶解、暗い付属礼拝堂と複雑な礼拝の作法、そしてそのすべての背後のどこかにある神の愛など。「そしてリスボンには」と彼は言った、「私の女が待っていて、私を家に連れて行って、私が一人で外出できないようにズボンをとりあげてしまうでしょう、毎日酒と喧嘩の連続でしょう、寝るまでです。あなたもおわかりになるでしょう。リスボンで娘に手紙を書くことはできないのです。あの子はひじょうに私を愛していて、手紙を待っているのです」彼はふとった腿を動かして言った、「汚れなき愛なのです」そしてさめざめと泣いた。二人は広範囲にわたる悔恨と切望を共有していた。

二人の親近性が船長に別の角度から試みる勇気を与えた。彼は言った、「私は貧乏人ではありますが、ご用立てできるお金はもってます……」彼はただのイギリス人なら買収しようという気を起こさなかったろう、それは二人に共通する宗教にたいして彼が支払いうるもっとも真摯な敬意だった。

「残念ながら」とスコービーは言った。

「私はイギリスのポンドをもってます。二十ポンドさしあげましょう……五十でも」彼は嘆願した。「百では……それが私の貯金のすべてです」

「それはできません」とスコービーは言った。彼はすばやく手紙をポケットに入れ、立ち去った。船室のドアでふり返って最後に見たときの船長は、頭を水槽にうち続け、頬のたるみに涙をためていた。談話室でドルースといっしょになろうとおりて行きながら、彼は重石が胸を圧するのを感じていた。おれはこの戦争を憎む、と彼は思った、船長が使ったことばそのままに。

3

ライプチッヒにいる娘あての手紙と、調理場で見つかった小さな通信の束とが、十五人の男による八時間の捜索の全収穫だった。一日分の仕事としてはまず平均的と言っていいだろう。スコービーは警察署に着くと、署長に会おうとのぞいてみたが、署長のオフィスにはだれもいなかったので、自分の部屋の手錠がかかっている下にすわり、報告書を書きはじめた。「電報に名前のあげられていた船客の船室と所持品にたいし、特別捜索をおこなった結果……成果はなかった」ライプチッヒの娘あての手紙はそばのデスクの上にあった。外は暗かった。独房の臭気がドアの下からしのびこみ、隣りのオフィスではフレーザーがこの前の休暇以来毎晩歌っている歌をひとりで歌っていた——

こうなったのはなぜなのか
いまさら歎《なげ》くことはない
おまえとおれは二人して
どうせ死に行く身じゃないか

スコービーには人間の一生がはかり知れぬほど長いもののように思われた。人間の試練はもっと短い年数ですまされてもいいではないか？　七歳で最初の大罪を犯し、十歳で愛か憎しみのために破滅し、十五歳の死の床で贖罪の機会をつかんでもいいではないか？　彼は書いた、「無能ゆえに解雇されていた給仕が、船長はバスルームに手紙をかくしている、と届け出た。小官は捜索をおこない、ライプチッヒのグレーナー夫人あての封書が便所の水槽の蓋にかくされているのを発見した。このかくし場所については回文によって衆知せしめるのが適当と思われる、当署においてははじめて知りえたものだからである。封書はテープによって水面にふれぬよう固定され……」

彼は紙面を見つめたままますわっていた、彼の頭は相争う二つの考えで混乱していた、その葛藤は実は数時間前にすでにけりがついたものだった、ドルースが談話室で彼に「なにかあったか？」と尋ね、彼が肩をすくめてその身ぶりの解釈をドルースにまかせたときに。彼は「いつも見つけるようなただの私信だけですよ」という意味をもたせたつもりだったとしても、ドルースは「なにもありませんよ」と受けとっていた。スコービーは額に手をあて、身ぶるいした。汗が指のあいだからにじみ出た、彼は思った、熱病にでもかかったんじゃないかな？　自分が新しい人生の出発点に立っているように思われたのは、おそらく熱が高くなったせいだった。結婚を申しこもうとするときとか、はじめて罪を犯そうとするときには、人はこのように感じるものなのだ。

スコービーは手紙をとり、開封した。それはとり返しのつかない行為だった、秘密通信を開封する権利はこの町のだれ一人もっていなかった。マイクロフィルム写真が封筒の糊の部分にかくされているかもしれなかった。ごく単純な暗号文さえ彼には解読不可能だろう、彼のポルトガル語の知識では表面上の意味をつかむのがやっとだろう。発見された手紙はすべて――一見どんなに罪のないものでも――未開封のままロンドンの検閲官に送付しなければならない。スコービーはその厳格極まる指令に反して、自分の不完全な判断を行使しようとしていた。彼はひとり考えた、もしこの手紙があやしければ報告書を送ることにしよう。開封の件は説明できる。船長が中味を見せるために封を切ると言い張った、と書けばいい。だが、そう書くと彼は船長の不利になるように不当に事実をゆがめたことになる、マイクロフィルム写真を破壊するのにそれ以上の方法はありえないからである。手になにか嘘をつかなければ、とスコービーは思った、だが彼は嘘になれていなかった。手にした手紙を白い吸取り紙の上に注意深くかかげ、便箋のあいだからこぼれ落ちるものはなんでも見つけ出せるようにしながら、彼は自分の行為もふくめてあらゆる事情をあるがまま完全に報告しようと決心した。

「いとしい金食い蜘蛛さん」とその手紙ははじまっていた、「地上のなにものよりおまえを愛しているお父さんは、今度は少しばかりたくさんお金を送るつもりだ。いまおまえがどんなにつらいかはわかっているし、それを思うと胸が痛む。かわいい金食い蜘蛛さん、おまえの指がこの頬を撫でるのを感じることができさえしたらどんなに嬉しいことか。おかしな話だ、私みたいに大きなふとった父親が、おまえみたいに小さな美しい娘をもっているとは！　ところで、かわいい金食い蜘蛛さん、今日は私に起こった出来事をなにもかも話すとしよう。私たちは四日停泊しただけで一週間前にロビトを出港した。ロビトではアランジュエズ氏の家に一泊し、適量以上にワインを飲んだが、私のした話と言えばおまえのことばかりだった。港にいるあいだずっとおこないを正していたのは、かわいい金食い蜘蛛さんとの約束があったからだ、それに私は告解と聖体拝領にも出かけたよ、というのは、リスボンに行く途中で私になにが起ころうと――こんなひどいご時世にはなにが起こるかわからないだろう？――死後は私のかわいい蜘蛛さんといっしょに天国で暮らしたいと思ったからだ。ロビト出港以後は、上々の天気が続いている。船客たちさえ船酔いしないでいる。明晩、ついにアフリカ大陸をあとにすることになるので、船上コンリートが予定されており、私は口笛を吹いて聞かせることになるだろう。口笛を吹くたびに私はかわいい金食い蜘蛛が私の膝にすわって聞き入った日々を思い出すだろう。いとしいおまえ、私は年老いてきているし、航海をすませるたびにふとっている。私は正しい人間とは言えないし、この大きな肉体に宿る私の魂は豆粒ほどの大きさしかないのではないかと不安になることもある。おまえにはわからないだろうが、私のような男が絶望という許しがたい罪におちいるのはかんたんなことだ。そこで、私は娘のことを思うのだ。かつての私にはおまえがまねていいだけの正しさがあった。妻というものはまったき愛ゆえに夫の罪の大半をともにになうことになる。だが娘は父親の最後の救いとなるかもしれない。私のために祈ってくれ、かわいい蜘蛛さん。
　いのち以上におまえを愛する父より」

「いのち以上に」スコービーはこの手紙にこめられた誠意にいささかも疑いを感じなかった。これはケープ・タウンの防備態勢の写真や、ダーバンの軍隊移動のマイクロフィルム報告をかくすために書かれたものではなかった。もちろんそれが、秘密インクの有無を検査し、顕微鏡で調べ、封筒の裏張りをはがしてみなければならないものであることは、彼にもわかっていた。秘密通信についてはなに一つ偶然にまかせてはならないのである。だが彼はすでに固く信じこんでいた。彼はその手紙を裂き、ついでに自分の報告書も破り、中庭の焼却炉にもって行ってほうりこんだ――それは通風用に横腹にいくつか穴を開けて二つの煉瓦の上においてある石油罐だった。紙に火をつけようとマッチをすったとき、フレーザーが中庭に現われ近づいてきた。「こうなったのはなぜなのか、いまさら歎《なげ》くことはない……」紙屑のいちばん上に見まちがえようもなく外国の封筒の半切れがあった、あて先の一部を読むことさえできた――フリードリッヒ街と。彼がいそいでいちばん上の紙切れにマッチをつけたとき、フレーザーはがまんしがたいほどの若々しさをもって大股に中庭を歩いてきた。その紙切れが燃えあがると、火の熱で丸めてあった別の紙切れがたいらにひろがり、グレーナーという名前を見せた。「証拠焼却ですか？」とフレーザーは陽気に言い、石油罐をのぞきこんだ。そのときにはもう名前は黒くなり、フレーザーに見ることのできるものはたしかになに一つなかった——スコービーにはあきらかに外国の封筒の一部と見える茶色の三角形をのぞいては。彼はそれを棒でかきまわして跡形もなくしてからフレーザーの顔を見あげ、そこに驚きや疑いの色が浮かんでいないか様子をうかがった。空漠としたその顔は、休暇中の学校の掲示板のように空白で、なにも読みとれなかった。彼の心臓の鼓動だけが彼の罪を責めていた——彼が不正警察官たちの仲間に入ったと——別の町に地下金庫をもっていたベイリーや、ダイヤモンド所持を見つかったクレイショーや、確証がないまま病気退職となったボイストンの仲間に。彼らは金のために不正を犯したが、彼は感傷のために不正を犯したのだ。感傷のほうがより危険だった、感傷には値段のつけようがないからである。賄賂に屈する人間はある金額以下までは信用できるが、感傷は一つの名前、一枚の写真、いや、一つの匂いを思い出すだけでも心を占めかねないのである。

「どうでした、今日は？」とフレーザーは小さな灰の山をじっと見ながら尋ねた。多分彼は、今日は自分が行くべき日だったと考えていた。

「いつものとおりさ」とスコービーは言った。

「船長は？」とフレーザーは石油罐をのぞきこんだまま尋ね、またあのものうい歌を口ずさみはじめた。

「船長?」とスコービーは言った。

「ああ、船長のことを密告したものがいた、とドルースから聞きましたが」

「いつもの話さ」とスコービーは言った。「クビになった給仕が恨んでやったことだ。なんにも見つからなかったとドルースから聞かなかったか?」

「ええ」とフレーザーは言った、「はっきり知らないようでしたよ。では、おやすみなさい。私は食事に行かねばなりませんので」

「シンブルリッグは当直についているんだろうな?」

「はい」

スコービーは彼が出て行くのを見守った。その背中は顔と同じように空漠としていた。そこにはなにも読みとることができなかった。スコービーは思った、おれはなんてばかだったんだろう。なんてばかかな。彼が義務を負っていたのはルイーズにたいしてであって、本人同様に魅力のない娘のために会社の規則を破ったふとっちょの感傷的なポルトガル人船長にたいしてではなかったのだ。方向が百八十度転回したのは、あの娘だった。そしていま、とスコービーは思った、おれは家に帰らなければならない。車をガレージに入れると、アリが懐中電灯をもって出てきて、ドアまでおれの足もとを照らすだろう。ルイーズは二つの風が吹き通るところにすわって涼んでいるだろう、そしておれは彼女が一日じゅう考えていたことをその顔にはっきり読みとるだろう。彼女は、万事話がついて、「南アフリカ行きの切符をおまえの名前で代理店に申しこんでおいたよ」とおれが言うのを待ち望んでいたろう、だが彼女は、そんな幸福が私たちに訪れるはずはない、と恐れているだろう。彼女はおれが話し出すのを待つだろう、そしておれは彼女の悲歎を見るのを先に延ばしたくてなんでもいいから話題を問わずあれこれしゃべり続けようとするだろう（その悲歎はいつでも顔いっぱいにひろがるよう彼女の口もとに待機しているだろう）。彼にはことがどう進んで行くか正確にわかっていた、これまでにもしょっちゅう起こっていたのだから。彼はオフィスにもどり、デスクに鍵をかけ、車のほうへ行きながら、その一言一言を下稽古していた。刑場へ向かう死刑囚の勇気を云々《うんぬん》する人は多い、だが悲歎にくれるのを常としている他人のところへしっかりした態度を維持して向かうのも同じ程度の勇気を要するときがあるのだ。彼はフレーザーのことを忘れた、彼は目の前にさし迫った場面以外のすべてのことを忘れた、おれは家に入って言うだろう、「いま帰ったよ、おまえ」彼女は言うだろう、「お帰りなさい、あなた。今日はどうだったの？」おれはあれこれしゃべり続けるだろう、だがそのあいだずっとあの瞬間へと近づきつつあることを意識しているだろう、おれが「おまえのほうはどうだった？」と言って、悲歎を呼び入れてしまう瞬間へと。

4

「おまえのほうはどうだった？」彼はすばやく彼女から顔をそむけ、ピンク・ジンをもう二杯注ぎはじめた。二人のあいだには「酒が救い」という暗黙の諒解があった、杯をかさねるたびにますますみじめになっていきながら救われる瞬間を願っていたのである。

「私のことを本気で知りたがってはいないんでしょ」

「もちろん知りたがっているよ、おまえ。今日はどうだった？」

「ティッキー、どうしてあなた、そんなに卑怯なの？　どうしてもうおしまいだってはっきり言わないの？」

「おしまい？」

「わかってるでしょ――移転のことよ。お帰りになってからあなたがしゃべっているのはエスペランサ号のことばっかり。ポルトガル船は二週間に一度入港すると決まっているのに。いつもはそのようにしゃべったりしないわ。私だって子供ではないのよ、ティッキー。はっきり言ったらどうなの――おまえは行けないんだ、って」

彼はみじめにグラスに向かって苦笑いし、グラスをぐるぐるまわして浮かんでいるアンゴスツラの樹皮を縁沿いにまわらせた。彼は言った、「そう決まったわけじゃあないんだ。

なにか方法を見つけるよ」彼はいやいやながら例の憎らしい綽名《あだな》に頼ることにした。それでもうまくいかなければ、妻の悲歎は深まっていき、彼が眠りを必要とする短い夜のあいだずっと続くことになるだろう。「ティッキーにまかせてくれ」と彼は言った。緊張で脳髄のなかの勒帯が張りつめたような気持ちだった。妻の悲歎を夜明けまでおさえておくことができればいいが、と彼は思った。悲歎は暗い夜ではいっそう耐えがたいものとなる、目に見えるものと言えば、灯火管制用の緑の暗幕と、政府支給の家具類と、テーブルの上に羽をまき散らす羽蟻ぐらいしかない。百ヤードほど先のクリオール人たちが住んでいるところで野良犬が鳴いたり吠えたりしていた。「ほら、また乞食小僧が出てきた」と彼は言って、この時刻になるといつも蛾やゴキブリを狙いに壁に出てくるヤモリを指さした。彼は言った、「この話はついゆうべ思いついたばかりだろう。こういうことは決まるのに時間がかかるんだ。あの手この手、あの手この手とね」彼は不自然なユーモアをもって言った。

「銀行へはいらしたの？」

「うん」と彼は認めた。

「で、お金は作れなかったのね？」

「うん。やりくりがつかんと言うのだ。ジン・アンド・ビターズをもう一杯どうだい？」

彼女はグラスを彼のほうに差し出しながら、声を出さずに泣いていた、彼女の顔は泣くと赤くなった——十年もふけた、中年の、見棄てられた女のように見えた——未来の恐ろしい亀裂が彼の頰に走ったかのようだった。彼は彼女のそばに片膝をつき、薬を飲ませるようにピンク・ジンを彼女の唇にもっていった。「ねえ、おまえ」と彼は言った、「なんとか方法を見つけるよ。飲んでごらん」

「ティッキー、もうここがまんできないのよ。前にもそう言ったけど、今度は本気なの。気がちがいそうだわ。ティッキー、私さびしくって。お友だちなんか一人もいないんだもの」

「明日ウィルスンを招《よ》ぼう」

「ティッキー、お願いだからウィルスンのことばかり言わないで。ね、なんとかして」

「もちろんなんとかするさ。ただもうしばらくがまんしてくれ。こういうことは時間がかかるんだ」

「どうするって言うの、ティッキー？」

「考えはいくらだってあるんだよ、おまえ」と彼は疲れたように言った。（今日はなんという一日だったろう）「それが熟するまでほんのしばらく待ってくれ」

「その考えを一つだけ教えて。一つでいいから」

彼は獲物に跳びかかろうとするヤモリを目で追った、それからジンに落ちた羽蟻の羽をつまみ出し、また飲んだ。彼は胸のなかで思った、あの百ポンドを受けとらなかったとはおれはなんてばかなんだ。おれはただで手紙を焼き捨ててしまった。おれは危険をおかしたのだ。どうせならおれは……ルイーズは言った、「何年も前からわかっていたわ。あなたは私を愛していないのよ」彼女は冷静に言った。その冷静さの意味は彼にもわかっていた――それは二人が嵐の目に入ったということなのである。いつもこの問題を話しあっていこの時刻になると二人はおたがいに真実を語りはじめた。真実は、と彼は思った、いかなる人間にとってもほんとうはなんの価値もないものだ――それは数学者や哲学者が追求すべき一つの象徴なのだ。人間関係においては、やさしさと嘘は数百の真実よりも価値がある。彼は、むなしい努力とわかっていながら、嘘を言い続けようと心に決めた。「ばかなこと言うんじゃないよ、おまえ。おまえを愛さないとしたら、おれはだれを愛していると思うんだい？」

「あなたはだれも愛していないのよ」

「だからおまえをひどくあつかう、ってわけか？」彼は軽口をたたいたつもりだったが、その声はうつろに彼にはねかえるのみだった。

「そう言わせるのはあなたの良心よ」と彼女は言った、「あなたの義務感よ。キャサリンが死んでから、あなたはだれ一人愛してはいないわ」

「おれ自身をのぞいてはだろうね、もちろん。おまえはいつも言っているものな、おれは自分だけを愛しているって」

「いいえ、あなたはご自分も愛していないと思うわ」

彼は相手の太刀先をかわして身を守ろうとした。この竜巻きの中心にあっては、彼は気休めの嘘を言う力を失っていた。「おれは四六時ちゅうおまえをしあわせにしようと努めている。そのために精いっぱい働いているんだ」

「ティッキー、あなたは私を愛していると言おうとさえしないのね。ねえ、一度でいいからそう言ってみて」

彼はピンク・ジン越しに痛々しげな目で彼女を見た、その姿は彼の失敗の目に見える結果だった、肌はアタブリン剤の常用でやや黄ばみ、目は涙で血走っていた。永遠の愛を保証できるものなど一人もおるまい、だが彼は、十四年前、イーリングで、レースの衣装やキャンドルに囲まれておそろしくささやかで上品な式を挙げたとき、少なくともこの女をしあわせにするようつねに心がけよう、と無言の誓いをしたのだった。「ティッキー、私はあなた以外になにもないのよ、あなたは——ほとんどなにもかももっているのに」ヤモリが壁の上をサッと跳び、ふたたび動かなくなった、その小さなワニのような両顎のあいだに蛾の羽があった。羽蟻たちが電球を音もなくたたいていた。

「それなのにおまえはおれから離れたいって言うんだね」と彼は言った。

「そうよ」と彼女は言った、「あなただってしあわせじゃないことはわかっているんだもの。私がいなければあなたも心の平安を得られるでしょう」

それは彼がいつも考慮しないでいたものだった——彼女の観察力の正確さというのは。彼はほとんどなにもかももっていたし、彼が必要としていたのは心の平安だけだった。なにもかも、というのは仕事のことだった、小さな飾りけのないオフィスでのきまりきった規則正しい毎日の仕事や、愛する土地における季節の変化のことだった。彼は何度となく、仕事のきびしさや、報酬の貧しさのことで、あわれまれてきた。だがルイーズはもっと深く彼のことを理解していた。彼が若者にもどったとしても、もう一度この人生を生きることを選ぶだろう、ただそのときはほかの人間とその人生をともにしたくはないと思うだろう、浴槽のネズミと、壁のヤモリと、午前一時に窓を吹き開く竜巻きと、口暮れどきの紅土の道を照らす最後のピンクの光とはともにしても。

「ばかなこと言うなよ、おまえ」と彼は言って、もう一杯ジン・アンド・ビターズを作る絶望的な動きを続けた。もう一度彼の頭の神経が張りつめた、不幸が避けがたいいつもの手順を踏んでひろがっていた——まず彼女の悲歎と彼のなにごとも言わずにおこうとする無理した努力、次に彼女の嘘をつくよりはるかにりっぱにのべられた冷静な真実のことば、そして最後に彼の自己抑制力の破綻——彼女が彼の敵ででもあるかのように、真実が彼女に投げ返されたのだ。この最後の段階に入りこみ、手にしたアンゴスツラの樹皮をふるわせながら、彼女に向かって突然、真実をこめて、「おまえはおれに心の平安を与えることのできない女だ」と叫び出したとき、彼はすでにそのあとどうなるかわかっていた、和解と、次の争いまでの安易な嘘が続くだろうと。

「だから私、そう言ってるのよ」と彼女は言った、「私がいなくなれば、あなたは心の平安を得られるでしょう」

「なんにもわかっていないんだな」と彼は責めた、「心の平安とはどういうものなのか」

それはまるで自分の愛する女を彼女にばかにされたかのような言いかただった。というのは、心の平安こそ彼が昼も夜も夢見ていたものだったからである。あるとき、眠っていると、その平安が彼の部屋の窓を月のように大きな輝く肩をして昇って行くのが見えたことがあった、その姿は世界が破滅する直前の北極の氷山のように破壊的だった。昼間は、ほんの数瞬でもその平安とともにありたいと願い、鍵をかけたオフィスの錆びかけた手錠の下に背を丸め、分署からの報告書を読んだりした。平安ということばはもっとも美しいことばであると彼には思われた。わが平安を汝らに与え、わが平安を汝らにのこす、おお、この世の罪をとりのぞきたもう神の子羊よ、あなたの平安をわれらに与えたまえ。ミサのとき、彼は渇望の涙をおさえるべく指を目に押しつけるのだった。

ルイーズはいつものやさしさをもって言った、「かわいそうに、あなたは私がキャサリンのように死ねばいいと思っているのね。そしてひとりぼっちになりたいのね」

彼はかたくなに答えた、「おれはおまえがしあわせであってほしいと思っている」

彼女は疲れたように言った、「私を愛していると、それだけでいいから言ってちょうだい。それで少しは気が休まるわ」二人は争いの場を通り抜け、ふたたびその向こう側へ出た。彼は冷静に思い出しながら考えた、今日のはそうひどくなかった、これなら今夜は二人とも眠ることができるだろう。彼は言った、「もちろん愛しているよ、おまえ。そして移転のこともとり決めてやる。待っていてごらん」

たとえそのことばがどんな結果を生むかあらかじめわかっていたとしても、やはり彼はその約束をしただろう。彼はそれまでいつも自分の行為の責任をとる覚悟はしていたし、彼女をしあわせにしようとひそかに恐ろしい誓いを立てたとき以来、その行為が自分をどのようなところまで追いやるか、いつもおぼろげながら自覚してもいた。みずからに不可能な目的を課す人間が支払う代償は絶望である。絶望は許されぬ罪だ、と言われるが、それは不正邪悪な人間がけっして犯すことのない罪である。そういう人間はつねに希望をもっている。絶対的な失敗を知るという氷点に達することはけっしてない。ただ善意の人間のみがつねに心のうちに絶望という堕地獄の罪を犯す能力をもっているのだ。

第二部

第一章

1

　ウィルスンはベッドフォード・ホテルのベッドのそばに暗い気分で立って、自分の腹帯を見つめていた、それは怒った蛇のように波うっていた、小さな部屋は彼と腹帯の確執で熱気が立ちこめていた。壁越しにハリスがその日五度目の歯みがきをしている音が聞こえた。ハリスは歯の衛生が大事だと信じていた。「ぼくがこんないまいましい気候の土地で健康にしていられるのは食前食後に歯をみがくからだよ」と彼は、オレンジ・スカッシュの上に青白い疲れはてた顔をもっていきながら、よく言っていた。いま彼はうがいをしていた、それは水道管のなかの音のように聞こえた。

　ウィルスンはベッドの端に腰をおろして休んだ。風を入れるためにドアを開け放してあったので、廊下の向こう側のバスルームがのぞきこめた。ターバンを巻いたあのインド人が正装して浴槽の縁にすわっていた。彼は謎めいた目つきでウィルスンを見返し、お辞儀をした。「失礼ですが、ちょっと」と彼は呼びかけた。「ここまでおいでくだされば……

……」ウィルスンは腹立たしげにドアを閉めた。それからもう一度腹帯に挑戦した。

彼が昔見た映画に――『ベンガルの槍騎兵』だったか？――腹帯をみごとにあつかうシーンがあった。一人の原住民が一巻きの腹帯をもち、しみ一つない白人将校がコマのようにくるくるまわると、腹帯がよどみなくきっちり巻きついていった。別の召使いが氷を入れた飲物をもってそばに立っており、その背景にヤシの葉の扇が揺れていた。こういうものはインドではもっとうまくあつかわれているらしい。しかし、もうひとふんばりして、ウィルスンはその不愉快なものをからだに巻きつけた。それはあまりにきつく、ひどく皺が寄り、端の折りこみが正面にきすぎたので、ジャケットではかくせなくなっていた。彼は鏡の欠けた残りに映る自分の姿を憂鬱な気分で見つめた。だれかがドアをたたいた。

「だれだ？」とウィルスンはどなった、一瞬あのインド人が厚顔無恥にも押しかけてきたのだと思ったのである……だがドアを開けてみると、ハリスにすぎなかった、インド人は廊下の向こう側の浴槽の縁にまだすわって推薦状の束をいじっていた。

「出かけるところかい、きみ？」とハリスはがっかりしたように尋ねた。

「うん」

「今夜はみんな出かけるようだな。食卓はぼく一人ってことになりそうだ」彼は暗い声でつけ加えた、「しかも今夜はカレーだぜ」

「そうだったな。それを食べられないのは残念だが」

「きみは二年間毎木曜日の夜カレーを食べ続けてはいないからな」彼は腹帯を見た。「その巻きかたはちがってるよ、きみ」

「わかってはいるんだがね。これで精いっぱいなんだ」

「ぼくは腹帯をつけないことにしている。その理由はもちろん、胃に悪いからだ。それが汗を吸いとるということだが、ぼくが汗をかくのはそんなところじゃないんだよ、きみ。ぼくとしてはそんなものよりズボン吊りをつけたいね、ただ弾力がすぐなくなるんで、革のベルトのほうがまだましってわけだ。ぼくは気どり屋じゃないし。ところできみ、どこで晩餐をとろうっていうんだい？」

「タリットのとこで」

「どうしてやつに会ったんだい？」

「昨日オフィスに勘定を払いにきて、晩餐に招んでくれたんだ」

「シリア人のとこへ行くのに正装することはないぜ、きみ。そんなもの、とってしまえよ」

「いいかな？」

「あたりまえさ。なんの役にも立たんし。まちがってるよ」彼はつけ加えた、「りっぱな晩餐にはありつけようが、お菓子には気をつけろよ。人生は永遠の用心に値する。やつがきみからなにをせしめようとしてるのか知らんがね」ウィルスンはハリスがしゃべっているあいだ服を脱ぎはじめた。彼はいい聞き手だった。彼の頭脳は一日じゅうごみをふるい分ける篩《ふるい》のようだった。ズボン下姿になってベッドに腰をかけ、彼はハリスのことばを聞いた――「魚には気をつけなければいかんぞ、ぼくは手もつけない」――だがそのことばはなんの感銘も残さなかった。白い綾織りのズボンを毛のない膝の上まで引きあげながら、彼は胸のなかでつぶやいた、

……かわいそうにも小妖精は
罪の報いで閉じこめられた
お墓のようなからだのなか。

彼のおなかは晩餐の前にいつもそうなるようにグーグーゴロゴロと鳴った。

悲しみゆえに小妖精は
慰め求めてきみに頼んだ
今日は微笑を、明日は歌を。

ウィルスンは鏡をのぞきこみ、なめらかな、なめらかすぎるような肌に指をすべらせた。

その顔は、ピンクで健康的な、ふっくらして絶望的な表情で、彼を見返した。ハリスは楽しげにしゃべり続けた、「いつだったかスコービーに言ってやったよ」するとたちまちことばのかたまりがウィルスンの篩に引っかかった。彼は考えを口に出した、「どうしてあの男は彼女と結婚するようになったのかな」

「それがみんな不思議に思ってることだよ、きみ。スコービーは悪いやつじゃない」

「彼女は彼にはよすぎるぐらいだ」

「ルイーズがか？」とハリスは大声をあげた。

「もちろんさ。ほかにだれがいる？」

「人の好みは十人十色か。突撃し、攻め落とすんだな、きみ」

「そろそろ出かけなくちゃ」

「お菓子には気をつけろよ」ハリスはエネルギーをやや噴出させて言い続けた、「まったく、木曜日のカレーのかわりになにか気をつけるものが出てほしいよ。今日は木曜日だろう？」

「うん」

二人は廊下に出て、インド人の目の焦点に入った。「きみも遅かれ早かれとっつかまるはめになるぞ」とハリスは言った。「あいつにかかっちゃあみんな一度は見てもらうことになる。きみだって見てもらうまでは静かにほっといてはくれんだろう」

「ぼくは占いなんか信じる気になれないね」とウィルスンは嘘をついた。

「ぼくだってそうさ、だがあいつは結構たしかだぜ。ぼくはここへきた最初の週に見てもらった。そしたら、ここに二年半以上いることになるだろう、って予言した。ぼくはそのとき、一年半たったら休暇をとるつもりでいた。いまは間違っていたと思い知らされたがね」インド人は浴槽から勝ち誇ったように見守っていた。彼は言った、「私、農政長官の推薦状もってます。パークス副領事のももってます」

「よし、わかった」とウィルスンは言った。「見てもらおう、だがいそいでくれよ」

「ぼくはいないほうがよさそうだな、きみ、運命判断がはじまる前に」

「ぼくはかまわんぜ」とウィルスンは言った。

「浴槽におかけください」とインド人は礼儀正しく招いた。彼はウィルスンの手をとった。

「なかなか興味深い手です」と彼は説得力のない口調で言いながら、その手の重さをはかるように上下に動かした。

「見料はいくらだい？」

「階級によります。あなたのようなかたですと、十シリングちょうだいします」

「ちょっと高いな」

「下級士官だと五シリングですが」

「ぼくは五シリングの組だよ」とウィルスンは言った。

「とんでもない。農政長官は一ポンドくださいました」

「ぼくはただの会計係だぜ」

「そうでしょうが、総督の副官とスコービー副署長は十シリングくださいました」

「よかろう」とウィルスンは言った。「さあ、十シリングだ。見てくれ」

「あなたはここにいらして一週間、二週間でしたね」とインド人は言った。「夜はときどきいらいらなさいます。ことがはかばかしく進んでいかないとお考えです」

「だれにたいして？」とハリスがドアのところでぶらぶらしながら尋ねた。

「あなたはなかなかの野心家です。あなたは夢想家です。あなたはたくさん詩をお読みになります」

ハリスはくすくす笑った、そしてウィルスンは、掌の線をたどっている指から目をあげて、不安げに占い師の顔を見つめた。

インド人は毅然として続けた。彼のターバンはウィルスンの鼻の下にかがみこんでおり、古い食物の臭いがした――彼はおそらく食料品室から少しばかりちょろまかし、そのひだのあいだにかくしていたのだろう。彼は言った、「あなたは秘密のあるかたです。あなたは詩のことをお友だちにお話しになりません――一人をのぞいては。一人を」と彼はくり返した。「あなたはひじょうに内気です。勇気を出さなければいけません。あなたは大きな成功線をおもちです」

「突撃し、攻め落とすんだな、きみ」とハリスはくり返した。

もちろんすべては自己暗示法《クーエイズム》だった。人が充分信じればそれは実現するだろう。差異は克服されるだろう。占いちがいは埋められるだろう。

「まだ十シリング分にはたりないな」とウィルスンは言った。「これでは五シリング分の占いだ。なにか決定的なことを言ってくれ、これから起こることを」彼は浴槽のとがった縁の上でおちつきなくすわりなおし、大きな血豆のようなゴキブリが壁に這いつくばっているのを見守った。インド人は二つの手の上にかがみこんだ。彼は言った、「大きな成功が見えてます。政府はたいへんあなたに満足するでしょう」

ハリスは言った、「きみがお役人だと彼は思ってるんだ」

「どうして政府がぼくに満足するんだい？」とウィルスンは尋ねた。

「あなたは目的の人を捕獲されるでしょう」

「おやおや」とハリスは言った、「きみが新任の警官だと思ってるようだ」

「そうらしいな」とウィルスンは言った。「これ以上時間を浪費してもはじまらん」

「そしてあなたの個人生活も、これまた大きな成功でしょう。あなたは意中のご婦人を獲得されるでしょう。あなたは船で出帆されるでしょう。あらゆることがうまくいくでしょう。あなたにとって」と彼はつけ加えた。

「これこそ十シリング分の占いだぜ」

「さようなら」とウィルスンは言った。「ぼくは推薦状は書かないよ」彼は浴槽から立ちあがった、するとゴキブリはさっとかくれ場所へ引っこんだ。「あの虫にはがまんできないんだ」とウィルスンは言いながら、ドアを横歩きに出た。彼は廊下でふり返り、「さようなら」とくり返した。

「ぼくもはじめてきたときはそうだったよ、きみ。だがある方法を開発したんだ。ちょっとぼくの部屋に寄ってくれたら、見せてやるぜ」

「もう行かなくちゃ」

「タリットのとこに時間どおりにくるやつなんていないさ」ハリスは自分の部屋のドアを開けた、ウィルスンは乱雑な様子を一目見たとたんに一種の恥ずかしさを感じて目をそらした。彼なら自分の部屋でこういう自分をさらしたりはしなかったろう——汚れた歯みがき用のコップとか、ベッドの上のタオルとか。

「これだよ、きみ」

彼はほっとして室内の壁に鉛筆で書かれた記号に目をやった、Hという文字、その下に出納簿のように日付別に並べられた一列の数字。それからD・Dという文字、その下にまた別の数字。「これがぼくの部屋のゴキブリのスコアだよ、きみ。昨日は平均的だった——4だ。レコードは9だぜ。こうするとあの小動物を歓迎したくなるんだ」

「D・Dってなんの略号だい？」

「ダウン・ザ・ドレーン、排水渠へ流しこんだってことさ。手洗盤にたたきつけ、下水管へ流しこんでやった数だ。それをデッド、死んだものとして数えるのは公正じゃないだろう？」

「うん」

「それに自分をごまかしてもつまらんしね。そんなことするとたちまち興味がなくなってしまう。ただ問題はときどき飽きがくることだ、自分一人でやってると。どうだい、二人で試合をしようじゃないか、きみ？　これにも技術がいるんだぜ。やつらはこっちが近づくと敏感に聞きとって、油でテカテカ光る稲妻みたいに動きまわる。ぼくは毎晩懐中電灯を手にして追っかけるんだ」

「やってみてもいいな、だがもうそろそろ行かないと」

「約束しておこう——きみがタリットのとこから帰るまでぼくはゴキブリとりをはじめないでいる。寝る前の五分間で勝負しよう。正確に五分間だ」

「よかろう」

「いっしょに下に行こうか、きみ。カレーの匂いがしてきた。あれはおかしかったな、あのばか爺いがきみを新任の警官とまちがえたのは」

「まちがいだらけだったじゃないか、あいつは」とウィルスンは言った。「詩を読んでいるとか」

2

タリット家の居間は、はじめて見るウィルスンにとって、田舎のダンス・ホールのような外見をしていた。壁にきっちり並べられた家具、高いすわり心地の悪そうな背をした固い椅子、片隅にいる付添人たち、何ヤードもの絹で作った黒い絹のドレスを着ている老婦人たち、そしてスモーキング・キャップをかぶった一人の老人。彼らは完全な沈黙を守りながら熱心に彼を見守っていた、そして彼らの視線を避けると彼の目に映るのは飾りのない壁だけだった、ただその壁の各隅には感傷的なフランスの絵葉書が蝶結びのリボンをあしらって鋲でとめられていた、フジ色の花の香りをかいでいる青年や、サクラ色の輝くような肩や、感情こめてのキスなどが。

ウィルスンが入って行くと、彼のほかには一人しか客がきていなかった、長い黒い法衣をつけたカトリックのランク神父だった。二人は部屋の両隅にむかいあってすわった、その周囲にいる付添人たちは、ランク神父の説明によれば、実はタリットの祖父母、両親、二人の叔父、曾祖父の妹にあたるらしい人、従兄だった。どこか見えないところでタリットの妻がちょっとした料理を用意しており、それを彼の弟と妹が二人の客にはこんだ。英語を話すのは家族のなかでタリットだけだった、そしてウィルスンはランク神父が部屋の反対側から大声で主人や主人の家族について話しかけるので当惑した。「いやいや、結構」とランク神父は、乱れた白髪まじりの頭を振ってお菓子をことわりながら言うのだった。「これには気をつけるようご忠告しますよ、ミスター・ウィルスン。タリットはいい男だが、ヨーロッパ人の胃袋がなにを受けつけるか知ろうとしないんです。この連中は駝鳥みたいな胃袋をしてますからなあ」

「ぼくにはなかなか興味ある味でしたが」とウィルスンは言って、向こう側の祖母の目と目が合ったので、会釈してほほえみかけた。祖母は彼がもっとお菓子をほしがっていると思ったらしく、怒ったような声で孫娘を呼んだ。「いやいや」とウィルスンは、百歳の老婆に向かって首を振りほほえみながら言ったが、無駄だった。百歳の老婆は歯のない歯ぐきから唇をあげて、恐ろしい口調でタリットの弟に指図した、弟は大いそぎでもう一皿もってきた。「それなら安全です」とランク神父はどなった。「砂糖と、グリセリンと、メリケン粉がちょっと、だけだから」そのあいだじゅう彼らのグラスにはウィスキーが注がれ、また注がれた。

「このウィスキーをどこで手に入れたか告白してもらいたいね、タリット」とランク神父は大声で言った、タリットは笑みを浮かべて部屋の隅から隅へ機敏に動きまわり、ウィルスンに一言、ランク神父に一言ささやいた。ウィルスンは、白いズボンをはき、漆黒の髪をし、土気色のつややかな異国的な顔をもち、片目に人形のようなガラスの義眼をはめたこの男を見ると、若いバレエ・ダンサーのような感じを覚えた。

「で、エスペランサ号は出港したんですな」とランク神父は部屋越しにどなった。「なにか見つかったんですか、どうなんです？」

「オフィスで噂はありましたがね」とウィルスンは言った、「ダイヤモンドのことで」

「ダイヤモンド、まさか」とランク神父は言った。「ダイヤモンドを見つけることはないでしょう。どこを探せばいいか知らんのですよ、なあ、タリット？」彼はウィルスンに説明した、「ダイヤモンドはタリットにはしゃくの種でしてな。去年偽物をつかまされたんです。ユーゼフにだまされたんだったな、え、チンピラ君？　おまえも悪党ぶりでは一歩ひけをとったようだな、え？　カトリックたるおまえがマホメット教徒にだまされるとは。おまえの首をひねってやりたいぐらいだ」

「あんなことをするのは悪いことです」とタリットはウィルスンと神父の中間に立って言った。

「私はここへきてまだ二、三週間にしかなりませんが」とウィルスンは言った、「ユーゼフのことはみんなから聞かされています。なんでも彼は、偽物のダイヤをつかませたり、本物のダイヤを密輸したり、品質の悪い酒を売ったり、フランス軍の侵入にそなえて木綿を隠匿したり、陸軍病院の看護婦たちを誘惑したりするとか」

「やつは汚らわしい犬ですよ」とランク神父はおもしろそうにとも聞こえる口調で言った。「と言っても、この土地で聞かされる話はなに一つ信じないほうが無難ですがね。でないと、男という男はすべて人妻と寝ていることになるし、ユーゼフに買収されてない警官はすべてこのタリットから賄賂をもらっていることになる」

タリットは言った、「ユーゼフはひじょうに悪いやつです」

「どうして当局は彼を逮捕しないのです？」

「わしはここへきてもう二十二年になるが」とランク神父は言った、「いまだかってシリア人に不利な結果に終わったためしを見たことがない。そりゃあ、これまでに何度となく、警官が朝早くから上機嫌な顔をして意気揚々と歩いて行くのを見かけたことはありますがね、獲物に跳びかかろうとして——だがそのたびにわしは思ったものです、どんな獲物かわざわざきくまでもあるまい、どうせただ空気に跳びかかるだけだろうから」

「あなたが警官におなりになればよかったですね、神父さん」

「ああ」とランク神父は言った、「それはどうですかな。この町には目にふれる以上の警官がいる——少なくともそう言っている連中がいるんですよ」

「どういう連中です？」

「そのお菓子には気をつけるほうがいい」とランク神父は言った、「少しなら害はないが、あなたはもう四つも食べたでしょう。おい、タリット、ミスター・ウィルスンはおなかがすいておられるらしい。焼き肉をおもちしたらどうだ？」

「焼き肉？」

「これはごちそうです」とランク神父は言った。彼の浮き浮きした声は部屋じゅうをうつろな響きで満たした。二十二年間、その声は笑い、冗談を言い、雨季乾季を問わず人々を楽しい気分にさせ続けてきた。その陽気さはただ一人の魂をも慰めたことがあったろうか？　とウィルスンは思った、それはみずからを慰めたことさえあったろうか？　それは公衆浴場のタイルから反響してくる騒音のようだった、湯気のなかから聞こえてくる見知らぬ人たちの笑い声と水をはねかえす音のようだった。

「もちろんです、ランク神父様。すぐおもちします、ランク神父様」ランク神父は、すすめられないのに、椅子から立ちあがり、椅子と同じように壁にくっつけてあったテーブルの席に着いた。そこには二、三の席にしか食事の用意がととのえられていなかったので、ウィルスンはためらった。「さあ。席にお着きなさい、ミスター・ウィルスン。いっしょに食卓に着くのは年寄りたちだけです——タリットはもちろんだが」

「先ほど、噂のことでなにかおっしゃってましたね？」とウィルスンは尋ねた。

「わしの頭は噂の巣窟でしてな」とランク神父は言いながら、ユーモラスな絶望の身ぶりをした。「だれかがわしに話すことはなんでも、ほかの人に伝えてほしいんだな、と思うわけです。こんな、なにもかもが職務上の秘密になってるような時代に、舌はしゃべるためにあり、真実は語られるためにある、ということを人々に思い出させるのは、有益な行為ですよ、なにをしてるんだ、タリットは」とランク神父は言い続けた。タリットは灯火管制用のカーテンの片隅をもちあげて、暗い通りをじっとのぞいていた。「ユーゼフがどうかしたかね、チンピラ君？」と彼は尋ねた。「ユーゼフは通りの向こうに大きな家をもってましてな、タリットがそれをほしがってるんですよ、なあ、タリット？　晩餐はどうなってるんだね、タリット？　わしたちは腹ぺこだが」

「いまできました、神父様、いまできました」と彼は言いながら、窓からやってきた。彼は百歳の老婆の隣りに黙ってすわり、妹が皿をくばった。「タリットの家ではいつもいい食事が出るんです」とランク神父は言った。

「ユーゼフも今夜はお客を招んでます」

「司祭たるものが選り好みをするのはよくないが」とランク神父は言った、「おまえの晩餐のほうがわしには消化がよくてな」彼のうつろな笑い声は部屋じゅうに揺れ動いた。

「ユーゼフの家にいるのを見られるのはそんなに都合が悪いことなのですか？」

「そうなんですよ、ミスター・ウィルスン。もしあなたがあそこにおられるのを見かけたら、わしはこう思うだろう、「ユーゼフのやつ、木綿についての情報をひどく知りたがってるな――たとえば、来月の輸入量はどれぐらいになりそうかとか――いま船で輸送中のものはどれぐらいかとか、そしてやつはその情報に金を払うだろう」また、女の子があそこへ入って行くのを見かけたら、かわいそうなことだ、たいへんかわいそうなことだ、と思うだろう」彼は皿をつつき、また笑った。「だがもしタリットが入って行ったら、わしは助けを求める悲鳴が聞こえてくるのを待つだろう」

「もし警官を見かけたら？」とタリットが尋ねた。

「わしは自分の目を疑うだろう」と神父は言った。「ベイリーがあんなことになったあとだっていうのに、そんなばかなまねをする警官などいるものか」

「こないだの晩警察の車がユーゼフを送っていきました」とタリットは言った。「私はここからはっきり見ました」

「運転手の一人がちょっと内職したんだろう」とランク神父は言った。

「スコービー副署長を見たように思いました。用心して車からは出ませんでしたが。もちろん私にも百パーセントの確信はありません。ただスコービー副署長のように見えただけです」

「わしの舌は勝手に回転するらしい」と神父は言った。「なんておしゃべりなばかなんだろう、わしは。なあに、もしそれがスコービーだったら、わしは二度とそのことを考えまいとするだろう」彼の目は部屋をさまよった。「二度とな」と彼は言った。「次の日曜日の寄付金全部を賭けてもいいが、不都合なことはなに一つあるまい、絶対にあるまい」そして彼は大きなうつろに響く鐘のような声でホ、ホ、ホ、と笑った、まるでハンセン氏病患者が自分の悲惨さを訴えるように。

3

ウィルスンがホテルに帰ってきたとき、ハリスの部屋にはまだあかりがついていた。彼は疲れており、気が重かったので、爪先立ちでこっそり通り抜けようとしたが、ハリスに聞きつけられた。「きみの帰りを耳を皿にして待っていたんだよ、きみ」と彼は言いながら、懐中電灯をふりまわした。彼はパジャマの上に蚊よけ長靴をはいており、空襲下の防空監視員のように見えた。

「もう遅いぞ。きみは眠ったものと思ってた」

「ゴキブリ狩りをやらずに眠れるものか。ぼくはますますその考えにとりつかれているんだよ、きみ。月間賞を作ってもいいな。いまにきっとほかの連中も参加したいと言ってくるぜ」

ウィルスンは皮肉に言った、「銀杯など提供するやつが現われたりしてね」

「事実は小説より奇なり、だからな、きみ。ゴキブリ退治選手権だ」

彼は先に立って、床板の上をそっと部屋の中央まで歩いて行った、灰色がかった蚊帳におおわれた鉄のベッドと、背の折りたためる肘掛け椅子と、古い《ピクチュア・ポスト》誌の散らばっている化粧台があった。自分の部屋よりさらに一段とわびしい部屋もありうると知って、ウィルスンはもう一度ショックを受けた。

「一晩おきに部屋を替えるとするか」

「武器は？」

「ぼくのスリッパを片方貸してやるよ」ウィルスンの足もとで床板がきしんだ、ハリスは警告するようにふり向いた。「やつらの耳はネズミのように鋭いんだぜ」と彼は言った。

「ぼくは少し疲れてるんだ。どうだろう、今夜はもう……？」

「たったの五分だよ、きみ。ゴキブリ狩りをやらないとぼくは眠れないんだ。ほら、いた――化粧台の上。最初はきみがやっていい」だがスリッパの影が漆喰の壁に落ちたとたん、その虫ははじかれたように逃げ去った。

「それじゃあだめだよ、きみ。ぼくのやりかたをよく見ていろよ」ハリスは忍び足で獲物に近づいた。ゴキブリは壁の中ほどの高さにいた、そしてハリスは、キーキー鳴る床を爪先立ちで歩いて行きながら、懐中電灯の光をゴキブリの前後に揺らしはじめた。それから突然彼は一撃し、血のしみを残した。「一点先行」と彼は言った。「催眠術をかけてやるのがこつなんだ」

二人は部屋をあちらこちらと歩きながら、懐中電灯をふりまわし、スリッパをうちおろし、ときには我を忘れて激しく部屋の隅まで追いかけたりした。狩猟欲がウィルスンの想像力に火をつけた。はじめのうち、二人のおたがいにたいする態度は「スポーツ精神」にのっとっていた、「おみごと」とか、「惜しい」とか声をかけあっていた、だがやがて同スコアになり、同じゴキブリを狙って腰板の前で鉢あわせしたとき、二人は冷静さを失っていた。

「同じ獲物を狙ったって得点にはならんのだぞ、きみ」とハリスは言った。

「こいつはぼくが追い出したんだ」

「そいつは逃がしただろう、きみ。こいつはぼくのだ」

「同じやつなんだよ。こいつは二度逃げたんだ」

「ちがう」

「とにかく、同じやつを狙っていけないわけはないだろう。こいつはきみに追われてぼくのほうへ逃げてきた。きみのほうで失敗したってことじゃないか」

「ルールでは認めておらん」とハリスはぶっきらぼうに言った。

「きみのルールでは、だろう」

「なに言ってるんだ」とハリスは言った、「ぼくがこのゲームを発明したんだぞ」

一匹のゴキブリが洗面台の茶色の石鹸の上にとまった。ウィルスンはそれを見ると、スリッパで六フィートのロング・ショットを試みた。スリッパはみごとに石鹸に命中し、ゴキブリは手洗盤のなかへ転落した。ハリスは栓をひねり、洗い流した。「おみごとだ、きみ」と彼はなだめるように言った。「D・D一点」

「D・Dとはなんだ」とウィルスンは言った。「きみが栓をひねったときはもう死んでいたぞ」

「それは断定しがたいな。ただ意識を失っただけかもしれんだろう——脳震盪で。ルールによればD・Dだ」

「またきみのルールか」

「ぼくのルールはこの町では憲法さ」

「そんなルール、長続きするものか」とウィルスンはおどすように言った。彼は自室にもどるとドアを力いっぱいバタンと閉めた、その衝撃で部屋の壁がふるえた。彼の心臓は怒りと夜の暑さで激しく鼓動した、汗が腋の下から流れ落ちた。だが、自分のベッドのそばに立ち、自分の周囲にハリスの部屋と生き写しのもの——洗面台、テーブル、灰色の蚊帳、壁にへばりついているゴキブリまでも——を見ているうちに、彼のからだから怒りがしたたり落ち、そのあとを孤独感が満たしていった。まるで鏡に映る自分と喧嘩しているような気がした。おれはどうかしていたんだ、と彼は思った。なぜおれはあんなに食ってかかったりしたんだろう？　おれは友だちを一人失った。

　その夜、彼はなかなか眠れなかった、やっと眠ると、彼は罪を犯した夢を見た、目が覚めても罪の意識は重く残っていた。朝食におりて行く途中、彼はハリスのドアの前に立ちどまった。なんの物音もしなかった。彼はノックした、が、なんの応答もなかった。彼はほんの少しドアを開け、灰色の蚊帳越しにぼんやり見えるハリスのじめじめしたベッドを見た。彼はそっと尋ねた、「起きてるか？」

「なんだい？」

「ゆうべはすまなかった、ハリス」

「ぼくが悪いんだよ、きみ。少し熱があるみたいなんだ。そのために気分が悪かったんだ。いらいらして」

「いや、ぼくが悪いんだ。きみの言うとおりだよ。あれはD・Dだった」

「それはいずれコイン投げで決めるとしようよ、きみ」

「今夜くるからな」

「待っている」

だが朝食のあとハリスのことなど忘れさせるようなことが起こった。彼は下町へ行く途中警察署長のオフィスに立ち寄り、出てきたところでスコービーにばったり出会った。

「やあ」とスコービーは言った、「ここになんのご用だい？」

「署長にお会いしてきたところです、通行証のことで。この町ではたくさんの通行証がいるのですね、閣下。ぼくは波止場の通行証がほしかったのです」

「今度はいつわが家にきてくれるかね、ウィルスン？」

「よく存じあげないものがうかがってはお邪魔でしょう、閣下」

「ばかな。ルイーズがまた本のことでしゃべりたがっている。おれ自身は読まないんでね、ウィルスン」

「お暇がないのでしょうね、きっと」

「いや、暇ならふんだんにある」とスコービーは言った、「こんな田舎暮らしをしていればね。ただおれには読書の趣味がない、それだけのことだ。ちょっとおれのオフィスにきてくれないか、ルイーズに電話するから。あれもきみに会いたがるだろう。家に寄ってあれを散歩に連れ出してくれるとありがたいんだがね。あれは運動不足なんだ」

「喜んでそういたします」とウィルスンは言い、あわてて影のなかで赤面した。彼はあたりを見まわした。そこはスコービーのオフィスだった。彼は将軍が戦場を点検するようにその部屋を点検した、だがスコービーを敵と見なすことはむつかしかった。スコービーがデスクから身をそらしてダイヤルをまわしたとき、壁の錆びた手錠がジャランと鳴った。

「今夜は暇かい？」

彼はスコービーに見つめられていることに気づいて、ハッと気をとりなおした。かすかに飛び出た、かすかに赤味をおびた目が、思索にふけるかのような感じで彼を凝視していた。「どうしてきみがこんなところにきたのかわからんね」とスコービーは言った。「きみはそんなタイプじゃないよ」

「いつのまにかそうなってしまう、ってことがあるでしょう」とウィルスンは嘘をついた。

「おれにはないな」とスコービーは言った、「おれはいつも計画を立ててきた。それどころか、他人のためにさえ計画を立ててやる男だ」彼は受話器に話しはじめた。話す口調が変わった、まるで芝居の台詞を読みあげているかのようだった――やさしさと忍耐を必要とする役の台詞で、あまりにもしばしばくり返してきたためしゃべっている口の上の目が無表情になっているかのようだった。「よかった、じゃあそう決めたよ」と彼は言って、受話器をおいた。

「ぼくにとってひじょうにいい計画のようですね」とウィルスンは言った。

「おれの計画はいつもうまくいくんだ」とスコービーは言った。「きみたち二人は散歩に出かける、そして帰ってくるまでにおれが飲物を用意しておく。晩餐にもつきあってくれ」と彼は一抹の懸念をただよわせて言い続けた。「おれたちはきみがいてくれると嬉しいんだ」

ウィルスンが立ち去ると、スコービーは署長の部屋へ行った。彼は言った、「ちょうど署長のところへこようとしていたとき、ウィルスンに出会いましたよ」

「ああ、そうだ、ウィルスンね」と署長は言った。「はしけの船頭のことでちょっと話しにきたんだ」

「なるほど」オフィスの窓は朝の太陽をさえぎるシャッターがおろされていた。巡査部長がファイルをもって通り抜け、動物園のような臭気の尾を引きずって行った。雨もよいの空は重苦しかった、まだ朝の八時半なのにからだじゅうに汗が流れていた。スコービーは言った、「彼は通行証のことできたと言っていましたが」

「ああ、そうだ」と署長は言った、「それもあった」彼は書類を書くとき汗をしみこませるために手首の下に吸取り紙を敷いた。「そう、通行証のこともあったよ、スコービー」

第二章

1

スコービー夫人が先に立ち、這うような足どりで橋のほうへおりて行った、その下を流れる川は廃線となった線路の枕木をはこんでいた。

「ぼく一人ではこの道を見つけられなかったでしょう」とウィルスンは、ふとったからだをもてあまして、あえぎながら言った。

ルイーズ・スコービーは言った、「これが私のお気に入りの散歩道なの」

その道の上方にある乾いたほこりっぽい斜面の小屋の戸口に老人がなにもしないでぼんやりすわっていた。小さな三日月のような乳房をした少女が水桶を頭にのせて二人のほうに這いおりてきていた、赤いビーズの首飾りを腰のまわりに巻きつけた以外なにも身につけていない子供がほこりまみれの小さな中庭でヒヨコたちにまじって遊んでいた、手斧をもった人たちが一日の労働を終えて橋を渡っていた。それは比較的冷静な時刻、平和な時刻だった。

「ご想像できて、あなた、町がこのすぐうしろにあるなんて？」とスコービー夫人は言った。「そしてあの丘を二、三百ヤードのぼったところで男たちが飲んでいるってわけ」

その道は丘の斜面にそって湾曲していた。はるか下方に大きな港がひろがっているのがウィルスンの目に映った。護衛船が港口の防材の内側に入ろうとしていた、小さなボートが船のあいだを蠅のように動きまわっていた、二人の上方にはほこりをかぶった樹々や日に焼けた灌木があって丘の背の頂きをかくしていた。ウィルスンは枕木の跡のでこぼこに爪先をとられて一、二度よろめいた。

ルイーズ・スコービーは言った、「いまにみんなこのようになる、と私は思ったものよ」

「ご主人はここがお好きなんでしょうね」

「ああ、あの人は選り分ける目をもっているんじゃないかと思うときがあるわ。見たいものだけを見るような。俗物根性は目に入れないようだし、ゴシップは耳に入れないし」

「ご主人もあなたは目に入れているでしょう」とウィルスンは言った。

「ありがたいことに入れてないわ、私も俗物病にかかっているから」

「あなたは俗物じゃありませんよ」

「とんでもない、そうなのよ、私は」

「あなたはぼくを拾いあげてくださった」とウィルスンは言った、そして赤面し、顔をすぼめてさりげなくよそおった口笛を吹こうとした。だが口笛は吹けなかった。ぶ厚い唇はむなしく空気を吐くだけだった、魚のように。

「お願いだから」とルイーズは言った、「そんなに謙遜なさらないで」

「実は謙遜な男なんかではないのです」とウィルスンは言った。彼は脇へ寄って手斧をもった一人の男を通らせた。彼は説明した、「ぼくは途方もない野心をもっていますから」

「もう二分行くと」とルイーズは言った、「最高の地点に着くわ――家一軒見えないところに」

「ありがとうございます、そこを教えてくださって……」とウィルスンはつぶやきながら、細い小道でまたつまずいた。彼は世間話が苦手だった、女性といるとロマンティックになることはできた、がそれだけだった。

「ほうら、ここよ」とルイーズは言った、だが彼がその景色――けわしい緑の斜面が大きな平らなギラギラする湾に向かってなだれ落ちている眺め――をろくろく見渡さないうちに、彼女はそこを立ち去り、いまきた道をもどろうと言い出した。「ヘンリーが間もなく帰るから」と彼女は言った。

「ヘンリーって？」

「主人よ」

「ご主人の名前、知らなかったな。たしかあなたは別の名前でお呼びだったでしょう――

ティッキーとかなんとか」

「かわいそうに」と彼女は言った、「ヘンリーはそう呼ばれるのが大嫌いなの。私も人の前ではそう呼ばないようにしてるんだけど、つい忘れてしまって。帰りましょうか」

「もうちょっと先まで行ってみませんか――鉄道の駅のところまで？」

「私、着がえたいのよ」とルイーズは言った、「暗くなる前に。暗くなってからだとネズミが入りこむから」

「帰り道は楽ですよ、くだり坂で」

「じゃあいそいで行きましょう」とルイーズは言った。彼はあとからついて行った。彼女は、やせて見ばえがしなかったけれど、彼には水の精《オンディーヌ》の美しさがあるように思われた。彼女は彼にやさしくしてくれた、彼女は彼につきあってくれた、そして彼は女性からちょっとやさしくされると自動的に愛が生まれるのだった。彼には友情とか対等のつきあいとかへの能力がなかった。彼のロマンティックで、謙虚で、野心的な心が考えうるのは、ウェートレスや、映画館の案内嬢や、ロンドンのバターシーの下宿の娘や、あるいは女王との関係であった――いまの相手は女王だった。彼は彼女のすぐあとからついて行きながらまたつぶやきはじめた――「すてきだ」――ズボンに包まれた彼のふとった膝と膝が石ころ道でぶつかりあった。まったく突然光が変わった、紅土が半透明なピンク色となって丘から広い平らな湾へと傾斜していた。夕暮れの光にはまるで計画されていたかのように幸運な偶然があった。

「さあ、着いたわ」とルイーズは言った、そして二人は小さな廃駅の木の壁にもたれて息をととのえながら、その光が生まれたときと同様急速に色あせていくのを見守った。開いているドアを通って——そこは待合室だったのか、それとも駅長室だったのか？——雌鶏たちが出たり入ったりしていた。窓のほこりはほんの一瞬前に通過した列車が残した蒸気のようだった。永久に閉ざされた切符売場の格子窓にだれかがチョークで描いた男根の形があった。ウィルスンは息をとりもどそうとよりかかっている彼女の左肩越しにそれを見ることができた。「ここへは毎日きたものだったわ」とルイーズは言った、「あの連中のおかげですっかり元気をなくしてしまうまでは」

「あの連中？」

彼女は言った、「ありがたいことに、私はもうすぐここから出て行けるわ」

「え？　どこかへ行ってしまわれるのではないでしょうね？」

「ヘンリーが南アフリカへ行かせてくれるのよ」

「まさか」とウィルスンは叫んだ。それはあまりにも突然思いがけなく知らされたので、まるで急激な痛みのようだった。彼の顔はその痛みにゆがんだ。

彼はそのばかげた表情をかくそうとした。自分の顔が苦悶や激情を浮かべるのに似つかわしくないことは、ほかのだれより自分がいちばんよく知っていた。彼は言った、「あなたなしでご主人はどうなさるでしょう?」

「なんとかするわよ」

「さびしくてたまらないでしょうね、彼は」とウィルスンは言った——彼は、彼は、彼はという声が心の耳に、人をまどわせるこだまのように、おれは、おれは、おれはと響いてきた。

「あの人は私がいないほうがしあわせになれるわ」

「そんなばかな」

「ヘンリーは私を愛していないのよ」と彼女はやさしく言った、まるで子供に教えるとき、むつかしいことを説明するのにもっとも平易なことばを使い、単純化しながら言うように……彼女は切符売場の格子窓に頭をもたせかけ、こつさえのみこめばかんたんなことよ、とでも言いたげに彼に微笑みかけた。「彼は私がいないほうがしあわせになれるわ」と彼女はくり返した。一匹の蟻が格子から彼女の首に移ってきた、彼は払いのけようとして身をのり出した。ほかに動機はなかった。彼女の唇から自分の口を引き離したとき、蟻はまだそこにいた。彼はその蟻を自分の指に移らせた。口紅の味は、彼がそれまで味わったことがなく、その後片時も忘れないであろうものだった。彼には全世界を一変させる行為をしてしまったように思われた。

「私も彼が大嫌いなの」と彼女は正確に中断したところから会話を続けて言った。

「行ってはいけません」と彼は歎願した。汗の玉が右目に流れこんだ、彼はそれをぬぐい去った、格子窓の彼女の肩のそばにまたなぐり書きした男根が見えた。

「お金さえあったら、もっと早く行ってしまっていたところなのよ、あなた。彼が見つけるはずだけど」

「どこで？」

「それは男の仕事」と彼女は挑発するように言った、彼はまた彼女にキスした、二人の口は二枚貝のようにくっついた、やがて彼女は引き離した、そして彼はランク神父の悲しそうに揺れる笑い声が道にそってのぼってくるのを聞いた。「今晩は、今晩は」とランク神父は呼びかけた。彼は歩幅をひろげ、黒い法衣に足をとられ、よろけながら通りすぎて行った。「嵐になりそうだ」と彼は言った。「いそいでお帰りなさい」ということばと、「ホ、ホ、ホ」という笑い声が、線路跡の道にそって悲しげに小さくなっていった、だれにもなんの慰めも残さないまま。

「ぼくたちがなにものかわからなかったろうな」とウィルスンは言った。

「もちろんわかったわよ。そんなことどうだっていいじゃない？」

「神父は町いちばんのおしゃべりですよ」

「大事なことについてのね」と彼女は言った。

「これは大事なことじゃあないんですか？」

「もちろんよ」と彼女は言った。「大事なわけないじゃない？」

「ぼくはあなたを愛してしまったんです、ルイーズ」とウィルスンは悲しそうに言った。

「これでまだ二度しか会ってないのよ」

「そんなことは問題じゃない。ぼくのこと、好きですか、ルイーズ？」

「もちろん好きよ、ウィルスン」

「ウィルスンと呼んでほしくないな」

「ほかに名前をおもちなの？」

「エドワードです」

「どう呼んでほしいの、テディ？　それとも、ベア？（テディはエドワードの愛称。テディ・ベアはおもちゃの熊）　こういうことって自分でも気がつかないうちにとりつかれてしまうものよ。ある日突然だれかをベアとかティッキーとか呼ぶようになる、するとほんとうの名前がむなしい形式的なものに見えてくる、そして次にわかることはそのために相手から憎まれるってこと。私はウィルスンと呼び続けるわ」

「彼と別れたらどうです？」

「別れるつもりよ。そう言ったでしょう。私、南アフリカへ行くの」

「あなたを愛しています、ルイーズ」と彼はもう一度言った。

「あなた、おいくつ、ウィルスン」

「三十二です」

「ひじょうに若い三十二ね、そして私は老けた三十八よ」

「そんなこと問題じゃない」

「あなたがお読みになる詩はね、ウィルスン、あまりにもロマンティックだわ。それは問題よ。愛よりずっと問題だわ。愛は事実じゃないんだもの、年齢や信仰とちがって……」

湾を越えて雲が迫ってきた、それは黒々とブロムをおおい、垂直に立ちのぼって空をずたずたにした、風にあおられて雲のかたまりが二つ駅にぶつかった。「もう間にあわないわね」とルイーズは言った、「逃げ遅れたわ」

「どれぐらい続くのかな」

「三十分」

一握りの雨が二人の顔にたたきつけられた、それからどしゃ降りになった。二人は駅舎に入り、激しく屋根をうつ水音を聞いていた。二人は暗闇にいた、ヒヨコたちが二人の足もとを動きまわった。

「たいへんなことになったわね」とルイーズは言った。

彼は彼女の手をとろうとし、肩にふれた。「まあ、お願いだから、ウィルスン」と彼女は言った、「ペッティング・パーティーはやめましょう」彼女は大声を出さなければならなかった、鉄の屋根をふるわす雷の音より高くするために。

「すみません……そんなつもりじゃあ……」

彼は彼女がからだをずらして離れる物音を聞いた、そして暗闇が自分の恥をかくしてくれていることを嬉しく思った。「私、あなたが好きよ、ウィルスン」と彼女は言った、「でも私は暗闇で男と二人っきりになるたびに抱いてもらうことを期待する子守り女じゃありませんからね。あなたは私にたいしてなんの責任もないのよ、ウィルスン。私、あなたをほしいとは思わない」

「ぼくはあなたを愛しているんです、ルイーズ」

「ええ、わかってるわ、ウィルスン。さっき聞いたから。ここに蛇がいるんじゃないかしら――でなければネズミが？」

「さあ、どうかな。いつ南アフリカへ行くんです、ルイーズ？」

「ティッキーがお金を集められたとき」

「だいぶ大きな金額になるんだろうな。多分あなたは行けませんよ」

「彼はなんとかするわ。そう言ってたもの」

「生命保険で？」

「いいえ、それはもうだめだったの」

「ぼくがお貸しできればいいんだけど。残念ながら教会のネズミのように貧乏で」

「ここでネズミの話はよして。ティッキーがなんとかするわ」

彼には暗闇を通して彼女の顔が見えはじめた、やせて、血の気がなくて、やつれた顔が――それはかつて知っていていまはいなくなった人を思い出そうとするのに似ていた。その場合浮かんでくるのはこのようにである――まず鼻、それから一生懸命心を集中すれば額、目はのがれ去ってしまう。

「彼は私のためならなんでもしてくれるでしょう」

彼はにがにがしく言った、「ついさっき彼はあなたを愛していないっておっしゃったじゃないですか」

「ああ」と彼女は言った、「でも異常なほどの責任感はもってるわ」

彼は身動きをした、彼女は狂ったように叫んだ、「動かないで。私、あなたを愛してはいないわ。ティッキーを愛しているのよ」

「ぼくはただからだの重心を移しただけですよ」と彼は言った。彼女は笑い出した。「ああ、おかしい」と彼女は言った。「おかしいことが起こったのは久しぶりだわ。このことは何ヵ月も、何ヵ月も忘れないでしょう」だがウィルスンは彼女の笑い声を生涯忘れないだろうと思った。彼の半ズボンが入りこむ嵐にはためいた、そして彼は思った、「墓のような肉体のなかに」

2

ルイーズとウィルスンが川を渡ってバーンサイドにもどったとき、あたりはすっかり暗くなっていた。警察車のヘッドライトが開いているドアを照らしており、人影が荷物をはこんで行き来していた。「どうしたんでしょう？」とルイーズは叫んだ、そして道を駆けおりはじめた。ウィルスンは息を切らせてあとを追った。アリが頭の上に金だらいと折りたたみ椅子と古いタオルでゆわえたものをのせて家から出てきた。「いったいなにがあったの、アリ？」

「旦那様がお発《た》ちで」と彼は言った、そしてヘッドライトの光のなかで楽しそうにニヤッと笑った。

居間ではスコービーが飲物を手にしてすわっていた。

「よかった、帰ってきてくれて」と彼は言った。「書きおきをしておかなければ、と思っていたところだ」ウィルスンは彼が事実書きはじめていたのに気がついた。彼はノートから一枚破りとって、大きなぎごちない字体で二行ほど書いていたのである。

「いったいなにがあったの、ヘンリー？」

「バンバに行かなきゃならんのだ」

「木曜の列車まで待てないの？」

「うん」

「いっしょに行ってはだめ？」

「今度はだめだ。すまないね、おまえ。アリは連れて行かなきゃならんが、少年給仕のほうは残しておく」

「なにがあったの？」

「あの若いペンバートンにトラブルがあってね」

「重大事件？」

「うん」

「しようのない人。あの人を分署主任にしておくなんて気がおかしいわ」

スコービーはウィスキーを飲んで言った、「悪いな、ウィルスン。勝手に飲んでくれよ。アイス・ボックスからソーダを出して。給仕たちは荷物にかかりっきりなんだ」

「いつごろまで向こうにいらっしゃるの、あなた？」

「うーん、あさってには帰れるだろう、うまくいけば。おまえ、ハリファックス夫人の家に泊めてもらったらどうだい？」

「私はここでだいじょうぶよ、あなた」

「少年給仕を連れて行ってアリを残しとこうかとも思ったんだが、少年給仕は料理ができないんでね」

「あなたはアリといっしょのほうが楽しくやれるでしょう。私がここにくる前の日々みたいに」

「ぼくはそろそろ失礼します」とウィルスンは言った。「奥さんを遅くまで連れ出していてすみませんでした」

「ああ、別に心配してはいなかったよ。ランク神父がここに立ち寄って、きみたちが古い駅で雨宿りしていると教えてくれたんでね。きみは賢明だったよ。神父はずぶぬれだった。いっしょに雨宿りすればよかったのにな――あの年で熱病にかかるとしたらつらいだろう」

「もう一杯お注ぎしましょうか、閣下？　それでおいとまします」

「ヘンリーは一杯しか飲まないのよ」

「ふだんはそうだが、もう一杯飲むとするか。だがまだ帰らないでくれ、ウィルスン。もう少しここにいてルイーズの相手をしてやってほしい。おれはこれ一杯飲んだら行かなきゃならん。今夜は一睡もできないだろうな」

「だれか若い部下を行かせたらいいじゃないの？　こんなお仕事にはあなたは年をとりすぎているわ、ティッキー。一晩じゅう車を走らせるなんて。フレーザーに行ってもらったらどうなの？」

「署長がおれに行ってくれと言うんだ。こういう事件だとね――慎重さとか、気転とかが必要で、若いやつにまかせるわけにはいかんのだよ」彼はウィスキーをもう一杯飲んだ、そしてウィルスンが見つめていると彼は陰鬱に目をそらした。「もう出かけなきゃ」

「今度のことでは、私、絶対ペンバートンを許さないわ」

スコービーは鋭く言った、「ばかなこと言うんじゃないよ、おまえ。おれたちは事実さえわかればたいていのことは許すんだ」彼は気のすすまない微笑みをウィルスンに向けた。「警察官というものは事実を把握したらもっとも寛容な人間であるべきなんだ」

「私もお役に立つことができればいいのですが、閣下」

「できるよきみ。ここでルイーズともう二、三杯飲んで、元気づけてやってくれ。本の話をするチャンスはそう多くないから」本、ということばで彼女の口が引きつるのをウィルスンは見た、ちょっと前にティッキーと呼ばれてスコービーがたじろぐのを見たように。そして彼ははじめていかなる人間関係にも避けがたい苦痛があることを知った――受ける苦痛と与える苦痛。孤独を恐れる人はなんと愚かなのだろう。

「行ってくるよ、おまえ」

「行ってらっしゃい、ティッキー」

「ウィルスンの世話を頼むぞ。充分飲ませてやってくれ。ふさぎこむんじゃないよ」

彼女がスコービーにキスしたとき、ウィルスンはドアの近くでグラスを手にして立ち、丘の上の廃駅と口紅の味を思い出した。ちょうど一時間半前、彼の口が彼女の口に跡を残したのだった。彼は嫉妬は感じなかった、ただ湿った紙切れに大事な手紙を書こうとして字がにじんでしまう男のわびしさを感じるのみだった。

二人はスコービーが道を横切って警察車にむかうのを並んで見守った。彼は適量以上にウィスキーを飲んでいた、そしておそらくそのために足がよろけた。「もっと若い人を派遣すればよかったのに」とウィルスンは言った。

「そんなことするわけがないわ。署長が信頼しているのは彼一人だもの」二人は彼が苦労しながらやっと乗りこむのを見守った、そして彼女は悲しげにことばを続けた、「彼って典型的な二番目の男ね。つまり、いつも実際に仕事をする男」

運転席の黒人警官がエンジンを始動させ、クラッチを入れる前にギアを入れはじめた。「彼にはいい運転手さえつけてくれないのよ」と彼女は言った。「いい運転手はフレーザーやほかの連中をクラブのダンス・パーティーに連れて行くのにとってあるんでしょう」車はガクンガクンと揺れながら前庭から出て行った。ルイーズは言った、「さ、すんだわ、ウィルスン」

彼女はスコービーが書き残すつもりだった手紙をとりあげ、声に出して読んだ。「ルイーズ、私はいまからバンバに行かなければならなくなった。このことはだれにも言わないでほしい。恐ろしいことが起こったのだ。かわいそうなペンバートンが……」

「かわいそうなペンバートン」と彼女は激しい口調でくり返した。

「だれです、ペンバートンって？」

「二十五歳の若僧よ。ニキビだらけのお調子もの。バンバで分署副主任をしていたけど、バターワースが病気になったので、あの男にまかせたわけ。なにかトラブルが起こるだろうことはだれだってわかっていたわ。そしてトラブルが起こると、もちろん、一晩じゅう車を走らせなければならないのはヘンリーよ」

「もうおいとまするほうがよさそうだな」とウィルスンは言った。「あなたも着がえをなさりたいでしょう」

「そうね、お帰りになるほうがいいわ——彼が出て行ったあと私たちが二人っきりでベッドのある家に五分間いたことをみんなに知られないうちに。二人っきり、と言ってももちろん、少年給仕とコックとその縁者や仲間は別だけど」

「なにかお役に立つことができればいいのですが」

「できるわ」と彼女は言った。「二階へ行って、寝室にネズミがいないか見てきていただけないかしら？　私、神経質だってことを少年給仕に知られたくないの。それから窓を閉めてね。ネズミはそこから入ってくるので」

「閉めると暑いでしょう」

「かまわないわ」

彼はドアの内側に入ると、そっと手をたたいた、だが動き出すネズミは一匹もいなかった。それから、彼にはそこにいる権利がないかのように、すばやく、こっそりと、窓へ行き、閉めた。部屋には白粉のかすかな匂いがあった——それは彼にとってもっとも忘れがたい匂いであるように思われた。彼はふたたびドアのそばに立ち、部屋全体を目におさめた——子供の写真、クリームの瓶、夕方着がえるためにアリが用意しておいたドレス。彼は故国にいたとき、重要な細部を選び出し、正当な証拠を集めるという、記憶術を教えられていた、だが彼の上司たちは、彼がこのようにふう変わりな国にくることになるだろうことは、一言も教えてはいなかった。

第三部

第一章

1

警察車は渡し舟を待つ軍用トラックの長い列のなかに入りこんでいった。ヘッドライトの列は夜の小さな村のようだった。両側からのしかかるような樹々は暑さと雨の臭いを放っていた、そして列の後方のどこかで運転手が歌を歌っていた——歎くような、抑揚のないその声は、鍵穴を通る風のように大きくなったり小さくなったりした。スコービーは眠っては目を覚まし、眠っては目を覚ました。目を覚ましたとき、彼はペンバートンのことを思い、自分が彼の父親だったらどんな気持ちだろうと考えた——あの初老の引退した銀行支配人は妻にも死なれていた、息子ペンバートンを生んだときに——だが眠りに落ちたとき、彼は完全な幸福と自由の夢のなかにまっすぐもどることができた。彼はアリをうしろに従えて広い涼しい牧場を歩いていた、夢のなかにはほかのだれも見当らなかった、そしてアリは一言も話しかけなかった。小鳥たちがはるか頭上を飛んで行った、そして一度腰をおろしたとき、草をかき分けて小さな緑色の蛇が現われ、恐れることなく彼の手から腕へ這いあがり、ふたたび草のあいだにすべりおりる前に、冷たい、親しげな、かすかな感触の舌で、彼の頬にふれていった。

一度目を開けたとき、アリがそばに立って目を覚ますのを待っていた。「旦那様はベッドが好き」と彼は、やさしく、きっぱり言って、彼が蚊帳を頭上の枝から吊るして道端に作ったキャンプ・ベッドを指さした。「二、三時間」とアリは言った。「たくさんのトラック」スコービーは言われるままに横になり、たちまちあのなにごとも起こらない平和な牧場へもどって行った。次に目を覚ましたとき、アリはまだそこにいて、今度はお茶とビスケットをもっていた。「一時間」とアリは言った。

やっと警察車の番がきた。彼らは紅土の坂をおりて筏に乗り移り、じりっじりっと、暗い冥土の川のような流れを対岸の森へ向かって行った。渡し守の二人は綱を引っぱり、まるで人生が終わったらうしろ岸に衣服を脱ぎ棄ててきたかのように腰帯のほかはなにも身につけておらず、三人目は拍子をとり、この世とあの世の中間をなすこの世界で楽器のかわりにイワシの空罐をたたいていた。生きている歌い手の慟哭するような疲れを知らぬ声が後方へ流れて行った。

これは三つの渡し場の最初のものにすぎなかった、そしてそのたびに同じような列を作らねばならなかった。スコービーは二度とうまくは眠れなかった、車の振動で頭痛がしはじめた、彼はアスピリンを飲んでなんとかなるさと思った。彼は家を離れた旅先で熱病にかかりたくはなかった。いま彼を悩ませているのはペンバートンのことではなかった――死者をして死者を葬らしめよ――それはルイーズにした約束のことだった。二百ポンドというのは小さな金額だ、その数字が痛む頭のなかで一組の鐘のようにさまざまな音色で鳴り響いた――200　002　020――四番目の組みあわせを見つけられないことが彼を悩ませた――002　200　020.

彼らは、トタン屋根の丸太小屋や開拓者たちのこわれかかった木造小屋のある地域をすでに通過し、いま通り抜けているのは泥壁と藁屋根の叢林地の村々だった、あかりはどこにも見当らなかった、ドアは閉められシャッターはおろされていた、ただ数匹の山羊の目だけがトラック隊のヘッドライトを見ていた。020　002　200　200　002　020．アリは車体のなかにうずくまり、熱いお茶の茶碗をもった腕を彼の肩にまわした――彼は振動する車台の上でどうくふうしたか薬罐一杯のお湯を沸かしたのだ。ルイーズの言ったとおりだった――まるで昔の日々のようだった。もっと若さを感じることができたら、そして200　020　002の問題がなかったら、彼はどんなにしあわせだったろう。かわいそうなペンバートンの死も彼の心を乱しはしなかったろう――それはたんに職務上の問題にすぎなかったし、彼はもともとペンバートンが好きではなかった。

「頭がクラクラしやがるんだ、アリ」

「旦那様はたくさんのアスピリンお飲みです」

「覚えているか、アリ、十二年前に十日間で二百二マイルの旅をしただろう、国境沿いに。運搬夫が二人病気になった……」

彼は運転席の鏡のなかにアリがうなずいて笑みを浮かべているのを見ることができた。それは彼の必要とする愛や友情のすべてであるように思われた。なにはなくてもこれさえあれば彼はしあわせになれた――キーキーいう車、唇を焼く熱いお茶、森の重苦しい湿った重さ、さらには痛む頭、孤独までともなおうと。ただその前にまず彼女のしあわせのために手はずをととのえてやることができたらいいのだが、と彼は思った、そして頭を乱す夜のなかで彼はしばらくのあいだ経験に教えられたことを忘れていた――いかなる人間も他人をほんとうに理解することはできず、いかなる人間も他人のしあわせのために手はずをととのえてやることはできない、ということを。

「あと一時間」とアリは言った、彼は闇が薄れていくのに気がついた。「もう一杯お茶をくれ、アリ、ちょっとウィスキーを入れてな」トラック隊は十五分前に彼らと別れていた、警察軍は幹線道路からそれて叢林地の奥へ向かう小道をガタガタ進んでいた。彼は目を閉じて、心を数字の乱れた反響からいやな仕事に向けなおそうとした。バンバには原地人の巡査部長が一人いるだけだった、そして彼はその巡査部長から無学な報告を受ける前に事件のことを頭のなかではっきりさせておきたかった。まず伝道所に行って、と彼はしぶしぶ考えた、クレー神父に会うほうがよさそうだ。

クレー神父は陰気な小さいヨーロッパふうの家でもう起きて彼を待っていた、泥小屋の並ぶなかに紅土の煉瓦で建てられたその家はヴィクトリア朝時代の司祭館のように見えた。耐風ランプが司祭の短い赤い髪と、その下の若いそばかすだらけのリヴァプール人の顔を照らしていた。司祭は数分と続けてじっとすわっていることができず、すぐに立ちあがって、目をそむけたくなるような石版画から石膏像へ、そこからまた石版画へと、小さな部屋を歩きまわるのだった。「彼にはほとんど会っていませんでした」と彼は祭壇の前に立つかのように両手を動かしながら悲しげに言った。「彼はトランプと酒以外のものに関心をもたなかったのです。私のほうは酒は飲まず、トランプもしなかったので――デモンは別ですがね、デモンは、つまり一人遊びは。恐ろしいことです、恐ろしいことです」

「自分で首をくくったのですね？」

「ええ。彼の給仕が昨日私のところへやってきましてね。前の晩から彼を見かけないと言うのですが、それは飲んだあとではよくあることだったのです、飲んだあとでは。私は警察へ行くよう給仕に言いました。それでよかったのでしょうね？　私にできることはなに一つなかったのです。なに一つ。彼はもう死んでいたのです」

「それでよかったと思います。すみませんが水一杯とアスピリンをいただけませんか？」

「アスピリンは私が調合してさしあげます。ここではですね、スコービー副署長、何週間も何カ月もなに一つ起こらないのです。私はただあちらこちら、あちらこちらと歩きまわるだけです、すると突然出しぬけに……恐ろしいことです」彼の目は睡眠不足で赤かった、彼は孤独にはまったくむかない人間であるようにスコービーには思われた。その部屋には小さな棚の上の日課祈禱書と数冊の宗教の小冊子以外に本はなかった。彼は退屈しのぎの楽しみをもたない男だった。彼はまたあちらこちらと歩きはじめた、そして突然、スコービーのほうに振り向いて、興奮した質問を発した。「殺人事件という希望はありませんかね?」

「希望?」

「自殺は」とクレー神父は言った。「それはあまりに恐ろしいことです。それは神の慈悲の及ばぬところへ人間を突き落とすことです。私は一晩じゅうそのことを考えていました」

「彼はカトリックではなかった。それで多少は事情が変わるでしょう。うち勝ちがたき無知、ですかね?」

「私もそう考えようとしてはいるのです」石版画と石膏像の中間で彼はギクッとし、横へ寄った、まるでその小行進の途中でだれかと出会ったかのように。それからその行為が気づかれたかどうか見ようとしてすばやくこっそりスコービーに目をやった。

「港へはよく行かれるのですか?」とスコービーは尋ねた。

「九カ月前に行って一泊しましたが。どうしてです?」

「だれでも気分転換が必要ですからね。ここには改宗者がどれくらいいるのです？」

「十五人です。私は信じようとしているのですが、ペンバートン青年にも時間が――死ぬときにですね、はっきり悟る時間があったと……」

「首を締めているときにはっきり考えることはむつかしいでしょう、神父」彼はアスピリンを一口飲んだ、酸っぱい粒々が喉に引っかかった。「もし他殺だったらあなたの罪人を変えるだけでいいわけですね、神父」と彼はユーモアのつもりで言ったが、それは聖画と聖像のあいだでしぼんでしまった。

「殺人犯なら時間があります……」とクレー神父は言った。彼は痛切に、ノスタルジックにつけ加えた、「私は昔、リヴァプール刑務所で何度かお勤めをしたことがあるのです」

「自殺の理由についてなにかお考えは？」

「私は彼をよく知りませんでした。うまがあわなかったのです」

「ここにいる白人と言えばお二人だけだったのに。残念でしたね」

「彼は何冊か本を貸してくれると言ったのですが、どれも私の読みたい本ではなかったのです――恋愛物語とか、小説とか……」

「あなたはなにをお読みですか、神父？」

「聖者に関するものならなんでも読みます、スコービー副署長。いちばんの愛読書は聖フランシスの『小さな花』です」

「彼はだいぶ飲んだようですね。酒はどこで手に入れたのでしょう?」

「ユーゼフの店だと思います」

「なるほど。借金も溜まっていたのでしょうね?」

「さあ、私にはわかりませんが。恐ろしいことです、恐ろしいことです」

スコービーはアスピリンを飲み終えた。「そろそろ行くことにします」外はもう朝になっていた、太陽がのぼる前の、やさしい、澄んだ、新鮮な光には、独特の無垢な感じがあった。

「私もごいっしょに行きましょう、スコービー副署長」

分署のバンガロー前のデッキ・チェアに巡査部長がすわっていた。彼は立ちあがり、不恰好に敬礼し、すぐにうつろなあいまいな声で報告書を読みはじめた。「昨日午後三時半に、閣下、私は分署の給仕に起こされました、彼は報告しました、分署主任ペンバートンが、閣下……」

「それはよろしい、部長、なかに入って一通り調べてみよう」事務官がドアのすぐ内側で彼を待っていた。

バンガローの居間はかつてはあきらかにこの分署の誇りだった——バターワースの時代にはそうであったにちがいない。家具には優雅さと個人的趣味の高尚さがただよっていた、それは政府の支給品ではなかった。壁には昔の植民地を描いた十八世紀の版画が掛けられ、書棚にはバターワースが残して行った本があった――スコービーは何冊かの題名と著者に目をとめた、メートランドの『憲法史』、サー・ヘンリー・メーンの著書、ブライスの『神聖ローマ帝国』、ハーディーの詩集、私家版の『リトル・ウィジントンの最後の審判日の記録』。だがこういったすべての上にペンバートンの痕跡がつけ加えられていた――原地人細工のけばけばしい革製の寝椅子、椅子につけられたタバコの焦げ跡、クレー神父が嫌った本の山――サマセット・モーム、エドガー・ウォレスが一冊、ホーラーズが二冊、長椅子の上に翼をひろげた鷲のように投げ出されている『死は錠前屋を嘲笑う』。部屋は充分掃除されてはおらず、バターワースの本は湿気でしみがついていた。

「死体は寝室です、閣下」と巡査部長は言った。

スコービーはドアを開け、入って行った――クレー神父もついてきた。死体は顔にシーツをかぶせてベッドにおかれてあった。スコービーはシーツを肩まで引きおろした、彼は夜着にくるまって静かに眠っている子供を見ているような気がした。ニキビは思春期のニキビであり、死顔には教室とフットボール場以外の人生経験は跡をとどめていないように見えた。「かわいそうな子」と彼は声に出して言った。クレー神父の敬虔な祈りの声が彼をいらいらさせた。このような未成熟な人間には疑いもなく神の慈悲があるはずだ、と彼は思った。彼はいきなり尋ねた、「どのようにしてやったんだ？」

巡査部長は、バターワースがくふうをこらしてはめこんだ絵掛け用のレールを指さした

——政府御用の請負人にはけっして思いつかなかったろう。一枚の絵——昔の原住民の王様が天蓋の下の玉座で宣教師たちを謁見している——が壁に掛けられ、一本の綱が真鍮の絵掛けに巻きついたままま残っていた。こんな脆弱な細工がこわれないと思うようなものがいるだろうか？　やつの体重はひじょうに軽いはずだな、と彼は思った、そして小鳥のように軽くてもろいあの子供っぽい骨格を思い出した。ぶらさがったときその足は床から十五インチぐらいしか離れていなかったにちがいない。

「遺書は残していったか？」とスコービーは事務官に尋ねた。「ふつう書き残すものだが」死のうとするものは自己顕示欲でおしゃべりになりがちである。

「はい、閣下、オフィスにあります」

オフィスの管理がいかになおざりにされていたかは一瞥するだけで見てとれた。文書用キャビネットには錠がかかっていなかった、デスクの上の書類入れにはほったらかしにされてほこりまみれになった書類が山積みになっていた。原地人の事務官が上官のやりかたに従っていたことはあきらかだった。「そこです、閣下、印肉箱の上です」

スコービーは、顔と同じように未成熟な筆跡で書かれた遺書を読んだ、それは彼の小学校の同級生が何百人も世界のあちこちで書いているにちがいない字体だった。「お父さんへ——こんなことをしでかしてお許しください。こうするほかしようがないように思われるのです。ぼくが軍隊に入っていないのは残念です、入っていたら戦死することもありますから。ぼくの借金はわざわざ払うことはありません――払ってやる値打ちもない連中です。ただお父さんからとり立てようとするかもしれません。でなければぼくだってこんなこと書かないところです。お父さんにはいやな仕事でしょうが、しかたがありません。あなたの愛する息子より」署名は「ディッキー」となっていた。それは悪い成績を弁解している小学生の手紙のようだった。

彼はその手紙をクレー神父に手渡した。「まさかこれは許しがたいことであるなどとおっしゃりはしないでしょうね、神父。こんなことをしたのがあなたか私なら、それはもう絶望でしょう――私たちならどう言われてもしかたがありません。私たちは知っているから救われないでしょうが、彼はなにも知らないのです」

「教会の教えるところによれば……」

「教会も私に教えることはできませんよ、神が若いものをあわれみたまわぬとは……」スコービーは急にことばを切った。「巡査部長、あまり暑くならないうちにいそいで墓を掘らせてくれ。それから未払いの勘定書を探し出してくれないか。その件についてはだれかと話しあいたいのだが」彼は窓のほうへ向いたとき、光で頭がクラクラッとした。彼は目の上に手をかざして、「ああ、頭が……」と言って身ぶるいした。「このまま痛みがとまらないようなら薬を飲まなければな。すみませんが、神父、あなたの家をお借りしてアリにベッドを用意させてもかまいませんか、汗を出してなおしてしまいたいのですが」

彼はキニーネをたっぷり飲み、毛布のあいだに裸で寝た。陽が高くなるにつれて、小さな独房のような部屋の石壁が、ときには寒気にふるえて汗をかき、ときには熱にむされて焼かれているように彼には思われた。ドアは開いており、アリがそのすぐ外の階段にうずくまって木片をけずっていた。ときどき彼は、病人が寝ている部屋の静寂を破るような声をあげる村人たちを追い払った。強い鈍痛がスコービーの額に座を占めていた、ときどきその重みが彼を眠りへ押しこんだ。

だが今度の眠りには楽しい夢はなかった。ペンバートンとルイーズがぼんやり結びつけられた。彼はくり返し一通の手紙を読んだが、それは200という数字のさまざまな組みあわせだけで書かれており、最後の署名は「ディッキー」であったり「ティッキー」であったりした。彼は時がすぎて行くという意識と、自分が毛布のあいだで動けないでいるという意識をもっていた——彼にはしなければならないことがあった、救わねばならない人があった、ルイーズか、ディッキーか、ティッキーか、だが彼はベッドに縛りつけられ、ばらばらの紙の上に文鎮をおくように彼の額の上におもしがおかれていた。一度、巡査部長がドアまでやってきてアリに追い払われた、一度、クレー神父が爪先立ちして入ってきて本棚から小冊子をもって行った、そして一度、それは夢だったかもしれないが、ユーゼフがドアまでやってきた。

夕方五時ごろ、彼はからだじゅうの汗が出きって、冷えて、弱ったように感じながら目を覚まし、アリを呼び入れた。「ユーゼフに会った夢を見たよ」

「ユーゼフは会いにきてます、旦那様」

「いま会うと言ってくれ」彼は疲れてからだがうちのめされたように感じた、石壁のほうに寝返りするとたちまち眠りに落ちた。その眠りのなかで、ルイーズが彼のそばで声もなく泣いた、彼は手をさしのべ、また石壁にふれた。

「なにもかもきちんととりはからうよ。なにもかも。ティッキーが約束する」目を覚ますとユーゼフが彼のそばにいた。

「熱病のようですね、スコービー副署長。ご気分のすぐれない閣下にお会いするのははなはだ胸が痛みます」

「おれはどんなときでもおまえに会うと胸が痛むよ、ユーゼフ」

「ああ、いつも私をおからかいになる」

「すわってくれ、ユーゼフ。おまえはペンバートンとどんな関係があったんだね？」

ユーゼフは固い椅子に大きな尻をおろし、自分の前ボタンがはずれているのに気づいて、大きな毛深い手をおろしてそれをはめた。「なんの関係もありませんでした、スコービー副署長」

「彼が自殺したちょうどそのときおまえがここにきていた、というのは奇妙な偶然だな」

「私自身、それは神の摂理と思います」

「彼はおまえに借金していたのだろうな、きっと？」

「私の店の支配人に借金していました」

「彼にどんな圧力をかけたんだね、ユーゼフ？」

「副署長、どんなやつだって一度悪い評判をとったらおしまいです。分署主任が私の店で買物をしたいと言うとき、支配人がもう売らないとことわることができましょうか？　そんなことをしたらどうなるでしょう？　遅かれ早かれ大騒ぎがもちあがるはずです。それが地方長官の耳に入り、分署主任は送還されるでしょう。では、支配人が売ることをことわらなかったらどうなるでしょう？　分署主任の借金はますますかさむばかりでしょう。支配人は私を恐れ、分署主任に支払ってくれと要求するでしょう――というわけでそうしてもやはり騒ぎが起こります。ペンバートンのような気の毒な若い分署主任がいたら、どうしようといずれは必ず騒ぎが起こります。そして悪いのはいつもシリア人というわけです」

「おまえの言い分はたしかに一理あるな、ユーゼフ」また痛みがはじまっていた。「そのキニーネ入りウィスキーをとってくれ、ユーゼフ」

「キニーネを飲みすぎておいでではないでしょうね、スコービー副署長？　黒水熱にご用心なさらなければ」

「おれは何日もここに縛りつけられたくないんだ。初期の段階でなおしてしまいたい。仕事が山ほどあるんでね」

「ちょっと起きあがってください、副署長、枕をなおしてあげますから」

「おまえも悪いやつじゃないな、ユーゼフ」

ユーゼフは言った、「いま巡査部長が勘定書を探していますが、なに一つ見つからないでしょう。でも私はここに借用証をもってきております。支配人の金庫から」彼は小さな書類の束で自分の太腿をたたいてみせた。

「なるほど。それをどうするつもりだね？」

「焼き捨てます」とユーゼフは言った。彼はライターをとり出し、書類の隅に火をつけた。

「ほら」とユーゼフは言った。「これで支払いずみですよ、かわいそうな若者は。父親に迷惑をかけることはありません」

「なぜおまえはここへきたんだね？」

「支配人が困っていたからです。私は話しあいで解決させるつもりでした」

「おまえと話しあうには用心してかかる必要があるな、ユーゼフ」

「私の敵ならば。友だちならその必要はありません。あなたにはなんでもしてあげますよ、スコービー副署長」

「どうしていつもおれを友だちあつかいするんだね、ユーゼフ？」

「スコービー副署長」とユーゼフは、大きな白髪頭を突き出すようにして髪油の臭いを発散させながら言った、「友情は魂に存在するものです。それは感じとれるものです。なにかのお返しではありません。覚えておいでですか、十年前あなたが私を法廷に引っぱり出したときのことを？」

「うん、覚えている」スコービーはドアの光から頭をそむけた。

「あなたはもう少しで私を刑務所送りになさるところでしたね、あのとき。あれは輸入税の件でした、たしか。もしあなたが警官にもうちょっとちがうことを言うようお命じになっていたら、私を刑務所送りにできたはずです。私は驚きで胸をうたれましたよ、スコービー副署長、警察裁判所に引っぱり出されて警官の口からほんとうの事実を聞いたのですから。あなたはたいへんなご苦労をなさったにちがいありません、事実を見つけて、それを警官に言わせるために。私はこう心のなかで言ったものです、ユーゼフ、名判官ダニエルみたいなかたがこの植民地警察にきてくださったぞ、と」

「そんなおしゃべりはたくさんだ、ユーゼフ。おまえの友情なんかに興味はない」

「心にもない冷たいことをおっしゃいますね、スコービー副署長。私は魂のなかでいつもあなたの友人であると感じてきた理由を説明したいのです。あなたは私に安心感を与えてくださいます。でっちあげで私を罪におとしいれようとはなさらないかたです。あなたは事実をお求めになる、そして事実はつねに私にとって有利なものとなることはたしかなのです」彼は白いズボンから灰を払い落とし、もう一つ灰色のしみをつけた。「これが事実です。私が借用証を全部焼きすてたことが」

「だがまだおれはな、ユーゼフ、おまえがペンバートンとどんな契約をとり決めるつもりだったか、その痕跡を探り出せるかもしれんぞ。この分署の管轄下には、国境の向こうの――ええい、なんといったかこう頭が痛いと思い出せないが――そこからの主要道路もあるんだ」

「牛の密輸ルートですね。でも私は牛には関心がありません」

「ほかのものは別の道のほうが輸出しやすいか」

「まだダイヤモンドのことをお考えのようですね、スコービー副署長。戦争以来みんなダイヤモンドとなると気が狂ったみたいになってしまいました」

「おれがペンバートンのオフィスを調べてもなにも見つかるまいなどと、あまり確信するなよ、ユーゼフ」

「私は確信してますよ、スコービー副署長。私は読み書きのできない男です。なに一つ紙の上にはありません。なにもかも頭のなかにあるのです」ユーゼフがしゃべっているあいだだというのに、スコービーは眠りに落ちた――例の、ほんの数秒間しか続かず、心を占める気がかりなことが一瞬ひらめくだけの、浅い眠りに。ルイーズが両手をさしのべ、何年間もその顔に見せたことのなかった微笑みを浮かべて、彼のほうに近づいてきた。彼女は言った、「私、とってもしあわせよ、とってもしあわせ」そしてふたたび目覚めると、ユーゼフの声が慰めるように続いていた。「あなたを信用しないのはあなたのお友だちだけですよ、スコービー副署長。私はあなたを信用しています。あの悪党のタリットでさえあなたを信用しています」

この別の顔に焦点が合うまで一瞬の間を要した。彼の脳は、「とってもしあわせ」ということばから「あなたを信用しない」ということばへ調整するのに苦痛を感じた。彼は言った、「なんの話をしてるんだ、ユーゼフ？」彼は脳組織が苦痛のためにギシギシきしみ、ザラザラこすり、ガリガリ引っかき、その歯車が嚙み合わないのを感じることができた。

「第一に、警察署長という職があります」

「それには若い男が望まれている」と彼は機械的に言った、そして、熱病にかかっていなければこんなことをユーゼフと論じあったりしないだろうに、と思った。

「次に、ロンドンから特に派遣されてきた人がいます……」

「おれの頭がもっとはっきりしているときに出なおしてきてくれないか、ユーゼフ。おまえがなんの話をしているのかさっぱりわからんのだ」

「ダイヤモンドのことを調査するためにロンドンから特に派遣されてきた人がいるんですよ——ダイヤモンドのこととなると気が狂ったみたいになってますからね——その人のことを知っているのは署長だけでしょう——ほかのお役人はだれも知らないはずです、あなたさえも」

「なんてばかなこと言ってるんだ、ユーゼフ。そんな男はいるもんか」

「あなただけですよ、見当をつけていないのは」

「ばかばかしい。噂を信じちゃあいけないな、ユーゼフ」

「そして第三に、あなたが私を訪ねると、タリットがいたるところで言いふらしています」

「タリットが！　タリットの言うことなどだれが信じる？」

「悪いことならどこのだれでも信じますよ」

「帰ってくれ、ユーゼフ。どうしていま、このおれをいらいらさせたがる？」

「私はただ、あなたが私を頼りにしてもいいとわかっていただきたいだけですよ」スコービー副署長。私は魂のなかにあなたへの友情をもっています。嘘ではありません、スコービー副署長、それは真実です」彼がベッドのほうへかがみこむにつれて髪油の臭いが近づいてきた、茶褐色の目は情熱のようなものでうるんでいた。「枕をなおしてさしあげましょう、スコービー副署長」

「ああ、頼むから離れていてくれ」とスコービーは言った。

「私にはご事情がよくわかっていますよ、スコービー副署長、で、もしお役に立つことができるなら……私は暮らしに困らぬ男です」

「おれは賄賂をほしがってるんじゃないぞ、ユーゼフ」と彼は疲れたように言うと、臭いを避けるために顔をそむけた。

「私も賄賂を提供してるんじゃありませんよ、スコービー副署長。適当な利率――年四分ぐらいでなら、いつでもお貸ししようと言うのです。無条件で。もしなにか事実をつかんだら、その翌日私を逮捕なさってもかまいません。私はあなたのお友だちになりたいんです、スコービー副署長。あなたのほうは私の友だちにならなくていいのです。こういうことを書いたシリアの詩人がいます、〝二つの心のうち一つはつねにあたたかく一つはつねに冷たい、冷たい心はダイヤモンドよりも貴重である、あたたかい心はなんの価値もなく投げ棄てられる〟」

「おれにはひじょうにくだらない詩のように思えるな。もっともおれは詩の批評家じゃないが」

「ここでごいっしょになれたのは私にとって願ってもない幸運です。町ではおおぜいのものが目を光らせています。だがここなら、スコービー副署長、私はいくらでもあなたのお役に立つことができます。もっと毛布をもってきましょうか？」

「いや、いや、ほっといてくれ」

「あなたのような性格のかたがですね、スコービー副署長、ひどいあつかいを受けているのを見るのは、たまらなくいやなのです」

「おれはだな、ユーゼフ、おまえのあわれみを必要とするときがくるとは思ってないんだ。

ただし、どうしてもおれのためになにかしたいというなら、ここを出て行っておれを眠らせてくれ」

だが彼が眠りに落ちるとあの不幸な夢がもどってきた。二階でルイーズが泣いており、彼はテーブルにすわって最後の手紙を書いていた。「おまえにはいやなことだろうが、どうしようもないのだ。おまえの愛する夫、ディッキー」それから武器か綱を探そうと頭をまわしたとき、突然それは自分には絶対できない行為であると思いついた。自殺は永久に彼の力のおよばぬ行為だった——彼には永遠に地獄に堕ちる罪を犯すことはできなかった——いかなる原因もそれには値しなかった。彼は手紙を引き裂き、二階へ駆けあがって、結局なにもかもうまくいったよ、とルイーズに言おうとしたが、彼女はすでに泣きやんでおり、寝室の内側からあふれ出てくる沈黙が彼をぞっとさせた。彼はドアを開けようとしたが、ドアには鍵がかかっていた。彼は呼びかけた、「ルイーズ、なにもかもうまくいったよ。おまえの切符を買ってきたからね」だが応答はなかった。彼はまた叫んだ。「ルイーズ」すると鍵がまわり、ドアがとり返しのつかない災難を予感させるようにゆっくり開かれ、そのすぐ内側にクレー神父が立っているのが見えた、神父は彼に言った、「教会の教えでは……」そこで彼が目を覚ますと、あい変わらず墓のような小さな石造りの部屋にいた。

2

彼は一週間家を離れていた、熱病がおさまるのに三日かかり、旅行できるからだになるまでもう二日かかったからである。彼はユーゼフに二度と会わなかった。

彼の車が町に入ったのは真夜中すぎだった。家々は月の光を浴びて骨のように白かった、静かな通りは骸骨の腕のように両側にのびていた、そして花のかすかな甘い香りがあたりにただよっていた。もしだれもいない家に帰るところだとしたら、彼は満足だったろうと思った。彼は疲れていた、そして沈黙を破りたくはなかった――ルイーズが眠っているだろうと思うのは虫のよすぎる望みだった、彼の留守ちゅうにどういうわけかものごとが好転し、彼の夢のなかでのように自由でしあわせな彼女の顔を見ることができるだろうと思うのは虫のよすぎる望みだった。

少年給仕がドアで懐中電灯を振った、蛙が茂みのなかでケロケロ鳴いた、野良犬が月に向かって吠えた。彼は家に帰った。ルイーズは両腕を巻きつけて彼を抱擁した、遅い晩餐がテーブルに用意された、給仕たちは彼の荷物をもって駆けまわった、彼は微笑み、しゃべり、騒々しくし続けた。彼はペンバートンやクレー神父の話をし、ユーゼフのことにふれた、だが彼は遅かれ早かれ彼女がどんなだったかきかねばならないだろうと思っていた。

彼は食べようとした、だが食物を味わうにはあまりにも疲れはてていた。

「昨日、彼のオフィスを片づけ、報告書を書いた——というわけだ」彼はためらった、「それでおれのほうの話はおしまいだが」と言ってから、いやいやながら続けた、「ここはどうだった？」彼はすばやく彼女の顔に目をやり、またそらした。彼女が微笑み、「まあまあだったわ」とぼんやり言い、ほかの話題に移っていく、というチャンスは千に一つなきにしもあらずだった、だが彼は、そんな幸運にめぐり会えないことが彼女の口もとから察しられた。なにか新しいことが起こっていたのだ。

だがその爆発——それがどんな形になるかはともかく——は先へ延ばされた。彼女は言った、「ああ、ウィルスンが気を使ってくれたわ」

「あれはいい青年だ」

「あの人はあんな職業にはもったいないぐらいのインテリよ。どうしてただの事務員としてここにやってきたのかわからないわ」

「成りゆきにまかせてきたと言っていたが」

「あなたがお出かけになってから、私、だれとも話をしなかったような気がするわ、少年給仕とコックのほかには。ああ、それにハリファックス夫人と」彼女の声のなかのなにかが、危険地点に到着したことを彼に告げていた。いつも、あてもないままに彼はそれを避けようとした。彼は伸びをして言った、「あーあ、疲れはてたよ。熱病のためにボロ屑みたいにくたくたになってしまった。寝るとするか。そろそろ一時半だろう、明日は八時に署に行かねばな」

彼女は言った、「ティッキー、少しはなにかしてくれたの？」

「なんのことだい、おまえ？」

「切符のこと」

「心配するな。なんとかするから」

「まだなんともなっていないのね？」

「うん。考えてることはいくつかあるんだがね。問題は借りかただけだ」200　020　002が彼の頭のなかで鳴り響いた。

「かわいそうなあなた」と彼女は言った、「心配しないでいいのよ」そしてその手を彼の頬にあてた。「あなたは疲れている。熱病からなおったばかり。私、もういじめたりしないわ」彼女の手と、彼女のことばは、あらゆる防御物を突破した、彼は涙を予期していたのに、それが現われたのは彼自身の目にであった。「もうおやすみなさい、ヘンリー」と彼女は言った。

「おまえはまだ寝ないのか？」

「一つ二つ片づけておきたいことがあるの」

彼は蚊帳のなかで仰向けに寝て彼女を待った。彼の頭には長年思い浮かばなかったことが思い浮かんだ、彼女は彼を愛しているということが。かわいそうに、彼女は彼を愛していた、彼女は自分自身の責任感をもったりっぱな一個の人間なのであって、彼の思いやりと親切をただ受けているだけの存在ではなかった。挫折感がひしひしと彼を押し包んだ。バンバから帰る途中ずっと、彼は一つの事実に直面していた――この町には彼に二百ポンドの金を貸すことができて、しかも喜んで貸そうとするものは一人しかおらず、それは彼が借りてはならない男だ、ということである。ポルトガルの船長の賄賂を受けとるほうがまだ安全だったろう。ゆっくり、もの憂く、彼は心を決めていった、どうしても金が手に入らないので、彼の休暇まで、少なくともあと六カ月はここにいてもらわなければならないと、彼女に告げようと。こんなに疲れを感じていなかったならば、彼女にきかれたときそう答えていて、いまごろはもう片がついていたはずだが、彼はひるんでしまい、彼女はやさしかったのだ、そしていまとなっては彼女を失望させることはいっそうつらいことだろう。小さな家のなかには静寂が満ちていた、だが外では飢えかけた野良犬が吠え立てたり鼻を鳴らしたりしていた。彼は頬づえをついて耳を澄ました、彼はベッドに独り横たわってルイーズがくるのを待ちながら、奇妙なめめしさを感じていた。彼女がいつも先にベッドに入るほうだった。彼は落ちつかず、不安になり、突然あの夢を思い出した、彼がドアの外で耳を澄まし、ノックをし、応答がなかった夢を。彼は蚊帳から這い出し、裸足のまま階段を駆けおりた。

ルイーズは一冊の便箋を前にしてテーブルにすわっていた、だがそこには一つの名前しか書かれていなかった。羽蛾が灯りにぶつかり、テーブルの上に羽を落とした。灯りが彼女の頭にふれている部分に、白髪が見えた。

「どうしたの、あなた?」

「あんまり静かだったんでね」と彼は言った、「なにか起こったんじゃないかと思って。こないだおまえのことで悪い夢を見たんだ。ペンバートンの自殺で気が立っていたんだな」

「ばかね、あなたったら。そんなことが私たちに起こるはずはないでしょう」

「そりゃあそうだ。おれはただ、おまえの顔が見たかっただけだよ」と彼は言って、彼女の髪に手をおいた。彼女の肩越しに、書かれている唯一のことばが読みとれた、「親愛なるミセス・ハリファックス」……

「靴をはいてないのね」と彼女は言った。「ダニがうつるわよ」

「おれはただ、おまえの顔が見たかっただけだ」と彼はくり返し、紙のしみは汗か、涙か、と思った。

「ねえ、あなた」と彼女は言った。「あなたはもう心配しなくていいのよ。私、いままであなたをいじめ抜いたわ。でもそれは熱病みたいなものよ。とりついてはまたおさまるの。で、いまはおさまっているわ――しばらくは。あなたがお金を借りられないでいることはわかっている。それはあなたが悪いんじゃないわ。あんなばかげた手術さえしなければ……でもそういうものなのよ、ヘンリー」

「それとハリファックス夫人とどういう関係があるんだい？」

「あの人ともう一人の女の人が次の船に二段ベッドの船室を予約してもう一人の女の人がおりちゃったの。であの人は多分私がかわりに乗りこめると思ったのよ――あの人のご主人が代理店に話をつければ」

「その船は二週間後に入港するやつだな」

「あなた、苦労するのはもうよして。よしたほうがいいわ。どっちみち、ハリファックス夫人には明日返事をしなければならなかったの。私は行かない、って返事するわ」

彼は早口に言った――ことばをとり返しのつかないところまで出してしまいたかった。

「行く、と書いてやりなさい」

「ティッキー」と彼女は言った、「それ、どういう意味？」彼女の顔はこわばった。「ティッキー、できもしないことを約束したりしないで。わかってるわ、あなたが疲れていて、愁嘆場はごめんだと思っていることは。でも愁嘆場を演じたりしないわ。私、ハリファックス夫人を裏切りたくないのよ」

「裏切ることにはならないさ。金を借りるあてはあるんだから」

「じゃあどうして帰ったときそう言ってくれなかったの？」

「切符を買ってから渡そうと思ったんだよ。びっくりさせたくてね」

彼女は彼が期待したほどしあわせそうではなかった、彼女はいつも彼が望むより少し先まで見通した。「で、あとはなにも心配ないのね？」と彼女はきいた。

「あとはなにも心配ないさ。おまえ、しあわせかい？」

「ええ、そりゃあ」と彼女はとまどったような声で言った。「私、しあわせよ、あなた」

3

定期船は土曜の夕方入港した、寝室の窓からその長い灰色の鋼鉄の船体が椰子林の向こうの防材を通り抜けるのが見えた。二人は沈む心でそれを見守った――幸福は実は変化のない生活ほど歓迎すべきものではない――手に手をとって二人は二人の「離別」が湾内に投錨するのを見守った。「さてと」とスコービーは言った、「いよいよ明日の午後というわけだ」

「あなた」と彼女は言った、「この時期を乗り越えたら、私、またいい奥さんになるわ。ただ、これ以上ここの生活に耐えられなかったのよ」

階段の下から、それまでやはり海を見つめていたアリが、トランクや箱をはこび出すがタガタいう音が聞こえてきた。まるで家が二人のまわりでガラガラと崩れているようだった、そして禿鷹が屋内の震動を感じたかのようになまこ鉄板をがたがた鳴らして屋根から飛び立った。スコービーは言った、「おまえが二階で手まわりの品を整理するあいだに、おれは下で本を詰めているよ」まるでこの二週間、二人は背信ごっこをしていて、いま離婚手続きに迫られたかのようだった、一つの生活が二つの生活へと分離し、悲しい分捕り品を分配するのだ。

「この写真、おいて行こうかしら、ティッキー？」彼は初聖体のときの顔にすばやい横目の一瞥をくれて言った、「いや。もって行ってくれ」

「テッド・ブロムリーたちといっしょに撮ったこれは残しておくわね」

「うん、残しておいてくれ」彼は一瞬、服をたたむ彼女を見守ってから、下におりて行った。一冊ずつ、彼は本をとり出しては、布で拭いた――オクスフォード版の詩集、ウルフの作品集、若手の詩人たち。やがて本棚はほとんどからになった、彼自身の本はごくわずかの場所しか占めていなかった。

翌朝早く、二人はいっしょにミサにあずかりに行った。聖体拝領の台にいっしょにひざまずいていると、これは離別ではないと主張しているように思われた。彼は思った、おれは平安を求めて祈り、いまそれを手に入れようとしている。祈りがかなえられるにいたった手段はひどいものだ。いい手段であればもっとよかったが、おれはそのためにあまりにも高い代価を支払ったものだ。歩いて帰りながら彼は心配そうに言った、「おまえ、しあわせかい？」

「ええ、ティッキー、あなたは？」

「おまえがしあわせならおれもしあわせさ」

「私が船に乗って落ちついたら、それでもうなにもかも大丈夫ね。今夜私、少し飲むことになりそう。あなたもどなたか招んだら、ティッキー？」

「いや、おれは独りでいたい」

「毎週お手紙ちょうだいね」

「もちろんさ」

「そしてティッキー、忘れずにごミサにあずかりに行ってね。私がいなくても行ってくれるわね？」

「もちろんさ」

ウィルスンが道路をやってきた。彼の顔は汗と懸念で光っていた。彼は言った、「お発《た》ちになるってほんとうですか？ アリがいまお宅で言っていました、あなたが今日の午後ご乗船になるって」

「ほんとうだよ」とスコービーは言った。

「こんなに急だとは一言もおっしゃらなかったじゃありませんか」

「忘れていたの」とルイーズは言った、「いろいろしなければならないことがあったので」

「ほんとうに行ってしまわれるとは思いもよらなかった。代理店でハリファックスに出会わなかったらぼくは知らないままだったでしょう」

「まあ、とにかく」とルイーズは言った、「あなたとヘンリーはおたがいに気をつけあってくださらないと」

「信じられないな」とウィルスンは言って、ほこりっぽい道路を蹴りつけた。彼は二人と家のあいだに立ちはだかり、通そうとしなかった。彼は言った、「ぼくの知っている人と言えばあなただけなのです――もちろんハリスがいますが」

「あなたはお友だちを作りはじめなければ」とルイーズは言った。「いまはごめんなさいね。いろいろしなければならないことがあるの」

彼が動こうとしないので、二人は彼をぐるっとまわって通らなければならなかった、そしてスコービーは、ふり返って、やさしく手を振った――彼は火ぶくれのしたような道路にあって、呆然自失し、頼りなげであり、場ちがいのように見えた。「ウィルスンもかわいそうに」と彼は言った、「どうやらおまえを愛しているらしい」

「そう思っているのよ、あの人」

「おまえが行ってしまうのはあいつにとっていいことだ。ああいう男はここの風土では困り者になりかねない。おまえがいないあいだおれが親切にしてやるよ」

「ティッキー」と彼女は言った、「私、あの人にあんまり会ってはいけなかったわね。あの人、信用できないわ。どこかうさんくさいところがあって」

「あいつは若くてロマンティックなんだよ」

「ロマンティックすぎるのよ。嘘はつくし。知っている人と言えばあなただけ、なんてどうして言うのかしら?」

「そうだと思うがな」

「あの人、署長だって知ってるわ。こないだ晩餐の時刻に署長の家に行くのを見かけたもの」

「だからそれはちょっとしたものの言いかただよ」

二人とも昼食をとる食欲はまったくなかった、だがこの機会に存分に腕をふるおうとしたコックは、テーブルのまんなかに金だらいいっぱいのカレーをもち出した、そのまわりにはそれに添える小皿がたくさん並べられた——バナナのフライ、赤い胡椒、粉に挽いたナッツ、パパイヤの実、オレンジのスライス、チャットネ。二人は皿の砂漠にへだてられて何マイルも離れてすわっているように思われた。料理はめいめいの皿の上で冷え、話すことはなにもないようであり、ただ、「おなかがすいてないわ」「少し食べてごらん」と、「なにも手をつける気がしないの」「旅に出るんだからうんと食べなくちゃ」と、食事についての親しい口争いをはてしなく続けるだけだった。アリが二人の様子を見るために出たり入ったりしていた、彼は時を打つたびに現われる時計の人形のようだった。いよいよ完全に離別することになったいま、それを嬉しがるというのは、二人にとって恐ろしいことのように思われた、ひとたびこのみじめな別れが終われば、二人はそれぞれ違った生活に落ちつくことができるはずだが、その生活はまたしても変化を閉め出すものになるだろう。

「用意はすっかりできたろうね？」こうして忘れていたかもしれないものを一つ一つ当っていくことは、ときおり飲みこみやすいものをつまむほかなにも食べずにすわっていることを可能にするもう一つの手段だった。

「寝室が一つしかないのは運がよかったわ。このままあなた一人にこの家を貸さざるをえないでしょうからね」

「夫婦者に貸すためにおれを追い出すかもしれんぞ」

「毎週お手紙くださるわね」

「もちろんさ」

時間はたっぷりたっていた、二人は昼食をとったと思いこむことができた。「もう食べられないなら、車で送ることにしよう。巡査部長が波止場で運搬夫たちを集めているはずだ」二人はもう形式的なことば以外になにも言うことができなかった、非現実性が二人の動きをすっぽり包んだ。おたがいにふれあうことはできたのに、まるで大陸の全海岸線の長さがすでに二人をへだてているかのようだった、二人のことばはへたな手紙の書き手の誇張した文章のようだった。

船に乗って二人っきりではなくなったときほっとする思いだった。厚生局のハリファックスは見せかけの快活さをもってしゃべり散らした。彼はあぶなっかしい冗談を飛ばし、二人の婦人にうんとジンを飲むようすすめた。「それがウンチにはきくんですよ」と彼は言った。「船旅でまず困るのはウンチの出が悪くなることですからな。夜うんとジンを飲めば朝もとがとれるってわけです」二人の婦人は船室を点検した。彼女たちはその暗がりに立っていると洞窟居住者のようだった、二人は男たちには聞きとれない低い声で話しあった、二人はもはや人妻ではなかった——別の人種に属する姉妹だった。「きみとおれとは必要なさそうだぜ、きみ」とハリファックスは言った。「ご婦人がたはもう大丈夫だろう。おれは陸《おか》にあがるぜ」

「おれもいっしょに行くよ」それまですべては非現実的だった、だが突然、現実の苦痛、死の瞬間に見舞われた。囚人のように、彼は裁判が実在したことを信じていなかった、それは夢だった、死の宣告も夢だった、護送車に乗ることもだ、そして突然彼は死刑台に立たされ、すべては真実となった。人は、武装した以上、勇敢に死なねばならぬ。彼らはハリファックス夫妻を船室に残し、廊下の端のほうへ行った。

「さようなら、おまえ」

「さようなら、ティッキー、お手紙くださるわね、毎……」

「うん、必ず」

「私、許しがたい逃亡者ね」

「いや、いや。ここはおまえには合わない土地なんだ」

「あなたが署長にしてもらえたら事態は変わっていたのに」

「休暇にはおれも行くよ。その前に金がたりなくなったら知らせてくれ。なんとかするから」

「あなたはいつも私のためになんとかしてくれたわね。ティッキー、もう私の愁嘆場を見ないですむので嬉しいでしょう」

「ばかな」

「私を愛している、ティッキー？」

「きみはどう思う？」

「ね、言って。聞きたいものなのよ——たとえ嘘でも」

「おまえを愛しているよ、ルイーズ。もちろん、ほんとうにだ」

「向こうでの独り暮らしにがまんできなければ、帰ってくるわね、ティッキー」

二人はキスをし、甲板にあがって行った。そこから見る港はいつも美しかった、まばらに層をなす家並みは日の光に石英のように輝いていたり、大きな縁の盛りあがった丘々の陰に横たわったりしていた。「りっぱな護衛がついているぞ」とスコービーは言った。駆逐艦やコルベット艦が周囲に犬のように控えていた、信号旗が波打ち、反射信号がひらめいていた。漁船が褐色の蝶のような帆をひろげて広い湾内に休んでいた。「からだに気をつけてね、ティッキー」

ハリファックスが景気のいい声をあげながら二人の背後にやってきた。「上陸する人はいないか？　警察の汽艇《ランチ》できたんだろう、スコービー？　メアリーは船室にいますよ、奥さん、乗客の目を気にして涙を拭いたり白粉を塗ったりしてね」

「さようなら、おまえ」

「さようなら」今度こそほんとうのさようならだった、そしてハリファックスが見守り、イギリスからの乗客がもの珍しげに眺めるなかで、握手した。汽艇が動き出すと、ほとんど同時に彼女の姿は見分けられなくなった、おそらくハリファックス夫人のいる船室へおりて行ったのだろう。夢は去った、変化は終わった、生活はふたたびはじまった。

「こういう別れっていやだね」とハリファックスは言った。「終わってほっとしたよ。ベッドフォード・ホテルでビールを一杯やりたいな。いっしょにこないか？」

「残念だが、おれは勤務だ」

「独りになったからには、かわいい黒人娘に身のまわりの世話をしてもらうのも悪くないだろうな」とハリファックスは言った。「ところがだ、正真正銘まじり気なしの忠実さのかたまりみたいなものだからな、おれは」そして、スコービーも知っているように、そのとおりだった。

防水覆いのあるごみ捨場の陰にウィルスンが立ち、湾の彼方を見つめていた。スコービーは立ちどまった。彼はそのふっくらした悲しげな少年のような顔に心を打たれた。「きみに会えなくて残念だったよ」と彼は言った、そして罪のない嘘をついた。「ルイーズがよろしくと言っていた」

4

彼が家に帰ったのは午前一時に近かった。台所のあたりは灯が消えており、アリが家の前の階段で居眠りしていた、ヘッドライトがその寝顔を照らし出すとやっと彼は目を覚ました。彼は跳び起きると、懐中電灯で車庫からの道を照らした。

「ありがとう、アリ。もうやすんでくれ」

彼は人気のない家に入った——彼は沈黙の深い音調を忘れていた。何度となく彼は遅くなって、ルイーズが眠ったあと帰ったことがあったが、そのときの沈黙にはこのような安全無事、確固不動の感じはけっしてなかった、彼は耳を澄まして、たとえ聞きとることはできなくても、もう一人の人間のかすかな息づかいや小さな身動きをとらえようとしたものだ。いまは耳を澄ますべきものはなに一つなかった。彼は二階へあがり、寝室をのぞいてみた。すべてはきちんと片づいていた、ルイーズが出発したとか、ここにいたとかいう形跡はまったくなかった、アリが写真さえとり除いて引き出しにしまっていた。彼はほんとうに独りぼっちだった。バスルームでネズミが一匹動いた、そして夜ふかしの禿鷹が一羽、眠るためにおりてきて、鉄板の屋根を一度ふるわせた。

スコービーは居間にすわり、別の椅子に足を乗せた。まだベッドに入りたくはなかったが、眠くはあった——長い一日だった。独りとなったからにはどんなばかげたことでも勝手にやってていいのだ、ベッドのかわりに椅子で眠ることでも。悲しみが彼の心から皮をむくように剝げ落ち、あとに満足を残した。彼は義務をはたした、ルイーズはしあわせになった。彼は目を閉じた。

道路から入ってくる車の音と、窓を横切るヘッドライトの光で、彼は目を覚ました。彼はそれが警察車だと思った——その夜は彼が当番であり、なにかいそぎの、そしておそらくそう重要ではない電報でも入ったのだろう、と思ったのである。彼はドアを開けた、すると階段の上にユーゼフが立っていた。「すみません、スコービー副署長、通りがかりに灯りが見えたものですから、それで……」

「入ってくれ」と彼は言った、「ウィスキーがある、それとも小瓶のビールのほうがお好みかな……？」

ユーゼフは驚いて言った、「これはたいへんなおもてなしで、スコービー副署長」

「金を借りるほどの知りあいなら、おもてなしするのが当然だろう」

「では、小瓶のビールを、スコービー副署長」

「きみの宗派の予言者はそれを禁じていないんだろうね？」

「予言者は瓶詰めのビールやウィスキーを飲んだ経験がなかったのですよ、スコービー副署長。私たちは彼のことばを現代の見かたで解釈しなければなりません」彼はスコービーがアイス・ボックスからビール瓶をとり出すのを見守った。「電気冷蔵庫はおもらじゃないのですか、スコービー副署長？」

「うん。部品のスペアがくるのを待っているところだ――戦争が終わるまで待たされるだろうな、きっと」

「そんなことは私が許しません。余分な冷蔵庫をいくつかもっています。・つ送らせてください」

「いや、なくてもやっていけるよ、ユーゼフ。二年間もなしでやってきたんだ。ところで、通りがかりにと言ったね」

「まあ、正確に言うとそうではないのです、スコービー副署長。それはものの言いかたの一つでして。実のところ、お宅の給仕たちが眠るまで待っていて、車を借りてきたのです。私の車は人に知られているので。それに運転手も連れてきませんでした。あなたにご迷惑をかけたくなかったのです、スコービー副署長」

「くり返し言うがな、ユーゼフ、おれは金を借りた男を知りあいじゃないなどと突っぱねたりはしないぞ」

「そのことばかりおっしゃるのですね、スコービー副署長。あれはただの商取引ですよ。四分というのは公正な利率です。私は担保が疑わしいときにかぎってそれ以上を要求するのです。どうか冷蔵庫を送らせてください」

「なんで会いにきたんだい？」

「第一に、スコービー副署長、奥さんのことをうかがいたかったのです。居心地のいい船室がとれましたか？　なにかほしがっておいでのものはありませんか？　あの船はラゴスに寄りますから、そこで必要なものはなんでも船に届けさせましょう。私の代理人に電報を打ちます」

「女房はなに一つ不自由な思いはしていないはずだ」

「次に、スコービー副署長、ダイヤモンドのことであなたと少しお話ししたかったのです」

スコービーはもう二瓶のビールを氷の上においた。彼はゆっくり静かに言った、「ユーゼフ、おれは金を借りておいてその翌日自分のエゴを安心させるために債権者を侮辱するような男だとは考えてほしくない」

「エゴ？」

「気にするな。自尊心と言ってもいい。そのほかなんとでも。おれはおれたちがある意味で商売上の仲間になったことを否定する気はない、だがおれの義務は年四分の利子をおまえに支払うことに厳密に限られている」

「お説のとおりですよ、スコービー副署長。あなたは前にもそうおっしゃったし、私も同意します。もう一度申しあげますが、私は私のためになにかしてくださいとお願いする気など毛頭ありません。むしろ私のほうがあなたのためにいろいろしてあげたいのです」

「おまえもおかしなやつだな、ユーゼフ。ほんとうにおれが好きらしい」

「そうです、あなたが好きなのです、スコービー副署長」ユーゼフは椅子の端に腰かけた、その鋭い角が彼の大きな肥満した太腿に食いこんだ、彼は自分の家以外では落ちつけない男だった。「で、ダイヤモンドのことをお話ししていいでしょうか、スコービー副署長？」

「さっさと言ってみろ」

「どうも政府はダイヤモンドのこととなると気が狂っているように思います。おかげであなたの時間も、秘密警察の時間も、浪費されるわけです、政府は海岸地方一帯に特務機関員を送りこんでいます、現にここにも一人きていますよ——だれだかご存じでしょう、署長のほかはだれも知らないことになってはいますが。彼はつまらぬでっちあげを密告しにくるあらゆる黒人やあわれなシリア人に金をやっています。それからそれをイギリス本国と全海岸地方に打電するのです。で、そんなことをして結局ダイヤモンドが一つでも見つかるでしょうか？」

「それはおれたちとはなんの関係もないだろう、ユーゼフ」

「私はお友だちとしてあなたにお話ししたいのですよ、スコービー副署長。ダイヤモンドにもさまざまなダイヤモンドがあり、シリア人にもさまざまなシリア人がいます。あなたがたは間違った連中を追いかけておいでだ。あなたがたは工業用ダイヤがポルトガルへ、さらにドイツへ、あるいは国境を越えてヴィシー政権のフランス領へ流れて行くのを阻止しようとなさっている。それなのにいつもあなたがたは、工業用ダイヤなどには興味のない連中を追いかけているのです、ふたたび平和がくるときのために金庫のなかに二、三の宝石をもっていたいと思っているだけの連中を」

「言いかえれば、おまえを、だな？」

「今月になって六度も警察が私の店にきて、なにもかも引っかきまわしているのです。そんなことをしているようでは工業用ダイヤは一粒だって見つからないでしょう。小物だけですからね、工業用ダイヤに関心があるのは。なにしろ、マッチ箱一杯で、二百ポンドにしかならないのですよ。そういう連中は私に言わせれば砂利収集家です」と彼は軽蔑をこめて言った。

スコービーはゆっくり言った、「遅かれ早かれ、ユーゼフ、おまえがおれになにかを要求するだろうとは思っていた。だが四分の利息以外におれからとれるものはなにもないぞ。明日おれはおれたちの契約について完全な個人的報告書を署長に提出するつもりだ。もちろん署長がおれに辞職を迫る可能性もあるが、まずそうはなるまい。彼はおれを信用しているからな」一つの記憶が彼の心をチクッと刺した。「彼はおれを信用していると思うんだ」

「それは賢明なやりかたでしょうか、スコービー副署長？」

「ひじょうに賢明だと思うがな。署長とおれのあいだにどんな秘密が入りこんでも、やがてまずいことになるだろう」

「ではお好きなように、スコービー副署長。だけど私があなたからなにもほしがらないことはお約束します。私からあなたにさしあげたいだけなのです、いつも。冷蔵庫は受けとっていただけなくても、忠告、情報なら受けとっていただけるだろうと思っていましたが」

「聞くとしよう、ユーゼフ」

「タリットは小物です。彼はクリスチャンです。ランク神父とかいろいろな人が彼の家に行きます。「正直なシリア人がいるとすれば、タリットこそそうだ」とみんな言っています。タリットはあまり成功していません、そのために正直者みたいに見えるのです」

「それで?」

「タリットの従兄が次のポルトガル船で出航します。彼の荷物はもちろん調べられるでしょうが、なにも見つからないでしょう。彼は籠に入れたオウムをもっているはずです。私の忠告はですね、スコービー副署長、タリットの従兄はほうっておいて、そのオウムをおさえなさい、ということです」

「従兄をほうっておくわけは?」

「タリットに手のうちを見せたくはないでしょう。オウムは病気にかかっているから行かせるわけにはいかん、とおっしゃるのはかんたんなはずです。彼もまさか騒ぎ立てたりしないでしょう」

「その餌袋にダイヤモンドがあるというのだな?」

「ええ」

「そのトリックはいままでにもポルトガル船で使われていたのか?」

「ええ」

「まるで鳥小屋を買う必要が出てきそうな話だな」

「この情報にもとづいて行動なさいますか、スコービー副署長?」

「おまえはおれに情報をくれる。だがユーゼフ、おれはおまえに情報をやらん」

ユーゼフはうなずいて微笑んだ。やや苦労して大きなからだをもちあげると、彼はすばやく恥ずかしそうにスコービー副署長の袖にふれた。「まったくおっしゃるとおりです、スコービー副署長。私は、嘘ではなく、あなたの害になるようなことをする気は毛頭ありません。私も気をつけますし、あなたも気をつけてくだされば、万事うまくいくでしょう」二人はまるで害にならないことを不法共謀しているかのようだった、罪のないことでさえユーゼフの手にかかると疑わしい色合いを帯びた。彼は言った、「ときどきタリットにやさしいことばでもかけてくだされば、いっそう安全でしょう。特務機関が彼を訪ねています」

「特務機関なんていっこうに知らんが」

「まったくおっしゃるとおりです、スコービー副署長」ユーゼフは灯りの縁の太った蛾のようにうろつきまわった。彼は言った、「いつか奥さんにお手紙をお書きになるときがあれば、私からよろしくとお伝えください。ああ、そうだ、手紙は検閲されるのでしたね。そんなことをなさってはいけない。お手紙には、ただ――いや、なにもお書きにならないほうがいい。私の気持ちを、スコービー副署長、あなたさえ知っていてくだされば――」

狭い通路をよろめきながら、彼は車のほうへ向かった。彼はライトをつけると、窓ガラスに顔を押しつけた、その顔は計器板の灯りを受けて、平べったく、青白く、頼りなく、誠実そうに見えた。彼はスコービーに向かってちょっと試してみるように恥ずかしそうに手を振る恰好を見せた、スコービーは静かな人気のない家の戸口にただ独り立っていた。

第二巻

第一部

第一章

1

　彼らはペンデにある警察住宅のバンガローのヴェランダに立ち、広い活気のない河の向こう岸に動く懐中電灯の群れを見つめていた。「そうか、あれがフランスか」とドルースは言った、その土地ではそこをフランスと呼びならわしていた。

　ペロット夫人は言った、「戦争前にはよくフランスへピクニックに行きましたのよ」

　ペロットが両手に一つずつ飲物をもってバンガローから彼らのほうへきた、蚊よけ長靴を乗馬靴のようにズボンの上にはいて、がに股で歩いてくるのは、いま馬からおりたばかりのような印象を与えた。「きみのだ、スコービー」彼は言った、「おれとしては、ほんとに、フランス人を敵と考えるのはつらいんだよ。おれの先祖はユグノー教徒とともにイギリスに渡ったんだ。だからちょっとちがうんだよ、ほんとに」傷跡のような鼻で二つに区切られた彼の細長い黄色い顔はつねに傲慢に守勢をとっていた、ペロット家の重要さはペロットにとって一つの信仰箇条だった――それを疑うものは追放され、機会があれば迫害されるだろう……この信仰はけっしてやむことなく宣布され続けるだろう。

スコービーは言った、「彼らがドイツに味方するなら、ここは彼らの攻撃目標の一つになるんじゃないか」

「それを知らぬおれじゃあない」とペロットは言った、「おれがここにきたのは一九三九年だ。政府は抜け目なく将来を予測していたのだ。準備万端ととのっているさ、ほんとに。ところでドクターは？」

「ベッドの最後の点検に行っていると思うわ」とペロット夫人は言った。「奥様が無事お着きになったことを感謝なさるべきですよ、スコービー副署長。向こう岸の人たちはかわいそうに。四十日もボートにいたなんて。考えただけで身ぶるいするわ」

「ダカールとブラジルのあいだの狭い海峡ではいつもこうさ」とペロットは言った。

医者が暗い面持ちでヴェランダに出てきた。

河向こうはふたたびすっかり静かになり、なにも見えなくなった、懐中電灯はすべて消えた。バンガローの下の小さな桟橋で燃えている灯りが、ゆるやかに流れる暗い水面を数フィート照らし出していた。木片が一つ暗闇から現われ、光に照らされた部分をゆっくり流れて行き、それがまた暗闇に飲まれるまで、スコービーは二十数えた。

「フランスの阿呆どもも今度はあまりひどいやりかたをしなかったな」とドルースはグラスから蚊を一匹つまみ出しながら暗い声で言った。

「やつらが送ってよこすのは女と、老人と、死にかかっているものだけだぜ」と医者は顎髭をひねりながら言った。

「これ以上ひどいやりかたってないだろう」

突然、昆虫の群れが侵入してくるような、ウヮーン、ブーンという声が向こう岸に湧き起こった。懐中電灯のいくつかのグループがそこここにホタルのように動きまわった、スコービーは双眼鏡を目に当て、黒人の顔が一瞬照らし出されるのを捕えた、それからハンモックの柱、白人の腕、士官の背中。「あそこに着いたらしい」と彼は言った。光の長い列が水際にそって踊っていた。「さあ」とペロット夫人は言った、「もうなかに入るほうがよさそうだわ」蚊の群れが彼らのまわりでミシンのようにたえまなくブンブンうなっていた。ドルースが一声叫んで自分の手をたたいた。

「お入りなさい」とペロット夫人は言った。「ここの蚊はみんなマラリアもちですよ」居間の窓は蚊よけの網が張られていた、すえたような空気が近づく雨季のために重くよどんでいた。

「担架が向こうから渡ってくるのは朝六時だ」と医者は言った。「準備完了だ、ペロット。黒水熱患者が一人、熱病患者が数人いるが、ほとんどはたんなる疲労だな――こいつがあらゆる病気のなかで最悪だよ。たいていの人間は結局こいつで死ぬんだ」

「スコービーとおれは歩ける病人たちの面倒を見るとしよう」とドルースは言った。「どれぐらい尋問に耐えられるか教えてくれよ、ドクター。きみの部下たちが運搬夫の世話をしてくれるんだろうな、ペロット——きた道を無事もどれるように」

「もちろん」とペロットは言った。「おれたちはその作戦にそなえて裸になっているよ。もう一杯飲むか？」ペロット夫人がラジオのつまみをまわすと、クラパムのオーヒューム・シネマのオルガンが三千マイルの海を越えて聞こえてきた。河向こうからは運搬夫たちの興奮した声が高くなったり低くなったりして伝わってきた。だれかがヴェランダのドアをノックした。スコービーは不安そうにすわりなおした、ウルリッツァー・オルガンの音楽がうめいたりうなったりした。それは彼にはとほうもなく無遠慮なものに聞こえた。ヴェランダのドアが開き、ウィルスンが入ってきた。

「やあ、ウィルスン」とドルースは言った。「きみがここにきているとは知らなかったよ」

「ウィルスンさんはUACの倉庫を調査にいらしてるのよ」とペロット夫人は説明した。「あの倉庫の宿泊所、大丈夫かしら。めったに使ってないけど」

「ええ、ひじょうに居心地がいいですよ」とウィルスンは言った。「おや、スコービー副署長、あなたにお目にかかろうとは思いませんでした」

「思いませんでした、ってことはないだろう」とペロットは言った。「彼がくることはちゃんと言っといたじゃないか。すわって一杯やれよ」スコービーはルイーズがウィルスンについて言ったことを思い出した――うさんくさい、という言いかたを彼女はしていた。彼はウィルスンに目を向けた、ペロットに暴露されたための赤らみがその少年っぽい顔から次第に消えて行くのが見えた、そしてその目尻に寄っている小さな皺が実は若くはないことを示していた。

「奥さんからお便りがありましたか、閣下？」

「先週無事に着いたようだ」

「それはよかった。ほんとうによかった」

「ところで」とペロットは言った、「都における最近のスキャンダルはなんだい？」その「ミヤコ」ということばは嘲りをこめて言われた――ペロットは、そこに住む人々が自分たちを重要視し、彼がまったく無視されているような、そういう町があると考えるだけでがまんできなかった。ユグノー教徒がローマを想像したように、彼は軽薄、悪徳、腐敗の町を思い描いていた。「おれたち叢林地の住人は」とペロットは重々しく続けた、「ごく平穏に暮らしているがね」スコービーはペロット夫人を気の毒に思った、彼女はこういうことばをしょっちゅう聞かされていた、彼女はそういうことばをいいと思った求婚時代のことなどとっくの昔に忘れてしまったにちがいない。いま彼女はラジオのすぐそばにすわり、音量を低くして古風なウィーンのメロディに耳を傾け、あるいは耳を傾けているふりをしながら、一方では、わかりきった役割を演じている夫を無視しようとして口を堅く結んでいた。「なあ、スコービー、都のお偉がたはなにをしている?」

「ああ」とスコービーはペロット夫人を見守りながらあいまいに言った、「たいしたことはなにも起こってないよ。みんな戦争のことでいそがしすぎて……」

「なるほどなあ」とペロットは言った、「官房では文書の山を引っくり返していなければならんわけか。あの連中にここで稲を植えさせたいものだ。そうすれば仕事とはどんなものかわかるだろう」

「最近もっとも騒がれた事件は」とウィルスンは言った、「オウム事件だと思いますが、いかがでしょう、閣下?」

「タリットのオウムか?」とスコービーは尋ねた。

「あるいはタリットの言によればユーゼフの」とウィルスンは言った。「そういうことでしょう、閣下、それともぼくが話を間違って聞いているのでしょうか?」

「なにが正しいのか結局わからないだろうと思うね」とスコービーは言った。

「だがその話ってなんだい? ここにいると世の中の大事件にはふれることができなくてね。おれたちが考えることと言えばフランス人のことだけだ」

「話っていうのはだな、三週間ほど前タリットの従兄がポルトガル船でリスボンに行こうとした。彼の荷物を調べたがなにも見つからなかった、ところが鳥の餌袋にダイヤモンドをかくして密輸出することがあるという噂を聞いていたので、おれはオウムをおさえた、するとたしかに百ポンドほどの値打ちの工業用ダイヤがなかにあった。船はまだ出ていなかったので、おれたちはタリットの従兄を下船させた。これはどう見ても事件になると思った」

「ところがならなかった、というのか？」

「シリア人には勝てんよ」と医者は言った。

「タリットの従兄の給仕が、それはタリットの従兄のオウムじゃない、と証言した――そしてもちろんタリットの従兄もそう言った。彼らの話によると、ある少年給仕がタリットをおとしいれるために別の鳥とすりかえた、というんだ」

「ユーゼフのために、だろうな」と医者は言った。

「もちろん。問題はその少年給仕が行方不明になったことだ。もちろんその理由は二つ考えられる――おそらくユーゼフが彼に金をやって高飛びさせたのだろう、だがタリットが彼に金をやってユーゼフに罪をなすりつけたという可能性も同じくらいある」

「ここだったら」とペロットは言った、「二人とも監獄にぶちこんでやるかな」

「町では」とスコービーは言った、「法律を無視するわけにはいかんのだよ」

ペロット夫人がラジオのつまみをまわした、すると予期しなかった勢いのいい声が叫んだ、「やつの尻っぺたを蹴っ飛ばしてやれ」

「そろそろ寝るかな」と医者は言った。「明日はたいへんな一日になりそうだ」

蚊帳のなかのベッドにすわって、スコービーは日記帳を開いた。毎晩、もう思い出せないくらい昔からずっと、彼はその日の記録を書きとめていた――できるだけ簡単な記録を。もしだれかと日付けのことで議論になれば、彼はすぐに照合することができた、もしある年の雨季は何日にはじまったかとか、先々代の厚生局長官はいつ東アフリカに転任になったかとか知りたくなれば、事実はすべて家のベッドの下のブリキ箱にしまわれている日記帳のどれかに書いてあった。そういうことがなければ彼は一冊も開けてみなかった――特にもっとも簡単に事実だけ、「Cが死んだ」と娘の死のことを書いてある一冊は。彼はなぜこの記録をとっておくのかその理由が自分でもわからなかった――後世のためにでないことはたしかだった。かりに後世の人が時代にとり残された植民地の名もない一警官の生涯に興味をもったとしても、この迷彩をほどこした記載事項からはなに一つ知ることができないだろう。おそらくその理由は、四十年前、パブリック・スクールの予備校に通っていたとき、ある夏休みのあいだずっと日記をつけたために賞品――『アラン・クォーターメーン』の一冊――を与えられてから、その習慣が単純に続いただけのことだろう。日記の形式さえほとんど変わらないままだった。「朝食にソーセージ。快晴。朝は散歩。午後は乗馬訓練。昼食にチキン。糖蜜パン」それがほとんど目につかない変わりかたでこういう日記になっていた、「ルイーズ出発。夜にY来訪。午前二時に台風一号」彼のペンはどんな記載事項の重要さをも伝える力がなかった、ただ彼自身だけが、もし読み返す気になったら、最後から二番目の語句に、あわれみのために彼の完璧さがうち破られた巨大な裂け目を認めることができたろう。ユーゼフではなく、Yと書いたことに。

スコービーは書いた、「五月五日。SS43（彼は安全のためにコード・ナンバーを使った）の生存者に会うべくペンデに到着。ドルースも同行」彼は一瞬ためらってからつけ加えた、「ウィルスンがきていた」彼は日記帳を閉じ、蚊帳のなかで仰向けに寝た姿勢でお祈りをはじめた。これもまた習慣だった。彼は主禱文と天使祝詞をとなえた、それから、眠りが彼の瞼を閉ざしはじめると、痛悔の祈りをつけ加えた。それは一つの形式にすぎなかった、といっても、自分が重大な罪を犯してはいないと思ったからではなく、自分の人生がどんな意味においても重要であるなどとは思いもつかなかったからである。彼は酒を飲まなかった、彼は姦通をしなかった、彼は嘘さえつかなかった、だが彼はこの罪の欠如を美徳とはけっして思わなかった。かりにもそのことを考えるとき、彼は自分を隊伍のなかの一兵卒、未熟な新兵隊の一員とみなした、より重大な軍の規律を破る機会さえもたないような。「私は昨日たいした理由もないのにごミサにあずかりませんでした。夕べの祈りを怠りました」これはあらゆる兵卒が犯したと認めるようなことにすぎなかった——機会さえあれば疲労を避けるということに。「おお、神よ、祝福を与えたまえ——」だがだれに与えてほしいか名前を言わないうちに彼は眠りに落ちた。

2

　翌朝彼らは桟橋に立った、一日の到来を告げる光が冷たい縞になって東の空に横たわっていた。村の小屋の群れはまだ銀色の陰におおわれていた。その日、午前二時に台風があった——黒雲の渦巻く柱が海岸のほうから押し寄せてきて、空気はまだ雨で冷たかった。彼らはコートの襟を立て、フランス側の岸を見守りながら立っていた、運搬人たちは彼らの背後の地面にうずくまっていた。ペロット夫人が白っぽい眠りを目から拭い落としながらバンガローからの小道をおりてきた、河向こうからひじょうにかすかに山羊の鳴き声が聞こえてきた。「あの人たちは遅れていますの？」とペロット夫人は尋ねた。

「いや、私たちが早すぎたんです」スコービーは向こう岸に双眼鏡の焦点を合わせた。彼は言った、「向こうで動きはじめた」

「あの人たちもかわいそうに」とペロット夫人は言って、朝の冷気に身ぶるいした。

「でも生きていますよ」と医者は言った。

「ええ」

「私の職業から言えば、それが重要だと考えなければなりません」

「あんなショックにうち勝つことができるものでしょうか？　日よけもないボートに四十

日もだなんて」

「生きのびさえすれば」と医者は言った、「うち勝ったことですよ。うち勝てない場合は失敗です、が、この場合は一種の成功なんです」

「小屋からはこび出しているぞ」とスコービーは言った。「担架が六つ数えられるようだ。ボートがいま近づいている」

「担架に乗せる患者九名と歩ける患者四名の準備をするよう言われたが」と医者は言った。

「死人が少し増えたのかな」

「おれの数えちがいかもしれん。ボートにはこびおろしている。担架は七つあるようだ。歩ける患者は見分けられない」

朝靄を晴らすにはあまりにも弱い、鈍い冷たい光が、昼間より河幅を広く見せていた。原地人のカヌーが一艘、どうやら歩ける患者を乗せているらしく、靄のなかから黒々と現われた、と見るまにたちまち彼らのすぐそばまで迫ってきた。向こう岸では汽艇《ランチ》のモーターが故障を起こしていた、息を切らした動物のように不規則にパタパタいう音が聞こえてきた。

最初に上陸した歩ける患者は片腕を吊り包帯した初老の男だった。彼は汚れた白いヘルメット帽をかぶり、原地人の服を肩から垂らしていた、自由のきく片手は顔の白い無精髭を引っぱったり引っかいたりしていた。彼は間違いようのないスコットランドなまりで言った、「わたすは機関長のローダーです」

「ようこそ、ミスター・ローダー」とスコービーは言った。「あのバンガローまで行ってください、二、三分で医者が行きます」

「わたすは医者はいりません」

「すわって休んでいてください。私もすぐ行きますから」

「わたすは役人に報告をすたいんですが」

「この人を家まで案内してくれないか、ペロット？」

「私はここの警察の分署長です」とペロットは言った。「報告は私にすればいいのです」

「なら早速はずめましょう」と機関長は言った。「沈没すてからほぼ二カ月になります。山のような責任がわたすにかかりますてな、船長が亡くなったもんですから」二人が丘の上のバンガローへとのぼって行くあいだ、執ようなスコットランド人の声がダイナモの鼓動のように規則正しく彼らのもとへ帰ってきた。「わたすは船主にも責任があるんです」

そのほかに三人が上陸していた、河向こうでは汽艇の修繕が続いていた、のみを打ちつける鋭い音、金属の鳴り響く音、それからまたけいれんするようなパタパタいう音。いま到着したもののうち二人はこういう場合のたんなる兵卒といった柄だった、フォーブスとニューオールという別の名前でなかったら兄弟と思われかねない鉛管工ふうの初老の男たちで、権威もなく不平も言わず、彼らにとって物事はただ単純に起こるだけのことだった。

一人は足をくじき、松葉杖をついて歩き、もう一人はトロピカル・シャツの薄汚れた切れはしで片手に包帯していた。彼らは、リヴァプールの街角で居酒屋が開くのを待つのと同じように自然な無関心な態度で、桟橋に立った。蚊よけ長靴をはいた白髪まじりのがっしりした婦人が二人に続いてカヌーからあがってきた。

「お名前は、マダム？」とドルースは名簿を見ながら尋ねた。「ミセス・ロールトですか？」

「ミセス・ロールトではありません。私はミス・モールコットです」

「あの家まで行ってください。医者が……」

「お医者さんには私よりもっと重い患者を診《み》ていただかねば」

ペロット夫人は言った、「横におなりになりたいでしょう」

「ちっともなりたくありません」とミス・モールコットは言った。「私はちっとも疲れていません」彼女はセンテンスを言い終わるたびに口をつぐんだ。「私はおなかもすいていません。神経質にもなっていません。私は早く行きたいのです」

「どこへ？」

「ラゴスへ。そこの教育局へ」

「まだだいぶ遅れると思いますが」

「もう二カ月も遅れているのです。私は遅れることにがまんできません。仕事は待ってくれませんから」突然彼女は空を仰ぎ、犬のように吠えた。

医者がやさしく彼女の腕をとって言った、「あなたがすぐに行けるようできるだけのことはします。あの家に行って電話をおかけになれば」

「そうします」とミス・モールコットは言った、「なんだって電話で片がつくはずだわ」

医者はスコービーに言った、「あの二人をあとから寄こしてくれ。あの二人は大丈夫だ。質問したいことがあればあの二人にするんだな」

ドルースは言った、「おれが連れて行くよ。きみはここに残ってくれ、スコービー、汽艇が着くと困るから。フランス語はだめなんでね、おれは」

スコービーは桟橋の柵に腰かけて河の向こうを眺めた。靄が晴れかけていたので向こう岸が近く見えてきた、もう肉眼でも向こうの様子が細かく見分けられた、白い倉庫、泥壁の小屋、日光にチカチカする汽艇の金具、原地人たちの赤いトルコ帽まで見ることができた。彼は思った、ちょうどこんな様子でルイーズが担架ではこばれてくるのを待っているということもありえたかもしれない――いや、待ってはいないかな。だれかが柵の彼のそばに腰をおろした、だがスコービーはふり向かなかった。

「ぼんやりなにをお考えです、閣下?」

「ルイーズは無事かな、と考えていただけだ、ウィルスン」

「ぼくもそう考えていたところです、閣下」

「どうしてきみはいつもおれのことを閣下と呼ぶんだい、ウィルスン？　きみは警察官じゃないのに。そう呼ばれるとおれはひじょうに年をとったみたいな気がするよ」

「どうもすみません、スコービー副署長」

「ルイーズはきみのことをなんと呼んでいた？」

「ウィルスンと。奥さんは私のクリスチャン・ネームがお嫌いのようでした」

「やっとあの汽艇が動き出したらしい。すまないがドクターにそう言ってきてくれ」

汚れた白い制服をつけたフランスの士官が舳《へさき》に立っていた、兵卒がロープを投げ、スコービーがそれを受けて結びつけた。「ボン・ジュール」と彼は言って、敬礼した。

フランスの士官は敬礼を返した――左の瞼をピクピクさせ、疲れきった姿で。彼は英語で言った、「グッド・モーニング。担架の患者を七名連れてきました」

「九名と聞いていますが」

「一人は途中で死に、一人はゆうべ死にました。一人は黒水熱で、一人はそのう――そのう、私の英語はだめですが、疲れと言いますか？」

「疲労ですね」

「それです」

「こちらの運搬夫を乗船させてください、担架をはこばせます」スコービーは運搬夫たちに言った、「そっとだぞ。そっとやれよ」それは必要のない命令だった、どんな白人の病院付添人もこれ以上静かにもちあげてはこぶことはできないほどだった。「ちょっと上陸なさいませんか？」とスコービーは尋ねた、「あるいはあの家まで行ってくだされば コーヒーをさしあげますが」

「いや、コーヒーは結構です。ここでなにも間違いがないかどうか見ていることにします」彼は礼儀正しく、近づきがたかった、だがその左の瞼はたえず疑惑と心労のしるしをちらつかせていた。

「お読みになりたければ英字新聞がありますよ」

「いや、結構です。英語を読むのはむつかしくて」

「ひじょうに上手にお話しですが」

「話すのは別です」

「シガレットは？」

「いや、結構です。アメリカタバコは好みません」

最初の担架が岸にあげられた――シーツが男の顎までかけられており、こわばった無表情な顔からは年齢がどのくらいか知りようがなかった。医者が担架を迎えるために丘をおりてきた、そして運搬夫たちを案内してベッドが用意されている政府宿泊所へ連れて行った。

「私はよく国境を越えてお国のほうへ行ったものです」とスコービーは言った、「そちらの警察署長と狩りをするために。いい人でした、デュランと言って——ノルマンディーのかたで」

「彼はもうここにはいません」と士官は言った。

「帰国したのですか？」

「ダカールの監獄にいます」とフランスの士官は船首像のように舳に立って答えたが、その目はピクピクとけいれんしていた。担架の列はゆっくりスコービーのそばを通って丘をのぼって行った、熱病の顔をし小枝のような腕を毛布から投げ出している十歳にもなっていないと思われる男の子、白髪を乱したまま身をよじり寝返りをうちぶつぶつつぶやいている老婦人、ボトル型の鼻——黄色い顔に緋色と青の取手《ノッブ》のような鼻をつけた男。彼らは次々に丘をのぼって行った——運搬夫たちの足はラバのようなたしかな足どりで進んで行った。「ではブリュール神父は？」とスコービーは尋ねた。「あの人もいいかたでしたが」

「彼は去年黒水熱で死にました」

「あの人は休暇もとらずに二十年ここにいましたね。後任を見つけるのはたいへんでしょう」

「後任者はまだきていません」と士官は言った。彼はふり向いて部下の一人に短い乱暴な命令を与えた。スコービーは次の担架の荷を見、また目をそらした。小さな女の子——六歳にもなっていないと思われた——がそこに横たわっていた。その子は病人特有の深い眠りに落ちていた、美しい金髪はもつれて汗でぬれていた、開いた口は乾いてひび割れていた、そして規則的にけいれん的に身ぶるいしていた。「ひどい」とスコービーは言った。

「なにがひどいのです?」

「あんな子供が」

「ええ。両親とも亡くなりました。だが大丈夫です。あの子も死ぬでしょう」

スコービーはその運搬夫たちがゆっくり丘をのぼって行くのを見守った、彼らの素足は静かにピタピタと地面をたたいていた。彼は思った、このことを説明するにはブリュール神父の巧みな弁舌の総力を傾ける必要があるだろう。あの子が死ぬだろうということではない——それは説明の要がない。異教徒たちでさえ神が愛するものを若死にさせることもあると理解している、彼らが考える理由はちがっているとしても。だがあの子が覆いのないボートで四十日の昼夜を生きることが許されたというのは——それは神秘だった、それを神の愛と結びつけて考えようとすると。

しかしながら彼は、みずから創り出したものを愛するほどの人間味ももたない神など信じることができなかった。

「いったいどうしてあの子はいままで生き残ったんだろう?」と彼は考えを口に出した。

士官は暗い声で言った、「もちろんボートの人々があの子の世話をしたのです。彼らは自分の水の配給を何度もことわりました。それはもちろんばかげたことでしたが、人間はつねに論理的でありうるとはかぎりません。そしてそうなるとなにか考えることになったのです」それは説明のヒントになりそうだった——ちゃんと理解するにはあまりにも微弱なものであったが。彼は言った、「見るものを腹立たしくさせる患者がもう一人きました」

その顔は疲労で醜くなっていた、皮膚は頬骨の上でいまにもひび割れそうに見えた、ただ皺のないことだけが若い顔であることを示していた。フランスの士官は言った。「彼女は結婚したところでした——航海の前に。彼女の夫は亡くなりました。パスポートによると彼女は十九歳です。彼女は生きるかもしれません。ほら、まだ少し体力が残っているでしょう」子供のように細い腕が毛布の外に横たわっていた、その指は一冊の本をしっかり握りしめていた。スコービーは彼女のやせこけた指に結婚指輪がゆるんでいるのを見ることができた。

「なんですか、それは?」

「タンブル(切手)です」とフランスの士官は言った。彼はにがにがしげにつけ加えた、「このいまいましい戦争がはじまったとき、彼女はまだ学校に通っていたにちがいありません」

スコービーは、彼女が彼の人生のなかへはこびこまれたとき、担架の上で固く目を閉ざして切手のアルバムを握りしめていたことを、その後いつも思い出した。

3

夕暮れになると彼らは飲むためにまた集まったが、気は沈んでいた。ペロットさえもう気のきいたことを言おうとしなかった。ドルースは言った、「さてと、おれは明日出発する。きみも発つか、スコービー?」

「多分ね」

ペロット夫人は言った、「お聞きになりたいことはみんな聞き出せましたの?」

「必要なことはみんなです。あの機関長はいいやつだったな。頭のなかにすっかり用意しておいてくれた。書きとるほうが追いつけないくらいだったよ。しゃべり終わったらぐったりしていたが。あの男をがんばらせていたのはあれだよ――「わたすの責任」ってやつだ。あの連中は――と言っても歩ける連中だが――ここにくるのに丸五日間歩いたそうだ」

ウィルスンは言った、「護衛艦なしで航海していたのですか?」

「出帆したときはついていたのだが、彼らの船はエンジン・トラブルを起こしたらしい――

―で、いまの航海規則はいいかげんだからね、役立たずのアヒルを待っちゃあくれないんだ。彼らは護衛艦から十二時間遅れて、追いつこうとしたときに狙撃された。潜水艦が浮上して艦長が彼らに指示を与えた。曳航してやりたいが海軍哨戒艇に呼ばれているところだ、と言ったそうだ。こういうことではだれが悪いとはなかなか言えないものだよ」そしてこういうことがたちまちスコービーの心の目に浮かびあがった――口を開けた子供、切手のアルバムを握りしめた細い手。彼は言った、「ドクターは機会さえあれば診てくれるんだろうな？」

彼は落ちつきなくヴェランダに出て、網戸をそっと閉めた、するとたちまち蚊が一匹ブーンと彼の耳もとに迫ってきた。ヒューンという音を立てるのはいつものことだったが、いよいよ攻撃しようというときには蚊は急降下爆撃機のような深い音を立てた。仮設病院には灯りがついていた、その悲惨さが彼の肩に重くのしかかっていた。やっと一つの責任を逃れたと思ったらすぐかわりに別の責任をもたされたかのようだった。今度のは彼が人類すべてと分かちあっている責任だったが、だからと言ってそれはなんの慰めにもならなかった、というのは、自分の責任を認識しているのは自分だけだ、と彼にはときどき思われたからである。ソドムやゴモラのような悪徳の町においてはただ一人の魂が神の心を変えることができたかもしれないが。

医者がヴェランダへの階段をのぼってきた。「やあ、スコービー」と彼はその肩と同じように丸味のある声で言った、「夜の外気に当っているのか？　ここでは健康によくないぞ」

「患者たちはどうだい？」とスコービーは尋ねた。

「死ぬのはあと二人だけだろう、きっと。一人かもしれん」

「あの子供か？」

「朝までもたんだろう」と医者はぶっきらぼうに言った。

「意識はあるのか？」

「完全にではないな。ときどき父親を呼ぶんだ、おそらくまだボートにいるつもりなんだろう。そのことはまだ本人には知らせてなかったんだ――両親は別のボートにいると言ってね。もちろん生存者の照合はすませてあったが」

「きみを父親と間違えたりしないのか？」

「うん、この髭でね」

スコービーは言った、「学校教師はどうだい？」

「ミス・モールコットか？　彼女は大丈夫だ。朝まで安静にしているよう鎮静剤をたっぷり飲ませておいた。彼女に必要なのはそれだけだよ――それと、どこか先へ行こうとしているという感じだな。きみの警察車に彼女を乗せる余地はないか？　ここから出してやるほうがいいんだが」

「ドルースとおれとでいっぱいなんだ、給仕たちと荷物を乗せると。帰ったらすぐ適当な輸送車を送るよ。歩ける患者は大丈夫だろうな？」

「うん、なんとかやっていけるさ」

「男の子や老婦人は？」

「二人とも全快するだろう」

「あの男の子はなにものだい？」

「イギリスの予備校にいたんだ。南アフリカにいる両親がいっしょに暮らすほうが安全だと思ったらしい」

スコービーはためらいがちに言った、「あの若い女は——切手のアルバムをもっていた？」理由は彼にもわからなかったが彼の記憶につきまとって離れないのは顔ではなくて切手のアルバムだった、それと、子供が大人のドレスを着飾ったように指にぶかぶかにはまっている結婚指輪だった。

「さあね」と医者は言った。「今夜もちこたえたら——多分」

「ひどく疲れているようだね？　なかに入って一杯やれよ」

「うん。蚊に食われるのはごめんだしな」医者はヴェランダのドアを開けた、蚊がスコービーの首を刺した。彼はわざわざ防ごうとはしなかった。ゆっくり、ためらいながら、彼は医者がきた道をたどり、階段をおりて歩きにくい岩だらけの地面に出た。石ころが彼の長靴の下でぐらぐらした。彼はペンバートンのことを思った。この悲惨さに満ちた世の中でしあわせを期待するのはなんとばかげたことだろう。彼は日常の必要品を最小限度にまで切りつめていた、写真は引き出しにしまい、死者のことを思い出さないでいた、部屋の飾りとしてはかみそり用の革砥《かわと》が一本と錆びた手錠が一対あるだけだった。だが人間にはまだ目というものがある、と彼は思った、耳というものもある。これこそしあわせな人間と言いうるものがいたら指摘してみるがいい、おれはその人間にあるのは極端な自己中心主義、邪心——あるいは絶対の無知であることを指摘してみせよう。

宿泊所の前で彼はまた立ちどまった。なにも知らないものには、なかの灯りはこの上ない平和な印象を与えたろう、この晴れた夜空の星が隔絶と安全と自由の印象を与えているように。だが事実を知ったものは、と彼は思った、星にたいしてさえあわれみを感じなければならないのだろうか？　いわゆることの核心に到達したものは？

「あら、スコービー副署長じゃありませんか？」声をかけてきたのはその土地の宣教師の妻だった。彼女は看護婦のように白衣をつけていた、その火打ち石色の白髪は風蝕作用を受けた峰のような額から後方へ撫でつけられていた。「見物しにいらしたんですか？」と彼女はこわい声で尋ねた。

「ええ」と彼は言った。ほかにどう言っていいかわからなかった、落ちつかない気持ちや、つきまとって離れないイメージや、責任とあわれみからくる恐ろしい無力感を、ボールズ夫人にことばで説明することはできなかった。

「なかへどうぞ」とボールズ夫人は言った、彼は給仕のように従順に彼女について入った。宿泊所には部屋が三つあった。最初の部屋には歩ける患者たちが入れられていた、充分薬を飲まされて彼らは安らかに眠っていた、まるで健康な運動をしたあとのように。次の部屋にはまず希望のもてる担架の患者たちがいた。三番目の部屋は小さな部屋で、ベッドが二つだけ衝立《ついたて》に仕切られていた、乾いた口をした六歳の女の子と、まだ切手のアルバムを握りしめて意識もなく仰向けに寝ている若い女と。終夜灯が皿にともされており、二つのベッドのあいだに薄い影を投げていた。「役に立とうという気がおありなら」とボールズ夫人は言った、「ちょっとここにいてください。私、調剤室に行きたいので」

「調剤室?」

「炊事場です。与えられた機会はできるだけ利用しなければ」

スコービーは冷たい異様な感じに襲われた。肩がぞくっとふるえた。彼は言った、「私がかわりに行きましょうか?」

ボールズ夫人は言った、「ばかなこと言わないでください。あなたに薬を調合する資格がおありですか? ほんの二、三分ですから。もしあの子供がおかしな様子を見せたら呼んでください」彼女がもう少し時間をくれたら彼もなんとか口実を思いついただろうが、彼女はもう部屋から出てしまっていたので彼は一つしかない椅子に重々しく腰をおろした。

子供に目をやると、その頭に聖体拝領用の白いヴェールがかけられているのが見えた、それは蚊帳にあたる光のいたずらと彼の心が生んだ錯覚だった。彼は両手に顔を埋め、見まいとした。彼自身の子供が死んだとき彼はアフリカにいた。彼はその場に立ちあわずにすんだことをつねに神に感謝していた。だが人は結局なにごとも避け通すことはできないようだった。人間であるためにはそのにがい杯を飲みほさねばならなかった。かりに一度目は運よく避け、二度目は臆病に逃げおおせたとしても、三度目には眼前に突きつけられるのだ。彼は無言の祈りを両手に注いだ、「おお、神よ、ボールズ夫人がもどるまでなにごとも起こりませんように」彼は子供の重い不規則な呼吸を聞くことができた。まるでその子は長い坂道で懸命に努力して重い荷物をはこびあげているかのようだった、その子のかわりにはこんでやれないという状況は非人間的だった。彼は思った、これは人の親たちがくる年もくる年も感じていることだ、そしておれは二、三分のことなのに尻込みしている。親たちは生きているあいだずっと自分の子供がゆっくり死んでいくのを見ているのだ。彼はまた祈った、「天なる父よ、この子を守りたまえ。この子に平安を与えたまえ」呼吸が乱れ、詰まり、やっとのことでふたたびはじまった。指のあいだから彼は六歳の子の顔が力仕事をする土方の顔のようにけいれんするのを見ることができた。「父よ」と彼は祈った、「この子に平安を与えたまえ。私の平安を永遠に奪いたまおうとも、この子に平安を与えたまえ」彼の手に汗が吹き出した。「父《ファーザー》よ……」

彼は小さなかすれた声が「お父さん《ファーザー》」とくり返すのを聞いた、顔をあげると青い血走った目が彼を見つめているのが見えた。彼は恐怖におびえながら思った、おれが立ちあわずにすんだと思っていたものはこれなのだ。彼はボールズ夫人を呼びたかった、ただ呼ぶ声が出なかった。彼はその重いことばをもう一度くり返そうとして子供の胸があえいでいるのを見た、彼はベッドに近寄って言った、「そうだよ、おまえ。話してはいけない。私はここにいるよ」終夜灯が彼の握り拳の影をシーツに投げかけ、それが子供の目を捕えた。笑おうとする努力でその子の顔はけいれんした、彼は手を引っこめた。「眠りなさい、おまえ」と彼は言った、「眠いだろう。お眠り」そっと埋めておいた記憶がよみがえってきた、彼はハンカチをとり出すと兎の頭の影がその子の枕に落ちるようにした。「ほら、おまえの兎さんだよ」と彼は言った、「いっしょに眠ってくれるからね。おまえが眠るまで兎さんもここにいるよ。お眠り」汗が彼の顔を流れ落ちて口に入った、それは涙のように塩からい味がした。「お眠り」彼は兎の耳をピクピク、ピクピク動かした。そのときボールズ夫人の声が彼のすぐうしろから低く聞こえてきた。「もうおよしなさい」と彼女はきびしく言った、「その子は死んだのです」

4

朝になると彼は医者に適当な輸送車がくるまで自分がここに残ろうと言った、そうすればミス・モールコットがかわりに警察車に乗れるから。彼女は行かせるほうがよかった、子供の死がふたたび彼女を興奮させていたし、ほかにもう死人が出ないとは断言できなかった。彼らは翌日その子を埋葬した、手に入った唯一の棺桶が使われた、それは背の高い大人のために作られたものだった。ここの気候では先に延ばすことは賢明ではなかった。スコービーはボールズ氏によってとりおこなわれた葬式に出なかったが、ペロット夫妻は出席した、ウィルスンと裁判所の出張所員の何人かも出席した、医者は宿泊所で忙殺されていた。そのあいだスコービーは足早に稲田を通り抜け、農業技官に灌漑のことで話しかけ、式場から離れていた。そのあと、灌漑の可能性について話しつくすと、彼は倉庫に入り、ジャム罐、スープ罐、バター罐、ビスケット罐、ミルク罐、ポテト罐、チョコレート罐など、罐詰の山のあいだの暗がりにすわって、ウィルスンがくるのを待った。だがウィルスンはこなかった、おそらくみんな葬式であまりに疲れたので、分署のバンガローへ飲みに帰ったのだろう。スコービーは桟橋へおりて行き、帆船が海のほうへくだって行くのを見つめた。ふと気がついてみると、彼はすぐそばにいる人に話しかけるように独り言を言っていた、「どうしてあなたはあの女の子を溺死させなかったのです?」裁判所の出張所員が一人、彼を横目で見て、そのまま丘をのぼって行った。

　ボールズ夫人が宿泊所の外に出て空気を吸っていた、薬でも飲むように一息一息、文字通り吸いこんでいた。彼女はそこに立って、口を開けたり閉じたり、吸いこんだり吐き出したりしていた。彼女は固苦しく「こんにちは」と言って、もう一息吸いこんだ。「お葬式にはお出にならなかったのですか、副署長？」

「ええ」

「主人と私はいっしょにお葬式に出られることなどめったにないのですよ。休暇のとき以外には」

「まだ葬式がありそうですか？」

「もう一つ、かしら。ほかの人たちはいずれ回復するでしょう」

「どの患者です、死にそうなのは？」

「老婦人です。ゆうべ急に悪化して。それまではよくなっていたのに」

　彼は無慈悲な安堵を感じた。彼は言った、「男の子は大丈夫なのですね？」

「ええ」

「ロールト夫人は？」

「まだ危険を脱してはいないけど、やがてよくなるでしょう。もう意識をとりもどしているし」

「夫が死んだことを知っているのですか？」

「ええ」ボールズ夫人は両腕を肩のところから上下に振りはじめた。それから六回ほど爪先立ちした。彼は言った、「なにかお役に立てることがあればいいのですが」

「本を読んでやることはできますか？」とボールズ夫人は爪先立ちしながら尋ねた。

「多分。できます」

「あの男の子に読んでやってください。あの子は退屈しているけど、退屈するのはあの子によくないのです」

「本はどこにありますか？」

「伝道所にたくさんあります。本棚にいっぱい」

どんなことでもするほうがなにもしないでいるよりましだった。伝道所まで歩いて行ってみると、ボールズ夫人が言ったとおり、本はたくさんあった。彼は本にくわしいほうではなかったが、その彼の目にも、そこにあるのは病気の子供に読んでやるのにふさわしいコレクションとは見えなかった。湿気で汚れたヴィクトリア朝後期の書物で、背革にある表題は、『伝道生活二十年』、『迷いしものに救いあり』、『狭き道』、『宣教師の警告』といったものだった。あきらかにある時期、伝道所の書庫用の書物にたいする需要があった、そしてここにその痕跡が敬虔な本棚いっぱいにわがもの顔に並んでいた。『ジョン・オクスナム詩集』、『人を漁るもの』。彼は手当り次第に棚から一冊抜きとると、宿泊所にもどった。ボールズ夫人は調剤室で薬を調合していた。

「なにか見つかりまして?」

「ええ」

「あそこの本ならどれだって大丈夫ですよ」とボールズ夫人は言った。「送り出される前に委員会で検閲されるのです。ときどきどうしようもない不適当な本を送ろうとすることがあるので。私たちがここで子供たちに読みかたを教えているのは、別に——そのう、小説類を読ませるためではありませんからね」

「ええ、そうでしょう」

「見せてください、あなたがなにをお選びになったか」

彼自身はじめて表題を見た、『バンツゥ族のなかに住む司教』

「それはおもしろそうだわ」とボールズ夫人は言った。彼は内心疑いながら同意した。

「あの子がいるところはご存じですね。十五分ほど読んでやってください——それ以上はだめですよ」

老婦人は女の子が死んだいちばん奥の部屋に移されていた、ボトル型の鼻の男はボールズ夫人が予後室と呼んでいる部屋にかえられていた、そこで中央の部屋は男の子とロールト夫人の二人だけになっていた。ロールト夫人は目を閉じ、壁のほうに顔を向けて横たわっていた。彼女の握りしめていたアルバムはうまくとりあげることができたらしく、ベッドのそばの椅子においてあった。男の子はキラキラした利口そうな熱病患者の目でスコービーを見つめた。

「スコービーって言うんだ。きみの名前は？」

「フィッシャー」

スコービーは神経質に言った、「ボールズ夫人からきみに本を読んであげるよう頼まれてね」

「あなたはなにしてる人？　兵隊さん？」

「いや、警察官だよ」

「それ、推理小説？」

「いや。そうじゃないと思うが」彼は手当り次第に本を開けてみた、そこには写真がのっていて、小さなブリキ屋根の教会の前で固い客間用の椅子に法服をつけてすわっている司教がうつっていた、彼のまわりにはバンツゥ族がいて、カメラに向かって歯を見せて笑っていた。

「ぼくは推理小説が好きなんだがな。あなたは殺人事件をあつかったことある？」

「手がかりとか追跡とか、推理小説にあるような殺人事件はあつかったことがないね」

「じゃあどんな殺人事件？」

「そうだな、たとえば喧嘩で刺し殺された事件なんか」彼はロールト夫人の眠りを邪魔しないよう低い声で話した。彼女は握りしめた拳をシーツにのせて横たわっていた——テニス・ボールほどの大きさもない拳を。

「あなたがもってきたのはなんていう本？　ぼくが読んだ本かもしれないな。船で『宝島』を読んだよ。海賊物語だと嬉しいけど。その本なんていうの？」

　スコービーは自信なさそうに言った、「『バンツゥ族のなかに住む司教《ア・ビショップ》』っていうんだ」

「どういう意味？」

　スコービーは深い溜息をついた。「うん、つまりね、ビショップというのが主人公の名前なんだ」

「でも、ア・ビショップって言ったじゃない」

「うん。アーサーのアだ」

「ビショップなんてビショビショになりそうな名前だな」

「うん、涙もろい主人公だからね」突然、その子の目を避けたとたんに、彼はロールト夫人が眠っていないことに気がついた、彼女は壁を見つめたまま、耳を澄ましていた。彼は狼狽して続けた、「ほんとうの主人公はバンツゥ族なんだ」

「バンツゥ族ってなに？」

「バンツゥ族っていうのは、西インド諸島に出没して、そのあたりの大西洋を航海中の船に襲いかかる特別どう猛な海賊団だよ」

「アーサー・ビショップが彼らを追跡するの？」

「うん。これは一種の推理小説でもあるわけだな、というのは彼はイギリス政府の秘密諜報員だからね。彼はふつうの水夫に変装して商船に乗りこみ、目的どおりバンツゥ族に捕えられる。海賊っていうのはふつうの水夫なら仲間に加えてやるものなんだ。高級船員だと生きながら水葬にしてしまうがね。それから彼は、海賊たちの合言葉や、かくれ場所や、襲撃計画などを探り出す、もちろん機が熟したら彼らの裏をかくために」

「ちょっと卑怯みたいな気がするな」と男の子は言った。

「そうだね、それから彼はバンツゥ族のキャプテンの娘に恋をする、そのときだよ、彼が涙もろくなるのは。だがそれは物語の終わり近くの話なので、そこまで読めないだろうな。その前に戦いや人殺しがふんだんにあるんだ」

「おもしろそうだね。はじめてよ」

「だけどね、ボールズ夫人に今日は短い時間しかここにいてはいけないって言われてるんだよ、だからいまは本の話だけにしておいて、明日から読みはじめよう」

「でもあなたは明日ここにこられないかもしれないじゃない。殺人事件かなにかあったりして」

「だが本はここにあるんだよ。ボールズ夫人のところにおいていくから。あの人の本だもの。もちろんあの人が読むとちょっとちがったように聞こえるかもしれないが」

「ちょっとでいいから読んでよ」と男の子はせがんだ。

「そう、読んでください」ともう一つのベッドから低い声が言った、ひじょうに低い声だったので、もし彼がそちらに顔を向けて、飢えた顔にある子供の目のような大きな目で彼女が自分を見つめているのを見なかったならば、そら耳と思って無視したかもしれなかった。

スコービーは言った、「読みかたはひどく下手なんだが」

「いいからはじめてよ」と男の子はいらいらして言った。「だれだって朗読ぐらいできるはずだよ」

スコービーの目は本の最初の一節に釘づけにされた、そこにはこう書いてあった、「私は生涯最良の三十年間懸命に働くことになる大陸をはじめて目にしたときのことをけっして忘れないだろう」彼はゆっくり語り出した、「彼らがバーミューダを出航したそのときから、低い、細長い、船首の突き出た船が一隻、彼らの航跡を追ってきていた。船長が気にしているのはあきらかだった、というのは、彼はその奇怪な船を双眼鏡でじっと見守り続けていたからである。夜になってもその船は彼らのあとをつけていた、そして夜が明けても彼らの目に最初にうつったのはその船だった。アーサー・ビショップは考えた、いよいよ目的の男にお目にかかれそうだぞ、バンツゥ族の親分、黒髯か、その残忍な副官……」彼はページをめくった、するとそこに、聖職者のカラーのついた白衣とヘルメット帽をつけた司教がクリケットに興じ、一人のバンツゥ族が投げた球をブロックしている写真が出てきたので、一瞬とまどった。

「早く続けてよ」と男の子は言った。

「……吸血鬼デーヴィスに。副官は乗組員全員を生きながら水葬にしかねない狂ったような狂暴さゆえに、吸血鬼と呼ばれていた。ブラー船長はあきらかに最悪の事態を恐れていた、そこで彼は満帆を揚げてしばらくはその奇怪な船を振り切って逃げようとするかに見えた。突然、波を越えて砲音が聞こえ、大砲の弾が彼らの二十ヤード前方に飛沫をあげた。ブラー船長は双眼鏡を目にあて、船橋からアーサー・ビショップに呼びかけた、『海賊旗だ、間違いない』アーサーの秘密使命を知っているのは、船のなかで船長ただ一人だった」

ボールズ夫人が元気よく入ってきた。「さあ、もういいでしょう。今日はそこまでね。なにを読んでいただいたの、ジミー？」

「バンツゥ族のなかに住むビショップのお話」

「おもしろかった？」

「夢中になるぐらい」

「まあ、お利口さんねえ」とボールズ夫人は満足げに言った。

「ありがとうございました」ともう一つのベッドから声がした、スコービーはまた気がすすまないままふり向いて若いやつれた顔を見た。「明日も読んでくださいますか？」

「スコービー副署長を困らせてはいけませんよ、ヘレン」とボールズ夫人は叱った。「港町にお帰りにならねばならない人なのです。この人がいないとすぐ殺人事件が起こったりしますからね」

「あなた、警察官？」

「ええ」

「私も一人警察官を知っていました――故郷の町で――」その声は次第に細くなって眠りのなかへ消えて行った。彼はしばらく彼女の顔を見おろしていた。占い師のカードのように、その顔はあやまたず過去を示していた――航海、喪失、病気。次に並べるカードにはおそらく未来が見えるだろう。彼は切手のアルバムをとりあげ、見返しのところを開けた、そこには、「ヘレンへ、十四歳の誕生日に、愛する父より」と記されてあった。それからたまたまパラグァイのページが開かれた、小型インコの装飾的な絵がいっぱいあった――子供たちが好んで集める絵入り切手である。

「彼女に新しい切手を見つけてやらねばな」と彼は悲しげに言った。

5

ウィルスンが外で彼を待っていた。彼は言った、「あなたをお探ししていたのです、スコービー副署長、葬式のときからずっと」

「おれは慈善行為でいそがしかったんだよ」とスコービーは言った。

「ロールト夫人はいかがです？」

「なんとかもちなおすだろうという話だ――それに男の子もね」

「ああ、あの男の子ね」ウィルスンは小道にころがっている石を蹴って言った、「あなたの助言をうかがいたいのです、スコービー副署長。少し気になることがありまして」

「というのは？」

「私は会社の倉庫を調べるためにここにきています。調べてみると、ここの支配人が軍需品を買いこんでいました。そのなかに取引き先の輸出業者からきたものではない罐詰食品がたくさんあるのです」

「答えはごくかんたんじゃないかな――クビにするんだね」

「小物をクビにするのはかわいそうにも思えるのですがね、もしその男の背後に大物が控えているとすれば。だがもちろんそれを追求するのはあなたがたのお仕事です。だから私はあなたにお話ししたかったのです」ウィルスンはちょっと思案した、思わず出る異常なほどの赤らみが彼の顔じゅうにひろがった。彼は言った、「実はですね、支配人はユーゼフの店員からその品を買い入れていたのです」

「それはおれにも見当がつく」

「見当がおつきになる?」

「うん、だがね、きみ、ユーゼフの店員はユーゼフと同一人ではない。やつが地方の倉庫管理人のことなど知らぬと言い張るのは容易なことだ。事実、われわれがなにを知りえようと、やつは潔白かもしれん。それはまずありそうもないことだが、ありえないことではない。きみのもっている証拠だとどうもそういうことになりそうだ。結局きみが自分で知りえたのは、きみの会社の倉庫管理人がやっていたことだけだろう」

「もし明白な証拠があれば」とウィルスン管理人は言った、「警察は起訴しますか?」

スコービーは足をとめた。「なんだい、それは?」

ウィルスンは顔を赤らめ、口ごもった。それから、完全にスコービーの不意をつく毒をもって、彼は言った、「ユーゼフは庇護されているという噂がありますよ」

「きみもここへきてだいぶになるから、噂がなんの役に立つかぐらいもうわかっているだろう」

「町じゅうにひろがっています」

「タリットが言いふらしたのだろう――あるいはユーゼフ自身かな」

「ぼくを誤解しないでください」とウィルスンは言った。「あなたはぼくにたいへん親切にしてくださいました――奥さんもです。で、どんな噂があるかあなたに知っていただかなければ、と思ったのです」

「おれはここに十五年いるんだよ、ウィルスン」

「ああ、もちろん」とウィルスンは言った、「これが出すぎたまねであることはわかっています。でも、タリットのオウムのことで気にしている連中もいるのです。ユーゼフが彼を町から追い出すために仕組んだのだ、と言って」

「うん、その噂はおれの耳にも入っている」

「あなたとユーゼフはおたがいに行き来している間柄だ、と言うのです。それはもちろん嘘でしょう、が……」

「それは間違いなく事実だ。おれはまた衛生監査官ともおたがいに行き来する間柄だ、だがそのことはおれが彼を起訴するさまたげにはならないだろうし……」彼はふと話を切った。彼は言った、「おれはきみにたいして自分の立場を弁明する気はないからな、ウィルスン」

ウィルスンはくり返した、「ぼくはただあなたに知っていただかなければ、と思っただけです」

「きみはまだきみの仕事をするには若すぎるよ、ウィルスン」

「ぼくの仕事?」

「それがなんであろうとな」

もう一度ウィルスンはひび割れた声で叫び出して彼の不意をついた、「ああ、あなたはやりきれない人だ。生きるにはばか正直すぎるんだ」彼の顔は燃えあがっていた、彼の膝まで憤怒と恥辱と自己蔑視とで赤らんでいるようだった。

「きみは帽子をかぶるほうがいいね、ウィルスン」というのがスコービーの言ったすべてだった。

二人は分署のバンガローと宿泊所のあいだの石ころ道で向きあって立っていた、日の光が足もとにひろがる稲田を越えて斜めに射していた、そしてスコービーは二人の姿が見るものの目にどんなに鮮やかなシルエットになっているか意識していた。「あなたはルイーズを追い出した」とウィルスンは言った、「ぼくのことを恐れたからだ」

スコービーはやさしく笑った。「太陽のせいだよ、ウィルスン、太陽のせいにすぎん。朝になれば忘れているだろう」

「あの人はがまんできなかったんだ、あなたのばかげた、愚鈍な……あなたは知らないんだ、ルイーズのような女性がなにを考えているか」

「知らないだろうな、きっと。だれだって自分が考えていることを他人に知られたくはないものだよ、ウィルスン」

ウィルスンは言った、「あの夜ぼくはあの人にキスをした……」

「それはこの植民地のスポーツさ、ウィルスン」彼はこの青年を逆上させるつもりはなかった、彼はただこの場を軽く切り抜け、朝になればおたがいに自然にふるまえるようにしておきたかった。これは太陽にあてられただけだ、と彼は自分に言い聞かせた、彼はこの十五年間にこうしてわれわれを忘れる人を何度となく見ていた。

ウィルスンは言った、「あの人はあなたにはもったいない人だ」

「おれにもきみにもだろう」

「あの人を送り出す金はどうして手に入れたんです？　知りたいな、それを。あなたの給料じゃまにあわないはずだ。知ってますよ。植民地公務員名簿にちゃんと印刷されてますからね」この青年がもう少し筋の通った言いかたをしていたら、スコービーも激怒し、その結果二人は最後には友だちとして別れたかもしれない。青年の炎をかき立てたのは彼の平静さだった。彼はこう言ったのである、「そのことは明日話しあおう。今日はあの子が死んだことでみんな気が動転しているんだ。バンガローに行って、一杯やろうじゃないか」彼はウィルスンのそばを通り抜けようとした、だがウィルスンはその道に立ちふさがった、顔にはウィルスン独特の赤らみを、目には涙を浮かべて。彼はここまできたからにはもっと先へ進むしかない――いまさら引き返す道はない、と思い知ったかのようだった。彼は言った、「あんたのことをちゃんと見てないなんて思うなよ」

その言いかたのばからしさがスコービーの警戒心を解かせた。

「足もとに気をつけるんだな」とウィルスンは言った、「それにロールト夫人にも……」

「いったいロールト夫人になんの関係があるんだい？」

「ちゃんとわかってるんだからな、なぜあんたがあとに残り、病院をうろついていたか……みんなが葬式に出ているあいだ、あんたはここでこそこそ……」

「きみはほんとうにどうかしてるんだ、ウィルスン」とスコービーは言った。

突然ウィルスンはすわりこんだ、まるで大きな目に見えない手で折りたたまれたかのように。彼は両手に顔を埋め、泣き出した。

「太陽のせいだ」とスコービーは言った。「太陽にあてられただけだ。バンガローで横になるといい」そして自分の帽子をとり、ウィルスンの頭にのせた。ウィルスンは指のあいだから彼を見あげた――自分の涙を見てしまった男を――憎悪をこめて。

第二章

1

完全灯火管制のサイレンが泣き叫ぶように鳴り出した、はてしなく降り注ぐ雨のなかを泣き叫ぶように。給仕たちは調理場へころがりこみ、叢林地の悪魔からわが身を守るかのようにドアに閂をかけた。雨量百四十四インチに達する水が港町の屋根屋根の上にやむことなく着実な重苦しい落下を続けていた。士気を失い熱病におかされたヴィシー政権下の敗軍はもとより、どんな人間であろうと、一年のこの時期に攻撃を開始しようとはおよそ想像もできないことだった、だがもちろんアブラハム高原の奇襲の例もある……大胆不敵さのたった一つの成功例が可能性についての全概念を変えることもありうるのだ。

スコービーは大きな縞模様の雨傘をさしてどしゃ降りの暗闇のなかへ出て行った、レーンコートを着るには暑すぎた。彼は自分の担当地区を一周した、灯りは一つももれていなかった、台所のシャッターはおろされていた、そしてクリオール人の家々は雨にかくれて見えなかった。道の向こう側の輸送車駐車場で懐中電灯が一瞬ひらめいた、が、彼がどなるとすぐ消えた、それは偶然の一致だった、屋根を乱打する雨音のなかで彼の声を聞くことができるはずはなかった。丘の上のケープ・ステーションでは士官食堂の灯りがぬれた光を海に向かって放っていた、だがそれは彼の責任ではなかった。丘の周辺に沿って軍用トラックのヘッドライトが数珠のようにつらなって走っていた、だがそれもだれかほかの人の責任だった。

　輸送車駐車場の奥からのぼって行ったあたりの、下級公務員が住んでいるプレハブ住宅の一つに、突然灯りがついた、それは前日までだれも住んでいなかった小屋であり、旅行者かだれかが入りこんだばかりらしかった。スコービーは車庫から車を出そうかとも思ったが、その小屋までほんの二百ヤードしかなかったので、歩いて行った。道を、屋根を、傘を打つ雨音のほかは、完全な静寂があった、ただサイレンの消え行くうめき声がしばらく耳の底でふるえているだけだった。のちになって、このときこそ彼の到達したしあわせの絶頂だった、とスコービーには思われた、暗闇のなかに、ただ一人、雨に打たれ、愛もあわれみもなくいたこのときこそ。

　彼はそのプレハブ住宅のドアをノックした、音高くノックしたのはトンネルのように黒い屋根をたたく雨音のせいだった。二度ノックしてやっとドアが開いた。瞬灯りのために彼は目がくらんだ。彼は言った、「お騒がせしてすみません。お宅の灯りが一つもれていますよ」

女の声が言った、「まあ、すみません。気がつきませんで……」

彼の視力がもどった、だが一瞬彼は強く記憶しているその顔を見ても名前は思い出せなかった。彼はこの植民地にいるすべての人を知っていた。この顔は外からきたものだ……河……早朝……死にかかった子供。「そうだ」と彼は言った、「ミセス・ロールト、でしたね？　まだ病院においでだと思っていましたが」

「はい。あなたは？　私の存じあげているかたかしら？」

「警察副署長のスコービーです。ペンデでお会いしました」

「ごめんなさい」と彼女は言った。「あそこで起こったことはなに一つ覚えていないので」

「灯りがもれないようにしてあげましょうか？」

「お願いします。どうぞ」彼はなかに入ってカーテンをきっちり閉め、テーブル・ランプの位置を動かした。その小屋はカーテンで二つに仕切られていた、一方にはベッドとまにあわせの化粧台、もう一方にはテーブルが一つと椅子が二つあった——年俸五百ポンド以下の下級公務員に貸与される典型的な家具類である。彼は言った、「あまりご満足いただけるようなあつかいではありませんね。私が知っていたらよかったのだが。もう少しお役に立てたでしょうに」彼ははじめて彼女をつくづくと眺めた、若い疲れきった顔、生気を失った髪……身につけているパジャマは彼女には大きすぎた、からだはすっぽり包まれ、パジャマはみっともなく垂れさがっていた。指輪がまだゆるやかに指にはまっているかどうか見てみたが、それはなくなっていた。

「皆さんがとっても親切にしてくださいましたのよ」と彼女は言った。「カーター夫人はすてきな寝椅子までくださって」

彼の目は室内をさまよった、個人的な品はなに一つなかった、写真もなく、本もなく、装身具類もなかった、だがそこで彼は思い出した、彼女は切手のアルバムだけをもって身一つで海から救いあげられたのだ。

「危険なことがありますの？」と彼女は心配そうに尋ねた。

「危険なこと？」

「あのサイレンは」

「ああ、全然ありません。ただの警報です。月に一度ぐらいあるのです。なにも起こる気づかいはありません」彼はもう一度彼女を眺めた。「あなたをこんなに早く病院から出してはいけなかったのに。まだ六週間たっていないし……」

「私が出たがったのです。独りになりたかったのです。しょっちゅうだれか見舞いにきてくださるものですから」

「では、そろそろ失礼しましょう。いいですか、なにかほしいものがあれば、私はこの道をおりたところに住んでいますからね。駐車場の向こうの湿地に立っている二階建ての白い家です」

「雨がやむまでお待ちになりません?」と彼女は尋ねた。

「そうしてもいられないでしょう」と彼は言った。「だって、この雨は九月まで続きますからね」彼はやっと彼女からこわばった不慣れな微笑をかちとった。

「ひどい音ですわね」

「二、三週間もすれば慣れるでしょう。鉄道線路のそばに住むように。いや、その必要もないかな。あなたはもっと早く帰国なさるでしょうからね。二週間後に船がきます」

「一杯いかがですか? カーター夫人は寝椅子だけでなく、ジンを一瓶くださいましたのよ」

「ではあなたがお飲みになるお手伝いをしましょう」彼は彼女がジンをとり出すとき、ボトルの半分近くなくなっているのに気がついた。「ライムはおありですか?」

「いいえ」

「給仕をつけてくれたでしょう?」

「ええ、でもなにを頼んでいいかもわかりませんし。それに給仕はいつ呼んでもそのあたりにいないようなのです」

「これ、ストレートでお飲みになったのですか?」

「とんでもない、私はさわってもいません。給仕が引っくり返して——と自分で言っていましたけど」

「明日の朝私から給仕に話しましょう」とスコービーは言った。「アイス・ボックスは？」

「ありますけど、給仕が氷をもってきてくれないので」彼女は弱々しく椅子にすわりこんだ。「私のこと、ばかだと思わないでくださいね。ただ、自分がいまどういうところにいるのかよくわからないだけなのです。こういうところははじめてなので」

「どこからいらしたのです？」

「ベリー・セント・エドマンズです。サフォークの。八週間前までそこにいました」

「いや、八週間前にはあなたはあのボートでしたよ」

「たしかに。ボートのことは忘れていましたわ」

「やっぱりこのようにあなたを一人っきりで病院から追い出してはいけなかったな」

「私は大丈夫です。病院では私のベッドが必要になったのです。カーター夫人はなんとかしておいてくださるとおっしゃったけど、私が独りになりたかったのです。お医者さんは私のしたいようにさせるよう言ってくださいました」

スコービーは言った、「あなたがカーター夫人といっしょにいたくなかったお気持ちはよくわかります、ですからいまも一言そうおっしゃってくだされば私は出て行きますよ」

「あなたには警報解除までここにいていただきたいわ。私、少し気が立っているので」女のスタミナにはスコービーはいつも驚かされていた。この女は、覆いのないボートに四十日も乗っていて生き残り、しかも気が立っているなどと言っている。彼は機関長の報告にあった遭難死した人たちのことを思い出した、三等運転士と二人の水夫は死んだ、火夫は海水を飲んだ結果気が狂って溺死した。危機に直面すると、まいってしまうのはつねに男のほうだ。いまこの女は枕によりかかるように自分の弱さによりかかって生きていた。

彼は言った、「いろいろお考えになってみたでしょうね？　ベリーにお帰りになる決心はつきましたか？」

「それがまだはっきりとは。多分仕事につくことにはなるでしょうけど」

「なにか経験はおありですか？」

「いいえ」と彼女は彼から目をそらして告白した。「だって私、一年前に学校を出たばかりですもの」

「学校でなにか身につけたものは？」彼女がなによりも必要としているのは、ただおしゃべり、意味も目的もないおしゃべりだ、と彼には思われた。彼女は、自分は独りになりたいのだ、と思っていたが、彼女の恐れているのは同情を受けるという恐ろしい責任なのだった。こんな子供のような女に、ほとんど目の前で夫に溺死された女の役を演じることがどうしてできよう？　それは彼女にマクベス夫人を演じることを期待するようなものだ。カーター夫人は彼女にその適性がないことになんの同情ももたなかったろう。カーター夫人なら、もちろん、どう演じたらいいか知っているはずだ、一人の夫と三人の子供を葬った女だから。

彼女は、彼の物思いに突然入りこむように言った、「私、ネットボールがいちばん得意でしたわ」

「だが」と彼は言った、「あなたは体操教師に向いているようには見えないが。それとも、お元気になったらそう見えるかな？」

突然、なんの前ぶれもなく、彼女はおしゃべりをはじめた。まるで彼が何気なく使った合言葉によって扉が開かれたかのようだった、どのことばがそれであるかは彼にもわからなかったけれど。多分それは「体操教師」ということばだった、というのは、彼女はネットボールのことを早口にしゃべりはじめたから（カーター夫人は、と彼は思った、きっと覆いのないボートでの四十日間のことや、わずか三週間だけの夫のことをしゃべったのだろう）。彼女は言った、「私は二年間、学校のチームにいたのです」彼女は顎を片手にのせ、骨ばった片肘を骨ばった片膝において、興奮したように身を乗り出していた。その白い肌――まだマラリア予防剤や日光によって黄ばんでいない――を見ると、彼は海に洗われ砂浜にうちあげられた骨を思い出した。

「その一年前は二軍チームにいました。もう一年いたらキャプテンになっていたでしょう。一九四〇年にはローディーン校に勝ち、チェルトナム校と引き分けました」

を傾けた。

　彼は、人が見知らぬものの生涯に感じる強い興味、若者が恋と間違える興味をもって耳を傾けた。ジンを片手に、雨の降りしきるなか、そこにすわって耳を傾けている自分の年齢に安心感を覚えた。彼女は語っていた、学校は海港のすぐうしろの丘の上にあった、フランス語の先生はマドモアゼル・デュポンと言って意地が悪かった。女校長は英語と同じようにギリシア語を読むことができた——ヴェルギリウスなど……

「ヴェルギリウスはラテン語で書いたと思っていましたが」

「あ、そうでしたね。私、ホメロスと言うつもりだったんです。古典はまるっきり苦手でしたわ」

「ネットボール以外になにかお得意だったものは——」

「その次によくできたのは数学だったと思います、でも三角法は全然だめでした」夏は海港へ行って海水浴をし、土曜日ごとに丘の上でピクニックをし——ときには小馬に乗って「兎と猟犬ごっこ」をし、あるときなどサイクリングに行ってその地方で大評判になったような災難を起こしてしまい、二人の少女が午前一時まで帰らなかったこともあった。彼は、強いジンの入ったグラスを飲みもせず手のなかでぐるぐるまわしながら、魅せられたように耳を傾けていた。サイレンが雨のなかで警報解除をわめき立てたが、二人ともなんの注意も払わなかった。彼は言った、「そして休暇にはベリーへ帰ったのですか？」

　彼女の母親は十年前に亡くなっていたらしく、父親は大聖堂でなにかの役をつとめている聖職者らしかった。一家はエンジェル・ヒルの上にごく小さな家をもっていた。おそらく彼女はベリーでは学校におけるようにしあわせではなかった、というのは、彼女は最初の機会をとらえて体操の先生のほうへ話をもどしたからである——彼女と同じヘレンという名のその先生にたいし、彼女は丸一年間、とほうもない耽溺《シュヴァルメライ》感を抱いていた。彼女はいまその情熱を見くだすように笑った。それは彼女が大人であるということを彼に感じさせた唯一のしるしだった、そしてまた彼女が既婚婦人である——と言うより、あった——ということを。

　彼女は突然話をやめて言った、「なんてばかみたいなんでしょう、あなたにこんな話をお聞かせするなんて」

「おもしろく聞いていますよ」

「あなたは一度もお尋ねになりませんでしたね、あの——あの件について——」

　彼は知っていたのだ、報告書を読んでいたから。彼は正確に知っていた、ボートのなかで各人に割り当てられた水の量を——はじめは一日コップ二杯、二十一日後には半杯にへらされた。その量は救助の二十四時間前まで維持された、死者たちがわずかばかりの余剰を残してくれたからである。海港の校舎の向こう、ネットボール試合のトーテムポールの向こうに、耐えがたい大波がボートを揺りあげては突き落とし、揺りあげては突き落としているのを、彼は感じとっていた。「出発したとき私はみじめでした——あれは七月の末でした。駅へ行くタクシーのなかで私は泣き通しだったんです」スコービーは計算した——七月から四月まで、九カ月、懐妊の期間だ、そして生み落とされたのは夫の死であり、彼らを長い平らなアフリカ海岸に向かって漂流物のように押しやった大西洋であり、ボートから身を投じて溺死した水夫だった。彼は言った、「いまうかがった話のほうがおもしろいですよ。もう一つのほうは推察できますからね」

「さんざんおしゃべりしてしまって。おかげで今夜は眠れそうだわ」

「これまでは眠れなかったんですか？」

「病院ではそこらじゅう寝息がしていたので。寝返りをうったり、寝息を立てたり、ぶつぶつ言ったり。灯りが消えると、まるでもう——そういうわけで」

「ここでは静かに眠れるでしょう。なにもこわがることはありません。いつも夜警がいますし。彼に一言私から言っておきます」

「ご親切にありがとうございます」と彼女は言った。「カーター夫人もほかの人たちも——皆さん親切にしてくださったわ」彼女は疲れた、率直な、子供っぽい顔をあげて言った、「私、あなたが大好きです」

「私もあなたが好きです」と彼はまじめに言った。二人ともかぎりない安心感を抱いていた、彼らは友だち以外のなにものにもなりえない友だちだった——彼らは安全にへだてられていた、死んだ夫や、生きている妻や、聖職者であった父親や、ヘレンという体操教師や、長い歳月の経験などによって。彼らはおたがいになにを言うべきか気にする必要はなかった。

彼は言った、「おやすみなさい。明日はあなたのアルバムのために切手をもってきましょう」

「どうして私のアルバムのこと、ご存じなのですか？」

「それが私の仕事ですよ。私は警察官だから」

「おやすみなさい」

彼はひじょうなしあわせを感じながら歩き去った、だがのちにこのときのことを思い出すと、暗闇の雨のなかに独りで出かけたときのようには、しあわせと思えなかった。

2

朝八時半から十一時まで、彼は軽窃盗犯をとりあつかった、調べるべき証人は六人いたが、そのだれの一言も彼は信用しなかった。ヨーロッパでの事件の場合、信用できることばとできないことばとがある、真実と虚偽のあいだに理論上の一線を引くことが可能である、少なくとも「だれに有利か《クィ・ボノ》」の原理はある程度生きており、告発が窃盗事件で保険の問題がからまなければ、少なくともなにかが盗まれたと推定してまず間違いない。だがここではそのような推定はできなかった、いかなる線も引くことはできなかった。彼は、議論の余地のない真実を一粒でも選び出そうと努力して神経をやられた警官を、何人も知っていた、彼らのなかには最後に結局証人をなぐってしまったものもいた、彼らは土地のクリオール人の新聞で嘲笑の種にされ、病気を理由に送還されたり、転任させられたりした。それがある人たちにとっては黒い皮膚にたいする毒をふくんだ憎悪を呼び覚ますことになったが、スコービーはずっと前に、十五年の在任中に、その危険な段階を通り越えていた、いま彼は虚偽の網の目にがんじがらめにされながら、かくもかんたんな方法で正義の外国的形式を麻痺させたこの連中にひじょうな愛情を感じていた。

やっとまたオフィスにはだれもいなくなった。告訴事件はそれだけであとはなかったので、彼は便箋をとり出し、汗がしみないよう吸取紙を手首の下に敷いて、ルイーズに手紙を書く用意をした。手紙を書くのは彼には容易なことではなかった。おそらく警官としての訓練のために、署名する紙の上に相手を慰めるような嘘は一つも書くことができなかった。彼は正確でなければならなかった、相手を慰めるには省略によるほかなかった。そこでいま、便箋に「いとしいおまえ」と書きながら、彼は省略する気になっていた。彼は、彼女がいなくて寂しい、と書きたくはなかったが、自分が満足していることをあやまたず伝えるようなことばはすべて省略したかった。「いとしいおまえ、また短い手紙で許してくれ。手紙を書くのはどうも苦手なのだ。昨日おまえの三通目の手紙を受けとった、ダーバン郊外のハリファックス夫人の友だちの家に一週間滞在したそうだね。こちらはまったく平穏無事だ。昨夜警報が発令されたが、それはアメリカ人パイロットがイルカの群れを潜水艦と誤認したものとわかった。雨季はもちろんはじまっている。前回の手紙に書いたロールト夫人は退院し、輸送車駐車場の向こうのプレハブ住宅の一つに入れられて船を待っている。気持ちよくすごせるようできるだけのことはしてやるつもりだ。男の子はまだ入院している、だが大丈夫だろう。ニュースとしてはこれぐらいだと思う。タリット事件は長引いている——結局なんの結果も得られないような気がする。アリは先日歯を二本抜いてもらいに行った。あいつは大騒ぎしたよ！　車で病院まで送ってやらなかったら、あいつは絶対行かなかったろう」彼はペンをとめた、検閲官が——たまたまカーター夫人とキャロウェーだ——手紙の最後の愛情のことばを読むと思うとたまらなくいやだった。「からだに気をつけてくれ、いとしいおまえ、おれのことは心配しなくていい。おまえがしあわせであるかぎりおれもしあわせだ。もう九カ月もすれば休暇がとれるし、いっしょになれるわけだ」彼は、「いつもおまえのことを思っている」と書こうとしたが、それはその下に署名できる文章ではなかった。そのかわりに彼は、「一日に何度もおまえのことを思い出している」と書いて、それからどう署名するか考えた。いやいやながらではあったが、彼女を喜ばせるだろうと信じたので、彼は「おまえのティッキー」と書いた。一瞬彼は、「ディッキー」と署名してあった別の手紙のことを思い出した、それまで夢のなかに二、三度よみがえっていたものである。

巡査部長が入ってきて、床の中央まで進み、恰好よく向きを変えて彼に直面し、敬礼した。それだけのことがおこなわれているあいだに彼は封筒の上書きを書く時間があった。

「なんだい、部長？」

「署長がお会いしたいと言っておられます、閣下」

「よろしい」

署長は一人ではなかった。植民地長官の顔が薄暗い部屋のなかに汗でおだやかに輝いており、そのそばにスコービーが会ったことのない背の高い骨ばった男がすわっていた——その男は飛行機できたに相違なかった、この十日間船は入っていなかったから。彼は大佐の記章をまるで自分のものではないかのようにだぶだぶのだらしない制服につけていた。

「これがスコービー副署長です、ライト大佐」署長が心配していらいらしていることはすぐわかった。彼は言った、「すわりたまえ、スコービー。実はタリットの件なのだ」雨のために部屋は暗く、風は通らなかった。「ライト大佐はそれを聴取されるためにケープ・タウンからおいでになった」

「ケープ・タウンからですか？」

署長はペンナイフをもてあそびながら両脚を動かした。彼は言った、「ライト大佐はM

I5の代表者であられる」

植民地長官は、聞きとるためにだれもが頭を前に乗り出さなければならないほどの低声で言った、「すべては不幸な事件だよ」署長は聞いていないことを見せつけるようにデスクの隅を削りはじめた。「警察は——いつもそうなんだが——相談せずに行動すべきではなかったと思うんだ」

スコービーは言った、「ダイヤモンドの密輸を阻止するのはわれわれの義務だと心得ていますが」

低い聞きとりにくい声で植民地長官は言った、「百ポンドたらずのダイヤセンドしか見つけられずにか」

「たしかにそれだけしかまだ見つけておりません」

「タリットを逮捕するには証拠が薄弱すぎたな、スコービー」

「逮捕したのではありません。尋問しただけです」

「彼の弁護士は彼が暴力的に警察署に拉致《らち》されたと言っとるぞ」

「彼の弁護士は嘘を言っているのです。それぐらいはおわかりのことと思います」

植民地長官はライト大佐に言った、「こういうことなんですよ、われわれが直面している困難は。ローマ・カトリック教徒のシリア人が、自分たちは迫害されている少数派であり、警察は回教徒のシリア人に買収されている、と主張しとるんです」

スコービーは言った、「同じことが逆方向に起こることだってありえたのです――ただそうなるともっと悪い事態になったでしょうが。議会はカトリック教徒より回教徒のほうに好意をもっていますから」彼はだれもまだこの会合の真の目的を言っていないことに気がついていた。署長はデスクの端をチビリチビリ削りながら自分にはなんの関係もないという態度を示し、ライト大佐は肩甲骨を椅子の背にもたせかけてすわったまま一言も口をきかずにいた。

「個人的には」と植民地長官は言った、「わしはいつも……」そしてその低い声は聞きとれないつぶやきへと溶けこんでいったが、ライトだけは、片耳に指で栓をし、故障した電話の声を聞こうとするように首を横に傾けたので、あるいは聞きとれたかもしれなかった。

スコービーは言った、「おっしゃることがよく聞こえなかったのですが」

「個人的にはわしはいつもユーゼフのことばにくらべればタリットのことばのほうを信用する、と言ったのだ」

「それは」とスコービーは言った、「あなたがまだこの植民地に五年しかいらっしゃらないからです」

ライト大佐が突然口をはさんだ、「きみはここにきて何年になるんだ、スコービー副署長？」

「十五年になります」

ライト大佐は口のなかであいまいにもぐもぐと言った。

署長はデスクの端を削るのをやめ、悪意をこめてナイフをデスクに突き立てた。彼は言った、「ライト大佐はきみの情報源を知りたがっておられるのだ、スコービー」

「それは署長もご存じでしょう。ユーゼフです」ライトと植民地長官は並んですわったまま彼を見つめていた。彼は頭を垂れて小さくなり、次の質問の矛先を待ち受けた、だがなんの質問もこなかった。彼らは彼がこの大胆な返答に説明を加えるのを待っていた、それは彼にもわかっていた、と同時に、彼がもしそうしたら彼らはそれを弱味の告白ととるだろうこともわかっていた。沈黙はますます耐えがたいものになっていった、それはまるで告発のようだった。数週間前、彼はユーゼフに、借金についての詳細を署長に知らせるつもりだ、と言った、そのときはほんとうにそのつもりだったかもしれない、あるいはおどしをかけただけかもしれない、いまとなっては彼にも思い出せなかった。いま彼にわかっていることは、もう遅すぎる、ということだけだった。その情報はタリットを告訴する前に言っておくべきだった、あとの祭にしてはならなかったのだ。オフィスの前の廊下をフレーザーがお得意の曲を口笛で吹きながら通りかかった、彼はオフィスのドアを開け、「失礼しました」と言って、なまあたたかい動物園のようなぷんとくる臭いをあとに残してまた引っこんで行った。つぶやくような雨音ははてしなく続いていた。署長は机からナイフを引き抜くと、また削りはじめた、まるで改めてすべては自分と無関係であることをわざわざ示すかのように。植民地長官は咳払いした。「ユーゼフね」と彼はくり返した。

スコービーはうなずいた。

ライト大佐は言った、「きみはユーゼフを信用しうる男と思っているのか？」

「もちろんそうは思いません。ですが手に入る情報はどんなものでもそれにもとづいて行動しなければなりません――そしてこの情報はある点までは正確でした」

「どんな点までだね？」

「ダイヤモンドがあったのです」

植民地長官は言った、「きみはユーゼフからしょっちゅう情報を受けているのか？」

「今度がはじめて受けたものです」

彼は植民地長官が言ったことのなかで「ユーゼフ」という一語以外には聞きとることができなかった。

「おっしゃることが聞こえないのですが」

「きみはユーゼフと接触があるのか、と言ったんだ」

「それはどういう意味なのか私にはわかりません」

「彼にはよく会っているのか？」

「この三カ月間に三回会っていると思います――いや、四回でした」

「仕事のことでか？」

「そうとはかぎりません。一度は彼の車が故障していたので私の車で家まで送ってやりました。一度は私がバンバで熱病にかかったとき彼が訪ねてきました。一度は……」

「われわれはきみに反対尋問をしているんじゃないんだ、スコービー」と署長は言った。「このかたがたはそうしておられるものと思っていました」

ライト大佐は組んでいた長い脚を解いて言った、「それを煮つめて一つの質問にまとめよう。タリットはだな、スコービー副署長、反対告訴を起こしたのだ——警察にたいして、きみにたいして。彼はユーゼフがきみに金をやったというようなことを言っている。そうなのか？」

「いいえ、大佐。私はユーゼフからなにももらっていません」彼はまだ嘘をつく必要に迫られていないことに奇妙な安堵を感じていた。

植民地長官は言った、「奥さんを南アフリカへやるのは当然きみ個人の資力の範囲内でやれることだった」スコービーは椅子の背にもたれかかり、なにも言わなかった。またしても彼は彼のことばを待ち受ける飢えた沈黙を意識した。

「答えないんだね？」と植民地長官はいら立たしげに言った。

「あなたが質問なさったとは知りませんでした。くり返し申しますが——私はユーゼフからなにももらっていません」

「彼は注意人物だぞ、スコービー」

「おそらくあなたが私と同じぐらい長くここにおられたら、警察は長官官房で受け入れられないような連中とも交渉するものであることをお知りになるでしょう」

「なにもそうカーッとなることはないだろう、おたがいに」

スコービーは立ちあがった。「もうさがってよろしいでしょうか？　このかたがたのご用がおすみでしたら……私には約束がありますので」汗が額に吹き出ていた、心臓は怒りで跳ねあがっていた。これは危機が迫ったしるしだ、闘牛の脇腹に鮮血がしたたり、赤い布が振られているような。

「いいだろう、スコービー」と署長は言った。

ライト大佐は言った、「きみをわずらわせたことは許してもらいたい。私は報告を受けた。私としては職務上とりあげねばならなかったのだ。これでもうすっかり満足した」

「ありがとうございます、大佐」だがその慰めのことばはあまりにも遅すぎた、彼の視野には植民地長官のじめじめした顔がいっぱいにひろがった。植民地長官は低い声で言った、

「慎重を期してのことだ、それだけだよ」

「これからの三十分のあいだに私にご用がおありでしたら」とスコービーは署長に言った、

「私はユーゼフのところにおります」

3

結局彼らは彼に一種の嘘を言わせたのだった、彼はユーゼフと会う約束などしていなかったのだ。それでもやはり彼はユーゼフとちょっと話をしたかった、タリットの件を、法律的にではなくても、彼自身満足のいくように、はっきりさせる可能性がなくはなかったからである。雨のなかをゆっくり車を走らせていると――ワイパーはずっと前から動かないままだった――ベッドフォード・ホテルの前でハリスが傘をもてあましているのが見えた。

「乗せてってやろうか？　きみと同じ方向へ行くところだ」

「あっと驚くようなことが起こりましてね」とハリスは言った。その落ちくぼんだ顔は雨と情熱で輝いていた。「ぼくはとうとう家を手に入れましたよ」

「それはおめでとう」

「どう見ても家ってしろものじゃありませんがね、お宅へ行く道をあがって行ったところにある小屋の一つなんです。だがとにかくわが家です」とハリスは言った。「同居人はおかねばならんでしょうが、とにかくわが家ですよ」

「だれと同居するんだい？」

「ウィルスンに言ってみるつもりですが、彼は出かけていましてね――ラゴスまで、一、二週間。神出鬼没の紅はこべ、ってやつですよ。いてほしいときにかぎっていないんだから。それで思い出した、もう一つあっと驚くことがあるんです。さっき見つけたばかりなんですが、われわれは二人ともダウナムにいたんですよ」

「ダウナム？」

「学校なんです。インクを借りようとして留守中の彼の部屋に入ったら、テーブルの上に《ダウナム校友会誌》が一冊おいてあるじゃありませんか」

「偶然のめぐりあわせだね」とスコービーは言った。

「そしてですよ——今日はほんと驚きの連続ですが——その雑誌をパラパラめくっていたら、最後のページにこう書いてあったんです、〝ダウナム校友会会長は消息不明の次の卒業生諸君と連絡をつけたい〟——そしてそのページのまんなかあたりに私の名前が出ていたんですよ、こんな大きな活字で。驚くでしょう？」

「で、きみはどうした？」

「オフィスに着くやいなや机に向かって手紙を書きましたよ——電報には手もふれないで、もちろん至急報は別ですがね、ところが会長の住所を書き忘れていたことに気がついて、雑誌をとりにもどらなければならなかったんです。ちょっとお寄りになって、ぼくが書いた手紙を見ていただけませんか？」

「長くはいられないが」ハリスは、エルダー・デンプスター商会の建物の小さな空き部屋をオフィスにしていた。古風な召使い部屋といった大きさで、その印象は水道栓が一つある洗面台とガスこんろがついていることで強められていた。電報用紙の散らばっている机が洗面台と窓のあいだに押しこんであった、舷窓ほどの大きさしかないその窓は海岸線と灰色の小波立つ湾を正面に見下ろしていた。『アイヴァンホー』の学校用要約版と半切れのパンが書類入れに乗せてあった。「散らかっていてすみません」とハリスは言った。「椅子にどうぞ」だが余分の椅子はなかった。

「どこにおいたっけな」とハリスはデスクの上の電報を引っくり返しながら声に出して考えた。「ああ、思い出した」彼は『アイヴァンホー』を開き、折りたたんだ紙を探し出した。「まだ下書きなんです」と彼は心配そうに言った。「もちろんちゃんと書きなおさなけりゃなりません。ウィルスンが帰ってくるまで出すのは待とうかと思っているんです。彼のことも書いてあるので」

スコービーは読んだ、「親愛なる校友会会長——まったく偶然の幸運により私は一冊の《ダウナム校友会誌》にめぐり会いました、もう一人のダウナム卒業生E・ウィルスン（一九二三〜二八在校）が部屋にもっていたものです。残念ながら私は長年母校との連絡が途切れておりました、そしてあなたが私と連絡をつけようとされていたことを知り、ひじょうに嬉しくもあり、ややうしろめたくもあります。おそらくあなたは、ここ白人の墓場》で私がなにをしているのか、多少お知りになりたいことでしょう、だが私は電信検閲官ですので、仕事の内容はあまりお伝えできないことをご諒承ください。戦争に勝つまでは待っていただかねばならないでしょう。いま当地は雨季の最中です――よく降るものです。熱病もだいぶはやっていますが、私は一度薬を飲んだだけですみましたし、E・ウィルスンはいままでのところまったく健康です。私たちは小さな家に同居していますから、ダウナム卒業生はこのような荒涼たる遠隔の地においても固く結ばれていることがおわかりになるでしょう。私たちは二人でダウナム卒業生チームを結成し、いっしょに狩りをしています、と言ってもゴキブリ狩りにすぎませんが（呵々！）。さて、ここらでペンをおき、戦争に勝つべく努めることにします。古き海岸地方の住人よりダウナム卒業生一同に、チェリオ！」

スコービーが目をあげると、ハリスの心配そうなどぎまぎした視線にぶつかった。「こんな書きかたでいいとお思いですか？」と彼は尋ねた。「〝親愛なる校友会会長〟というのはどうかな、と気になったのですが」

「なかなかりっぱな文章だと思うよ」

「もちろんたいしていい学校じゃなかったし、ぼくもそこにいてそうしあわせじゃなかったんです。事実、一度は逃げ出したぐらいです」

「そしていま向こうがきみをつかまえたってわけか」

「それでおわかりでしょう？」とハリスは言った。彼は血走った目に涙を浮かべて灰色の海の彼方を見つめた。「ぼくは学校時代しあわせだったという連中をいつもうらやましいと思っていたのです」と彼は言った。

スコービーは慰めるように言った、「おれも学校はあまり好きじゃなかったよ」

「人生のスタートがしあわせであることは」とハリスは言った。「それはきっとのちの人生をすっかりちがったものにするでしょう。そう、それが習慣になるかもしれませんよね？」彼は書類入れからパンの切れはしをとって紙屑かごへ投げ捨てた。「この部屋をいつもきれいにしておこうと思ってはいるのですが」と彼は言った。

「さあ、もう行かなくちゃあ、ハリス。家のことはよかったな——それに《ダウナム校友会誌》のことも」

「ウィルスンは学校でしあわせだったのかな」とハリスは考えこんだ。彼は書類入れから『アイヴァンホー』をとっておき場所を探したが、適当な場所はなかった。彼はそれをまたもとにもどした。「ま、そんなことはなさそうですね」と彼は言った、「しあわせだったらなんでこんなところにくるものですか？」

4

スコービーはユーゼフの家のドアのすぐ前で車をおりた、それは植民地長官の鼻先で軽蔑の身ぶりをするようなものだった。彼は執事に言った、「ご主人に会いたいんだ。部屋はわかっている」

「主人はいません」

「じゃあ待たしてもらうぞ」彼は執事を一方に押しのけ、なかに入った。そのバンガローはたくさんの小部屋に分かれており、それぞれが女郎屋の部屋のように、同じソファーとクッションと飲物用の低いテーブルをそなえていた。彼は一部屋一部屋カーテンを引き開けながら通って行き、最後には彼が二カ月近い前潔白さに瑕をつけた小部屋にたどり着いた。そのソファーにユーゼフが眠っていた。

彼は白いズックのズボンをつけ、口を開け、ひどい寝息を立てながら仰向けに寝ていた。かたわらのテーブルにはグラスがあり、その底に小さな白い粒があるのをスコービーは認めた。ユーゼフは睡眠剤を飲んでいたのだ。スコービーはかたわらにすわって待った。窓は開いていたが、雨がカーテンと同じ働きをして風を閉め出していた。いま彼の気を重くしていたのは、ただ風が入ってこないせいだったかもしれない、あるいは彼が犯罪現場にもどってきていたせいかもしれない。なんの罪も犯してはいないといくら自分に言い聞かせようとしてもむだだった。彼は、愛のない結婚をした女のように、ホテルの寝室と同じく名もないその部屋のなかに、姦通の罪を認めたのである。

窓のすぐ上に水道栓のように水を吐き出しているこわれた樋があったので、たえず二つの雨音が聞こえてきた――つぶやくように降る音と、流れ出る音と。スコービーはタバコに火をつけ、ユーゼフを見守った。彼はこの男になんの憎悪も感じることができなかった。彼は、ユーゼフが彼をおとしいれたのと同じように意識的かつ効果的に、ユーゼフをおとしいれたのだった。その結婚は両人の合意によってなされていた。おそらく彼の凝視の強烈さが睡眠剤の霧を吹き破ったのだろう、ふとった太腿がソファーの上で動いた。ユーゼフは深い眠りのなかで口をもぐもぐ動かし、「かわいいやつ」とつぶやき、寝返りをうってスコービーのほうに向いた。スコービーはもう一度部屋をじろじろと見まわした、借金をとり決めにきたときすでに充分見つくしておいた部屋である――そこにはなんの変化もなかった――湿気でカヴァーが腐って糸がはみ出している同じいやらしいノジ色の絹のクッション、ミカン色のカーテン。青いソーダのサイフォンさえ同じ場所にあった、そういったものには地獄の家具のように永遠の風情があった。本棚はなかった、ユーゼフは読むことができなかったから。デスクもなかった、彼は書くことができなかったから。書類を探してもむだだったろう――書類はユーゼフには無用だった。すべてはあの大きなローマ人型の頭のなかにあったのだ。

「おや……スコービー副署長……」目が開かれ、彼の目を探した、睡眠剤でぼやけた目は焦点を定めることがむつかしかった。

「おはよう。ユーゼフ」今度だけはスコービーが彼の不意をついた。一瞬ユーゼフは薬による眠りへもう一度落ちこむかに見えた、それから努力してやっと片肘づきになった。

「タリットのことで一言話をしたかったんだ、ユーゼフ」

「タリット……すみません、スコービー副署長……」

「それにダイヤモンドのことでな」

「ダイヤモンドのこととなると気が狂ったような騒ぎですね」ユーゼフはなかば眠りかけた声でやっと言った。彼は首を振った、そのためにわずかな白髪が揺れ動いた、それからぼんやり片手をさしのべてサイフォンを探した。

「おまえはタリットをはめたのか、ユーゼフ？」

ユーゼフはテーブルの上のサイフォンを引き寄せ、睡眠剤のグラスを引っくり返した、彼は吸い口を自分の顔に向け、引き金を引いた。ソーダ水が彼の顔にぶつかり、そのまわりのフジ色の絹にはねかかった。彼は安堵と満足の溜息をついた、暑い日にシャワーを浴びた男のように。「なんですか、スコービー副署長、なにか困ったことでも？」

「タリットは起訴されないだろう」

ユーゼフは海から這いあがってくる疲れた男のようだった、潮が彼を追ってきていた。彼は言った、「どうもすみません、スコービー副署長。よく眠れなかったので」彼は考え深げに首を上下に振った、なかにガラガラいうものが入っているかどうかためしてみようと箱を振る男のように。

「タリットのことでなにかおっしゃっていましたね、スコービー副署長」そして彼はまた口を開いて説明した、「いま在庫調べをしてましてね。いろんな数字の。三つ四つ店があるので。みんな私の頭にしかないので私をだまそうとするんですよ」

「タリットは」とスコービーはくり返した、「起訴されないだろう」

「心配ご無用です。いつかあの男はやりすぎるでしょう」

「あれはおまえのダイヤモンドだったのか、ユーゼフ？」

「私のダイヤモンド？　やつらはあなたに私を疑うようしむけたのですね、スコービー副署長」

「あの少年給仕はおまえに買収されていたのか？」

ユーゼフは手の甲で顔のソーダ水を拭った。「もちろんそうでした、スコービー副署長。私が情報を得たのはあいつからだったのです」

劣勢におかれた瞬間はすぎ去っていた、大きな頭は睡眠剤を振り払っていた、手足はまだだらしなくソファーに横たわっていたけれども。「ユーゼフ、おれはおまえの敵ではないんだぞ。おまえに好意を抱いているんだ」

「あなたにそう言われると、スコービー副署長、私の心臓はどきどきしますよ」彼は心臓の実際の動きを見せようとするかのようにシャツをはだけた、ソーダ水の小さな流れが胸毛の黒い茂みに注がれていた。「私もふとりすぎです」と彼は言った。

「おれはおまえを信用したいんだ、ユーゼフ。ほんとうのことを言ってくれ。あのダイヤモンドはおまえのだったのか、タリットのだったのか？」

「私はいつもあなたにはほんとうのことを言いたいと思っています、スコービー副署長。私はあれがタリットのダイヤモンドだとは一度もあなたに言わなかったはずです」

「ではおまえのだったんだな？」

「そうです、スコービー副署長」

「よくもおれをばかにしてくれたな、ユーゼフ。ここに証人さえいたらおまえを引っくくってやるところだ」

「あなたをばかにする気などありませんでしたよ、スコービー副署長。私はタリットを追っ払いたかったのです。あの男を追っ払えばみんなのためになるでしょうからね。シリア人が二つの党派に分かれているのはよくないことです。一党一派になれば、あなたは私のところにきて、「ユーゼフ、政府はシリア人にこれこれのことをしてもらいたがっている」とおっしゃることができるでしょうし、私も、「そういたします」と答えることができるでしょう」

「そしてダイヤモンドの密輸は一手に握られることになるだろう」

「ああ、ダイヤモンド、ダイヤモンド、ダイヤモンド」とユーゼフは疲れたように愚痴を言った。「申しあげますがね、スコービー副署長、私はダイヤモンドで三年かかってもうけるより多くの金を、いちばん小さな店だけでも一年で稼ぎ出しているのですよ。どんなに多額な賄賂が必要か、あなたにはおわかりにならないでしょう」

「いいか、ユーゼフ、おれはこれ以上おまえから情報を受ける気はない。これで二人の関係はおしまいだ。もちろん、毎月の利息分は払いこむがね」彼は自分のことばに奇妙な非現実性を感じた、ミカン色のカーテンが微動だにせず垂れさがっていた。人には忘却の彼方におき去りにすることのできない場所があるものだ、この部屋のカーテンとクッションは、幼時の屋根裏の寝室、インクに汚れた机、イーリングのレースのかかった祭壇などの仲間に加わった――それらは意識の続くかぎりいつまでも存在し続けるだろう。

ユーゼフは足を床におろし、まっすぐにすわりなおした。彼は言った、「スコービー副署長、あなたは私のちょっとした冗談をあまりに深刻におとりになったようです」

「さようなら、ユーゼフ、おまえは悪いやつじゃない、が、さようならだ」

「あなたは間違っておいでです、スコービー副署長。私は悪いやつです」彼は真剣に言った、「あなたにたいする友情がこの黒い心のなかでたった一つのいいものなのです。それを捨て去ることは私にはできません。私たちはいつまでも友だちのままでいることでしょう」

「そうはいかないだろうな、ユーゼフ」

「いいですか、スコービー副署長。私はあなたになに一つしてほしいとお頼みするつもりはないのですよ。ただときどき——日が暮れてだれにも見られなくなってから——私を訪ねてお話ししてほしい、というだけで。ほかになにもありません。それだけです。私はタリットの話を二度としません。なんの話もしません。私たちはただここにすわって、サイフォンとウィスキー・ボトルをそばにおいて……」

「おれはばかじゃあないぞ、ユーゼフ。おれたちが友だちだとみんなに思いこまれたらおまえにとってどんなに好都合かぐらいおれだってわかっている。おれはそんな手助けをしてやる気はないね」

ユーゼフは耳の穴に指を突っこんでそこにあったソーダ水を拭いとった。彼はもの悲しげに、そしてずうずうしく、スコービーに目をやった。これはきっと、とスコービーは思った、彼の頭に入っている数字をごまかそうとする店の支配人に見せる目つきにちがいない。「スコービー副署長、あなたは私たちの小さな商取引のことを署長にお話しになりましたか、それともあれはたんなるこけおどしだったのですか？」

「自分で署長にきいてみろ」

「そういたしましょう。私の心は見捨てられてにがにがしい思いをしています。そして署長のところへ行ってなにもかもぶちまけてしまえとそそのかしています」

「いつでもおまえの心の言うままにするんだな、ユーゼフ」

「私は署長にこう言いますよ、あなたが私から金をもらって、二人でタリット逮捕を共謀したのだと。ところがあなたが契約を履行しなかったので、私は復讐のために署長に話しにきたのだと。復讐のために」とユーゼフはローマ人型の頭をふとった胸に沈めながら暗い声でくり返した。

「よかろう。なんでも好きにやるがいいさ、ユーゼフ」だが彼は自分がいかに強い態度でふるまっていてもこの争いをほんとうとは思えなかった。それは恋人同士の喧嘩のようだった。彼はユーゼフの脅迫をほんとうとは思えなかったし、自分の落ちつきも信じられなかった、彼はこの別れさえほんとうとは思えなかった。このフジ色とオレンジ色の部屋で起こったことはあまりに重要であり、巨大で一様な過去の一部に組みこまれることはできなかった。彼はユーゼフが頭をあげて次のように言ったとき、驚きを感じなかった、「もちろん私は行きはしませんよ。いつかあなたはここへもどってきて、私の友情を求められるでしょう。そのときは私もあなたを歓迎するでしょう」

　おれはほんとうにそれほど自暴自棄なまねをすることになるのだろうか？　とスコービーは考えた、まるでそのシリア人の声のなかに真の予言の口調を聞きとったかのように。

5

家に帰る途中、スコービーはカトリック教会の前に車をとめ、お聖堂《みどう》に入った。ちょうどその月の第一土曜日であり、彼はいつもその日に告解しに行っていた。六人ほどの老婆が、掃除服をつけた雑役婦のように髪を束ねて、順番を待っていた、それに看護婦が一人と、英国陸軍軍需品補給部の記章をつけた兵士が一人と。ランク神父のささやき声が告解室から単調に聞こえていた。

スコービーは、じっと十字架を見すえて、祈った——主禱文と、天使祝詞と、痛悔の祈りと。きまりきった形式の倦怠感が彼の気を重くした。彼は自分が傍観者であるような気がした——十字架の周囲に集まったあの傍観者たち、キリストの凝視が友あるいは敵の顔を探してさまよったときその上を通りすぎていったにちがいないおおぜいの人たちの一人であるような。ときどき彼は、その職業と制服のために、自分が遠いエルサレムの街路で秩序保持に当った無名のローマ人たちと同列であるように思われた。一人一人クルー族の老婆たちは告解室に入ってはまた出て行った、スコービーは——漠然と、そして漫然と——ルイーズのために祈っていた、彼女がいまこの瞬間しあわせであり、いつまでもしあわせであるように、またいかなる悪も彼を通じて彼女におよぶことのないようにと。兵士が告解室から出てきたので、彼は立ちあがった。

「父と子と聖霊のみ名において」彼は言った、「一カ月前の告解以来、私は日曜日のミサを一回、安息日を守ることを一回、怠りました」

「どうしてもこられなかったのかな？」

「はい、ただもう少し努力すれば勤務をうまく整理できたかもしれません」

「それで？」

「この一ヵ月間私は最小限度のことしかしませんでした。部下の一人に不必要なまでにきびしく当りました……」彼は長いあいだ口をつぐんだ。

「それだけかな？」

「どう言っていいのかわかりませんが、神父、私は少し——自分の信仰にいや気を感じています。私にはなんの意味もないように思えるのです。私は神を愛するよう努めました、が——」彼は神父には見えない身ぶりをして、横目で格子越しに見た。「私は神を信じているかどうかさえ確信をもてないのです」

「よくあるのだ」と神父は言った、「その問題で悩みすぎるということは。特にここではな。できることならそういうたくさんの人々に罰として六ヵ月の休暇を与えたいものだ。ここの気候が気をめいらせるのだ。そのために容易に疲労を——そう、不信仰と思いちがえてしまうのだ」

「いつまでもお耳をわずらわせる気はありません、神父。まだ待っている人たちがいますから。これは気まぐれな空想にすぎないと自分でもわかってはいるのです。ただ私は——

むなしさを感じるのです。むなしさを」

「それはときとして神が選びたもう瞬間なのだ」と神父は言った。「では向こうへ行ってロザリオを十回祈りなさい」

「私はロザリオをもってこなかったのですが。少なくとも……」

「それでは主禱文を五回と、天使祝詞を五回」彼は罪の許しを祈ることばを言いはじめた、だが困った問題は、とスコービーは思った、許してもらうべき罪がなにもないことだ。そのことばは救いの念をもたらしはしなかった、救ってもらうべきものがなにもないからだ。それは一つの形式にすぎなかった、寄せ集められたラテン語――まやかしの呪文《ホークス・ポークス》にすぎなかった。彼は告解室を出ると、ふたたびひざまずいた、これもまたきまりきった形式の一部だった。一瞬彼には神があまりにも近づきやすいものに思われた。神に近づくにはなんの困難もなかった。大衆的扇動政治家のように、神はいついかなるときにも自分の信奉者のもっとも卑しいものにたいしてさえ胸を開いていた。十字架を見あげながら彼は思った、神ですら人々に身をさらして苦しんでいると。

第三章

1

「切手を少しもってきましたよ」とスコービーは言った。「一週間かかって集めたものだ――ありとあらゆる人から。カーター夫人もすてきな小型インコの切手を寄贈してくれた――ほら――南アフリカのどこかの。それからこれはアメリカ占領軍のために価格訂正の印が押されたリベリアの切手の完全な一そろい。これは私が《ネーヴァル・オブザーヴァー》誌からとったもの」

二人は完全にうちとけた気持ちだった、そのために二人とも安全であるような気がしていた。

「どうして切手のコレクションなどするんです？」と彼は尋ねた。「おかしな気がするがなあ――十六歳をすぎた年では」

「私にもわからないわ」とヘレン・ロールトは言った。「実を言うとコレクションをしているわけじゃありませんの。もちまわっているだけで。きっと習慣なんでしょう」彼女はアルバムを開けて言った、「いいえ、ただの習慣じゃないわ。私、こういったものが大好きなんです。ほら、ここに緑色のジョージ五世の半ペニー切手があるでしょう？　これが私の最初のコレクション。私、八歳でした。湯気にあてて封筒からはがし、ノートにはったんです。それを見て父がアルバムをくれました。母はその前に亡くなっていたので、父がアルバムをくれたんです」

彼女はもっと正確に説明しようとした。「切手はスナップ写真みたいなものです。もちはこぶのに便利で。陶器を集める人は――もちまわるわけにはいかないでしょう。本も。しかも写真の場合のようにそのページを引き破る必要もないし」

「ご主人のことはまだ一度も話してくれなかったな」とスコービーは言った。

「ええ」

「ページを引き破ってもたいして役には立たない、だって破ったあとが見えるでしょう？」

「ええ」

「それよりあることを克服するには」とスコービーは言った、「その話をしてしまうほうがかんたんだ」

「それが問題なのではないわ」と彼女は言った。「問題は――ひどくかんたんに克服できるということなの」

彼女は彼の不意を衝いた、彼女が人生学校のそのような課程に達しており、そのようなうがった見方ができるほどの年齢になっているとは思ってもみなかったのである。彼女は言った、「あの人が死んで——どれぐらいになるかしら——まだ八週間？　ほんとうにあの人は死んだのです、疑いようもなく死んだのです。私ってひどい女ね」

スコービーは言った、「そんな気持ちをもつことはない。だれにとっても同じじゃないかな、きっと。私たちがある人に向かって、『あなたなしでは生きていけない』と言うとき、そのほんとうの意味は、『あなたが苦しんでおり、不幸であり、困りはてていると感じながら生きていくことはできない』ということなんだ。それだけのことなんだ。相手が死ねば責任は終わる。私たちにそれ以上できることはなにもないのだから。安らかに休息していいわけだ」

「私、自分がこんなに強い女とは知らなかったわ」とヘレンは言った。「おそろしく強い女だわ」

「私にも一人子供があったのだが」とスコービーは言った。「死なれてね。私はそばにおらず、ここにいた。妻がベックスヒルから二本電報をよこし、一つは夕方の五時、一つは六時に打ったのだが、その順序が逆に着いてしまった。妻はショックをやわらげようとしたんだろうな。私がまず電報を受けとったのは朝食の直後だった。朝の八時——どんな知らせでも受けるのにふさわしくない時間だった」彼はそれまでだれにもこの話をしてはいなかった、ルイーズにさえも。いま彼は電文の一語一語を正確に口に出した、注意深く。

「電報にはこう書いてあった、〝ホンジツゴゴキャサリンシス　クツウナシ　カミノゴカゴヲ〟次の電報は昼食時に着いた。こう書いてあった、〝キャサリンキトク　イシャハノゾミアリトイウ　ワタシノイタシイヒト〟それが五時に打ったほうだった。〝イタシイヒト〟というのは間違いで――〝イトシイヒト〟だったんだろう。妻がこの知らせをするとき、〝イシャハノゾミアリトイウ〟と書く以上に絶望的なことばは書けなかったろうな」

「あなたには恐ろしいことだったでしょうね」とヘレンは言った。

「いや、恐ろしいのは、二本目の電報を受けとったとき、頭がすっかり混乱して、なにか間違いがあったんだな、と思ったことだった。あの子はまだ生きているにちがいないと。配達の順序が逆だったのだとわかるまでのほんの一瞬間、私は――がっかりした。それだったんだよ、恐ろしいことは。そのとき私は、〝これで不安がはじまる、そして苦痛がはじまる〟と思った、だがなにが起こったのかはっきりわかると、もう大丈夫だった、あの子は死んだ、あの子を忘れはじめることができるだろう、というので」

「で、お忘れになったの？」

「めったに思い出さないでいるな。というのは、あの子が死ぬところを私は見ないですんだからね。妻は見たけれど」

　こんなにかんたんにあっという間に二人が友だちになっていたのは、彼には驚くべきことだった。彼らは二人の死者の話をしながら遠慮することなく近づきあった。彼女は言った、「あなたがいなかったら、私、どうなっていたかわからないわ」

「あなたの世話ならだれだってしたがるんじゃないかな」

「みんな私をこわがってるみたい」と彼女は言った。

彼は笑った。

「ほんとよ。空軍中尉のバグスターが今日の午後海辺へ連れてってくれたけど、あの人もこわがってたわ。私がしあわせではないから、それに夫のことがあるから。海辺ではみんななにかのことでしあわせそうにしていたわ、私、そこにすわってニコニコしていたけど、無駄だったの。ね、はじめてパーティーに行ったとき、階段をのぼって行くといろんな声が聞こえてきてどう人に話しかけていいかわからない、ということなかった？　そういう感じだったのよ、だから私、カーター夫人の海水着を着てニコニコしながらすわっていて、バグスターが私の脚を撫でていて、そのうちに私、帰りたくなったの」

「もうすぐ帰れるよ」

「帰るって、故国《くに》にじゃないわ。ここよ、ドアを閉めてノックにも答えないでいられることの家のこと。まだこの家から出て行きたくないわ」

「だがここにいてもしあわせじゃないだろう？」

「私、海がこわいのよ」と彼女は言った。

「海の夢を見る？」

「いいえ。ジョンの夢はときどき見るけど――そのほうがいやだわ。だってあの人のことはいつも悪い夢ばかり見ていたし、いまでも悪い夢なの。つまり、夢のなかではいつも私たち喧嘩ばっかりしていたし、いまでも喧嘩しているの」

「実際に喧嘩はしたの？」

「いいえ。私にはやさしくしてくれたわ。結婚してやっと一ヵ月だったでしょう。それぐらいのあいだならやさしくするってかんたんじゃないかしら。今度のことが起こったとき、ほんとに私、どうすればいいか知る時間がないままだったの」スコービーには彼女がほんとうにどうすればいいか知らないいままだったように思われた――少なくともネットボール・チームを離れてからは。それは一年前か？　彼の目に浮かぶ彼女は、死にかけた子供や、気の狂った水夫や、ミス・モールコットや、船主に責任を感じている機関長たちとともに、くる日もくる日も、油のような無表情な海にただようボートのなかに横たわっている姿であることもあった、あるいは、切手のアルバムをつかんだまま担架で彼のそばをはこばれて行く姿であることもあった、そしていまは、借りもののからだに合わない海水着をつけ、脚を撫でるバグスターにニコニコと微笑みかけ、笑い声や水のはねる音に耳を傾け、大人のエチケットを知らずにいる姿だった……夕暮れの満潮のように悲しく責任感が彼を岸辺へ打ちあげようとするのを彼は感じた。

「お父さんに手紙は？」

「もちろん書いたわ。電報をくれたのよ、帰国できるよう努力するって。ベリーにいてどんな努力ができるのかわからないけど、かわいそうに。父はだれも知らないのよ。ジョンのことでも電報をくれたわ、もちろん」彼女は椅子からクッションをもちあげ、電報をとり出した。「読んでみて。とってもやさしいのよ、でももちろん私のことはなに一つわかってないけど」

スコービーは読んだ、「イトシイムスメ　オマエノタメニタイヘンカナシンデイル　カレノメイフクヲイノル　アイスルチチ」ベリーの消印のある日付スタンプが彼に父と娘のあいだの巨大な距離を意識させた。彼は言った、「どういう意味だい、私のことはなに一つわかってない、というのは？」

「父はね、神とか天国とか、そういったものを信じているの」

「きみは信じていないのか？」

「学校を卒業したとき捨ててしまった。ジョンはよくそのことで父をからかったものだったわ、それとなく。父は気にしていなかったけど。でも父は私がジョンと同じ気持ちだってことを知らなかったの。聖職者の娘って、いろんなことでうまく見せかけるものなのよ。父はきっと怒ったでしょうね、ジョンと私が、そう、結婚する二週間前にいっしょに外出したことを知ったならば」

　またしても彼は自分がどうすればいいかわからないでいる女の姿を見た、バグスターが彼女をこわがったのも無理はない。バグスターは責任を引き受けるような男ではなかった、それにどうして、と彼は思った、なんらかの行為の責任をこの愚かな途方にくれた小娘に負わせることができようか？　彼は彼女のために集めてきた切手の小さな束をめくりながら言った、「故国《くに》に帰ったらどうするの？」

「きっと」と彼女は言った、「徴用されるわ」

　彼は思った、おれの娘も生きていたらやはり徴用され、陰鬱な寄宿舎にほうりこまれるしか、生きる道はなかったかもしれない。大西洋で遭難したあとにくるのは、英国女子国防軍か空軍婦人補助部隊、大きな乳房をしたいばり散らす軍曹、調理場とじゃが芋の皮むき、薄い唇ときれいに撫でつけた金髪をもつレスビアンの士官、キャンプ前の共有地のハリエニシダの藪にひそんで待っている男たち……それにくらべたら大西洋でさえわが家のようなものだ。彼は言った、「きみ、速記はできる？　外国語は？」戦時中は、利口なもの、抜け目のないもの、幅をきかすものだけがうまくのがれることができた。

「いいえ」と彼女は言った、「私の得意なものってなんにもないわ」

　彼女が海から救いあげられたあと、捕える価値のなかった魚のようにふたたび海にほうりこまれるのは、とうてい考えられないことだった。

　彼は言った、「タイプは打てる？」

「一本指でならかなり早く打てるわよ」

「ここで仕事が見つかるんじゃないかな。秘書がたりなくて困っているんだから。ここの奥さん連中はね、みんな官房で働いているんだが、それでもまだたりないんだよ。ただ女の人にはあまりいい気候じゃない土地だがね」

「私、ここにいたいわ。それを祝って乾杯しましょうよ」彼女は呼んだ、「ボーイ、ボーイ」

「だいぶわかってきたね」とスコービーは言った。「一週間前は給仕をこわがっていたのに……」給仕がグラスとライムと水と新しいジンのボトルをのせた盆をもって入ってきた。

「これは私が話をつけた給仕じゃないな」とスコービーは言った。

「ええ、あの給仕は出て行ったわ。あなたがあんまりきびしく言ったので」

「そしてこの給仕がきたんだね？」

「ええ」

「おい、おまえの名前は？」

「ヴァンデです、旦那様」

「前に会っていたかな？」

「いいえ、旦那様」

「おれを知ってるか？」

「あなたは偉い警察官です、旦那様」

「この給仕をこわがらせないでね、また逃げられると困るから」とヘレンは言った。

「前はだれのところにいた？」

「分署のペンバートンさんのところです、奥地の。少年給仕をしてました」

「そこでおまえに会ったんだったかな？」とスコービーは言った。「そんな気がするが。この奥さんをよくお世話するんだぞ、そうしたら奥さんが故国《くに》にお帰りになったあと、いい仕事を見つけてやるからな。忘れるなよ」

「はい、旦那様」

「きみはまだ切手を見ていなかったね」とスコービーは言った。

「ええ、そうだったわ」ジンが一滴、一枚の切手に落ちて、しみをつけた。彼は彼女がその一枚を束のなかからとり出すのを見守った、まるで大西洋に永久にその力を奪われたかのようにまっすぐな髪がネズミの尻尾の形をしてうなじに垂れかかり、落ちくぼんだ顔をしていた。彼は長年のあいだ他人といてこれほど気楽さを感じたことはなかったように思った——少なくともルイーズが若かったとき以来。だがあのときといまとは別だ、と彼は胸のなかでつぶやいた、二人はおたがいに安全なのだから。彼は三十以上も年上だった、彼の肉体はこの気候のなかで欲情の感覚を失っていた、彼は悲哀と愛情とかぎりないあわれみとをもって彼女を見守った、いずれは彼女が途方にくれるこの世界で彼が道案内してやれなくなる時がくるだろうから。彼女がふりむいてその顔に灯りがあたったとき、彼女は醜く見えた、子供が見せる一時の醜さ。その醜さは彼の手首にはめられた手錠のようだった。

彼は言った、「その切手、汚れてしまったね。もう一枚もってくるよ」

「そんなことしないで」と彼女は言った、「このままでいいのよ。私、ほんとうの収集家じゃないんだもの」

彼は、美しい人、優雅な人、知性ある人にたいしてはなんの責任感ももたなかった。そういう人たちは自分で自分の生きる道を見つけることができた。彼の忠誠心を求めたのは、そのためにだれも自分の道を踏みはずそうとは思わない顔、けっして盗み見など受けない顔、すぐに拒絶と冷淡とに慣れてしまう顔だった。「あわれみ」ということばは、「愛」ということばと同じく、いいかげんに用いられている、実はそれを経験する人などめったにない恐ろしい見境いのつかない情熱なのであるが。

彼女は言った、「私ね、そのしみを見るたびにきっとこの部屋を思い出すわ……」

「スナップ写真のように、だね」

「でも切手だとかんたんにアルバムからとりのけられるでしょう」と彼女は恐ろしいほどの若々しい明快さで言った、「そうしたらそこにあったということさえわからなくなってしまうわ」彼女は突然彼のほうに向きなおって言った、「あなたとお話しているととっても楽しいわ。なんでも好きなことが言えて。あなたを傷つけるんじゃないかなどと気にしなくてもすむし。あなたは私になにも要求なさらないでしょう。私、安全だわ」

「二人とも安全だよ」雨が二人を包み、規則正しく鉄板の屋根を打っていた。

彼女は言った、「あなたはけっして私を失望させない人だ、という気がするの」そのことばは彼にはいかにむつかしくても従わねばならぬ命令のようにひびいた。彼女の手は彼がもってきたたあいない紙片でいっぱいだった。彼女は言った、「いつまでもこれを大事にするわ。けっしてアルバムからとりのけたりしないで」

だれかがドアをノックし、陽気な声をあげた、「フレディ・バグスター。ぼくだよ。フレディ・バグスターだよ」

「答えないで」と彼女はささやいた、「答えないでね」彼女は腕を彼の腕にからめ、息が切れたかのように少し口を開けたまま、ドアを見つめた。彼は穴に追いつめられた動物のような感じがした。

「フレディを入れてくれよ」と甘い声が誘いかけた。「閉め出すなんてずるいじゃないか、ヘレン。フレディ・バグスターだよ」その男は少し酔っていた。

彼女は片手を彼の脇腹におき、身を押しつけるようにして立っていた。バグスターの足音が遠ざかると、彼女は唇をあげ、彼らはキスした。彼らが二人とも安全と思っていたものは、実は友情、信頼、あわれみの名において働きかける敵のカムフラージュであったのだ。

2

雨はたえまなく降りしきり、彼の家が建っている小さな埋立地をまたもとの沼地にもどしていた。彼の部屋の窓はバタンバタンと吹きあおられていた。夜のあいだにいつかとめ金が突風にこわされていたのだ。いまは雨が吹きこみ、化粧台はびしょぬれになり、床には水たまりがあった。目覚まし時計は四時二十五分を指していた。彼は何年も前に捨て去られた家に帰ってきたような気がした。かりに鏡の上に蜘蛛の巣がかかり、蚊帳がボロボロに裂けて垂れさがり、床の上にネズミの糞があったとしても、彼を驚かせはしなかっただろう。

彼は椅子に腰をおろした、ズボンから水がしたたり落ち、彼の蚊よけ長靴のまわりにもう一つの水たまりを作った。彼は傘をおき忘れてきたのである、歩いて帰ろうとしたとき、失っていたなにかを、青春時代にはもっていたなにかを、再発見したかのような奇妙な喜びで夢中になってしまったので。雨音の騒がしい暗闇のなかで、彼は声をあげて例のフレーザーの歌の一行を歌ってみようとさえした、だが彼の声は調子はずれだった。そしてプレハブ住宅と自宅のあいだのどこかで、彼はその喜びを見失っていた。

彼が目を覚ましたのは午前四時だった。彼女の頭が彼の脇腹のところにあり、彼は彼女の髪が胸にふれているのを感じることができた。彼は蚊帳の外に手をのばして灯りを探しあてた。彼女は逃げようとして射殺されたもののように奇妙な窮屈そうな姿勢で寝ていた。彼はそのとき、やさしさと喜びがよみがえってくるまでの一瞬、大砲の餌食となった兵士の死体を見る思いがした。灯りに目を覚ました彼女の最初のことばは、「バグスターなんか地獄へ堕ちるがいいわ」だった。

「夢を見ていたのか？」

彼女は言った、「ええ、沼地で迷っていたら、バグスターが私を見つけた夢を」

彼は言った、「もう帰らなければ。いま眠ったら二人とも明るくなるまで目が覚めないだろうからね」彼は二人のために考えはじめた、注意深く。犯罪者のように彼は発見されない罪を心のなかに描きはじめた、彼はこれから打つべき手を計画した、生まれてはじめて彼は詐欺の長い合法的な脚本構成にとりかかった。もしこういう手を打てば……次にはこうなる。彼は言った、「きみの給仕は何時ごろくる？」

「六時ごろだと思うわ。よく知らないけど。七時に私を起こすの」

「アリは六時十五分前に湯をわかしはじめる。もう帰らないと」彼は注意深く自分がいたしるしを部屋じゅうくまなく探し求めた、彼はマットの皺をのばし、灰皿をどうしようか思いまどった。そしてそのあげく傘を壁に立てかけたままおき忘れてしまった。それが彼には犯罪者の典型的な行動のように思われた。雨がそのことを彼に思い出させたときは、もどるにはもう遅すぎた。彼は彼女のドアを激しくたたかねばならないだろうし、プレハブ住宅の一軒にはもう灯りがついていた。自分の部屋で蚊よけ長靴を手にもって立つと、彼は疲れきって荒涼たる気分で考えた、将来はもっとうまくやらねばな。

将来は——そこに悲哀があった。愛の行為のうちに死ぬのは、あれは蝶だったか？　だが人間はその結果を引き受けるべく運命づけられている。罪と同時に責任も彼のものだった——彼はバグスターではなかった、彼は自分のしていることを知っていた。彼はルイーズのしあわせを守ることを誓っていた、そしていま彼はそれとは矛盾するもう一つの責任を引き受けたのである。彼はこれから言わねばならぬであろう嘘の数々を思うといやになった、やがては血を吹き出すであろうその犠牲者の傷の痛みさえ感じた。枕に仰向けに横たわると、彼は眠れぬまま灰色の早朝の潮に目を向けた。その茫洋たる海面のどこかに、ルイーズでもない、ヘレンでもない、もう一つの過誤、もう一人の犠牲者が動いているように感じられた。

第二部

第一章

1

「ここだよ。どう思う？」とハリスは得意さをかくしきれないで尋ねた。彼は小屋の戸口に立ち、ウィルスンはセッター犬が刈り株のあいだを通るように用心深く政府支給の家具の褐色の藪のあいだを歩いていた。

「ホテルよりましだな」とウィルスンは、政府支給の安楽椅子に鼻面を向けながら、用心深く言った。

「きみがラゴスから帰ったら驚かしてやろうと思ったんだ」ハリスはそのプレハブ住宅をカーテンで三つに仕切っていた、それぞれの寝室と共同の居間に。「心配な点が一つだけあるんだがね。ここにゴキブリがいるかどうかはっきりしない、ってことだ」

「だけどゴキブリ退治はただのゲームだったろう」

「それはそうだが、なんとなく残念じゃないか」

「近所にはどういう人がいるんだい？」

「沈没船にいたロールト夫人、労働省の男が二人、農林省からきたクライヴとかいう男、下水管理係のボリンググ——みんなつきあいやすそうないい連中だ。それにもちろん、スコービーが道をおりたところにいる」

「そうだな」

ウィルスンはせかせかと小屋を歩きまわり、ハリスが政府支給のインクスタンドに立てかけておいた写真の前で立ちどまった。芝生の上に長い三列になった少年たちが写っていた、最初の列は草の上に足を組んですわり、次の列は椅子の上に高い固いカラーをつけて腰かけ、その中央に中年の男と二人の女（一人は斜視）をはさみ、三番目の列は立っていた。ウィルスンは言った、「このやぶにらみの女は——この女はたしかどこかで会ったことがあるな」

「スネーキーって綽名を聞くとなにか思い出さないか？」

「ああ、そうだ、そうだ」彼は目を近づけた。「とすると、きみもあのオンボロ校舎にいたのか？」

「きみの部屋で《ダウナム校友会誌》を見かけたんで、ひとつ驚かしてやろうとこの写真を引っぱり出したわけさ。おれはジャガー寮にいたが。きみは？」

「おれは生徒監だった」とウィルスンは言った。

「そうか、だがまあ」とハリスはがっかりした口調で認めた、「生徒監のなかにもいいやつはいたよ」彼は狙いがうまく当らなかったとでもいうように写真を倒した。「おれはダウナム卒業生の晩餐会を開けるかもしれないと思っていたんだが」

「なんのために？」とウィルスンは尋ねた。「どうせおれたち二人だけじゃないか」

「それぞれ一人ずつゲストを招べばいいだろう」

「なんのためかわからんね」

ハリスはにがにがしげに言った、「ま、きみはほんとうのダウナム校友会員だ、おれはそうじゃない。会には入らなかったんだ。きみは校友会誌をもらっている。だからあの学校に興味があると思ったんだよ」

「おやじがおれを終身会員にして、いつまでもあのいまいましい雑誌を送り届けてよこすんだ」とウィルスンはぶっきらぼうに言った。

「きみのベッドのそばにおいてあったろう。それで読んでいるのかと思った」

「チラッとのぞくぐらいはしたかもしれんがね」

「おれのことがちょっと出ていたんだ。住所を知りたいって」

「ああ、だがその理由はわかるだろう？」とウィルスンは言った。「かき集められるかぎりのダウナム卒業生に呼びかけているんだよ。創立者記念会館の腰板を修繕する必要に迫られてね。おれがきみだったら住所を知らせたりはしないだろうな」彼はいつでもなにが起こっているか知っている男のようにハリスには思われた、一杯おごれば前もって知りえた情報を教えてくれる男、なぜ卒業生の某が学校に現われないかも、校長の召集した特別会議でどんな論争が交わされているかも、すべて知っている男のように。数週間前、彼はハリスが喜んでつきあってやり、引きまわしてやった新入生にすぎなかった。そう言えばある夜など、ウィルスンは彼に注意されなかったらシリア人の晩餐会に夜会服を着て行くところだった。だがハリスはこの学校の一年目からいかに早く新入生たちが成長するものであるかを思い知らされるべく運命づけられていた、一学期は彼も新入生たちの親切な指導者だった――次の学期になると彼は無視された。彼はこのなまいきな最新入生と同じように早く進歩することができなかった。彼はゴキブリ競技――彼が発明したゲーム――においてさえ、彼のルールが最初の晩に異議を申し立てられたことを思い出した。彼は悲しげに言った、「きみの言うとおりだろうな。おれも多分手紙は送らないよ」彼はへりくだった口調でつけ加えた、「おれはこっち側のベッドを使っているが、どっちだってちっともかまわないんだよ……」

「ああ、そのままでいいさ」とウィルスンは言った。

「召使いは一人しかやとっていない。割りかんで払えば少し倹約できると思ってね」

「家のなかをうろつきまわる給仕は少ないほどいいよ」とウィルスンは言った。

その夜は二人が新たに僚友関係を結んだ最初の夜だった。二人は灯火管制用カーテンのかげで政府支給の同型の椅子にすわって読書した。テーブルの上には、ウィルスンのためにウィスキーのボトル、ハリスのためにライムで味つけした麦湯のボトルがおいてあった。雨がたえまなく屋根をたたき、ウィルスンがウォレスの小説を読んでいるあいだ、異常なまでの平和感がハリスを押し包んだ。ときおり英国空軍の食堂から出てきた何人かの酔っぱらいがどなったり車のエンジンをひびかせたりして通って行ったが、それもただ小屋のなかの平和感を高めるだけだった。ときどき彼の目はゴキブリを探して壁をさまよったが、人間だれでもすべてを所有することはできないものなのだ。

「いま手もとに《ダウナム校友会誌》はないか、きみ？　ちょっとのぞいてみたい気がするんだがね。この本はつまらなくて」

「化粧台の上にまだ開けてない新しいのがあるよ」

「おれが開けてもいいのか？」

「あたりまえさ」

ハリスはまずダウナム卒業生の音信欄をめくってみた、まだH・R・ハリス（一九一七～二一在校）の居所が求められていた。彼はウィルスンの言ったことが間違いであったかもしれないと考えた、会館の腰板についてはは一言も書かれてはいなかった。彼は多分手紙を送ることになるだろう、そして彼は会長からくるであろう返事を想像してみた。「親愛なるハリス」といったようにそれははじまるだろう、「われわれ一同は遠いロマンティックな場所からあなたのお手紙をいただいて喜びにたえません。今度はぜひ長文の原稿を寄稿してください。そしてこれを書きながら思うのですが、ダウナム校友会にご入会願えないでしょうか？　まだ正式の会員にはなっておられないはずですね。私はダウナム全卒業生を代表し、喜びをもってあなたを歓迎すると申しあげます」彼は「誇りをもってあなたを歓迎する」と舌先で言ってみたが、それはやめた。彼は現実主義者だった。

ダウナム校ラグビー・チームはクリスマス・シーズンにかなりの成果をあげていた。ハーペンデン校を一ゴール差で、マーチャント・テーラーズ校を二ゴール差で敗り、ランシング校とは引き分けていた。ダッカーとティアニーがフォワードとして活躍するようになったが、スクラムからのボールの出がまだ遅かった。彼はページをめくった、そこにはオペラ同好会が創立者記念会館で『ペーシェンス』をみごとに上演したことが書かれてあった。あきらかに英語教師と思われるF・J・Kはこう書いていた、「バンソーン役のレーンは五年B組の同級生全員を驚かせるほどの唯美主義的才能を見せた。われわれはこれまで彼の演技を中世ふうと評したり、彼自身を百合の花にたとえたりすることはなかったが、彼はわれわれが見そこなっていたことを納得させてくれたのである。偉大なる演技者、レーンよ」

ハリスはバスケットボールの試合の記事にざっと目を通し、『時計の音』と題されたお伽話に目を走らせた、それはこうはじまっていた、「昔むかしあるところに小さなお婆さんがいました、そのもっとも大事にしていたものは……」ダウナム校の壁——黄色を織りまぜた赤煉瓦、ゴシックふうの唐草模様の浮彫り、中期ヴィクトリア朝ふうの屋根の水落とし口——が彼の目の前に立ち現われた、石段を踏む靴音がし、ひび割れた朝食の鐘がまたみじめな一日のはじまりを告げた。彼はわれわれ人間が不幸にたいして感じる忠誠心を感じた——われわれがほんとうに属しているのはそこだという感じを。彼の目は涙でいっぱいになった、彼は麦湯を一口すすって考えた、「ウィルスンがなんと言おうと、あの手紙を出そう」だれかが外でどなった、「バグスター。どこにいるんだい、バグスターの不良野郎?」そして溝にころげ落ちた。そのことばが使われなかったならば、彼はダウナムに帰ったような気になっていたかもしれなかった。

ハリスは一、二ページめくった、すると一篇の詩の題が彼の目をとらえた。それは「西海岸」という題で、「L・S」に献呈されていた。彼は詩にはあまり興味がなかったが、この砂と臭気の巨大な海岸線上のどこかに第三のダウナム卒業生がいることはおもしろいと思った。彼は読んでみた、

この遙かなる海辺にいま一人のトリストラムありて、
おのが唇に毒杯を傾けんとし、
この椰子繁る岸辺にいま一人のマークありて、
恋人の去り行くかたを見守りぬ。

それはハリスには難解と思われた、彼の目は続く詩句をあわただしく通りすぎて、最後の頭文字までできた、E・Wとあった。彼はあやうく大声をあげるところだったが、やっとのことでおさえた。彼らがいま共同生活をはじめたような鼻つきあわせる狭い住居においては、慎重であることが必要だった。喧嘩が入りこむ空間さえなかったのだ。L・Sとはだれだろう、と彼は考えた、まさかそれは……そう考えただけで彼の唇は残酷な微笑へとゆがんだ。彼は言った、「この雑誌にはたいしたことは出てないな。ハーペンデン校に勝ったらしい。『西海岸』という詩が載ってるが。もう一人かわいそうなやつがここにいるんだな、きっと」

「フーン」

「失恋の詩だよ」とハリスは言った。「だがおれは詩は読まないんでね」

「おれもだ」とウィルスンはウォレスの本のかげで嘘をついた。

2

まったくあやういところを逃れたものだった。ウィルスンはベッドに仰向けに寝て、屋根を打つ雨の音と、カーテンの向こうのダウナム卒業生の激しい寝息に耳を傾けていた。まるであの学校時代のいまわしい歳月があいだに横たわる霧を突き破っていままた彼をとりかこんだかのようだった。あの詩を《ダウナム校友会誌》に送ったとはいかなる狂気にそそのかされたのだろう？　だがそれは狂気ではなかった、彼はずっと前から狂気のような正直なものに身をゆだねることはできなくなっていた、彼は幼年時代にすでに複雑な存在たるべく運命づけられたものの一人だった。彼は自分がなにを意図したかわかっていた、その詩を出典がわからぬよう切り抜いてルイーズに送るつもりだった。それが彼女好みの詩でないことは彼にもわかっていた、だがきっと、と彼は推論したのだった、彼女はその詩が印刷されているという事実だけである程度感銘を受けるだろう。もし彼女がどこに発表されたのか尋ねてきたら、なにか信用されそうな同人雑誌の名前を作り出すことは容易だろう。《ダウナム校友会誌》はさいわいなことに印刷もきれいで上質な紙を使っていた。もちろん、裏のページに印刷されているものをごまかすためにその切り抜きを不透明な紙にはりつけねばならぬだろうが、その説明を考え出すこともまた容易だろう。まるで彼の職業が彼の全生活をゆっくり吸いこんでいくかのようだった、かつて学校がそうしたように。彼の職業は、嘘をつき、いつでも即席の話を作り出せるようにしておき、けっして自分の本性をさらし出さないことだった、そして彼の私生活も同じ型に染まりつつあった。彼は自己嫌悪の吐き気を感じながら仰向けに寝ていた。

雨がほんのしばらくのあいだ降りやんでいた。それは眠れぬものの慰めである落ちついた合間のひとときだった。ハリスの重苦しい夢のなかでは雨は降り続いていた。ウィルスンはそっと起き出して睡眠薬を調合した、錠剤がグラスの底でシューシューと泡を立て、ハリスがカーテンの向こうでしゃがれた声をあげて寝返りをうった。ウィルスンは懐中電灯をつけて時計にあてた、二時二十五分を指していた。ハリスを起こさないよう爪先立ちしてドアに向かいながら、彼は足の爪の下をダニがチクッと刺すのを感じた。朝になったら給仕にそれをほじくり出させなければならない。彼は沼地の上の小さなセメント舗道に立ち、パジャマの上着をはだけて涼しい風に身をなぶらせた。小屋はすべて暗闇に閉ざされていた、月は迫りくる雨雲に飲まれかけていた。彼は家のほうへ向きなおろうとしたとき、だれかが数ヤード先でつまずく音を聞いた、彼は懐中電灯を向けた。それは小屋のあいだを道路に向かっている一人の男のうつむいた背中を照らし出した。「スコービー」とウィルスンは叫んだ、その男はふり返った。

「やあ、ウィルスン」とスコービーは言った、「きみがここに住んでいるとは知らなかったよ」

「ハリスといっしょにいるんです」とウィルスンは言った、自分の涙を見つめたことのある男を見つめながら。

「おれはちょっと散歩してたんだ」とスコービーは説得力のない声で言った、「眠れなかったんでね」ウィルスンにはスコービーが欺瞞の世界ではまだ新米にすぎないように思われた、その世界に幼年時代から住んではいなかったのだから、そして彼はスコービーにたいして先輩としての奇妙な羨望を感じた、牢名主がはじめて服役してすべてを目新しく感じている若い囚人をうらやましく思うように。

3

ウィルスンはUAC商会の小さなむし暑い自分の部屋にすわっていた。四分の一ほど豚皮で装幀された商会の帳簿と日誌の山が彼とドアのあいだの障壁をなしていた。カンニング・ペーパーを盗み見る小学生のようにこっそりと、ウィルスンは障壁のかげで暗号帳をのぞいて電報を翻訳していた。広告用のカレンダーは一週間前の日付――六月二十日と、その日の標語、「最上の投資は正直と進取の気性なり――ウィリアム・P・コーンフォース」を示していた。事務員がノックして言った、「黒人が手紙をもって会いにきてるぜ、ウィルスン」

「だれから？」

「ブラウンから、と言っている」

「二、三分待たしておいてくれないか、頼む、それからなかにしょっぴいてくれ」いくら勤勉に練習してもウィルスンの口から出るとそのスラングは不自然に聞こえた。彼は電報を折りたたむとその場所がすぐわかるように暗号帳のあいだにはさんだ、それから電報と暗号帳を金庫にしまい、扉を閉めた。彼はグラスに水を注ぎ、通りを見おろした、黒人女たちが、明るい色の木綿の布に頭を包み、華やかな混色の傘をさして通って行った。彼女たちの不恰好な木綿のガウンはくるぶしまで垂れていた、一人はマッチ箱の模様、もう一人は灯油ランプの模様、三人目は——マンチェスターからの最新流行だが——黄色い地にフジ色のシガレット・ライターの模様をあしらったガウンだった。腰まで裸になった若い娘が雨のなかをきらめくように通って行った、ウィルスンは彼女が見えなくなるまで憂鬱な欲情をもって見つめていた。彼は水を飲み、ドアが開くとふり向いた。

「ドアを閉めろ」

少年は従った。彼は今朝の訪問のために最上の服を着たかのようだった、白い木綿のシャツが白い半ズボンの外に垂れさがっていた。彼の運動靴は雨にもかかわらず真白だった、ただ爪先がはみ出してはいたが。

「ユーゼフのところの少年給仕だね？」

「はい、旦那様」

「伝言は聞いたろうな」とウィルスンは言った、「おれの給仕から。彼はおまえにおれの用事を伝えたろうな、え？　彼はおまえの弟だったな？」

「はい、旦那様」

「父親は同じか？」

「はい、旦那様」

「彼はおまえがいいやつで正直だと言っている。おまえは執事になりたいか、え？」

「はい、旦那様」

「おまえは字が読めるか？」

「いいえ、旦那様」

「書けるか？」

「いいえ、旦那様」

「おまえ、目はもっているか？　耳は？　なんでも見えるだろう？　なんでも聞こえるだろう？」少年はニヤッと笑った――彼の顔のなめらかな灰色の象皮のような皮膚の裂け目に白い歯並みがのぞいた、彼は気のきいた知恵者の顔つきをしていた。知恵は、ウィルスンにとって、正直よりも価値があった。正直は両刃の剣となるが、知恵は自己の利害に忠実だった。知恵はシリア人ならいずれ故国へ帰るかもしれないがイギリス人はとどまることを知っていた。知恵は政府のために働くことはいいことだと知っていた、たとえどんな政府のためであろうとも。「おまえは少年給仕としていくらもらっている？」

「十シリングです」

「おれがもう五シリングやろう。もしユーゼフがおまえをクビにしたらおれが十シリングやる。もしおまえがユーゼフのところに一年いていい情報をおれにくれたら——ほんとうの情報をだ——嘘はだめだぞ、そうしたら白人の執事の口を見つけてやる。わかったな？」

「はい、旦那様」

「もしおまえが嘘をついたら、牢屋へぶちこむぞ。おまえは銃殺されるかもしれん。そうなってもおれは知らん。おれはちっともかまわん。わかったな？」

「はい、旦那様」

「おまえは毎日肉市場で弟に会うのだ。そしてユーゼフの家にだれがきたか弟に話すのだ。ユーゼフがどこへ行ったかも言えよ。ユーゼフの家にどこかの給仕がきたらそれも言うのだ。嘘は言うなよ、ほんとうのことだけを言うのだ。ごまかしはだめだぞ。ユーゼフの家にだれもこなかったらだれもこなかったと言え。嘘をついたら承知しないからな。嘘をついたらおれにはすぐわかるんだ、そしておまえは牢屋へぶちこまれるんだぞ」長ったらしい独演が続いた。彼にはどれだけ相手に理解されたかはっきりわからなかった。汗がウィルスンの額からしたたり落ち、少年の冷静な黙りこくった灰色の顔が答えられない非難のように彼を責めさいなんだ。「牢屋へ入ったらいつ出られるかわからんからな」彼は自分の声が相手の心を動かしたい欲望にかられてひび割れているのを聞きとっていた。彼は寄席で白人のパロディー劇を聞くように自分の声を聞くことができた。彼は言った、「スコービーは？　スコービー副署長は知っているか？」

「はい、旦那様。あの人、とってもいい人です、旦那様」それがイエスとノー以外に少年の言った最初のことばだった。

「おまえの主人の家で彼を見かけたのか？」

「はい、旦那様」

「何度ぐらい？」

「一度、二度です、旦那様」

「彼とおまえの主人は──友だちか？」

「あたしの主人、スコービー副署長のこと、とってもいい人、思っています、旦那様」そのことばがくり返し言われたのでウィルスンは腹立たしくなった。彼は激しい口調で言った、「彼がいい人かどうかをきいてるんじゃない。おれが知りたいのはどこで彼かユーゼフと会っているかだ、いいか？　二人はなんの話をしている？　執事がいそがしいときなどおまえが飲物をもっていくだろう？　そんなときなにを聞いた？」

「この前、二人、長い長いおしゃべりしました」と少年はご機嫌をとるようにうちあけた、まるで商品の一部を見せるかのように。

「うん、そうだろう。二人のおしゃべりについてなにもかも知りたいな」

「スコービー副署長あるとき帰ったあと、あたしの主人顔にぴったり枕つけました」

「どういうことだ、それは?」

少年は重々しい威厳の身ぶりで目の上に腕を組んで見せて言った、「主人の目、枕ぬらしました」

「こいつは驚いた」とウィルスンは言った、「意外や意外だな」

「それから主人、ウィスキーたくさん飲んで寝ました——十、十二時間。それから主人、ボンド街の店に行って、たくさんどなりました」

「なぜだ?」

「店のもの、主人だましたそうです」

「それとスコービー副署長となんの関係がある?」

少年は肩をすくめた。それまで何度もあったことだが、ウィルスンは目の前でドアをピシャッと閉められたような感じがした、彼はいつもドアの外にいた。

少年が帰ると、彼はまた金庫を開けるべく数字合わせのつまみをまず左へまわして32——彼の年齢に、次に右へまわして10——彼の生まれた月に、もう一度左へまわして65——ピンナー市ウェスターン・アヴェニューの自宅の番地に合わせ、なかから暗号帳をとり出した。32946 78523 97042. 数字群の列が次から次へ彼の目の前をふわふわと流れて行った。電報の上端には「重要」と記されてあった、でなければ夕方まで解読をのばしたことだろう。彼はそれが実際にはちっとも重要でないことを知っていた――いつもの船がいつもの疑わしい品を積んでロビトを出港したというのだ――ダイヤモンド、ダイヤモンド、ダイヤモンド。電報を解読したら、彼はそれを辛抱強い署長に渡すわりだが、おそらく署長はすでにSOEか、あるいはこの海岸に紅樹林《マングローブ》のように根をおろしている他の秘密機関の一つから、それと同じ情報か、あるいは正反対の情報を受けとっているだろう。

「一トウセンキャク　P・フェレイラ　クリカエス　一トウセンキャク　P・フェレイラニハ　テヲダスナ　ニドトシラベルナ」フェレイラというのはおそらく彼の機関が船に送りこんだスパイだろう。だが署長がそれと同時にライト大佐から、P・フェレイラなるものはダイヤモンドをはこんでいる疑いがあるから厳重にとり調べるように、というメッセージを受けとっていることもおおいにあり得た。72391 87052 63847 92034. ミスター・フェレイラを手も出さず二度と調べないでおくと同時に、厳重にとり調べることなど、どうしてできよう？　さいわいにもそれは彼が心配することではなかった。おそらくそこで頭を痛めるのはスコービーだった。

　また彼は水を飲むために窓のほうへ行き、また彼は同じ娘が通って行くのを見た。あるいはもしかしたら同じ娘ではなかったかもしれない。彼は二つの薄い羽のような肩甲骨のあいだを雨水がチョロチョロ流れるのを見つめた。彼は黒い肌など見たことのない時代があったことを思い出した。彼は数カ月ではなく数年を、青春から壮年に達するすべての歳月を、この海岸地方ですごしてきたような気がした。

4

「出かけるのか？」とハリスは驚いて尋ねた。「どこへ？」

「ちょっと町まで」とウィルスンは蚊よけ長靴をゆわえてある結び目をゆるめながら言った。

「こんな時間に町でなにをすることがあるって言うんだい？」

「商売さ」とウィルスンは言った。

そうだ、と彼は思った、これは一種の商売だ、友だちもなく一人っきりでする喜びのない商売だ。彼は数週間前、中古ではあるが彼としてははじめての車を買っていた、だが彼はまだ腕に自信のあるドライヴァーではなかった。どんな付属品もここの気候では長もちしなかった、そして彼は数百ヤード行くたびにハンカチで前部の風防ガラスを拭かなければならなかった。クルー・タウンでは小屋という小屋のドアが開いており、家族のものたちが石油ランプのまわりにすわって眠れるぐらい涼しくなるのを待っていた。野良犬の死体が溝にころがっており、雨がその白いふくれた腹の上を流れていた。彼は人間が歩くよりちょっと早い程度のセカンド・ギアで車を走らせた、民間人のヘッド・フィトは名刺の大きさにまで黒く塗りつぶすことが義務づけられていたので、十五歩ぐらい先までしか見えなかったからである。警察署の近くの大きなカポックノキの老木のところまで行くのに十分もかかった。警官の部屋のどれにも灯りはついていなかった、彼は正面玄関の前で車をおりた。だれかがそこにある車を見たら、彼が建物のなかにいると思うだろう。一瞬彼はドアを開けたままためらいながらすわっていた。雨のなかを通って行った娘の姿が、脇にスカッシュのグラスをおき仰向けに寝ころんで本を読んでいたハリスの姿と交錯した。彼は欲情が勝ち誇るままに悲しげに考えた、これはなんとわずらわしいことだろう。後味の悲しさが前もって彼の気を重くした。

彼は傘を忘れてきていた、丘を十二ヤードもおりないうちに彼はずぶぬれになった。いま彼を駆り立てているのは、欲情というよりも激しい好奇心だった。人はある場所に住む以上いずれはその土地の産物を試してみなければならぬ。それは寝室の引き出しにチョコレートの箱をしまっておくようなものだった。箱がからになるまでそれが気にかかってならないのである。彼は思った、これがすんだらおれもルイーズに献げる詩をもう一篇書くことができるだろう。

女郎屋は丘を途中までおりた右側のトタン屋根のバンガローだった。乾季には女たちが前の溝に雀のように並んですわっていた、彼女たちは丘の上で勤務している警官としゃべったりした。その道路はいつまでたっても完成しなかった、だから車で波止場や大聖堂へ行こうとして女郎屋の前を通りかかるものはいなかった、その店は無視することができた。いまその店はシャッターをおろして静まり返った正面をぬかるみ道に向けていた、ただ一カ所、道路からもってきた大きな石でおさえてある開いたドアが廊下へ通じていた。ウィルスンはすばやく前後を見まわし、なかに入った。

何年か前に廊下は白ペンキと漆喰で作られたが、ネズミが漆喰に穴を開け、人間が白ペンキに落書きしたり鉛筆で名前を書いたりして見る影もなくなっていた。壁は水夫の腕のようにイニシアルや日付の入れ墨がほどこされていた、結びつけられた二つの心臓さえあった。最初ウィルスンにはその家が完全に無人であるように思われた、廊下の両側にはドアのかわりにカーテンのある縦九フィート横四フィートの小部屋が並んでいて、空箱にその土地で作られた布をひろげたベッドがおかれてあった。彼はいそいで廊下の突き当りまで歩いた、それから、彼は胸のなかでつぶやいた、引き返してダウナム卒業生が本を読みかけて居眠りしている部屋のあの静かな眠気を誘う安全さへ帰ることにしよう。

彼は突き当りまで行ったとき左側の小部屋に人がいるのを知って、探していたものが見つからなかったかのようなひどい失望を感じた、床の上で燃えている灯油ランプの光のなかに汚れた肌着をつけた少女が空箱の上に売り台の上の魚のように寝そべっているのが見えた、そのピンクの素足の裏が「テートの砂糖」という文字の上にぶらさがっていた。彼女はそこに寝そべっているのが仕事中なのであり、客を待っていたのであった。彼女はウィルスンにニヤッと笑いかけ、わざわざ起きあがることもしないまま言った、「あそんでいって、あんた。十シリングよ」彼は背中を雨にぬらして永久に彼の視野から消えて行った娘の姿を見る思いだった。

「いや」と彼は言った、「いや」と彼は首をふりながら考えた、ただこれだけのことのためにわざわざ車を走らせてやってきたとは、おれはなんて、なんてばかなのだろう。少女は彼の愚かさがわかったかのようにクスクス笑った、彼は道路から廊下を通ってペタペタと近づいてくる素足の音を聞いた、出入口は縞の傘を手にした老婆にふさがれた。彼女は土地のことばで少女になにか言った、そしてニヤニヤ笑いの説明を受けた。こういうことはすべて彼にとってだけ未知のものであり、老婆の支配する暗闇の世界ではよくあるきまりきった状況の一つであるように彼には思われた。彼は弱々しく言った、「ちょっと外に出て、先に一杯飲んでくる」

「酒ならあの娘《こ》もってるよ」と老婆は言った。彼女は彼にはわからないことばで少女に鋭く命令した、少女は砂糖箱から足をピョンとおろした。「あなたここにいなさい」と老婆はウィルスンに言った、そして、心はよそに行っているがどんなおもしろくない客とも話をしなければならない女主人のように機械的に、彼女は言った、「きれいな娘《こ》、あそぶ、一ポンドね」ここでは市場価格が逆だった、こちらがためらうほど着実に値段はあがった。

「すまないが、待てないんだ」とウィルスンは言った。「十シリングおいて行くからね」と言って、立ち去ろうとする気配を見せたが、老婆は彼のことばを完全に無視し、出入口に立ちふさがったまま、相手にどうしてやったらいいかよく心得ている歯医者のように微笑を崩さないでいた。ここでは肌の色はなんの価値もなかった、ほかの場所で白人がいばってするようにどなりつけることはできなかった、この狭い漆喰の廊下に入りこむことによって、彼はあらゆる人種的、社会的、個人的特性を脱ぎ棄て、たんなる一個の人間にまでなりさがっていた。身をかくしたければ、ここは完璧なかくれ場だった、無名の存在になりたければ、ここではただの男でいることができた。彼のためらい、いや気、恐れさえも個人的特性ではなかった、それははじめてここにきた男たちすべてに共通するものだったので、老婆は次にどうなるか一つ一つ正確に心得ていた。まず酒の提案、それから金の提供、そのあとは……

ウィルスンは弱々しく言った、「通してくれ」だが彼にも彼女がどかないだろうことはわかっていた、彼女はそこに立ったまま彼を見守っていた、つながれた動物を持ち主のために見張ってやっているかのように。彼女は彼に興味があるそぶりは示さなかったが、ときおり静かにくり返した、「きれいな娘《こ》、あそびにくるよ、もうすぐ」彼は一ポンドさし出した、だが彼女はそれをポケットに入れ、出入口をふさぎ続けた。彼が押しのけようとすると、彼女はさりげなくピンク色の掌で押しもどした、「もうすぐ。あそびにくるよ」と言いながら。それはいままで何百回となく起こったことだった。

廊下の向こうから少女が酢の瓶に入れたヤシ酒をもってもどってきた、不本意の溜息をついてウィルスンは屈伏した。雨に降りこめられた壁と壁のあいだの熱気、相手の娘のかびたような臭い、灯油ランプのほの暗いゆらめく光、そういったものがまた一つ死体を横たえるために開かれたばかりの地下墓所を思わせた。憤まんの情が彼の胸に湧き起こった、彼をここへ押しこんだ女たちへの憎悪が。彼女たちの前にいると、彼は死体である自分の血管がふたたび血を噴き出すように感じた。

第三部

第一章

1

ヘレンは言った、「今日の午後海岸であなたを見かけたわ」スコービーは分量を見はからっていたウィスキー・グラスから目をあげた。彼女の声には奇妙にもルイーズを思い出させるものがあった。彼は言った、「リースに会わなければならなかったんだ――海軍情報局の」

「私に話しかけてもくれなかったわね」

「いそいでいたんだよ」

「あなたって用心深いのね、いつでも」と彼女は言った、そしてやっと彼は、いまなにが起こっているか、さっきなぜルイーズのことを思ったか、わかってきた。愛はつねに避けがたく同じ道筋をたどるものなのだろうか、と彼は悲しげに考えた。同じであるのは愛の行為そのものだけではなかった……この二年間、いかにしばしば彼は危機に際してこのような場面からのがれようとしたことだろう――彼自身を救うと同時にもう一人の犠牲者をも救うために。彼は気ののらない笑い声をあげて言った、「あのときだけはきみのことを忘れていたんだ。ほかのことが気になっていてね」

「ほかのことって？」

「ああ、ダイヤモンドのことさ……」

「あなたにとって私よりお仕事のほうがずっと大事なのね」とヘレンは言った、俗悪な小説にしょっちゅう出てくるこのことばの陳腐さが彼の胸を締めつけた。

「うん」と彼はまじめに言った、「だがほんとうはきみのために仕事を犠牲にしたいんだ」

「どうして？」

「きっときみが人間だからだろうな。ほかのなにものより犬をかわいがっている人だって、その犬を救うためにたとえ見知らぬ子供でもひき殺しはしないだろう」

「まあ」と彼女は言った、「どうしてあなたはいつもほんとうのことばかりおっしゃるの？　私はいつもほんとうのことばかり知りたいわけじゃないわ」

彼はウィスキー・グラスを彼女の手にもたせて言った、「きみはね、運が悪いんだよ。中年の男に縛りつけられているなんて。おれたちは若い連中のようにいつも嘘ばかり言うような面倒なことはできないんだ」

「わかってくださったらねえ」と彼女は言った、「あなたの用心深さが私にはほとほといやになっていることが。あなたは暗くなってからここへきて、暗いうちに帰って行く。そんなのとっても――とってもみじめだわ」

「うん」

「私たちが抱きあうのはいつも――ここ。下級公務員用の家具のあいだ。はかの場所ではどのように愛しあったらいいのか知る機会はなさそうね」

「きみもかわいそうに」と彼は言った。

彼女は激怒して言った、「あなたのあわれみなんかほしくないわ」だがそれは彼女がほしがっているかどうかの問題ではなかった――彼女はそれを受けていた。あわれみは彼の心のなかで腐敗物のようにいぶっていた。彼からそれがとりのぞかれることはけっしてないだろう。情熱は滅び去り、愛は消えはてても、あわれみはつねに生き続けることを、彼は経験上知っていた。なにものもあわれみを減少させはしなかった。人生の条件があわれみを養い育てるのだ。あわれみを受けるに値しない人間はこの世に一人しかいない、自分自身である。

「あなたってなに一つ危険をおかすことはできないの？」と彼女は尋ねた。「私にたった一行の手紙さえくれないわね。何日も出張なさるときだって、私になに一つ残して行ってはくれないでしょう。ここを人間の住む部屋らしくする写真一枚いただけないのよ」

「だがおれは写真をもっていないんだよ」

「きっとあなたは私があなたの手紙を利用してあなたを困らせるとでも思ってらっしゃるんでしょう」彼は思った、おれが目を閉じたらしゃべっているのはルイーズであるような気がするだろう——声はルイーズより若い、ちがうのはそれだけだ、それにおそらく苦痛を与える力がルイーズより弱いだろう。ウィスキー・グラスを手にして立ったまま、彼はあの晩のことを思い出していた——百ヤード離れたところでの——あのときはグラスにジンが入っていた。彼はやさしく言った、「ばかなこと言うんじゃないよ」

「私のこと、子供だと思ってらっしゃるんでしょう。爪先立ちで入ってきて——切手をもってきたりして」

「おれはきみを守ってあげようとしてるんだ」

「私、人の噂になったってへっちゃらよ」彼はネットボール・チームの罵声をそこに聞きとった。

彼は言った、「噂が大っぴらになったらこれはおしまいになるんだよ」

「あなたは私を守ってるんじゃない。あなたの奥さんを守ってるのよ」

「それは結局同じことさ」

「まあ」と彼女は言った、「いっしょにするのね、私を——あの女と」彼は思わずひるんでしまった。彼女の苦痛を与える力を過小評価していたのだ。彼女が自分の成功を見てとったことは彼にも見分けられた、彼は彼女の手に落ちたのだ。これからは彼女はどうすればもっと鋭い一撃を加えられるかつねに心得ているだろう。彼女は自分に人を傷つける力のあることを知った鋭利なコンパスをもつ子供のようだった。子供が自分の有利な力を利用しないだろう、などと信じていいわけはない。

「ねえ、きみ」と彼は言った、「喧嘩するにはまだ早すぎやしないか」

「あの女」と彼女は彼の目を見つめながらくり返した。「あなたはけっしてあの人を棄てたりしないでしょうね」

「おれたちは結婚してるんだ」と彼は言った。

「あの人にこのことを知られたら、あなたは鞭打たれた犬みたいに帰って行くんでしょ」

彼はやさしい気持ちをもって思った、この女は一流の文学を読んでいないんだ、ルイーズとちがって。

「さあ、どうかな」

「あなたは私とは結婚しないんでしょ」

「できないんだ。それくらいきみだってわかるだろう」

「すてきな口実ね、カトリックであるってことは」と彼女は言った。「私と寝ることは平気でできて——私と結婚することだけはできないなんて」

「うん」と彼は言った。彼は思った、一カ月前にくらべてこの女はなんと年をとったことだろう。あのころの彼女は騒ぎを起こすことなどできなかったが、その後愛と秘密によって教育されたのだ、彼がこのような彼女に作りあげはじめたのだ。彼は考えた、この状態が長びけば彼女はルイーズと見分けのつかない女になるのではないか。おれに教育されると、と彼は思った、女たちは辛辣さと欲求不満と年をとるすべを学びとるのだ。

「さあ」とヘレンは言った、「ご自分の立場を弁明してごらんなさいよ」

「それは長い話になるだろうな」と彼は言った。「まず神の存在を証明するところからはじめなければならないだろうからね」

「なんてずるい人なの、あなたって」

彼は失望を感じた。彼はこの夜を待ち望んでいたのだ。一日じゅうオフィスで家賃の事件や非行少年の事件をあつかいながら、彼はこのプレハブ住宅、飾り気のない部屋、彼の青年時代と同じような下級公務員用の家具、彼女に悪く言われたすべてのものを、待ち望んでいたのだ。彼は言った、「きみのためによかれと願ってのことだったが」

「どういう意味？」

「おれはきみの友だちになるつもりだった。きみの世話をして。きみを前よりしあわせにしてあげるつもりだった」

「前の私はしあわせじゃなかったって言うの？」と彼女は何年も昔のことを言うかのように尋ねた。

彼は言った、「きみはショックを受けていた、寂しそうだった……」

「私、いまほど寂しいことなんて絶対なかったわ」と彼女は言った。「雨がやむとカーター夫人と海岸へ出かけて行く。バグスターが言い寄ってくる、みんな私のことを冷たい女だと思っている。雨が降りはじめる前に私はここにもどってくる、そしてあなたを待つ……私たちはウィスキーを一杯飲む……あなたは切手をくれる、まるで私があなたの娘ででもあるかのように……」

「すまなかった」とスコービーは言った。彼は手をさしのべて彼女の手の上にのせた、彼女の指関節は彼の掌の下で折れた小さな背骨のようだった。彼は注意深くことばを選びながらゆっくり用心深く話していった、それはまるで敵が一面に地雷を仕掛けて逃げ去ったあとの平野に一本の道を探りながら進むようなものだった、彼は一足踏み出すごとに爆発を予期した。「おれはどんなことでも——ほとんどどんなことでもしよう——きみをしあわせにするためならば。おれはここにくるのをやめることにしよう。いますぐ出て行って——身を引くとしよう……」

「私をふり棄てることができたら、あなた、せいせいするんでしょうね」と彼女は言った。

「人生は終わったという気持ちになるだろう」

「行きたければ行きなさいよ」

「行きたいんじゃない。おれはきみがしてほしいと思うようにしたいんだ」

「行きたければ行ったっていいのよ——でなければ行かなくたっていいわ」と彼女は軽蔑

の口調で言った。「どうせ私はどこへも出て行けないんだから」

「きみが出て行きたいなら、なんとかして次の船の切符を手に入れてあげよう」

「ああ、私たちのことがおしまいになったら、あなた、どんなに嬉しいことでしょうね」

と彼女は言って、泣きはじめた。彼が手をさしのべて彼女にふれると、彼女は彼に向かって金切り声をあげた、「くたばるほうがいいわ。あんたなんか。とっとと出て行ってよ」

「出て行こう」と彼は言った。

「ええ、そうしてよ、そして二度ともどってこないで」

ドアの外に出て、雨が頬を冷やし、手を走り落ちるにまかせながら、彼はふと思った、彼女のことばをそのまま信じられたら人生はどんなに気楽なものになるだろう。彼は家に帰り、ドアを閉め、また独りになるだろう、そしてだますという気持ちなしにルイーズに手紙を書き、まるで何週間も眠らなかったかのように夢も見ずに熟睡するだろう。明日になればオフィス、平穏な帰宅、夕食、錠をおろしたドア……だが丘をおり、トラックが水滴のしたたる防水布の下にうずくまっている駐車場のそばを通りかかったとき、雨は涙のように流れ落ちた。彼は小屋に独りいる彼女のことを思った、もしかしてとり返しのつかないことばを吐いてしまったのではなかろうか、明日から船がくるまでの日々をカーター夫人とバグスター相手にすごし、みじめさ以外になんの思い出ももたずに帰国するとすればば。だが冷酷にもまた別の考えかたが、虐殺された無邪気な子供のように、その小道に立ち現われた。

彼が自宅のドアを開けると、食糧戸棚に鼻先を突っこんでいたネズミが一匹、いそぎもせずに階段をのぼって逃げて行った。これはルイーズがいつもいやがりこわがっていたことだった、彼は少なくともその点だけはルイーズをしあわせにしてやった、そしていま彼は、重い気持ちで、計画された用心深い大胆さをもって、ヘレンのためにことをうまくはこぼうとしていた。彼はテーブルにすわり、タイプ用紙――政府のすかし模様入りの公文書用紙――を一枚とり出すと、手紙を作文しはじめた。

彼は書いた、「わが愛するきみ」――彼は完全に彼女の手に落ちたいと思った、だが彼女を無名のままにしておきたかった。彼は腕時計を見て、警察の報告書でも作成するかのように、右側の隅に書き加えた、「午前12時35分。バーンサイド、9月5日」彼は注意深く書き続けた、「私はきみを愛している、私自身以上に、私の妻以上に愛している。私は一生懸命にほんとうのことを言おうとしているのだ。私はこの世のなにものにもましてきみをしあわせにしたい……」そのことばの陳腐さが彼を悲しくさせた、そのことばは彼女にとってなんの個人的真実ももっていないように思われた、あまりにも使いふるされていたのだ。もしおれが若かったら、と彼は思った、もっと適切なことば、新しいことばを見つけることができるだろう、だがおれにはこういうことは前に一度あったことなのだ。彼はふたたび書いた、「私はきみを愛している。私を許してくれ」そして署名し、紙をたたんだ。

彼はレーンコートを着て、また雨のなかへ出て行った。傷口は湿気のなかで化膿し、けっしてなおりはしない。指に引っかき傷をつけると、二、三時間後には小さな緑色のかさぶたができるだろう。彼は腐敗の意識を丘の上にもちはこんで行った。駐車場で一人の兵士が眠ったままなにか叫んだ——壁に刻まれた象形文字のようにスコービーには解読できない一言を——そこにいるのはナイジェリア兵たちだった。雨がプレハブ住宅の屋根屋根をたたいていた、彼は思った、なぜおれはあんなことを書いたのだろう？　なぜおれは「神以上に愛している」とまで書いたのだろう？　彼女は「ルイーズ以上に」で満足しただろうに。かりにそれがほんとうのことであろうと、なぜおれはそう書いてしまったのだろう？　空は彼の周囲にはてしなく涙を流していた、彼はけっしてなおりはしない傷口がうずくのを感じた。彼はつぶやいた、「おお、神よ、私はあなたを見棄てました。あなたは私を見棄てないでください」彼女のドアまでくると、彼はその下に手紙をさしこんだ、彼は紙がセメントの床にすれる音を聞いた、だがそのほかには物音一つしなかった。担架に乗せられて彼のそばをはこばれて行ったあの子供っぽい姿を思い出しながら、彼は急に悲しくなった、いま怒りをこめて、「彼女も二度とおれの用心深さを責められないだろう」と独語するようになったとは、あれ以後いかに多くのことが、いかにむなしく、起こったことか、と考えたからである。

2

「ちょうど通りかかったので」とランク神父は言った、「ちょっとのぞいてみようと思ってな」夕暮れの雨が灰色の聖職者の衣のひだに降りかかり、一台のトラックがうなりをあげて丘のほうへ向かっていた。

「お入りください」とスコービーは言った。「いまウィスキーは切らしていますが。ビールならあります――それにジンも」

「プレハブ住宅地であなたを見かけたので、ついてこようと思ってな。おいそがしいのでは？」

「署長と晩餐をとることになっていますが、まだ一時間ぐらいあります」

ランク神父は、スコービーがアイス・ボックスからビールをとり出してくるあいだ、せかせかと部屋じゅう歩きまわっていた。「最近ルイーズから便りがあったかな？」と彼は尋ねた。

「二週間ほどきていません」とスコービーは言った、「だが南方ではまた船が何隻か沈められていることですし」

ランク神父は膝のあいだにグラスをもって政府支給の肘掛椅子に腰をおろした。屋根を鳴らす雨以外になんの物音もしなかった。スコービーは咳払いをした、そしてまた沈黙がもどってきた。彼はランク神父が、部下の警官の一人のように、彼の命令を待っているような、奇妙な感じがした。

「雨季ももうすぐ終わるでしょう」とスコービーは言った。

「奥さんが出て行かれてから六ヵ月になるかな」

「七カ月です」

「休暇には南アフリカへ行かれるおつもりか?」ランク神父は目をそらしてビールを一口飲みながら尋ねた。

「休暇は延ばしました。若い連中のほうがもっと必要なので」

「だれでも休暇は必要だろう」

「あなたは十二年間も休暇なしでここにおられたでしょう、神父」

「ああ、だがそれは別問題だ」とランク神父は言った。彼はまた立ちあがると、一つの壁沿いに、次の壁沿いにと、せかせか歩きはじめた。彼ははっきりしない訴えの表情をスコービーに向けた。「ときどき」と彼は言った、「わしは自分がまるっきり働いていない人間のように思われてな」彼は立ちどまり、じっと見つめ、両手をなかばあげかけた、スコービーはクレー神父がせかせか歩いて目に見えぬ姿を避けようとしていたことを思い出した。彼は自分には答えを見出せない訴えがなされているように感じた。彼は弱々しく言った、「あなたほど一生懸命働いている人は一人もいませんよ、神父」

ランク神父は足を引きずるように椅子にもどった。彼は言った、「雨季が終わればよくなるだろう」

「コンゴ・クリークのそばの女はいかがです？　死にかかっていると聞きましたが」

「今週いっぱいもたないだろうな。いい女だが」彼はもう一口ビールを飲むと、手を胃の上にあてて椅子のなかで身を丸めた。「息が」と彼は言った。「息が苦しくて」

「瓶詰めのビールをお飲みになってはいけませんよ、神父」

「死にかけている人たち」とランク神父は言った、「わしがここにいるのはそういう人たちのためだ。死にかかるとわしを呼びに寄こす」彼はキニーネの飲みすぎでただれた目をあげ、ガラガラ声で絶望したように言った、「生きている人たちのためにはわしはなんの役にも立たなかったのだよ、スコービー」

「ばかなことを、神父」

「わしはこの道に入ったばかりのころ、人々が司祭たちに語りかけ、神がなんらかの方法で正しいことばを与えてくださるものとばかり思っておった。いや、気にしてくれるな、スコービー、わしの言うことに真剣に耳を傾けることはない。雨のせいだ――雨のおかげでいまごろの季節はいつも気がめいってな。神は正しいことばを与えてくださらぬのだ、スコービー。わしは昔ノーサンプトンに教区をもっておった。靴作りの土地だ。土地の人々はよくわしをお茶に招んでくれた、わしはすわってお茶を注ぐ手を見ていたものだ、そしてわしらは教区のよき信者たちのことや教会の屋根の修繕のことなど話しあった。ノーサンプトンの人たちはひじょうに気前がよくてな。わしが頼みさえすれば彼らは与えてくれた。わしはと言えば、生きているたった一人の人間にたいしてさえなんの役にも立たなかったのだよ、スコービー。アフリカへ行けば少しは変わるだろう、とわしは思った。わしは読書家ではないのでな、スコービー。わしはある人たちのように神を愛する才能をそう多くはもちあわせておらなかった。わしは役に立つ人間でありたかった、それだけなのだ。いや、耳を傾けてくれんでいい。雨のせいだ。もう五年間こんな話をしたことはなかった。鏡に向かって言ったことはあったがな。ここの人たちは困ったことがあるとあなたのところへ行くのだ、スコービー、わしのところへではなく。彼らがわしを晩餐に招んでくれるのはゴシップを聞くためだ。だがもしあなたに困った問題が起きたら、あなたはどこへ行かれるかな？」そしてスコービーはふたたびただれた訴えるような目を意識した、それは乾季と雨季を通じてけっして起こらないなにかを待っている目だった。おれはおれの重荷をその目に託することができるだろうか、と彼は考えた、おれが二人の女を愛していることをこの人に告げることができるだろうか、おれはどうしていいかわからないのだと？　そう言ってなんの役に立つだろう？　おれだって彼と同じように答えはわかっている。人は、たとえ他人にいかなる犠牲を払わせようと、おのれの魂を大事にしなければならぬ、そしてそれはおれにはできないことであり、将来もけっしてできないであろうことなのだ。いま魔法のようなことばを必要としているのは彼ではなく、神父のほうだった、そして彼にはそのことばを与えることはできなかった。

「私は困った問題に巻きこまれないような男なのですよ、神父。鈍感な中年男ですからね」そして苦悩を見たくないので目をそらした彼は、ランク神父の喉が「ホッ、ホッ、ホッ！」とみじめにひびくのを聞いた。

3

署長のバンガローに行く途中、スコービーは自分のオフィスに立ち寄ってみた。便箋に鉛筆でメッセージが書き残されていた。「お会いしたくて立ち寄りました。別に重要な用事ではありません。ウィルスン」彼には奇妙なことに思われた、彼はウィルスンに数週間会っていなかった、もし彼の訪問が重要な用事をおびたものでないとしたらなぜ彼は注意深くそれを書きとめたのだろう？　彼はデスクの引き出しを開けてタバコの箱を探そうとし、すぐになにかが乱されているのに気がついた、彼は注意深くなかを調べた、彼の愛用の鉛筆がなくなっていた。どうやらウィルスンはメッセージを書く鉛筆を探してもとにもどすのを忘れたらしかった。だがなぜメッセージを？

当直室へ行くと巡査部長が言った、「ミスター・ウィルスンがお会いしたいと言ってきました、閣下」

「うん、メッセージを書き残している」

なるほど、そうだったのか、と彼は思った、おれもいずれは知ることになるだろうから、自分の口からおれに知らせておくほうがいいと考えたのだろう。彼は自分のオフィスにもどり、もう一度デスクを見た。文書ファイルの位置がずれているように思えたが、たしかではなかった。彼は引き出しを開けた、だが人の興味をひくようなものはなにもなかった。ただ一つ、こわれたロザリオが彼の目をとらえた——もっとずっと前に修繕しておくべきものだった。彼はそれをとり出し、ポケットに入れた。

「ウィスキーは？」と署長は尋ねた。

「いただきます」とスコービーは言いながら、自分と署長のあいだにグラスをさし出した。「あなたは私を信用してうちあけてくださるのですね？」

「うん」

「ウィルスンのことを知らないのは私だけですか？」

署長は微笑み、なんのわだかまりもなく、気楽に椅子の背にもたれた。「公式にはだれも知らないことになっている――おれとＵＡＣの支配人以外には――それはもちろん必要不可欠なことだったからな。それに植民地長官と、極秘電報をとりあつかうものもだ。きみがそれに気づいたことは嬉しいよ」

「私はあなたに知っていただきたかったのです――もちろん今日までのところはですが――私が信用できる男であるということを」

「わざわざ言うまでもないよ、スコービー」

「タリットの従兄の件については、われわれとしてはほかにしようがなかったのです」

「もちろんだ」

スコービーは言った、「ただあなたもご存じないことが一つだけあります。私はルイーズを南アフリカにやるためにユーゼフから二百ポンドの金を借りました。彼には四分の利息を支払っています。これは純然たる商取引なのですが、もしそのために私をクビにするとおっしゃるなら……」

「きみが話してくれて嬉しい」と署長は言った。「ウィルスンはだな、きみが脅迫されていると考えているんだ。どうやらその借金の件をほじくり出したらしい」

「ユーゼフは金のことで脅迫するようなやつではありません」

「おれもそう言ったんだがね」

「私をクビになさりたいのですか？」

「きみの首がおれには必要なんだよ、スコービー。おれがほんとうに信用している警察官はきみしかいないからな」

スコービーはからのグラスをもった手をさし出した、それは握手のようだった。

「そこまで、と言ってくれよ」

「はいそこまで」

男同士は年とともに双子になりうるものである。過去は彼ら共通の母胎だった、雨の六カ月と日照りの六カ月は彼ら共通の胎児期だった。彼らはほんのわずかなことばとわずかな身ぶりだけで言いたいことを伝えあうことができた。彼らは同じ熱病をすでに卒業していたし、同じ愛と侮蔑に心を動かされていた。

「デリーの報告によると、鉱山で大きな窃盗事件があったらしい」

「企業秘密に関するものですか？」

「宝石だ。ユーゼフかな——それともタリットか？」

「ユーゼフかもしれませんね」とスコービーは言った。「やつが工業用ダイヤモンドに手を出すとは思えないけれど。あんなものは砂利だ、と言ってますから、しかしもちろんたしかではありません」

「エスペランサ号が二、三日後に入港する。用心しなければな」

「ウィルスンはなんて言ってます？」

「彼はタリットを信じこんでいる。ユーゼフが彼の考える悪党なのだ――それにきみもな、スコービー」

「私はだいぶ長いあいだユーゼフには会っていませんが」

「わかっている」

「ここのシリア人たちがどう感じているか私にもわかってきました――いつも監視され、報告されていると感じているのです」

「ウィルスンはおれたち全員のことを報告しているんだ。フレーザーも、トッドも、シンブルリッグも、おれ自身もだ。彼はおれをのんきすぎると思っているらしい。ま、どうせたいしたことじゃあないがな。ライト大佐が彼の報告書を引き破ってしまうのだから、そしてもちろんウィルスンはライトのことも報告するのだ」

「でしょうね」

　彼は深夜、プレハブ住宅地のほうへのぼって行った。灯火管制下にあって、彼はいまだけは安全で監視されず、報告もされないですむように感じた、水びたしの地面で彼の歩みは最小の足音しか立てなかった、だがウィルスンの小屋の前を通るときふたたび用心することの必要性をひしひしと感じた。やりきれないような疲労感が彼をとらえた、彼は思った、帰るとしよう、今夜彼女のそばにしのびこむのはよそう。彼女の最後のことばは「二いいでもいいってもいいおり受けとって文字どおり受けとってもいい度ともどってこないで」だった。一度ぐらい、人のことばを文字どおり受けとってもいいではないか？　彼はウィルスンの小屋から二十ヤードのところに立ち、カーテンのあいだからもれる光を見守った。丘の上のどこかで酔っぱらいの声がどなった、そしてまた降り出した雨の最初のしたたりが彼の顔を打った。彼は思った、このまま家に帰って寝るとしよう、朝になったらルイーズに手紙を書き、夕方には告解しに行こう、その翌日には神が司祭の手によっておれのところへ帰ってきてくださるだろう、人生はふたたび単純なものとなるだろう。美徳、よき生活といったものが、暗闇のなかで、罪のように彼を誘惑した。雨が彼の目をぼやけさせ、地面が気のすすまぬままプレハブ住宅に向かう彼の足を吸いこんだ。

彼は二度ノックした、ドアはすぐ開かれた。二度のノックとノックのあいだ、彼は、ドアの向こうにはまだ怒りが燃えていますよう、自分がにべもなく追い帰されますよう、と祈った。彼はだれか人が自分を必要とするとき目や耳をふさぐことのできない男だった、彼は百人隊隊長ではなかった、百人もの百人隊隊長の命令をはたさねばならぬ一兵卒にすぎなかった、そしてドアが開かれたとき、彼はふたたび命令が与えられようとしていることを悟った――そこにとどまり、愛し、責任を引き受け、嘘をつくように、という命令が。

「まあ、あなた」と彼女は言った、「もう二度ときてくださらないのかと思ってたわ。あんまりがみがみ言ってしまったから」

「きみがきてほしいというならおれはいつでもくるよ」

「ほんと？」

「いつでもだ。生きているかぎりは」神は待っていてくださるはずだ、と彼は思った、神の創造物の一人を犠牲にして神を愛することなどどうしてできよう？　わが子を犠牲にしなければならぬような愛を受け入れる女がいるだろうか？

二人はランプを明るくする前に注意深くカーテンを閉めた。

彼女は言った、「私、一日じゅう心配してたのよ、あなたがきてくださらないんじゃないかと思って」

「ちゃんときただろう、このとおり」

「私、あなたに出て行ってって言ったわね。これから出て行ってって言っても全然気にしないでね。約束して」

「約束する」と彼は言った。

「もし二度ときてくださらなかったら……」と彼女は言った、そしてランプとランプのあいだで物思いに迷いこんだ。彼には彼女が自分を探し求め、自分がどうなっていたかを見つけようと眉をひそめて努力しているのが見てとれた……「私、どうなっていたかしら。多分バグスター相手に身をもちくずしていたか、自殺したかでしょうね、あるいはその両方かもしれないわ。両方だと思うわ」

彼は心配そうに言った、「そのように考えちゃあいけないよ。きみが必要ならおれはいつでもここへくるからね、生きているかぎりは」

「どうしてあなた、生きているかぎりは、ってしょっちゅうおっしゃるの？」

「三十年も年のちがいがあるからね」

二人はその夜はじめてのキスをした。彼女は言った、「年のちがいなんて、私、感じないわ」

「どうしておれがこないだろうと思ったんだい？」とスコービーは言った。「おれの手紙を受けとったろう」

「あなたの手紙？」

「ゆうべドアの下に押しこんでおいた手紙だよ」

彼女はびくっとして言った、「手紙なんか見なかったわ。なにが書いてあったの？」

彼は彼女にふれ、微笑んだ。「なにもかもだ。もう用心するのはやめたくなったんだ。で、なにもかも書いたんだよ」

「お名前も？」

「書いたと思う。どっちみちおれの筆跡なんだから署名したようなものさ」

「ドアのそばにマットがあるわ。きっとマットの下よ」だがそこにないであろうことは二人ともわかっていた。まるで二人は不幸がその特別なドアを通って入ってくることをずっと前から予見していたかのようだった。

「だれがとったんでしょう？」

彼は彼女の神経をなだめようとした。「多分きみの給仕が捨てたんだろう、紙屑だと思って。封筒にも入れてなかったし。だれにあてた手紙かだれにもわからんさ」

「だれにあてたかがいま問題なのではないでしょう。ああ、あなた」と彼女は言った、「私、胸がむかむかする。ほんとうよ。だれかがあなたになにかを企んでいるんだわ。私、あのボートで死ねばよかった」

「それは考えすぎだよ。多分おれは手紙をちゃんとなかまで押しこまなかったんだ。朝きみの給仕がドアを開けたとき、風に吹き飛ばされるか泥のなかで踏みにじられるかしたんだろう」彼は精いっぱい確信ありげな態度をつくろって言った、それはやっとのことだった。

「あなたを困らせるようなことを私にさせないで」と彼女は哀願した、彼女の使う一語一語は手錠よりもきつく彼の手首を締めつけた。彼は彼女のほうへ手をさしのべ、きっぱりと嘘をついた、「きみがおれを困らせるなんてことはありえないさ。なくなった手紙のことは心配するな。おれは誇張して言ってたんだ。手紙にはなんにも書いてなかったんだよ――他人が見てわかるようなことはなに一つ。心配するな」

「ねえ、あなた。今夜は長居しないで。私、神経がいらいらしているし。それになんだか

──監視されているような気がして。いますぐおやすみを言ってお帰りになって。でもまたきてちょうだいね。ね、あなた、またきてちょうだいね」

ウィルスンの小屋の前を通りかかったとき室内の灯りはまだついていた。自分の暗い家のドアを開けると床の上に一枚の紙片があった。それは、紛失した手紙が猫のように古巣にもどってきたかのような、奇妙なショックを彼に与えた。だが拾いあげてみると、それは手紙ではなかった、それもまた愛のメッセージではあったけれども。それは警察本署の彼にあてられた電報だった、そして検閲のためフル・ネームで書かれたルイーズ・スコービーという署名は、彼よりもリーチのあるボクサーによって加えられた一撃のようだった。「テガミダシタ　カエルトチュウ　ワタシハバカダッタ　アイヲヤメルトハ」──それから封印のように形式的なあの名前。

彼は腰をおろした。吐き気で頭がくらくらした。彼は思った、もしおれがあの手紙を書かなかったら、もしおれがヘレンのことばを文字どおりに受けとって二度とあの小屋へもどらなかったら、人生はいかにたやすくもとのさやにおさまることができたろう。だが彼はほんの十分前に言った自分のことばを覚えていた、「きみが必要ならおれはいつでもここへもどってくるよ、生きているかぎりは」──それはイーリングの教会の祭壇前でなされた誓約と同じく、消し去ることのできぬ誓いのことばだった。風が海から吹きあげてきた──雨季は台風とともにはじまり台風とともに終わるのだ。カーテンが吹きあおられ、彼は走り寄って窓を閉めた。二階では寝室の窓が蝶番もはずれんばかりにパタンパタン言っていた。その窓を閉めてふり向くと、なにもおいてない化粧台が目に入った、そこには間もなく写真だとか化粧壜だとかがまた並べられるだろう——特にあの一枚の写真が。あのしあわせなスコービー、と彼は思った、おれの唯一の成功が。病院で一人の子供が枕に動く兎の影を見て「お父さん」と言った、担架に乗せられた一人の娘が切手アルバムを握りしめてはこばれて行った——なぜおれなのだ、と彼は思った、なぜ彼らはおれを必要とするのだ、昇進しそこなった鈍感な中年の警察官にすぎないこのおれを？　おれはほかの場所では彼らの手に入らないようなものをなに一つ与えることができない、それなのになぜ彼らはおれを平安のうちにほうっておいてくれないのだろう？　ほかの場所ではもっと若いもっとましな愛があり、もっと安全な暮らしがあった。彼が彼らに分け与えることのできるものは彼の絶望だけだ、と彼には思われるときがあった。

化粧台にもたれかかって、彼は祈ろうとした。主禱文は彼の舌先に乗ると法律文書のように生気を失っていた、彼が欲するのは日々の糧ではなかった、もっともっと大きなものだった。彼は他人のためのしあわせと自分のための孤独と平安を欲した。「私はこれ以上なにも計画を立てたいとは思いません」と彼は突然声に出して言った。「私が死ねば彼らとて私を必要とはしなくなるでしょう。死者を必要とするものはだれもいませんから。死者は忘れ去られるものですから。おお、神よ、私が彼らに不幸を与えないうちに、私に死を与えたまえ」だがそのことばは彼自身の耳にメロドラマティックにひびいた。ヒステリックになるんじゃない、と彼は自分に言い聞かせていた、ヒステリックな男にはとうてい考えきれないほどいろいろ計画を立てねばならなかった、ふたたび階段をおりながら彼は思った、アスピリンの三錠かおそらくは四錠が、この状況――この陳腐な状況において自分に必要なものだろう。彼はアイス・ボックスから濾過水の瓶をとり出し、アスピリンを溶かした。彼は考えた、いま喉に酸味を残して行ったアスピリンと同じようにかんたんに死を一飲みにしたらどんな気分だろう。神父たちはそれは許されぬ罪であり、悔い改めを知らぬ絶望の最後の表現であるという、そしてもちろん人はその教会の教えを受け入れていた。だが神父たちはまた、神がみずからの法則を破りたもうことがあると教える、そして神が墓のなか、墓石の下でよみがえりたもうことよりも、自殺者の暗黒のなかに許しの手をさしのべたもうことのほうが、可能性が少ないと言えるだろうか？　キリストは虐殺されたのではなかった――神を虐殺することなどできないのだから。キリストは自殺したのだ、十字架上でみずから首をくくったのだ、ペンバートンが絵の掛け具で首を吊ったように間違いなく。

彼はグラスをおいてまた思った、おれはヒステリックになっちゃあいけない。二人の人間のしあわせが彼の手にあった、彼は強い神経をもって手品師の離れ業を演じる術を身につけねばならなかった。冷静さがなにより大切だった。彼は日記帳をとり出し、「九月六日、水曜日」という日付のところに書き出した、「署長と会食。Wについてとことん話しあう。数分間ヘレンを訪問。ルイーズから帰る途中という電報」

彼は一瞬ためらい、それから書いた、「ランク神父が晩餐前に一杯飲みに来訪。やや過労気味。彼には休暇の要あり」彼はこれを読み返し、最後の二つのセンテンスを削除した。この日誌において彼が自分の意見を表明することはめったになかった。

第二章

1

電報は一日じゅう彼の心に引っかかっていた、日常生活——偽証事件で出廷した二時間——は、人が永久に去ろうとしている国のような非現実性をおびていた。人はこう思う、いまこの時間に、あの村で、かつて自分の知っていた人たちが、一年前自分もそこにいたときと同じように、食卓にすわっているだろうと。だが人は、意識の外では、どんな生活もかつてと同じように続いているだろうと確信しているわけではない。いまスコービーの全意識はあの電報に、そしてアフリカ海岸沿いに南からじりじり進んできている名も知れない船に集中していた。神よお許しください、と彼は思った、その船が到着しない可能性もあるという考えが一瞬心に浮かびあがったときに。われわれの心のなかには残忍な独裁者がいて、愛する少数のもののしあわせが得られるならば、そのためには一千もの見知らぬ人々の悲惨をすぐにも考えつくのである。

偽証事件が終わったとき、衛生監査官のフェローズがドアのところで彼をつかまえた。

「今夜食事にこいよ、スコービー。本物のアルゼンチン・ビーフが少し手に入ったんだ」この夢想の世界にあって招待をことわるのはあまりにも努力を要することだった。「ウィルスンもくるぜ」とフェローズは言った。「実を言えば、あいつが肉を世話してくれたんだよ。きみ、あの男好きだろう？」

「うん。きみこそあの男が嫌いだと思っていた」

「ああ、クラブも時の流れにあわせていかなければな、このごろはあらゆる種類の人間が歓迎されるってわけだ。あのときのおれはたしかに軽率だったよ。いささかアルコールが入りすぎていた、と言われてもしようがないぐらいだ。あいつはダウナム出身なんだ、おれはランシングにいたとき、あそことはよく試合をしたもんだよ」

かつて自分が住んでいた丘の上の見なれた家に向かって車を走らせながら、スコービーはものうげに考えた、早くヘレンに話さなければな。彼女がほかのものの口からこのことを知ってはならない。人生はつねに同じパターンのくり返しだ、そこにはつねに、遅かれ早かれ、うちあけねばならぬいやな知らせがあり、口に出さねばならぬ慰めの嘘があり、みじめさを近づけないでおくために飲みほさねばならぬピンク・ジンがあった。

彼は長いバンガローの居間に入った、そのいちばん奥にヘレンがいた。ショックとともに彼は気がついた、それまで一度も他人の家で見知らぬもののようにしている彼女を見たことはなかったし、それまで一度も夜会のためのドレスをつけた彼女を見たこともなかったと。「ミセス・ロールトは知ってるね？」とフェローズは尋ねた。彼の声には皮肉な調子はなかった。スコービーは自己嫌悪に身ぶるいして思った、おれたちはなんと巧みに立ちまわってきたのだろう、なんとうまくこの小さな植民地のゴシップ屋たちを欺いてきたのだろう。恋人たちがこんなにうまく欺くことができるなんてありえないはずだ。愛はもともと自然に流露するものであり、向こう見ずにふるまうものではないか……？

「うん」と彼は言った、「ミセス・ロールトとは旧友の間柄だよ。おれがペンデにいたとき彼女が河向こうからはこばれてきたんだ」彼はフェローズが飲物を用意しているあいだ十二フィートほど離れたところにあるテーブルのそばに立ち、フェローズ夫人に気楽にごく自然に話しかけている彼女を見守っていた。もしおれが、と彼は考えた、今夜ここにきてはじめて彼女に会ったとしたら、少しでも愛を感じたろうか？

「さあ、あなたはどれにします、ミセス・ロールト？」

「ピンク・ジンを」

「私は女房にもそれを飲ませたいんですがね。女房のオレンジ入りジンにはがまんできんのですよ」

スコービーは言った、「あなたがここにこられることを知っていたらお迎えに行ったのに」

「そうしていただきたかったわ」とヘレンは言った。「あなたはちっとも会いにきてくださらないんですもの」彼女はフェローズに向かって、彼がこわくなるような気楽さで言った、「このかたはペンデの病院でとっても親切にしてくださいましたのよ、でもどうやらお好きなのは病人だけのようですわ」

フェローズは小さなショウガ色の口髭を撫で、自分のグラスにジンを注ぎたして言った、「この男はあなたをこわがってるんですよ、ミセス・ロールト。われわれ女房もちはみんなそうですがね」

彼女は作りもののものやわらかさをもって言った、「ねえ、私、もう一杯いただいても酔わないかしら？」

「ああ、ウィルスンがきた」とフェローズは言った、そしてたしかに彼が、ピンク色の無邪気な自信なげな顔をし、結びかたの悪い腹帯をつけて現われた。「きみはみんな知ってるね？　ミセス・ロールトとは隣り同士だし」

「でもお目にかかるのははじめてです」とウィルスンは言って、自動的に赤面しはじめた。

「ここの人たちはいったいどうなってるんだろうね」とフェローズは言った。「きみもスコービーもすぐそばに住んでるというのに二人ともミセス・ロールトに全然会ってないなんて」そしてスコービーはすぐにウィルスンの視線がいわくありげに彼に向けられるのを意識した。「おれだったらそんなにはにかんだりしないがな」とフェローズは言って、ピンク・ジンを注いだ。

「ドクター・サイクスは例によって遅いわね」とフェローズ夫人は部屋の隅から意見をのべた、だがそのとたんに外の階段をどしんどしんと踏み鳴らし、ダーク・ドレスと蚊よけ長靴を巧みに着こなして、ドクター・サイクスがやってきた。「ちょうどお酒に間にあったよ、ジェシー」とフェローズは言った。「なにを飲む？」

「ダブル・スコッチにして」とドクター・サイクスは言った。彼女は分厚い眼鏡越しにじろっと見まわしてつけ加えた、「今晩は、みなさん」

晩餐のテーブルに向かいながら、スコービーは言った、「ぜひあなたにお会いしたいのです」だがウィルスンの目をとらえたので彼はつけ加えた、「あなたの家具のことで」

「私の家具？」

「余分の椅子が手に入りそうなのです」共犯者として二人はまるっきり初心者だった、二人はまだ暗号帳を全部暗記してはいなかった、彼女がその削除された不完全な語句をちゃんと理解したかどうか彼にははっきりしなかった。晩餐のあいだずっと彼は黙ってすわっていた、彼女と二人だけになり、わずかな機会ものがすまいとしている時がくるのを恐れていた、ハンカチを探してポケットに手を突っこむと電報が指のあいだで皺になった……

「ワタシハバカダッタ　アイヲヤメルトハ」

「もちろんあなたは私たちよりよくご存じだわね、スコービー副署長」とドクター・サイクスは言った。

「ごめんなさい。聞いていなかった……」

「ペンバートン事件の話をしていたのよ」つまり二、三ヵ月ですでにあれは事件になっていたのだ。なにかが事件になると、それはもはや人間とはかかわりのないことのように思われた、事件には恥辱も苦悩もなかった。ベッドの上の若者は洗われ清められて、心理学の調査書のために横たえられていた。

「ぼくが言っていたのは」とウィルスンは言った、「ペンバートンは奇妙な自殺のしかたを選んだものだ、ということです。ぼくだったら睡眠薬を選んでましたよ」

「バンバじゃあ睡眠薬を手に入れるのはむつかしいかもしれないわ」とドクター・サイクスは言った。「それに多分、発作的に決意したんでしょう」

「おれだったらあんな騒ぎは起こさなかったよ」とフェローズは言った。「どんなやつだってもちろん自分のいのちを奪う権利ぐらいあるだろう、だが騒ぎを起こすことはないやね。睡眠薬の飲みすぎか――おれもウィルスンに賛成だな――やるとしたらそれだよ」

「でも処方箋が必要だわ」とドクター・サイクスは言った。

スコービーは電報に指をふれながら「ディッキー」と署名してあった手紙のことを思い出した、あの未成熟な筆跡、椅子についていたタバコの焦げ跡、ウォレスの小説、孤独の聖痕のことを。二千年にわたって、と彼は思った、われわれはまさにこのような無関心な態度でキリストの苦悩を論じてきたのだ。

「ペンバートンはいつもちょっと頭のたりないやつだったな」とフェローズは言った。

「睡眠薬っていつだって厄介なしろものなのよ」とドクター・サイクスは言った。彼女の大きなレンズはスコービーの方向に灯台のようにまわるとき電球の光を反射させた。「どんなに厄介かご自分で経験したらわかるわ。保険会社は睡眠薬を嫌うし、検死官は故意の詐欺行為には絶対のってくれないし」

「どうしてそれがわかってしまうんです?」とウィルスンは尋ねた。

「たとえば、ルミノールにしましょうか。故意ではなく偶然ルミノールを飲みすぎてしまった、なんて人いるわけないでしょう……」スコービーはテーブル越しにヘレンを見た。彼女はゆっくり、食欲もなく、自分の皿に目を落として、食べていた。二人の沈黙は二人を孤立させているように思われた、この話題は不幸な人間が自分にかかわりのないことと して論じることなどとうていできないものだった。またしても彼はウィルスンが二人をかわるがわる見くらべているのを意識した、そしてスコービーは二人の危険な孤立を終わらせるようなことばはないかと心のなかを必死で探しまわった。二人はいっしょに黙っていることさえ安全ではなくなっていた。

彼は言った、「あなたの推薦なさる方法は、ドクター・サイクス?」

「そうねえ、海水浴中の事故死もいいわね——でもそれだっていろいろ説明がいるわ。車の前に飛びこむ勇気があれば、でもそれだって不確実だし……」

「他人を巻きこむことにもなるし」とスコービーは言った。

「私個人としては」とドクター・サイクスは眼鏡のかげでニヤニヤ笑いながら言った、「なんの困難もないわよ。私の立場だと、自分で自分を狭心症と診断して、同僚の一人に処方箋を書かせて……」

ヘレンが突然激しい口調で言った、「なんていやな話でしょう。あなたにこんな話をする必要など……」

「あなた」とドクター・サイクスは悪意に満ちた灯台の光線を回転させていった、「私ぐらい長いあいだ医者をしてますとね、いま自分がどんな人たちといっしょにいるかわかるものなんですよ。まさかこのなかのだれかが……」

フェローズ夫人は言った、「フルーツ・サラダのおかわりをどうぞ、ミセス・ロールト」

「あなた、カトリックですか、ミセス・ロールト？」とフェローズは尋ねた。「もちろんカトリックの人たちはひじょうにきびしい考えかたをもっておられるが」

「いいえ、私はカトリックではありません」

「カトリックってそうなんだろう、スコービー？」

「われわれが教えられているところによれば」とスコービーは言った、「それは許されぬ罪だね」

「でも、スコービー副署長、あなたはほんとうに、まじめに」とドクター・サイクスは尋ねた、「地獄があると信じてらっしゃるの？」

「もちろん、信じてますよ」

「炎とか、責め苦とか？」

「おそらくそのとおりじゃあないでしょう。それは永遠の喪失感のようなものだろう、と教えられています」

「そんな地獄ならおれはちっともこわくないだろうな」とフェローズは言った。

「おそらくきみは大切なものをなに一つ失ったことがないからだよ」とスコービーは言った。

ディナー・パーティーの本来の目的はアルゼンチン・ビーフだった。それを食べ終わると彼らをつなぎとめるものはなにもなかった（フェローズ夫人はトランプをしなかった）。フェローズはビールの用意でいそがしく、ウィルスンはフェローズ夫人の陰気な沈黙とドクター・サイクスのおしゃべりのあいだで身動きがとれずにいた。

「ちょっと外の空気にあたってきましょう」とスコービーは誘った。

「いいのかしら？」

「そうしないほうがおかしいぐらいですよ」とスコービーは言った。

「星でも見るのかね？」とフェローズはビールを注ぎながら呼びかけた。「失われた青春をとりもどしたいんだろう、スコービー？　グラスをもって行けよ」

二人はヴェランダの手すりにグラスをのせた。ヘレンは言った、「あなたのお手紙、見つからないままなの」

「もう忘れろよ」

「そのことじゃなかったの、私に会いたいと言ったのは？」

「うん」

彼はいまにも雨雲におおわれそうな夜空を背景にして彼女の顔の輪郭を見ることができた。「実は悪い知らせがあるんだ」

「だれかに知られたの？」

「いやいや、だれにも知られてはいないよ」彼は言った、「ゆうべ妻から電報がきた。家に帰ってくる」グラスの一つが手すりから落ちて中庭で砕けた。

彼女の唇はそれが理解しえた唯一のことばであるかのように「家」ということはを苦しそうにくり返した。彼は、手すりに沿って手を動かしたが彼女の手にふれることはできないまま、すばやく言った、「彼女の家だ。もう二度とおれの家にはならないだろう」

「いいえ、そうなるわ。そうなるに決まってるわ」

彼は注意深く誓った、「おれはもう二度ときみのいない家など望みはしないだろう」雨雲が月にかかり、彼女の顔は一陣の突風を受けたろうそくのように消えた。彼は心のなかで考えていたよりももっと長い旅路にいまこそ船出したのだと感じた。ドアが開いて光が突然二人を照らし出した。彼は鋭く言った、「灯火管制に気をつけろよ」そして思った、少なくともおれたちはくっついて立ってはいなかった、だがどのように、どのように、おれたちの顔は見えたろうか？　ウィルスンの声が言った、「喧嘩かと思ったんですよ。グラスの割れる音が聞こえたので」

「ミセス・ロールトがビールのグラスを落としたんだ」

「お願いですから、ヘレンと呼んでください」と彼女はうら悲しげに言った、「皆さんそう呼んでくださいますのよ、スコービー副署長」

「なにかお邪魔してしまったのでは？」

「おさえがたい情熱の一場をね」とヘレンは言った。「そのために私、まだふるえているぐらい。私、もう帰りたいわ」

「車でお送りしましょう」とスコービーは言った。「だいぶ遅くなったようだ」

「あなたって信用していいかたとは思えませんわ、それにどっちみちドクター・サイクスがあなたと自殺論を戦わせたがっておいででしょう。私、せっかくのパーティーをぶちこわしたくありませんの。あなたは車をおもちですか、ミスター・ウィルスン？」

「もちろんです。喜んでお送りしますよ」

「いつでも結構ですから、私を送ってまたすぐここへおもどりください」

「私は早めにきて早めに帰る男です」

「じゃ、なかに入ってさよならを言いましょう」

ふたたび光のなかで彼女の顔を見たとき彼は思った、おれはとりこし苦労をしているんじゃないか？　これは彼女にとって一つのエピソードの終わりにすぎないんじゃないか？　彼は彼女がフェローズ夫人に言っている声を聞いた、「アルゼンチン・ビーフって、ほんとうにすてきでしたわ」

「そのお礼はミスター・ウィルスンにおっしゃらなければ」

ことばがバドミントンのシャトルコックのように行き来した。だれかが（フェローズかウィルスンかが）笑って言った、「そのとおり」そしてドクター・サイクスの眼鏡が天井に反射した点を走らせた。彼は灯火管制を破ることになるので車が動き出すのを見送ることができなかった、彼はスターターがむかつくような音を立て、エンジンがからまわりし、やがてゆっくり沈黙へと消えて行くのに耳を傾けていた。

ドクター・サイクスは言った、「ミセス・ロールトはもうしばらく入院させておくべきだったわ」

「というのは？」

「あの神経ではね。握手したときはっきり感じられたもの」

彼はもう三十分いてから車で帰った。いつものようにアリが台所の階段に窮屈そうに居眠りしながら彼を待っていた。アリは懐中電灯でスコービーをドアまで照らした。「ミセスが手紙おいて行きました」と彼は言って、シャツから封筒をとり出した。

「なぜおれの机の上においとかなかった？」

「ミスターがそこにいます」

「ミスターだれが？」だがそのときはもうドアが開かれて、椅子にからだを伸ばして眠っているユーゼフの姿が見えた、彼は胸毛さえそよがぬほど静かな寝息を立てていた。

「あたしあの人に帰るよう言いました」とアリは軽蔑をこめて言った、「だけどあの人帰りません」

「よし、わかった。寝るがいい」

彼は人生が自分の行く手で閉ざされていくのを感じた。ユーゼフはいつかの晩、ルイーズのことを尋ね、タリットに罠を仕掛けにきて以来、ここへはきていなかった。眠っている男を邪魔せず、その問題をあとまわしにしようと、静かに彼はヘレンからの手紙を開けた。彼女は帰宅してすぐこれを書いたらしかった。彼は読んだ、「いとしいあなた、これは神剣な問題です。あなたに直接口では言えないので、手紙に書きます。ただ、アリに手渡そうと思います。あなたはアリを信用していらっしゃるから。あなたの奥さんがお帰りになると聞いたとき、私は……」

ユーゼフが目を開けて言った、「失礼しました、スコービー副署長、お留守に入りこみまして」

「一杯やるか？　ビールか、ジンでも。ウィスキーは切らしたところだ」

「では一箱お送りしてよろしいでしょうか？」ユーゼフは機械的に言い出してから笑った。

「いや、いつも忘れてしまって。あなたに品物をお送りしてはいけなかったんですね」

スコービーは机の前にすわって手紙を開いたままおいた。次の文章ほど重要なものはなかったのだ。彼は、「なんの用だい、ユーゼフ？」と言って、読み続けた。「あなたの奥さんがお帰りになると聞いたとき、私は怒ってひどいことを言いました。はかなことをしたものです。あなたの責任でもなんでもないのに」

「どうぞおしまいまでお読みになってください、スコービー副署長、私は待ちますから」

「たいして重要な手紙じゃないんだ」とスコービーは、大きな未熟な文字や誤字から無理に目を引き離しながら言った。「なんの用か言ってくれ、ユーゼフ」そして目はふたたび手紙にもどって行った。「だからいま私はこれを書いているのです。だってゆうべあなたは私を棄てないと約束なさったでしょう、でも私はあなたを約束でいつまでも私に縛りつけておきたくはないのです。いとしいあなた、あなたの約束はすべて……」

「スコービー副署長、あなたに金をお貸ししたのは、誓って言いますが、友情のためでした、友情のためだけでした。私はあなたになに一つ要求する気はありませんでした、なに一つです、四パーセントの利息さえもです。それどころか、あなたの友情さえ求めようとは思わなかったのです……私はあなたの友だちではありませんでしたが……どうもごたごたした言いかたになりました、ことばは複雑なものですからね、スコービー副署長」

「おまえは契約をきちんと守っている、ユーゼフ。タリットの従兄の件についてもおれは文句を言わん」彼は読み続けた、「……あなたの奥さんのものです。あなたが私におっしゃることはすべて約束ではありません。どうか、どうかそのことをおぼえておいてください。もう二度と私に会いたくないとお思いなら、お手紙を書いたり話しかけたりしないでください。そして、あなた、ときどき私に会いたいとお思いなら、ときどき会ってください。私、あなたのお好きなようなどんな嘘でもつきます」

「まずそれを読み終えてください、スコービー副署長。私がお話したいことはひじょうに、ひじょうに重要なことですから」

「私のいとしい、いとしいあなた、あなたがそうなさりたいなら私を棄ててください、またあなたがそうお望みなら私をあなたの商婦にしてください」彼は思った、彼女は娼婦ということばを聞いたことがあるだけで、書かれた字を見たことはないのだろう、教科書用のシェイクスピアではこのことばをカットするからな。「おやすみなさい。どうか心配しないで、私のいとしいあなた」彼は荒々しく言った、「さあ、すんだぞ、ユーゼフ。それほど重要なことってなんだい？」

「スコービー副署長、結局私はあなたに一つお願いをしなければならなくなりました。これはお貸しした金とはまったく無関係です。もしあなたがそうしてくださるなら、それは友情というものです、友情というだけのものです」

「もう遅いから、早く用事を言ってくれ、ユーゼフ」

「エスペランサ号があさって入港します。小さな包みを船にもちこんで船長のところにおいてきてほしいのです」

「包みのなかになにが入っている？」

「スコービー副署長、それはきかないでください。私はあなたの友だちです。これだけは秘密にしておきたいのです。だれにもまったく害にならないでしょう」

「もちろん、おれとしてはそんなことはできんぞ、ユーゼフ。わかってるだろう」

「私は保証します、スコービー副署長、誓って――」彼は椅子から身を乗り出し、片手を黒い胸毛においた――「友だちとして誓って言いますが、包みのなかにはなにも、ドイツ人の役に立つものはなにも入っていません。工業用ダイヤモンドは一粒も入っていません、スコービー副署長」

「宝石は？」

「ドイツ人の役に立つものはなにも。あなたのお国の害になるものはなにも入っていません」

「ユーゼフ、おれが同意するだろうなどと本気で信じてはいないだろうな？」

軽い運動ズボンが椅子の縁まで押し出されてきた、一瞬スコービーはユーゼフが自分の前にひざまずくのかと思った。彼は言った、「スコービー副署長、切にお願いします……これは私にとって重要であるばかりか、あなたにとっても同様に重要なことなのです」彼の声はあふれる真情にかすれた、「私は友だちになりたいのです」

スコービーは言った、「おまえがこれ以上言わないうちに警告しておくがな、ユーゼフ、署長はおれたちの取引きのことを知っているんだぞ」

「そうでしょう、そうでしょう、だがそうなるとますます事態はまずいわけです。スコービー副署長、名誉にかけて言いますが、これはだれの害にもならないことなのです。ただ友情の行為としてこれだけはやってください、スコービー副署長、そうすればあとはもうなに一つお願いしません。どうかあなたの自由意志でやってください、スコービー副署長。賄賂などありませんから。私は賄賂など提供しませんから」

彼の目は手紙にもどって行った、「いとしいあなた、これは神剣なことです」神剣——彼の目は今度はそれを「神僕」と読んだ——神のしもべ、神のしもべたちのしもべ、法王だ。それは無分別とわかっていながら従わねばならぬ命令のようだった。彼は永遠に平安に背を向けてしまったかのように感じた。彼は、目を開けたまま、結果を知りながら、帰りのパスポートをもたずに虚偽の国に入りこんだのだ。

「いまなんて言った、ユーゼフ？　よく聞こえなかったが……」

「もう一度だけお願いします……」

「だめだ、ユーゼフ」

「スコービー副署長」とユーゼフは椅子にまっすぐすわりなおして言った、その言いかたには、他人が入ってきてもはや二人だけではなくなったかのような、突然現われた奇妙な固苦しさがあった、「ペンバートンのことはおぼえておいででしょうね？」

「もちろんだ」

「彼の給仕は私の手先になりました」

「ペンバートンの給仕が？」（「あなたが私におっしゃることはすべて約束ではありません」）

「ペンバートンの給仕はいまロールト夫人の給仕です」

スコービーの目は手紙の上に残っていた、だが彼はもはや目にしているものを読んではいなかった。

「彼女の給仕が私に手紙をもってきました。私が言いつけておいたのです、目を――大皿にしとけと――この言いかたはおかしくないでしょうか？」

「おまえの英語の知識はたいしたもんだよ、ユーゼフ。で、だれがその手紙をおまえに読んでやったんだ？」

「それはどうでもいいことです」

固苦しい声の調子は突然終わり、もとのユーゼフがふたたび懇願した、「ああ、スコービー副署長、どうしてあんな手紙をお書きになったのです？　あれは求めて面倒を引き起こすようなものですよ」

「人間、つねに賢明であることは不可能だ。ときにはいやになって死にたいと思うことだってある」

「ですが、あの手紙のためにあなたは私の手に落ちたのですよ」

「それだけならたいして気にはならんが。ただ三人の人間がおまえの手に落ちたとなると……」

「もしあなたが友情の行為をしてくださりさえすれば……」

「そのあとを言うがいい、ユーゼフ。脅迫のことばは最後まで言うべきだ。半分おどしただけですまそうとしたって、そうはいかん」

「ほんとうは私、穴でも掘って、この包みを埋めてしまいたいのです。ですが、戦争はひどくなる一方でしょう、スコービー副署長。こんなことをするのも私自身のためではないのです、私の父と母、義理の弟、三人の妹のためなのです――それに従兄弟たちもいますし」

「大家族なんだな」

「それでもしイギリス人が負けたら、私の店は全部ただ同然になるのです」

「あの手紙をどうしようと言うんだ、ユーゼフ？」

「電信会社のある男から聞いたところによると、あなたの奥さんはこちらにお帰りになるところだそうですね。上陸なさると同時にあの手紙を奥さんに手渡すことになるでしょう」

彼はルイーズ・スコービーと署名された電報を思い出した、「ワタシハバカダッタ　アイヲヤメルトハ」冷たく迎えることになるだろうな、と彼は思った。

「で、もしおれがおまえの包みをエスペランサ号の船長に届けたら？」

「私の給仕が波止場で待っています。船長の受取りと引きかえにあなたの手紙が入っている封筒をお渡しするでしょう」

「おまえはその給仕を信用しているんだな？」

「あなたがアリを信用なさっているように」

「先にあの手紙を要求して、そのあと届けると約束したら……」

「信用貸しはできない、っていうのが脅迫者に課せられた罰なのですよ、スコービー副署長。あなたが私をだましても正当ということになるのですから」

「おまえがおれをだましたら？」

「それは正当なことにはならないでしょう。それに以前私はあなたの友だちでした」

「まあ、それに近かったな」とスコービーはいやいやながら認めた。

「私は卑しいインド人のようなものです」

「卑しいインド人？」

「大切な真珠を投げ棄てたという。砲兵隊が記念講堂で上演したシェイクスピアの『オセロー』にあった台詞です。私はいつもあのことばを思い出すのです」

2

「さあ」とドルースは言った、「そろそろ仕事にかからなければ」

「もう一杯どうぞ」とエスペランサ号の船長は言った。

「そうしてはいられませんよ、港口の防材が閉まる前に出してさしあげるためには。じゃあまたあとでな、スコービー」

船室のドアが閉まると船長は息を殺して言った、「まだ無事にこうしております」

「そのようですね。この前言ったとおり、よく間違いがあるのです——記録がどこかへ行ってしまったり、文書がなくなったり」

「そんなことは少しも私、信じません」と船長は言った。「あなたが助けてくださったと信じています」彼は息の詰まりそうな船室で静かに汗をしたたらせていた。彼はつけ加えた、「私はミサであなたのためにお祈りをしています、そしてあなたにこれをもってきました。ロビトではこれしか見つからなかったのです。あまり世に知られていない聖女で」と言って、彼はニッケル貨ほどの大きさの聖女像のメダルをテーブル越しにすべらせた。「サンタ――なんといったかおぼえておりません。たしかアンゴラ地方に関係のあったかたです」と船長は説明した。

「ありがとう」とスコービーは言った。ポケットの包みがピストルのように重く彼の腿を圧するように思われた。彼はポートワインの最後の数滴がグラスに注ぎたされ、落ちつくのを待ってから、飲みほした。彼は言った、「今度は私からあなたにさしあげるものがあります」あまりもの気の重さに彼の指は引きつった。

「私に？」

「そうです」

その小さな包みは、二人のあいだのテーブルの上におかれてみると、実際にはなんと軽いものだったろう。ポケットのなかでピストルのように重かったものが、いまはタバコ五十本ほどの中味もないように思われた。彼は言った、「リスボンでパイロットといっしょに船に乗りこんでくる男が、あなたにアメリカタバコをもっているか、ときくでしょう。その男にこの包みを渡してください」

「これは政府の仕事ですか？」

「いや。政府ならこんなに支払いはしないでしょう」彼は紙幣の束をテーブルにおいた。「驚きましたな」と船長は奇妙な失望の口調で言った。「あなたは私の手に落ちたわけですよ」

「この前はあなたが私の手に落ちましたがね」とスコービーは言った。

「忘れてはいません。私の娘も忘れはしないでしょう。娘はカトリックではない男と結婚しましたが、信仰はもっています。娘もあなたのために祈っています」

「するとわれわれ人間の祈りはあてにならないものってわけですね、どうやら？」

「そうです、しかし恩寵の瞬間がもどってくるとき、祈りは天に立ち昇ります」と言って、船長は滑稽な感動的な身ぶりでふとった両腕をさしあげた、「小鳥の群れのようにみんないっぺんに」

「そうなれば嬉しいが」とスコービーは言った。

「私を信用しても大丈夫ですよ、もちろん」

「もちろん信用します。さあ、あなたの船室を捜査しなければ」

「あなたは私をあまり信用しておいでではないようですね」

「その包みは」とスコービーは言った、「戦争とはなんの関係もありません」

「たしかですか？」

「ほとんどたしかです」

彼は捜査をはじめた。一度、鏡の前に立ちどまって、彼の肩越しに見知らぬ顔、ふとって汗をかいて信頼できそうもない顔が浮かんでいるのを見た。一瞬彼は考えた、あれはいったいだれだろう？　そしてすぐ、見知らぬ顔と見えたのは、見なれない新しいあわれみの表情のせいにすぎないことを理解した。彼は思った、おれはほんとうに人々のあわれみを受ける人間の一人なのだろうか？

第三巻

第一部

第一章

1

雨季は終わり、大地は蒸気を吐いていた。蝿はいたるところに雲のように群らがり、病院はマラリヤ患者でいっぱいだった。海岸地方のはるか遠くでは黒水熱で死ぬ人々が出ていた、それでもしばらくはほっとする気持ちになれた。鉄板屋根をたたき続けた雨の音がやんでみると、世界じゅうがふたたび静かになったかのようだった。町では花の深い香りが警察署の廊下の動物園のような臭いをまぎらしていた。防材が開かれて一時間すると定期船が護衛艦なしに南方から入港してきた。

スコービーは定期船が投錨するとすぐに警察艇で出かけて行った。彼の口は迎えのことばでこわばっているように感じられた、彼はあたたかい心からのものと聞こえるようなことばを舌先で練習してみた、そして彼は思った、妻を迎えることばを稽古しなければならぬとはおれもなんと遠い道のりを旅してきたことか。彼はみんなのいる部屋でルイーズを見つけたいと思った、見知らぬ人たちの前で彼女に挨拶するほうが気楽だろう、だがどこにも彼女は見あたらなかった。彼は事務長室に行って彼女の船室番号をきかなければならなかった。

それでもまだ、もちろん、同室者がいるかもしれないという希望があった。このごろはどの船室も六人以上の乗客を収容していたから。

だがノックをしてドアが開かれたとき、そこにはルイーズのほかだれもいなかった。彼は見知らぬ家を訪れたセールスマンのような感じがした。彼は語尾にクェスチョン・マークのつく口調で言った、「ルイーズ？」

「ヘンリー」彼女はつけ加えた、「お入りなさいよ」いったん船室のなかに入るとあとはもうキスするしかなかった。彼は彼女の口を避けてキスした――口はあまりにも多くの秘密をもらすものだから――だが彼女は彼の顔を正面にまわしてその唇にお返しのしるしを残すまで満足しようとはしなかった。「ああ、あなた、とうとう私、帰ってきたわ」

「よく帰ってきたね」と彼は、稽古しておいたことばを必死に探しながら言った。

「皆さんとっても親切にしてくれたのよ」と彼女は説明した。「いまも私たちが二人っきりで会えるように、この部屋をあけてくれたの」

「楽しい旅だったんだね？」

「一度追撃してきた船があったようだけど」

「心配していたんだよ」と彼は言って、心のなかで思った、これが第一の嘘だ。こうなれば思い切って突進するまでだ。彼は言った、「おまえがいないあいだ、寂しくてたまらなかった」

「出て行ったりして、私、ばかだったわ、あなた」舷窓を通して家々は熱気の靄のなかできらきらのようにきらめいていた。船室は女の匂い、白粉や、マニキュアや、夜着の匂いがむっとするほど立ちこめていた。彼は言った、「さあ、上陸しよう」

だが彼女はもうしばらく彼を引きとめた。「あなた」と彼女は言った、「離れているあいだに私、いろいろ決心したわ。これからはなにもかもちがったようになるはずよ。私はもう二度とあなたを悩ませたりしないわ」彼女はくり返した、「なにもかもちがったようになるはずよ」そして彼は悲しげに思った、とにかくちがったようになるのは真実だ、荒涼たる真実だ。

アリと少年給仕がトランクをはこび入れているあいだ、彼は家の窓辺に立って、丘の上のプレハブ住宅のほうを見あげていた。まるで地すべりが突然彼とプレハブ住宅のあいだに測り知れぬ距離を作り出したかのようだった。小屋の群れはあまりにも遠くにあるので、最初はなんの苦痛も与えなかった、ごくかすかなメランコリーをもって思い出される青春の一つのエピソードほども。おれの嘘がほんとうにはじまったのは、と彼は考えた、あの手紙を書いたときだったろうか？　おれがほんとうにルイーズ以上に彼女を愛することなどできるだろうか？　おれは、心の奥底から、二人の女のどちらかを愛しているのだろうか、それともそれはただ、いかなる人間の必要にたいしても自動的に動き出し——事態をいっそう悪化させる、あのあわれみ心にすぎないのだろうか？　いかなる犠牲者も忠誠の誓いを要求するのだ。二階では、沈黙と孤独が金槌でたたき出され、鋲がうちこまれ、重い荷物が床に落ちて天井を揺さぶっていた。ルイーズの声は陽気なうむを言わさぬ命令を高々と伝えていた。化粧台の品はガタガタ鳴っていた。彼は二階へ行った、ドアのところからのぞきこむと、聖体拝領の白いヴェールに包まれて彼を見返している娘の顔をふたたび目にした、死者もまた帰ってきたのだ。死者がいなければ生活は同じではなかった。蚊帳が、灰色の心電体《エクトプラズム》のように、ダブルベッドをおおっていた。

「さあ、アリ」と彼は、この降神術会場で作り出しうる精いっぱいの亡霊のような微笑を浮かべて言った、「奥さんが帰ってきた。またみんないっしょになったね」彼女のロザリオが化粧台においてあった、彼はポケットにあるこわれたロザリオのことを思い出した。彼はいつもそれを修繕させようと思っていた、だがいまとなってはわざわざなおさせるほどの価値もないように思われた。

「あなた」とルイーズは言った、「ここはもうかたづいたわ。あとはアリにまかせましょう。私、あなたに話したいことがいっぱいあるの……」彼女は彼について下におりるとすぐ言った、「カーテンを洗濯させなければ」

「汚れているようには見えないが」

「まあ、あなたったら、気がつかないだけよ、でも私は久しぶりで見たところだから」彼女は言った、「どうしても私、もっと大きな本棚がほしいわ。今度たくさん本をもって帰ったのよ」

「まだ聞いてないが、いったいどうしておまえは……」

「あなた、私のこと笑うでしょうね。ばかなまねしたものだわ。でも突然わかったのよ、署長になるとかならないとかであんなに気をもむなんて、どんなに自分がばかだったかってことが。いずれちゃんと話すわ、あなたに笑われても気にならなくなったときに」彼女は片手をさしのばし、ためすように彼の腕にふれた。「あなた、ほんとうに嬉しい……？」

「ほんとうに嬉しいさ」と彼は言った。

「私の気にかかっていたことの一つがなにか、わかるかしら？　私ね、私がそばについていてあれこれ面倒みないと、あなたがカトリック教徒としてちゃんとしないだろうと思ったのよ、かわいそうに」

「まあ、りっぱな信者ではなかったろうな」

「ミサにはしょっちゅう欠席したの？」

彼は無理に冗談めかして言った、「ほとんど一度も行かなかったよ」

「まあ、ティッキーったら」彼女はすばやく気をとりなおして言った、「ねえ、ヘンリー、私のことセンチメンタルと思うかもしれないけど、明日は日曜だから、いっしょに聖体拝領に行きたいわ。私たちの再出発のしるしに――それも正しい道に向かっての」とんでもないことのようだが、ある状況の重要な点を人は見のがしているものである――このことを彼は考えてもいなかった。彼は言った、「もちろん行こう」だが彼の頭脳は一瞬働くことを拒否した。

「あなたは今日の午後告解しに行かなければ」

「特にひどいことはしていないがな」

「日曜のごミサにあずからないのは恐ろしい罪よ、姦通と同じように」

「姦通のほうが楽しみがあるよ」と彼はわざと軽口めかして言った。

「ちょうどいいときに私、帰ってきたようね」

「午後、告解しに行こう――昼食をすませたら。腹がへっては告解もできぬだ」と彼は言った。

「あなた、すっかり変わったわね」

「ただの冗談だよ」

「冗談を言ってもかまわないわ。私だって好きよ。でも前はそんなに冗談を言わなかったでしょう」

「おまえが帰ってくるなんてことは毎日あるわけじゃないからね」無理に作った上機嫌、

乾いた唇で言う冗談口は、いつまでも続いていった、昼食のときもう一つ「軽口」をたたくためにわざわざフォークをおいたほどだった。「ヘンリーったら」と彼女は言った、「こんなに陽気なあなたを見たの、はじめてだわ」地面が彼の足もとから崩れていくようだった、そして食事のあいだじゅう、彼は墜落感、弛緩した胃袋、息苦しさ、絶望を感じていた――ここまで墜落して生きのびることは不可能だったから。彼のはしゃぎぶりは氷河の裂け目からの悲鳴のようなものだった。

昼食が終わると（彼はなにを食べたかわからなかったろう）彼は言った、「さあ、出かけなければ」

「ランク神父のところへ？」

「まずウィルスンに会わなきゃならんのだ。いまはプレハブ住宅の一つに住んでいる。ご近所さんになったわけだ」

「町に出ているんじゃないの？」

「昼食にもどっていると思うがね」

彼は丘をのぼりながら思った、これから先どんなにたびたびウィルスンを訪ねると言わねばならないだろう。いや、だめだ――それは安全なアリバイではない。ただ今度だけは役に立つだろう、ウィルスンが町で昼食をとっていることはわかっているから。にもかかわらず、念のために、彼はノックした、そしてハリスがドアを開けたので　瞬びっくりした。「きみに会えるとは思わなかったよ」

「ちょっと熱病気味でしてね」とハリスは言った。

「ウィルスンがいるんじゃないかと思った」

「彼はいつも町で昼食をとるんです」とハリスは言った。

「彼に遊びに寄ってくれたら歓迎すると言いたかっただけなんだ。女房が帰ってきたんでね」

「お帰りの騒ぎが窓から見えましたよ」

「きみもぜひきてくれ」

「ぼくは人を訪ねるのが苦手でして」とハリスはドアのところでうなだれて言った。「実を言うと、女の人がこわいんです」

「あんまり女と会わんからだよ、ハリス」

「ぼくはご婦人がたをちやほやする男じゃないんです」とハリスは自尊心を傷つけまいとむなしく試みながら言った、そしてスコービーは重い足どりで女の小屋のほうへ歩を進めながら、自分を見つめているハリスの目を、人に望まれない男の醜い禁欲主義の目を意識していた。彼はノックした、そして非難する視線が背中を刺しつらぬくのを感じた。彼は思った、おれのアリバイはこうなるんだ、彼はウィルスンに話すだろう、そしてウィルスンは……彼は思った、おれはここにきたついでに訪ねたのだと言うだろう……そして彼は虚偽がゆっくり崩壊していくにつれて自分の全人格も粉々になっていくのを感じた。

「どうしてノックなどしたの？」とヘレンは尋ねた。彼女はカーテンを引いた薄暗がりのなかでベッドに横たわっていた。

「ハリスがじっと見つめていたんでね」

「今日はいらっしゃらないだろうと思ってたわ」

「どうして？」

「ここではあらゆる人があらゆることを知っているのよ――ただ一つのことをのぞいては。その点あなたはお上手だわ。きっとあなたが警察官だからでしょうね」

「うん」彼はベッドに腰をおろし、手をのばして彼女の腕にふれた、すぐにそのあいだに汗が流れはじめた。彼は言った、「ベッドでなにしてるんだい？　病気じゃないんだろうね？」

「ちょっと頭痛がするだけ」

彼は機械的に、自分が言っていることばを聞きもせずに言った、「大事にしなければ」

「なにか心配ごとがありそうね」と彼女は言った。「なにかあったの――困ったことが？」

「そんなことないよ」

「おぼえてらっしゃる、あなたがここに泊った最初の夜のこと？　私たちにはなに一つ心配ごとがなかったわ。あなたは傘を忘れさえした。私たちはしあわせだった。奇妙だとは思わない？——私たち、しあわせだったのよ」

「そうだね」

「どうして私たち、こんなことを続けているの、こんな——ふしあわせでいることを？」

「幸福と愛を混同するのは間違いだ」とスコービーは懸命に学者ぶって言った、まるでこの事態を、ペンバートンをそうしてしまったように、そっくりそのまま教科書に出てくる事例の一つにすることができれば、平安が、一種のあきらめが、二人のそれぞれにもどってくるかのように。

「ときどきあなたってとてつもなく年寄りじみて見えるわ」とヘレンは言った、だがすぐに彼女は手を振って本気で言ったのではないことを示した。今日の彼女は、と彼は思った、喧嘩する気持ちの余裕さえないのだ——あるいはそう信じているのだ。「あなた」と彼女はつけ加えた、「なにぼんやり考えているの？」

避けられるものなら二人の人間に嘘をつくべきではない——その行手には完全な混沌があるのみだ、だが彼は枕の上の彼女の顔を見つめているとどうしようもなく嘘をつきたい誘惑に駆られた。彼女は、見る見るうちにたちまち成育していく科学映画の植物のように彼には思われた。彼女はすでに海岸地方の雰囲気を身のまわりにただよわせていた。それはルイーズと共有するものだった。彼は言った、「これはおれ一人で解決しなければならない心配事なんだよ。いままで考えてもみなかったことなんだ」

「なにか教えて、あなた。二人で考えれば……」彼女は目を閉じた、彼は彼女の口が打撃にそなえて引きしまるのを見てとった。

彼は言った、「ルイーズがいっしょにごミサにあずかろうと言ってるんだ、聖体拝領に。いまもおれは告解しに行く途中ということになっている」

「まあ、それだけのこと？」と彼女は大きく安堵の溜息をついて尋ねた、そして彼女の無知にたいするいら立ちが彼の頭のなかで憎しみのようにいわれなくうごめいた。

「それだけ？」と彼は言った。「それだけだって？」それから公正さが彼をとりもどした。

「おれが聖体拝領に行かないとだね、女房はなにかあやまちが――重大なあやまちがあることに気づくだろう」

「でもただ行くだけなら？」

彼は言った、「おれにとってそれは――つまり、最悪の罪を犯すことなんだ」

「あなたは地獄があるって本気で信じているわけじゃあないんでしょう？」

「フェローズにもそうきかれたよ」

「でも私にはさっぱりわからないわ。もし地獄があるって信じているなら、どうしていま私のそばにいるの？」

まったく、と彼は思った、信仰なきものが信仰を有するもの以上にはっさりとものごとを見せてくれることがなんと多いことか。彼は言った、「もちろん、きみの言うとおりだ、こんなことはすっぱり避けるべきだ。だがヴェスヴィオ火山の山腹の村人たちも生き続けている……それにまた、いかに教会の教えに反することであっても、愛は——どんな種類の愛でも——神の一片の慈悲を受けるに値する、という確信が人の心にはあるんだ。もちろん、人はその償いをすることになるだろう、恐ろしいほど大きな償いを、だがおれはその償いが永久に続くものとは思わない。おそらく死ぬ前に時間を与えられるだろう……」

「臨終の床での遅まきの後悔ってわけね」と彼女は軽蔑をこめて言った。

「そうたやすいことではないだろうな」と彼は言った、「これを悔いることは」彼は彼女の手の汗にキスした。「嘘や、失敗や、不幸を悔やむことはおれにもできる、だがいま死ぬとしても、おれにはこの愛を悔いるすべはわからないだろう」

「では」と彼女は、自分を彼から引き離して安全な岸辺へ連れて行くように思われる前と同じ軽蔑の低音で言った、「いますべてを告解しに行くことはできないの？　そうしたところで結局、もう二度とくり返さないということにはならないのに」

「実行しようという気もないのに告解したってだめだよ……」

「それなら」と彼女は勝ち誇って言った、「びくびくすることないじゃない。あなたはもう——なんて言いましたっけ？——堕地獄の罪？——を犯している。もう一つ罪をかさねたってなんのちがいもないじゃない？」

彼は思った、信心深い人々なら、きっと、これを悪魔のささやきと呼ぶだろう。だが悪魔はこのような飾らないすぐに返答しようのあることばではけっしてしゃべらないことを彼は知っていた、これは無邪気のことばだった。彼は言った、「ちがいがあるんだよ――大きなちがいが。口で説明するのはむつかしいがね。いまおれは二人の愛を――そう、おれの魂の安全よりも上においている。だがもう一つの罪――偽りの告解をする罪はほんとうの悪なんだ。それは黒ミサのようなものだ、その神聖を汚すべく聖体を盗むようなものだ。それは神をうちのめすことだ――おれの手のうちにおかれた神を」

彼女はうんざりしたように顔をそむけて言った、「私にはおっしゃることがなに一つわからないわ。まるでちんぷんかんぷんで」

「おれにもそうであればいいんだが。だがおれはいまいったことを信じているんだ」

彼女は鋭く言った、「でしょうね、きっと。それともただのごまかしかしら？　二人がこうなりはじめたころはそんなに神様のことはおっしゃらなかったわね？　いま信心深い顔を私にお向けになるのは口実のためじゃないんでしょうね……？」

「ねえ、きみ」とスコービーは言った、「おれはけっしてきみを棄てたりはしないよ。おれは考えてみなければならない、それだけなんだ」

2

翌朝六時十五分にアリが夫婦を起こしにきた。スコービーはすぐ目を覚ましたが、ルイーズは眠り続けていた——彼女は夜が遅かったのだ。スコービーは彼女を見守った——これが彼のかつて愛した顔だった、これが彼のいまも愛している顔だった。彼女は海で死ぬことを恐れながらも帰ってきたのだ、彼を安楽にするために。彼女は一つの苦しみをへて彼の子供を産んだ、そしてもう一つの苦しみをへてその子が死ぬのを見守った。彼はすべてをうまく避けてきたように思われた。ただおれの手で、と彼は思った、なんとかして彼女が二度と苦しまないですむようにしてやれさえすれば。だがそれは自分に不可能な仕事を課することだと彼は知っていた。彼にできることは苦しみを先へ延ばすこと、それだけだった、だが延ばしたところで彼が苦しみを身につけているので、遅かれ早かれ彼女もそれに感染するはずだった。おそらくもう感染しているのだろう、彼女はいま寝返りをうって眠ったまますすり泣いているのだから。彼は彼女をなだめようとしてその頬に手をあてた。彼は思った、彼女がこのまま眠り続けさえしたらおれも眠り続けよう、おれは眠りすごし、二人はミサに行きそびれ、あの問題は先へ延ばされるだろう。だがその思いが目覚まし時計にでもなったかのように、彼女は目を覚ました。

「いま何時、あなた?」

「もうすぐ六時半だよ」

「じゃあいそがなければ」彼はやさしくて無慈悲な獄卒に死刑執行のために衣服をつけるようながされているような気がした。だが彼はまだ急場を救う嘘を出さないでいた、奇蹟の可能性はつねにあるのだ。ルイーズは白粉の最後の一刷けを塗った（だがその白粉は肌にふれるとすぐ固まりになった）、そして言った、「さあ、出かけましょう」彼女のその声にごくかすかにでも勝利のひびきがあったろうか？　何年も何年も昔のこと、幼年時代という別の人生を送っていたころ、ヘンリー・スコービーという名のある子供が学芸会でシェイクスピア劇を演じたことがあった、『ヘンリー四世』のホットスパーという役を演じたのだ。彼がその役に選ばれたのは、大人びていて体格がいいという理由にすぎなかった、だがみんなりっぱな演技だったと言った。いままた彼は演じなければならなかった――それはもっとかんたんな口先だけの嘘を言うのと同じようにたやすいことだろうか？

スコービーは突然壁にもたれかかり、胸に手をあてた。筋肉に苦痛のまねをさせることはできなかったので、ただ目を閉じた。鏡を見ていたルイーズは言った、「そうそう、ダーバンのデーヴィス神父のこと、まだあなたに話してなかったわね。とってもいい感じの司祭だったわ、ランク神父よりずっと知的で」彼女がふり向いて彼の様子に気づくことは永久にないのではないかと彼には思われた。彼女は言った、「さあ、ほんとにもう出かけなければ」そして鏡の前でぐずぐずしていた。汗にぬれた髪が何本かほつれていた。彼はまつ毛の幕を通してやっと彼女がふり返り彼に目を向けるのを見た。「まあ、あなたったら」と彼女は言った、「まだ眠そうね」

彼は目を閉じたままじっと動かずにいた。彼女は鋭く言った、「ティッキー、どうしたの？」

「気分が悪いの？」

「ブランデーを少しくれ」

「ブランデーを少しくれ」と彼は鋭くくり返した、そして彼女がそれをもってきて、舌先にその味を感じたとき、彼は死刑執行が猶予されたようなはかり知れないほどの安堵感を覚えた。彼は溜息をつき、緊張を解いた。「だいぶよくなった」

「どうしたの、ティッキー？」

「胸がちょっと苦しかったんだ。もう大丈夫だよ」

「前にもそんなことあった？」

「一度か二度、おまえが向こうへ行っているあいだにね」

「お医者さんに診てもらわなければ」

「なあに、大騒ぎするほどのことじゃないさ。医者はどうせ過労だと言うだけだろう」

「あなたを無理に引っぱり出そうとしたりして、いけなかったわね、でもいっしょに聖体拝領に行きたかったものだから」

「悪いけどご聖体を受けられなくなったな――ブランデーを飲んでしまって」

「いいのよ、ティッキー」むぞうさに彼女は彼に永遠の死を宣告した。「またいつだって行けるわ」

彼は自分の席に残ってひざまずき、ルイーズがほかの聖体拝領者たちとともに祭壇の柵の前にひざまずくのを見つめていた、彼は彼女といっしょに礼拝には出席しようと主張したのだ。ランク神父は祭壇からふり向くと聖体のパンを手にして聖体拝領者たちに近づいた。スコービーは思った、神はあやうくおれからのがれた、だが神はいつものがれるだろうか？　Domine non sum dignus（われは主に値せず）……domine non sum dignus……domine non sum dignus……彼の手は形式的に、まるで練習でもしているかのように、制服の一つのボタンをたたき続けていた。神がこのように、人間として、ホスチアとして、最初はパレスチナの村々に、いまはこの熱帯の港町に、ほかの場所に、いたるところに、みずからを現わしたまい、みずからを人間の意のままにまかせたもうことは、神の残忍なまでに不公平な業であるように彼には一瞬思われた。キリストは金持ちの若者にすべてを売って自分についてくるよう命じられた、だがそれは、神のとりたもうたこの方法、ことばの意味さえわからぬ人々のなすがままにみずからをゆだねたもうことにくらべたら、まだしも容易な合理的なことだった。神はいかに絶望的な愛しかたをしたもうものであるこ とか、と彼は恥辱感をもって思った。神父はゆっくり、ときどき立ちどまりながら歩を進め、ルイーズの前まできていた、スコービーは突然追放感を覚えた。向こうの、信徒たちがひざまずいているあの場所は、彼がけっして帰れないであろう国だった。愛の意識が彼のなかに目覚めた、子供であれ、女であれ、あるいはたとえ苦痛であれ、人が失ったものにたいしてつねに感じるあの愛の意識が。

第二章

1

ウィルスンは《ダウナム校友会誌》の一ページを注意深く引きちぎり、詩の出ている裏側に植民省の厚い便箋をはりつけた。彼はそれを光にかざしてみた、裏のスポーツ記事を読みとることは不可能だった。それから彼はそのページを注意深く折りたたみ、ポケットに入れた、それはそこに埋もれたままになるかもしれない、だが陽の目を見ることがないとはだれにも断言できなかった。

彼はスコービーが町のほうへ車を走らせて行くのを見かけたあと、女郎屋に足を踏み入れたときと同じような心臓の鼓動と息苦しさを感じながら、さらには同じような気のすまなささえ感じながら――というのは、ある瞬間に急に生活の安定していた形を変えたいと望むものがいるだろうか？――丘をおりてスコービーの家に向かった。

彼はだれかが自分の立場におかれたらどうするか考え、それを頭のなかで下稽古しはじめた――すぐにきっかけをつかむ、ごく自然に、できれば唇に、キスをする、「あなたがいなくて寂しかった」と言う、おろおろしてはならない。だが激しく鼓動する彼の心臓は恐怖のメッセージを発信し、そのような考えを跡形もなく消し去った。

「やっときてくれたわね、ウィルスン」とルイーズは言った。「私のことなどお忘れかと思ってたわ」そして手をさし出した。彼は敗北を受けとるようにその手をとった。

「一杯いかが？」

「散歩はどうかと思ってきたんだけど」

「暑すぎるわよ、ウィルスン」

「あれ以来一度も、あそこへは行ってないものだから……」

「あそこって？」愛をもたない人間にとって時は立ちどまることなく過ぎ去るものであることを彼は思い知った。

「あの古い駅へ」

彼女は無慈悲なまでに無関心な声であいまいに言った、「ああ、そう……そう、私もまだ行ってないわ」

「あの夜、帰ってから」と彼は恐ろしいほどの子供じみた赤面がひろがるのを感じながら言った、「ぼくは詩を書いてみたんです」

「え、あなたが、ウィルスン？」

彼はカーッとなって言った、「そう、ぼくが、ウィルスンが。いけませんか？　活字にもなったんですよ」

「私、笑ったわけじゃないのよ。ただ驚いただけ。どこに出たの？」

「《ザ・サークル》という新しい雑誌に。もちろん稿料はわずかだけど」

「見たいわ」

　ウィルスンは息をはずませて言った、「いまここにもってます」彼は説明した、「裏側にがまんできないような作品が出ていたものだから。ぼくにはモダンすぎて」彼は飢えた気おくれを感じながら彼女を見守った。

「なかなかきれいな詩ね」と彼女は弱々しく言った。

「イニシアルはおわかりですね？」

「はじめてだわ、私に詩が献げられたのは」

　ウィルスンは胸苦しさを感じた、彼はすわりたくなった。どうして、と彼は考えた、人はこの屈辱的な仕事をはじめるのだろう？　どうして人は自分が恋をしているなどと想像するのだろう？　恋というものは十一世紀にフランス・トルーバドール派の詩人たちによって創られたものだ、と彼はなにかで読んだことがあった。どうして彼らはわれわれに欲情というものを残してくれなかったのだろう？　彼は希望なき悪意をもって言った、「ぼくはあなたを愛しています」彼は思った、これは嘘だ、このことばは印刷されたページを離れてはなんの意味ももちやしない。彼は彼女の笑い声を待った。

「そうじゃないわ、ウィルスン」と彼女は言った、「それはちがうわ。あなたは愛しているんじゃない。ただ海岸地方の熱病にかかっただけよ」

彼は盲目的に跳びこむように言った、「この世のなにものにもまして」

彼女はやさしく言った、「そのように愛する人なんていないのよ、ウィルスン」

彼は半ズボンをパタパタさせ、《ダウナム校友会誌》の切り抜きをヒラヒラさせながら、せかせか歩きまわった。「あなたは愛というものを信じるべきだ。カトリックなのだから。神はこの世を愛したのでしょう？」

「そりゃあそうよ」と彼女は言った、「神はそうすることができるわ。でもそれができる人間はほとんどいないのよ」

「あなたはご主人を愛している。そうおっしゃいましたね。だからもどってきたと」

ルイーズは悲しげに言った、「愛していると思うわ。私にできることはそれだけ。でもそれはあなたが感じていると想像したがっている愛とは別のものなの。〈毒杯〉もないし、〈永遠の破滅〉もないし、〈黒い帆〉もないわ。人間って愛のために死ぬことはないのよ、ウィルスン――もちろん、小説のなかではあるとしても。それにときにはお芝居を演じる少年もあるけれど。私たち、お芝居はやめましょうね、ウィルスン――私たちの年ではそうおもしろいものじゃないわ」

「ぼくはお芝居などしていません」と彼は自分でも容易に芝居がかった調子と聞きとれる

激怒の口調で言った。彼は、彼女の忘れていた証人の前に立つかのように彼女の本棚の前に立った。「この作家たちはお芝居をしているんですか？」

「そうでもないわ」と彼女は言った。「だから私、その作家たちのほうがあなたの詩人たちより好きよ」

「それでもやはりあなたは帰ってきた」彼の顔は悪意のインスピレーションで輝いた。

「それともそれはただ嫉妬のせいだったんですか？」

彼女は言った、「嫉妬？　いったい私がなんに嫉妬しなければならないっていうの？」

「あの二人は用心深くしていたけれど」とウィルスンは言った、「あなたみたいに用心深くはなかったな」

「なんのお話かさっぱりわからないわ」

「あなたのティッキーとヘレン・ロールトのことですよ」

ルイーズは彼の頬を引っぱたこうとしてうちそこない、鼻をぶってしまった、たちまちおびただしく鼻血が出はじめた。彼女は言った、「これはあの人のことをティッキーと言った罰よ。そう言っていいのは私だけ。あの人はそう呼ばれるのが大嫌いなの。さ、ご自分のハンカチがなかったら私のをお使いなさい」

ウィルスンは言った、「ぼくはすぐ鼻血が出るんです。横になっていいですか？」彼はテーブルと食糧棚のあいだの床に仰向けに身をのばした、蟻が這いまわっているなかに。

最初はペンデでスコービーに涙を見られた、そしていまは——これだ。

「背中に鍵を落としてあげましょうか？」

「いや。結構です」血が《ダウナム校友会誌》の切り抜きにしみをつけていた。

「ほんとにごめんなさいね。私っていやな女なのよ。これであなたの病気もなおるでしょう」だがもしも人がロマンスによって生きるものであるならば、それをなおしてしまってはならないのだ。この世にはあれこれと迷って信仰を失った司祭たちがいくらでもいる、その残酷と絶望の邪悪な虚無にさ迷うより一つの信仰をもっているふりをするほうがたしかにましだ。彼はかたくなに言った、「なにがあろうとぼくはなおりませんよ、ルイーズ。ぼくはあなたを愛している。なにがあろうと」と彼女のハンカチで鼻血をふいた。

「不思議な話ねえ」と彼女は言った、「もしそれがほんとうなら」

彼は床の上で疑問のつぶやき声を出した。

「私が言うのはね」と彼女は説明した、「もしあなたがほんとうに人を愛するタイプであるなら、ということよ。私、ヘンリーがそういうタイプだと思ってた。もしほんとうにあなたがずっとそうであるなら不思議な話だわ」彼は結局自分がことばどおりに受けいれられそうだという奇妙な恐れを感じた、暴動の最中に戦車の操縦ができると主張して受けいれられそうになった下級参謀将校のように。いまさら自分は専門雑誌で読んだこと以外なにも知らないのだと告白しても遅すぎるのだ——「おお、なかば天使にしてなかば小鳥なる抒情詩の愛よ」ハンカチで鼻血をふきながら、彼は用心深く唇の形をととのえて寛大なことばを言った、「彼も愛していると思いますよ——彼なりに」

「だれを？」とルイーズは言った。「私？　さっきおっしゃったヘレン・ロールトという人？　それともただあの人自身を？」

「このことを言い出したのは間違いでした」

「でもほんとうのことなんでしょう？　私たち、真実を話しあいましょうよ、ウィルスン。慰めるための嘘なんて、私、もうたくさんなの。ヘレンって美しい人？」

「ああ、いやいや。そんなんじゃありません」

「若いんでしょう、もちろん、そして私は中年ね。でも少しやつれているんじゃなくて、たいへんなめに会ってきたんだから」

「とってもやつれてますよ」

「でもカトリックじゃないのね。運がいいわ。自由なんだもの、ねえ、ウィルスン」

ウィルスンは身を起こしてテーブルの脚にもたれてすわった。彼は心からの情熱をこめて言った、「どうかウィルスンと呼ぶのはよしてください」

「では、エドワード。エディ。テッド。テディ」

「また鼻血が出てきた」と彼は暗鬱に言ってまた床に寝ころんだ。

「このことでいったいなにをご存じなの、テディ？」

「エドワードのほうがいいな。ルイーズ、ぼくは彼が午前二時に彼女の小屋から出てくるのを見たことがあるんです。昨日の午後も行っていました」

「昨日は告解に行ったのよ」

「ハリスが彼を見ています」

「あなたがたはあの人を見張ってるのね」

「ぼくの考えではユーゼフが彼を利用しているんです」

彼女は死体を見おろすように彼を見おろして立った、血に染まったハンカチが彼の掌にあった。彼らは二人とも車がとまった音も戸口までのぼってきた足音も聞いていなかった。地下納骨所のように隔離された、親密な、風通しのない場所となっていたその部屋に、外の世界から第三の声が飛びこんでくるのを耳にしたとき、二人ともなにか不思議な気がした。「なにかあったのか?」とスコービーの声が尋ねた。

「ただちょっと……」とルイーズは言って、当惑の身ぶりをした——まるで、どこから説明しはじめたらいいかしら? とでも言うように。ウィルスンはうろたえてやっと立ちあがったが、そのとたんにまた鼻血が流れはじめた。

「さあ」とスコービーは言って、鍵束をとり出し、ウィルスンのシャツの襟から背中へ落としてやった。「いまにわかるぞ」と彼は言った、「昔ふうの治療法がいつも最高だってことが」そしてたしかに鼻血は数秒のうちにとまった。

「仰向けに寝たってだめなんだよ」とスコービーはわけ知り顔に言い続けた。「ボクシングのセコンドは冷水につけた海綿を使うんだがね、そう言えばきみはまるでリングでファイトしたばかりのように見えるぜ、ウィルスン」

「ぼくはいつも仰向けに寝ることにしているんです」とウィルスンは言った。「血を見ると気分が悪くなるので」

「一杯飲むか？」

「いや」とウィルスンは言った、「結構です。もうおいとましなければ」彼は苦労しながら鍵束をとり出し、シャツの裾をズボンの外に垂れさげてしまった。彼がやっとそれに気がついたのは、プレハブ住宅に帰り着いてハリスに言われたときだった。彼は思った、立ち去るときあの二人が並んで見ていたおれのかっこうはこうだったんだ。

2

「彼はなにしにきたんだい？」

「私に言い寄りにきたのよ」

「おまえを愛しているのか？」

「愛しているのと自分で思いこんでいるの。それ以上のことは望もうたって無理でしょう？」

「だいぶひどくぶったようだね」とスコービーは言った、「彼の鼻を」

「あの人が私を怒らせたのよ。あなたのこと、ティッキーなんて言うんだもの。ねえ、あなた、あの人はあなたをスパイしてるわよ」

「知ってるさ、おれだって」

「あの人、危険な男？」

「そうなるかもしれんな――事情によっては。だがそうなるとしたらおれのミスだ」

「ヘンリー、あなたはだれにたいしてもカーッと腹を立てることはないの？　あの男が私に言い寄ってもなんともないの？」

彼は言った、「それで怒るとしたらおれは偽善者になるだろうな。それは人間だれにでもよく起こることなんだ。だって正常で快活な連中でも恋におちることはあるじゃないか」

「あなたは恋におちたことあるの？」

「そりゃあ、あるさ」彼は懸命に笑顔を作りながらじっと彼女を見つめた。「そのことはおまえがいちばんよく知っているはずだよ」

「ヘンリー、今朝はほんとうに気分が悪かったの？」

「うん」

「ただの口実じゃなかったの？」

「なかったさ」

「じゃあ、あなた、明日の朝いっしょに聖体拝領に行きましょう」

「おまえがそうしたいなら」と彼は言った。やがてはくるものと予期していた時がきたのだ。彼は手がふるえていないことを示すために虚勢を張って、グラスをとり出した。「飲むかい？」

「まだ早すぎるわ、あなた」とルイーズは言った、彼は彼女がほかの人たちと同じようにじっと自分を見つめているのに気づいていた。彼はグラスをおいて言った、「おれはちょっと一走り署まで書類をとりに行かなければならない。帰ったらちょうど飲むのにいいころだろう」

彼はふらふらと車を走らせた、吐き気で目がぼやけていた。おお、神よ、と彼は思った、あなたは突然、考える余裕も与えず、人間にあなたの決定を押しつけられるのですね。私は考えることができないほど疲れています、これは数学の問題のように紙の上で計算し、なんの苦痛もなしに解答が得られるはずですのに。だがその苦痛のために彼は肉体的におかしくなり、ハンドルの上に嘔吐した。難点は、と彼は思った、われわれが解答を知っていることだ——われわれカトリック教徒は知識によって呪われているのだ。おれはなにも計算してみる必要などない――解答はただ一つしかないのだ、告解室でひざまずき、「この前の告解以来私は何度も姦通の罪を犯しました、等々」と言うこと、ランク神父がそのような機会は避けなさいと命じるのを聞くこと、あの女と二人きりではけっして会わないこと（というのは抽象的な言いかたで、ヘレンなのだ――あの女と言い、そのような機会と言うのは、もはや切手のアルバムを握りしめているとり乱した子供ではない女のことであり、ドアの外でバグスターがどなる声に耳を澄ますことであり、あの平安と暗闇とやさしさとあわれみの瞬間、「姦通」のことなのだ）。そしておれは痛悔の祈りをし、「二度とあなたのみ心にそむきません」と約束し、明日は聖体拝領に行き、いわゆる恩寵に浴する心境で神のみからだを口に受けること。それが正しい解答なのだ――それ以外に解答はない、おれ自身の魂を救い、彼女を見棄ててバグスターと絶望にゆだねることしかない。人は理性的であらねばならぬ、と彼は自分に言い聞かせた、そして、絶望は長続きしないものであること（ほんとうか？）、愛は長続きしないものであること（だがそれこそ絶望が長続きする理由ではないのか？）、数週間か数カ月たてば彼女は立ちなおるであろうことを認めねばならぬ。彼女は覆いのないボートで四十日間生きのび、夫の死を乗り越えてきたのだ、たんなる愛の死を乗り越えられないはずがあろうか？　おれにも乗り越えられるように、乗り越えられると思っているように。

彼は教会の前に車をとめ、絶望的に運転席にすわっていた。死は人がもっとも望むときにはけっして訪れない。彼は思った、もちろんごくふつうの正直な間違った解答はある、ルイーズと別れ、あの二人だけの誓いを忘れ、職を辞することだ。ヘレンを見棄ててバグスターにゆだねるか、あるいはルイーズを見棄てて、なんにゆだねればいい？　おれは罠にかかった、と彼はバックミラーに映る見知らぬもののような無表情な顔を見ながら自分に言い聞かせた、罠にかかったのだ。それにもかかわらず彼は車をおりてお聖堂《みどう》に入って行った。ランク神父が告解室に入ってくるのを待つあいだ、彼はひざまずいて祈った、彼がいまかき集めることのできる唯一の祈りを。「主禱文」や「天使祝詞」の文句さえ彼の心には浮かんでこなかった。彼は奇蹟を求めて祈った、「おお、神よ、私に確信を与えてください、私を助けてください、私に確信を与えてください。私があの娘より重要なのだと感じさせてください」祈りながら彼の瞼に浮かんできたのはヘレンの顔ではなく、彼をお父さんと呼んで死んで行った子供であり、化粧台からじっと見つめている写真のなかのわが子の顔であり、水夫に凌辱され殺されて黄色いパラフィン油のあかりのなかで見えない目で彼をにらんでいた十二歳の黒人少女の顔だった。「私自身の魂のことをなにより先に考えさせてください。私が見棄てるものにたいするあなたの慈悲を信じさせてくださ い」彼はランク神父が告解室のドアを閉める音を聞いた、そして吐き気がふたたび彼のからだをねじ曲げひざまずかせた。「おお、神よ」と彼は言った、「そうならずに万一私があなたを見棄てることがあるとすれば、私を罰してください、だがほかのものたちにはなんらかのしあわせを授けてください」彼は告解室にはいった。彼は思った、奇蹟が起こる可能性はまだある。ランク神父さえ今度だけはことばを、正しいことばを、見出してくれるかもしれぬ……上を向いた棺のような空間のなかでひざまずきながら彼は言った、「この前の告解以来私は姦通の罪を犯しました」

「何度かね？」

「わかりません、神父、何度もです」

「そなたは結婚しておるのかな？」

「はい」彼はランク神父が、信者たちを助けられなかったことを告白しながら、彼の前でほとんど泣き崩れそうになったあの夜のことを思い出した……神父もまた、告解における完全な匿名性を維持しようと努めながら、あのときのことを思い出しているだろうか？彼は言いたかった、「私を助けてください、神父。彼女を見棄ててバグスターにゆだねるのは正しいことだという確信を与えてください。神の慈悲を信じさせてください」だが彼は黙ってひざまずいたまま待っていた、彼には希望のかすかなおののき一つ感じられなかった。ランク神父は言った、「相手の女は一人なのか？」

「はい」

「その女に会うことを避けねばならぬ。それはできるかな？」

彼は首を振った。

「どうしても会わねばならぬときは、二人きりで会ってはならぬ。そう約束できるかな、私にではなく神に約束できるかな？」彼は思った、魔法のことばを期待したとはおれもなんてばかだったんだろう。これは数限りない人間にたいして数限りなく使われている決まり文句じゃないか。おそらく人々は約束し、出て行き、もどってきて、また告解しているのだ。彼らは自分が努力することをほんとうに信じたのだろうか？　彼は思った、おれは生きている毎日、人をだまし続けるだろう、せめておれ自身あるいは神だけはだまそうとしないでおこう。彼は答えた、「そう約束しても無駄だと思います、神父」

「そなたは約束せねばならぬ。手段を望むことなしに目的を望むことはできまい」

いや、できるんだ、と彼は思った、できるんだ、人は荒廃した都市を望むことなしに勝利の平和を望むことができるんだ。

ランク神父は言った、「そなたには言うまでもなかろうが、告解や免罪においては機械的なものはなに一つない。許されるかどうかは本人の心次第だ。心の用意なくここにきてひざまずいても無駄なのだ。ここにくる前におのれの犯したあやまちを知らねばならぬ」

「それは知っています」

「そして償いの真の目的をもたねばならぬ。われらはわれらの兄弟を七の七十たび許すよう教えられている、そしてまさか神はわれらより許したもうことが少ないはずはあるまい、だがだれであろうと悔悛せぬものを許そうと思うことはできぬ。七十たび罪を犯してそのたびに悔い改めるものは、一たび罪を犯して悔い改めぬものよりいいのだ」彼はランク神父の手が上にあがって目のあたりの汗をぬぐうのを見ることができた、それは疲労の身ぶりのようだった。彼は思った、神父をこのような不快な状態に縛りつけておいてなんの役に立つだろう？　神父の言うことは正しい、もちろん神父の言うとおりだ。この息苦しい小部屋のなかで確信を見いだせるだろうなどと想像したのはおれがばかだった……彼は言った、「ここにきたのは私がまちがっていたようです、神父」

「わしはそなたに罪の許しを拒絶するわけではない、ただそなたが帰って心のなかでよく反芻したならば、もっといい心の状態になってここへもどってくるだろうと思うのだ」

「はい、神父」

「わしはそなたのために祈るとしよう」

告解室から出たとき、スコービーははじめて一歩一歩が自分を希望の見えぬところまではこんできたように感じた。どこに目を向けても希望はなかった、十字架上の死せるキリスト像、石膏の聖母マリア像、はるか昔に起こった一連の出来事をあらわす受難の道行の像のどこにも。彼は絶望の領域を探検すべく旅立ったばかりのように感じた。

彼は署まで車を走らせ、書類を集め、家に帰った。「だいぶ手間どったのね」とルイーズは言った。彼はどんな嘘を言おうとしているのか自分でもわからないうちにその嘘を口に出していた。「また痛み出してね」と彼は言った、「しばらく待っていたんだよ」

「それでも飲むべきだと思うの？」

「うん、だれかに飲むなと言われるまでは」

「じゃあお医者さんに診てもらうわね？」

「もちろん」

その夜、彼は少年時代に読んだ英雄アラン・クォーターメーンが廃都ミロシスに向かって行ったときのような地下の河をボートで漂流する夢を見た。だがクォーターメーンには仲間がいたが、彼は独りだった。担架の上に死体があったがそれを仲間とは言えないからだ。彼はいそがなければと感じていた、この気候では死体が長もちしないことはわかっていたし、すでに腐臭が鼻をついていたからだ。やがて、すわったままボートを中流に向けてあやつっているうちに、彼はその腐臭が死体からではなく彼自身の生きた肉体からただよってくることに気がついた。彼は血が凍りついたように感じた、腕をあげようとしたが腕は肩からだらりと垂れさがった。目が覚めてみると、彼の腕をあげていたのはルイーズだった。彼女は言った、「あなた、もう出かける時間よ」

「出かける？」と彼は尋ねた。

「そうよ、ごミサに」そしてまた彼は彼女がじっと自分を見つめていることに気がついた。ここでもう一つ嘘をついて先へ延ばしたところでなんの役に立つだろう？　ウィルスンは彼女になにを言ったのか、と彼は考えた。祭壇の柵の前での出来事を避けるために、仕事とか健康とか失念とかの理由を見つけては、毎週毎週嘘をつき続けることができるだろうか？　彼は絶望的に思った、おれはすでに地獄に堕ちているんだ――とことんまで行ってみるほうがいいかもしれん。「そうだったな」と彼は言った、「よし、行こう。いま起きる」ところが突然彼女が彼の口に口実を押しつけ、チャンスを与えたので、彼はびっくりした。「あなた」と彼女は言った、「気分が悪いのなら寝てらっしゃい。無理にあなたをごミサにあずかりに引きずって行きたくはないわ」

だがその口実もまた彼には罠のように思われた。彼は緑の芝生の下にひそむ杭を見ることができた。彼女の差し出す口実を受けいれることは自分の罪を告白するようなものだ。この際思いきって、永遠に救われぬどんな犠牲を払ってでも、彼女の目にだけは身のあかしを立て、彼女に必要な安心を与えてやろう、と彼は決心した。彼は言った、「いやいや。いっしょに行くよ」彼女と並んで教会に入ったとき、彼はその建物にはじめて足を踏み入れるもののような気がした――異邦人のような。測り知れない距離がすでに彼と、ひざまずいて祈りを捧げやがて平安のうちに聖体を受けるであろう人々とを、分けへだてていた。彼はひざまずいて祈るふりをした。

ミサのことばは告発のようだった。「われは神の祭壇に行かん、若き日に喜びを与えたもう神のもとに行かん」だが喜びはどこにもなかった。彼は両手のあいだからのぞいてみた、聖母や聖者たちの石膏像は、彼だけを残して、両側にいるすべての人たちに手を差しのべているように見えた。彼はパーティーでだれにも紹介されない見知らぬ客だった。色塗られたやさしい微笑はすべて耐えがたいことにほかの方へ向けられていた。「主よあわれみたまえ」のところまでくると彼はふたたび祈ろうとした。「主よあわれみたまえ……キリストよあわれみたまえ……主よあわれみたまえ」だが彼の犯そうとしている行為の恐怖と恥辱が彼の頭を凍らせた。黒ミサを主宰し、聖餅を女の裸体の上で清め、聖体をばかげた恐ろしい儀式のうちに食いつくすあの破滅した司祭たちも、少なくともその堕地獄の行為を人間の愛以上の情熱をもっておこなっている、彼らがそれをなすのは神への憎悪からか、あるいは神の敵への奇妙な倒錯した献身からなのだ。だが彼には悪への愛も神への憎悪もなかった。みずからの自由意志によってみずからを彼の手にゆだねる神を、どうして憎むことができよう？　彼が神を瀆しているのは一人の女を愛するがゆえだ――それは愛とさえ言えるものだろうか、それともあわれみと責任の感情にすぎないのだろうか？　彼はふたたび自己弁明をしようとした、「あなたはご自分の面倒を見ることがおできになる。あなたは十字架上の死を越えて毎日生きておいでになる。あなたは苦しむことがおできになるだけだ。あなたには破滅することがおできにならない。あのほかの人たちを第一にし、あなたを第二にすることをお認めください」そしておれ自身は、と彼は、司祭が葡萄酒と水を聖杯に注ぎ、彼自身の堕地獄が祭壇の前の食事のように用意されるのを見守りながら思った、おれはいちばんあとにしなければならぬ、おれは警察副署長だ、百人の部下がおれのもとに勤務している、おれは責任ある男だ。ほかのものたちの面倒を見るのはおれの仕事だ。奉仕するのがおれの条件だ。

Sanctus. Sanctus. Sanctus.（聖なるかな。聖なるかな。聖なるかな）ミサのカノンがはじまっていた、祭壇でのランク神父のささやきは奉献へと容赦なくいそいでいた。「あなたの平安のうちにわれらの日々を正し……われらが永遠の罪に堕ちることを免れんがために……」**Pax, pacis, pacem.**（平安、平安の、平安を）「平安」ということばのあらゆる変化がミサのあいだじゅう彼の耳に鳴りひびいていた。彼は思った、おれは平安の希望さえ永久に棄てたのだ。おれは責任ある男だ。おれはまもなくあともどりができぬほど欺瞞のもくろみに深入りしてしまうだろう。**Hoc est enim Corpus.**（こはまことに神の肉なり）鐘が鳴り、ランク神父は聖体を指でとりあげた――いまはウェーファーのように軽いこの神の肉体も、それが近づくにつれてスコービーの心に鉛のように重くのしかかってきた。**Hic est enim calix sanguinis.**（こはまことに神の血の杯なり）そして第二の鐘が鳴った。

ルイーズが彼の手にふれた。「あなた、気分は悪くない？」彼は思った、これが第二のチャンスだ。また痛みがはじまったと言う。おれは出て行ける。だがいま教会を出て行けば残された道はただ一つしかないことを彼は知っていた――ランク神父の忠告に従い、恋愛問題に片をつけ、女を見棄て、二、三日後にここにもどり、曇りなき良心と、罪なきものを当然いるべき場所――大西洋の波の下――に押しもどしてやったという自覚とをもって神を受けいれることである。罪なきものは、人々の魂を殺すまいとするなら、若くして死なねばならぬ。

「われ平安を汝らにのこす、われ平安を汝らに与う」

「大丈夫だ」と彼は言った、幼いころからの渇望が眼球を刺戟した、祭壇の十字架を見あげながら彼は狂暴に思った、毒液にひたした海綿を受けられるがいい。私がこうなったのはあなたのなさったことだ。槍の一突きを受けられるがいい。彼はミサ典書を開けて見なくてもこの祈りがどう終わるかわかっていた。「おお、主イエズス・キリストよ、価値なき身をかえりみず御体を拝することの、わが罪、滅びに変じざらんことを」彼は目を閉じて闇に身をまかせた。ミサはいそぎ足で終わりに向かっていた、Domine, non sum dignus…Domine, non sum dignus…Domine, non sum dignus…（主よ、価値なき身を……主よ、価値なき身を……主よ、価値なき身を……）断頭台下に立たされる思いで彼は目を開けた、黒人の老婆が祭壇の柵に向かって足を引きずって行くのが見えた、続いて数人の兵士が、飛行機の整備士が、彼の部下の警官の一人が、銀行の事務員が。彼らは落ちついて平安に向かっていた、スコービーは彼らの単純さ、彼らの善良さをうらやましく思った。そう、いまこの瞬間、彼らは善良だった。

「行かないの、あなた？」とルイーズは尋ねた、そしてふたたびその手が彼にふれた、やさしいしっかりした探偵のような手が。彼は立ちあがって彼女のあとに従い彼女と並んでひざまずいた、その国の習慣を教えこまれそのことばを母国語のように話せるよう身につけている外国のスパイのように。いまのおれを救いうるのはただ奇蹟だけだ、とスコービーはランク神父が祭壇で聖櫃《き》を開けるのを見つめながら自分に言い聞かせた、だが神はみずからを救うためにも奇蹟をおこないはしないだろう。おれは十字架だ、と彼は思った、神はこの十字架からみずからを救うために奇蹟のことばを発しはしないだろう、だが、ああ、十字架の木材がなにも感じないようにできていさえしたら、そして釘が人々の信じるように無感覚なものでありさえしたら。

ランク神父は聖餅を捧持して祭壇からの段をおりてきた。唾液はスコービーの口中で乾ききっていた、それは血液が乾ききっているかのようだった。彼は目をあげることができなかった、彼に見えたのは中世の軍馬の飾り衣のように彼に向かって押し寄せてくる司祭服の裾だけだった。その裾をひらめかせる足さばき、神の突撃。ああ、射手たちがかくれ場所から矢を放ってくれさえしたら。そして一瞬、彼は司祭の足どりが実際によろめいたように夢想した、もしかしたらまだ司祭がおれのところにくるまでになにかが起こるかもしれん、なにか信じられぬことが介入するかもしれん……だが口を開けて（ついに時はきたのだ）彼は祈ろうとする最後の試みをした、「おお、神よ、私は私が地獄に堕ちることをあなたに捧げます。それをおとりください。そしてそれをほかの人々のためにお用いください」そして彼は舌の上に永遠の宣告のかすかな紙のような味を感知した。

第三章

1

銀行の支配人は氷水を一口すすってから、職業的以上のあたたかさをもって叫んだ、

「そいつは嬉しいだろうねえ、奥さんがクリスマスにまにあうよう帰ってきたっていうのは」

「クリスマスはまだだいぶ先だよ」とスコービーは言った。

「雨季が明けたら時がたつのは矢のごとしさ」と銀行の支配人は彼には珍しい陽気さで言った。スコービーは彼がこんな楽天的な口調でものを言うのをこれまで聞いたことがなかった。彼はコウノトリのような姿が、ときどき医学書の前で立ちどまりながら、一日に何百回も往復していたことを思い出した。

「おれが立ち寄ったのは……」とスコービーは言いはじめた。

「生命保険のことか——それとも超過貸し出しのことだろう？」

「いや、今日はそのどちらでもないんだ」

「おれはいつだってきみの役に立つのを喜んでいるんだぞスコービー、どんなことであろうとな」なんと静かにロビンスンは机の前にすわっていることか。スコービーは驚きをもって言った、「あの日課にしていた運動はやめたのか？」

「ああ、あんなばかばかしい無意味なことはなかったよ」と支配人は言った。「おれは本を読みすぎていたんだ」

「きみの医学百科辞典をのぞかせてもらいにきたんだがね」とスコービーは説明した。

「それより医者に診てもらうほうがずっといい」とロビンスンは思いがけない忠告をした。「おれをなおしてくれたのは医者だよ、本じゃない。おかげでどんなに時間を浪費せずにすんだか……いいか、スコービー、今度アージル病院にきた新任の若いやつは、この植民地発見以来ここにやってきた最高の医者だぜ」

「その医者がきみをなおしたんだね？」

「診てもらいに行けよ。トラヴィスっていう名前だ。おれから聞いてきたと言えばいい」

「それでもやはりちょっと見せてほしいんだが……」

「本棚にある。もったいらしく見えるんでまだおいてあるんだ。銀行の支配人は読書家でなければならん。いかめしい本を飾っておくとみんな安心するんだよ」

「きみの胃がなおってよかったな」

支配人はもう一口水をすすった。彼は言った、「もう胃のことは気にしないことにした。

実を言えばだな、スコービー、おれは……」

　スコービーは百科辞典に目を走らせ、「狭心症」ということばを探しあてると、読みはじめた、「**苦痛の特質**。これは通常〈さしこみ〉と呼ばれ、〈胸が万力で締めつけられるよう〉と表現される。苦痛の部位は胸の中央と胸骨の下である。それは両腕にひろがることもあるがふつうは左腕のほうが多い、さらに頸部にのぼったり腹部にさがったりすることもある。それは数秒間、長くて一分間前後継続する。**患者の行動**。これは特徴的である。彼はいかなる状況にあろうと絶対的に身体を硬直させ……」スコービーの目はすばやく小見出しの上を通りすぎた、「**苦痛の原因**。**療法**。**病患の治癒**」それから彼はその本を棚にもどした。

「まあ、多分」と彼は言った、「きみの言うドクター・トラヴィスに診てもらいに行くよ。ドクター・サイクスに診せるよりよさそうだ。きみと同じようにおれも元気にしてくれるだろう」

「ま、おれの場合は」と支配人は逃げ道を用意するように言った、「独特の症状だったんでね」

「おれのは充分明快なようだ」

「健康そうに見えるがな」

「ああ、大丈夫なんだ――ただときどきちょっと痛みがあるのと、よく眠れないだけで」

「責任ある立場にいるからそうなるんだよ」

「多分な」

スコービーは充分種をまいたように思った——どんな収穫をあてにしてか？　それは自分でもわからなかったろう。彼は別れを告げ、まぶしい街路へ出て行った。彼はヘルメットを手にもち、太陽が薄い白くなりかかった髪を垂直に照らすにまかせた。警察署までの道を歩きながら自分のからだに罰を加えようとしたのだが、その目的は拒絶された。この三週間、呪われたものたちは特殊なカテゴリーに組みこまれているにちがいない、と彼は思っていた。貿易会社にいてどこか健康に悪い外地へ行かされることに決まった若者のように、彼らは月並みな仲間から引き離され、日常の仕事は免除され、特別なデスクに注意深く縛りつけられて、やがて起こる最悪の事態にそなえているのだ、と思っていた。ところがいまはなに一つ悪いことは起こらないように見えた。日射病にはならないし、植民地長官は晩餐に招いてくれた……彼は不幸から拒絶されたように感じた。

署長は言った、「入りたまえ、スコービー、きみにいい知らせがある」そしてスコービーはまた一つ不幸から拒絶される覚悟をした。

「ベーカーは赴任してこないことになった。パレスチナのほうであの男が必要になったんだ。結局当然なるべき人物がおれの後任に決まったよ」スコービーは窓の敷居に腰をおろし、膝の上でふるえている自分の手を見つめた。彼は思った、これまでのことはすべて起ころ必要のなかったことだ。ルイーズがずっと家にいたらおれはヘレンを愛するようにならなかったろうし、ユーゼフに脅迫されることもなかったろうし、あの絶望の行為もしなかったろう。おれはいまなおおれ自身であったろう――十五年間に日記に積みかさねられているのと同じ自分であって、このような運命の破産者にはなっていなかったろう。だがもちろん、と彼は自分に言い聞かせた、成功が訪れたのはおれがこういうことをやってきたからにすぎない。おれは悪魔の一味なのだ。悪魔はこの世でみずからの手下を探し出す。おれは今後呪われた成功から呪われた成功へと歩むことになるだろう、と彼は嫌悪をもって思った。

「ライト大佐のことばが決定的な要素となったらしい。きみは好印象を与えたからな、スコービー」

「もう遅すぎました、署長」

「なぜ遅すぎたんだい？」

「私はこの職務には年をとりすぎています。もっと若い男が必要ですよ」

「ばかな。きみはまだやっと五十じゃないか」

「健康もよくありませんし」

「そいつは初耳だね」

「今日銀行でロビンスンにも言ったところです。痛みがあるし、よく眠れないんです」彼は膝の上で拍子をとりながら早口に言った。「ロビンスンはトラヴィスを推奨しています。なんでも奇蹟のような効きめがあったとか」

「ロビンスンも気の毒にな」

「どうしてです？」

「あと二年のいのちなのだ。これは秘密だがね、スコービー」

人間には驚きが絶えないものだ、ロビンスンを想像上の病気や、医学書や、壁から壁へと歩く日課から解放してやったのは、死の宣告だったわけか。おそらく、とスコービーは思った、それが最悪の事態を知った結果なのだ——最悪の事態と差し向かいになるとそれは平安に似てくるのだ。彼はロビンスンがデスク越しにその孤独な仲間に話しかけている姿を想像した。「われわれもみんな同様に平静に死にたいものです」と彼は言った。「彼は帰国するのですか？」

「しないだろうな。すぐにアージル病院に入院しなければならんと思うよ」

スコービーは思った、さっきなにを目にしていたかちゃんとわかっていたらよかったのに。ロビンスンが見せてくれていたのは一人の人間が所有しうるもっともうらやむべきもの——しあわせな死だったのだ。今期は高い死亡率を示すだろう——あるいはもしかしたらそれほど高くはないかもしれない、一人一人数えあげてヨーロッパとくらべてみれば。まずペンバートン、次にペンデのあの子供、そしてロビンスン……いや、たいして多くはない、だがもちろん彼は陸軍病院の黒水熱患者を数えていなかった。

「とにかくそういうわけだ」と署長は言った。「来期はきみが署長になる。奥さんも喜ぶだろう」

おれは彼女の喜びに耐えねばなるまい、とスコービーは思った、腹を立てたりせずに。おれは罪人だ、二度と文句を言ったり、腹立ちを顔に出したりする権利はない。彼は言った、「では、家に帰ります」

アリが車のそばに立って、別の給仕に話しかけていた、その少年はスコービーが近づくのを見るとこっそり立ち去った。「あれはだれだい、アリ？」

「私の弟です、旦那様」とアリは言った。

「おれは会ってないな。同じ母親か？」

「いいえ、旦那様、父親が同じです」

「いまなにをしてるんだい？」アリはスターターを動かした、その顔に汗をしたたらせ、なにも言わないまま。

「だれのところで働いてるんだ、アリ？」

「え？」

「だれのところで働いてる、って言ったんだ」

「ミスター・ウィルスンのところです、旦那様」

エンジンが始動し、アリはバックシートに入りこんだ。「おまえになにか話をもってきたのか、アリ？　つまりおれのことで密告しろと頼んだのか――金を出すからと言って？」バックミラーのアリの顔がこわばり、かたくなになり、閉ざされ、洞穴のようにゴツゴツしたものになるのを彼は見ることができた。「いいえ、旦那様」

「いろんな連中がおれに興味をもち、密告したらたっぷり金をはずもうとしている。おれは悪い男と思われているんだよ、アリ」

アリは言った、「私はあなたの給仕です」そしてミラーのなかでじっと彼を見返した。信頼感を失うのは自分の欺瞞性の一つであるようにスコービーには思われた。おれが嘘をつき裏切ることができるものなら、他人もそうできるだろう。おれの正直さに賭ければ賭け金を失うものがおおぜいいるだろう。おれがみすみすアリへの賭け金を失っていいものか？　おれがアリに現場をおさえられたことはないし、アリがおれに現場をおさえられたこともない、それだけだ。言いようのない重い気持ちが彼の頭をハンドルの上に垂れさせた。彼は思った、アリが正直であることをおれは知っている、十五年間知り続けている、おれはただこの虚偽の国で仲間を見つけようとしているだけなのだ。おれの次の段階は他人を堕落させることなのだろうか？

二人が着いたときルイーズは留守だった。おそらくだれかが訪ねてきて彼女を連れ出したのだろう――多分海岸へ。彼女は彼が日没前に帰るとは思っていなかったのだ。彼は彼女に置き手紙を書いた、「ヘレンのところへ少し家具を届けに行く。いい知らせをもって早めに帰る」それから彼は荒涼とした人気のない真昼間を、プレハブ住宅まで一人で車を走らせた。外に出ているのは禿鷹だけだった——道ばたの鶏の死体に群らがり、老人のような頭を腐肉の上にかがめ、破れ傘のような羽をあちこちにひろげていた。

「テーブルをもう一つと椅子を二つもってきた。給仕はいる？」

「いいえ、市場へ行ってるわ」

そこで二人は近づいて兄妹のように形式的にキスした。災難に見舞われてみると姦通も友情と同じように重要でないものになっていた。炎は二人をなめつくしたあと空地の向こうへ移って行っていた、焼け跡に残されたのは責任感と孤独感だけだった。そこを裸足で踏めばはじめて草に残る熱さを感じることができたろう。スコービーは言った、「昼食の邪魔をしたようだね」

「とんでもない。もうほとんどすませたところよ。フルーツ・サラダをどうぞ」

「新しいテーブルがいるころだと思ってね。これはぐらぐらするから」彼は言った、「結局おれは署長にされるらしい」

「奥さんが喜ぶでしょう」とヘレンは言った。

「おれにとってはなんの意味もないんだが」

「あら、もちろん大ありよ」と彼女は元気よく言った。これが彼女のもう一つのしきたりだった——苦しむのは彼女のみ、ということが。彼は長いあいだ、コリオレーナスのように、おのれの傷を人目にさらすまいとするだろう、だが遅かれ早かれ抵抗しきれなくなるだろう、やがて自分自身にさえ真実とは思われなくなるまで自分の苦痛を芝居がかったことばで歌いあげるだろう。そして彼は思うだろう、おそらく結局は彼女の言うとおりだ、おそらくおれは苦しんでいないんだ、と。彼女は言った、「もちろん署長さんともなれば疑惑の目を受けてはならないわね、シーザーのように」（彼女の格言めいた言いかたは、スペリングと同じように、正確さに欠けていた）「これで私たちはおしまいね」

「おれたちにおしまいはないんだ」

「あら、だって署長さんがプレハブ住宅に愛人をかくしておくわけにはいかないでしょう」棘は、もちろん、「かくしておく」ということばにあった、だがこないだ寄こした手紙のなかで、彼が棄てようと棄てまいといずれにしろ彼女自身を犠牲として捧げます、と言ってきたことを思い出すと、どうしていささかでもその棘に腹立ちを感じる気になれようか？　人間はつねに英雄的であり続けることはできない、すべてを投げうったものが——神のためであれ、愛のためであれ——その投げうったものをとりもどしたいと心のなかで思うこともときには許されねばならぬ。たとえ向こう見ずにでも英雄的行為を一度もしていない人間はいくらでもいる。大事なのは行為そのものだ。彼は言った、「署長になるときみを手放さなければならないんだったら、おれは署長にならないよ」

「ばかなこと言わないで。結局」と彼女は、今日は機嫌の悪い日と彼にも認められるような、うわべだけのもっともらしさをもって言った、「それで私たちになんの利益があるっていうの？」

「いろんな利益があるさ」と彼は言った、そして考えた、これは慰めのための嘘だろうか？　近ごろはあまり多くの嘘を言っているので小さな重要でない嘘は行力を見失ってしまうのだ。

「多分あなたがこっそり抜け出せるのは一日おきに一、二時間。一晩なんてとても無理だわ」

彼は希望もなく言った、「いや、おれには計画があるんだ」

「どんな計画？」

彼は言った、「まだ漠然としたものだが」

彼女はしぼり出せるかぎりのにが味をこめて言った、「じゃ、いずれ教えてちょうだい。でないとあなたのお望みに同意できるかどうかわからないもの」

「ねえ、きみ、おれは喧嘩するためにここにきたんじゃないんだよ」

「私ときどきあなたがなんのためにここにくるのか不思議に思うことがあるわ」

「とにかく、今日は家具をもってきたんだ」

「ああ、そう、家具をね」

「車できたから、いっしょに海岸へ行こう」

「でも、私たちがいっしょにいるのを見られたら困るでしょう」

「ばかな。ルイーズもいま海岸にいると思う」

「お願いだから」とヘレンは言った、「あのおすまし屋さんを私の見えないところにおいといてちょうだい」

「わかったよ。じゃあ車でちょっと一まわりしよう」

「そのほうが安全だわね、きっと」

スコービーは彼女の肩を抱いて言った、「おれはいつも安全のことばかり考えているわけじゃないよ」

「そうだと思ってたわ」

突然彼は抵抗しきれなくなったと感じ、彼女に向かって叫んだ、「犠牲を払ってるのはきみだけじゃないんだ」絶望感をもって彼は二人の上に襲いかかろうとする光景を遠くに見てとった、雨の前の竜巻きのようなもの、まもなく空一面をおおうであろう渦巻く暗黒の円柱のようなものを。

「もちろんお仕事を犠牲にしなければならないわね」と彼女は子供っぽい皮肉をこめて言った、「こうやってちょくちょく三十分ほどいらっしゃれば」

「おれは希望を棄てたんだ」と彼は言った。

「どういうこと？」

「おれは未来を棄てたんだ。自分を地獄へ堕としたんだ」

「そんなメロドラマみたいな言いかたはよして」と彼女は言った。「なに言ってらっしゃるのかさっぱりわからないわ。とにかくあなたはついさっき未来の話をしたじゃありませんか――署長になるって」

「おれが言ってるのは真の未来――永遠に続く未来のことだ」

彼女は言った、「私の憎むものが一つあるとすれば、それはあなたのカトリシズムよ。きっと信心深い奥さんをおもちになったせいでしょ。いんちきよ、そんなの。あなたがほんとうにカトリシズムを信じているならここへはこないはずだわ」

「だがおれは信じてもいるし、ここにきてもいる」彼はうろたえたように言った、「おれにもその説明はできない、だがそれは事実なんだ。おれの目はちゃんと見えている。自分のしていることはわかっている。ランク神父がご聖体を手にして柵のところまでおりてきたとき……」

ヘレンは軽蔑といら立ちをもって叫んだ、「そんなことはもう前に聞かされたわ。あなたは私を感動させようとしてるんでしょ。ほんとうは私と同じように地獄があるなんて信じちゃいないのよ」

彼は彼女の両手首をとって激しく握りしめた。彼は言った、「そう言ってみたところでなんにもならないんだよ。おれは信じているんだ、嘘じゃない。おれは永遠に地獄に堕ちたと信じているんだ——奇蹟でも起こらないかぎり。おれは警察官だ。自分の言ってることはわかっている。おれのしたことは人殺しよりはるかに悪いことだ——人殺しは一つの行為にすぎん、一撃か、一突きか、一発ぶっ放すかして、それがすめばすべては終わってしまう、だがおれはおれの腐敗をおれのうちに持ち続けていくんだ。おれの胃袋の粘膜のように」彼は果物の種子を石の床に投げ棄てるように彼女の手首をほうり出した。「おれが愛を示さなかったなどというふりをするのはよしてくれ」

「奥さんへの愛でしょう、あなたが言うのは。あなたは奥さんに見つかるのをこわがっていたもの」

怒りが彼の内部から出つくした。彼は言った、「きみたち二人への愛だ。妻への愛だけだったらまっすぐな楽な道をたどれたろう」彼はふたたびヒステリーがこみあげはじめるのを感じて両手を目にあてた。彼は言った、「おれは苦しみを見るのが耐えられない、しかもいつも苦しみを生み出すのはこのおれなんだ。おれは逃げ出したい、逃げ出したい」

「どこへ?」

ヒステリーと正直さが退《ひ》いて行った、狡猾さが雑種犬のように敷居をまたいでもどってきた。彼は言った、「ああ、おれはただ休暇をとりたいだけなんだ」彼はつけ加えた、「このところよく眠れないし。それに奇妙な痛みもあるし」

「あなた、病気なの?」竜巻きの円柱は渦巻きながら進み去った、嵐はいまやほかのものを巻きこんでいた、もう二人の上を通り過ぎたのだ。ヘレンは言った、「あなた、私って悪い女ね。私、いろんなことで疲れていやになって――でもそんなことはなんでもないわ。お医者さんに診てもらったの?」

「近いうちにアージル病院のトラヴィスに診てもらうことになっている」

「ドクター・サイクスのほうがいいってみんな言ってるわよ」

「いや、ドクター・サイクスには診てもらいたくないんだ」怒りとヒステリーが過ぎ去ってみると、彼は彼女をサイレンが鳴っていたあの最初の夜とまったく同じ女と見ることができた。彼は思った、おお、神よ、私はこの女を見棄てることなどできません。それに、ルイーズも。この二人が私を必要とするほど、あなたは私を必要としてはいません。あなたには善良な信者たちや、聖者たちがいます、そういう祝福された人々すべてが。あなたは私なしでやっていけるはずです。彼は言った、「車でちょっと一まわりしよう。二人とも気が晴れるだろう」

ガレージの薄暗がりのなかで彼はまた彼女の手をとってキスした。彼は言った、「ここには人目はない……ウィルスンも見ることはできないし、ハリスも見張ってはいない。ユーゼフの給仕たちだって……」

「あなた、私は明日にでもお別れするわよ、そのほうがあなたのためになるなら」

「ためにはならないよ」彼は言った、「覚えているだろう、おれが手紙を書いたことを――失くなってしまった手紙だ。あのなかにおれはなにもかもはっきりと、文字にして、書いておこうとした。もう用心することはやめようと思ってね。おれはこう書いたんだ、おれは妻以上にきみを愛している……」しゃべりながら彼は肩のうしろ、車の横に、別の人間の息を聞いた。彼は鋭く言った、「だれだ?」

「なんなの、あなた?」

「だれかここにいるんだ」彼は車の向こう側にまわり、鋭く言った、「だれだ? 出てこい」

「アリじゃないの」とヘレンは言った。

「ここでなにしてるんだ、アリ?」

「奥様が行け言いました」とアリは言った。「私はここで旦那様待ってるんです奥様がお帰りになった言うために」

「なぜここで待ってたんだ?」

「私の頭ボーッとします」とアリは言った。「で、眠ります、ほんの、ほんのちょっと」

「こわがらせてはいけないわ」とヘレンは言った。「ほんとうのことを言ってるのよ」

「家に帰れ、アリ」とスコービーは命じた、「そして奥さんにおれがすぐ帰ると伝えるんだ」彼はアリがプレハブ住宅のあいだのきびしい日射しのなかへのろのろ出て行くのを見つめた。アリは一度もふり返らなかった。

「アリのことは心配することないわ」とヘレンは言った。「なに一つわかりゃしなかったわよ」

「おれはアリを十五年間使ってるんだ」とスコービーは言った。その長い歳月のあいだ彼がアリの前で恥ずかしい思いをしたのはこれがはじめてだった。彼は、ペンバートンが死んだ次の夜、手に茶碗をもち、ガタガタ揺れるトラックの上で抱きかかえてくれたアリを思い出した、それから警察署のそばの塀ぞいにこっそり逃げて行ったウィルスンの給仕を思い出した。

「とにかくアリは信用していいわ」

「どうしてだかわからないが」とスコービーは言った。「おれは人を信用するこつを忘れてしまったようだ」

2

ルイーズは二階で寝ていた、スコービーは日記帳を開いてテーブルの前にすわっていた。彼は十月三十一日の日付のところに次のように書いたところだった、「今朝署長に彼の後任に決まったと言われた。H・Rに二、三家具を届けた。ルイーズに昇任の件を知らせたら、喜んだ」別の生活が――飾り気のない、もの静かな、事実のみでできている生活が――彼の手の下にローマの基礎建築のように横たわっていた。これが彼の送ることになっていた生活だった、この記録を読んで、ガレージでのうしろ暗い恥ずかしい光景や、ポルトガル人船長との会談や、苦痛に満ちた真実を盲目的に突きつけてくるルイーズや、彼の偽善ぶりを責めるヘレンなどを、ありありと思い描くものは一人もいないだろう……彼は思った、これが本来あるべき生活の姿だ。おれは激情に走るには年をとりすぎている。詐欺師になるにも年をとりすぎている。虚偽は若者たちのためのものだ。彼らにはそれをとりもどすための真実の長い生涯がある。彼は腕時計を見た、十一時四十五分だった、そして書いた、「午後二時の気温、九十二度」ヤモリが壁の上で跳ねた、その小さな顎が蛾をくわえこんだ。なにかがドアの外側を引っかいた――野良犬か？　彼はまたペンをおいた、すると孤独がテーブルの向こう側に彼と向かいあってすわった。二階に妻がおり、わずか五百ヤードあまり離れた丘の上に情婦がいる彼ほど孤独でない人間などいないはずだが、それでもそこに話をする必要のない仲間のように腰をおろしたものは孤独だった。彼にはこれほど孤独を感じたことはなかったように思われた。

いま彼には真実を話しうる相手はだれもいなかった。署長に知られてはならないことがあったし、ルイーズに知られてはならないこともあった、ヘレンに言いうることにさえ限界があった、なぜなら、苦痛を避けるべくこれほど多くの犠牲を払ってきたあげく、その苦痛を不必要に押しつけたところでなんの役に立つだろう？　神については、彼は敵に話すようにしか神に話しかけることができなかった――神と彼のあいだにはきびしいものがあった。彼はテーブルの上で手を動かした、すると彼の孤独も手を動かして彼の指先にふれたかのようだった。「おまえとおれ」と彼の孤独は言った、「おまえとおれ」彼はふと、外界の人々が事実を知ったら彼をうらやむだろう、と思った、バグスターはヘレンのことで彼をうらやむだろうし、ウィルスンはルイーズのことで。なんてそらぞらしい男だ、とフレーザーは舌打ちして叫ぶだろう。彼らはおそらく、と彼は自分でも驚きながら思った、おれがこうしてなにかを得ていると想像するだろう、だが彼ほど得るところの少ないものはいないように彼には思われた。自己をあわれむ心さえ彼には許されなかった、自己の罪の範囲を正確に知っていたからである。彼はあまりに砂漠の奥深くまで亡命してきたので肌まで砂の色に染まったかのように感じた。

ドアが背後で静かにキーッと開いた。スコービーは身動きしなかった。スパイたちが、と彼は思った、こっそり忍びこんできているな。こいつはウィルスンか、ハリスか、ペンバートンの給仕か、アリか……？　「旦那様」と声がささやいた、そして素足がコンクリートの床を一歩ピタッとうった。

「だれだ？」とスコービーはふり返らないまま尋ねた。ピンクの掌が小さな紙の玉をテーブルに落としてふたたび引っこんで見えなくなった。声は言った、「ユーゼフが静かに行けだれにも見られるな言います」

「ユーゼフが今度はどんな用だと言ってるんだ？」

「旦那様に書いたもの届けろ言います――小さな小さな書いたもの」それからまたドアが閉まり、沈黙がもどった。孤独は言った、「いっしょにこれを開けようじゃないか、おまえとおれとで」

スコービーは紙の玉をとりあげた、それは軽かった、だが中心に小さな固いものがあった。最初彼はそれがなにかわからなかった、紙を飛ばないようにするために入れた小石かと思った、そしてなにか書いてないかと探したが、もちろんそれはなかった、ユーゼフが代筆を頼むほど信用している人間などいるだろうか？　それから彼はそれがなにかやっとわかった――ダイヤモンド、宝石だったのだ。彼はダイヤモンドについてはなにも知らなかったが、多分少なくとも彼がユーゼフに借りている金額分の値うちはあるように思われた。おそらくユーゼフは、エスペランサ号で送った宝石が無事目的地に着いたという情報を得たのだ。これは感謝のしるしで――賄賂ではない、とユーゼフは説明するだろう、ふとった手を誠実で浅薄な心臓の上において。

ドアが勢いよく開いて、アリが現われた。彼はすすり泣く少年の腕をつかんでいた。アリは言った、「この薄汚ないメンデの小僧が家のなかうろついています。ドア開けようとしていますた。

「だれだ、おまえは？」とスコービーは言った。

その少年は恐怖と激怒のまじった声で叫んだ、「あたしユーゼフの給仕です。あたし旦那様に手紙もってきます」そして彼はテーブルの上にある小石を巻きこんだ紙を指さした。

アリの目はその身ぶりを追った。スコービーは彼の孤独に言った、「おまえとおれはすばやく考えねばならんぞ」彼はその少年に向きなおって言った、「なぜおまえは堂々とここにきてドアをノックしないんだ？　なぜこそ泥みたいに入ってくるんだ？」

その少年はメンデ人がみんなもっているやせたからだと憂鬱そうなやさしい目をしていた。彼は「あたしこそ泥でない」と言ったが、最初の「あたし」ということばに無礼ではないとやっと感じられる程度の軽い力をこめていた。彼は続けて言った、「うちの旦那が静かに行け言います」

スコービーは言った、「これをユーゼフのところにもって帰り、このような石を彼がどこで手に入れたかおれが知りたがっていると伝えるんだ。彼は宝石を盗んでいるのだろう、近いうちにおれが見つけてやる。さあ。これをもって行け。おい、アリ、そいつをほうり出せ」アリはその少年を追い立ててドアから出て行った、スコービーは道路をこする二人の足音を聞くことができた。あの二人はささやきかわしているのか？　彼はドアまで行ってうしろから呼びかけた、「ユーゼフに言うんだ、おれが近いうちにある晩出かけて行ってギューッといちめに会わせてやるってな」彼はまたドアをバタンと閉めて思った、アリはどれぐらいのことを知ってるんだろう？　そして彼は自分の給仕にたいする不信感がふたたび熱病のように血管のなかを駆けめぐるのを感じた。あいつはおれを破滅させることができる、と彼は思った、あいつは彼女たちを破滅させることができる。

彼はウィスキーをグラスに注ぎ、アイス・ボックスからソーダの瓶をとり出した。ルイーズが二階から呼んだ、「ヘンリー」

「なんだい、おまえ？」

「もう十二時になった？」

「まもなくだと思うが」

「十二時すぎたらなにも飲まないでね。明日のこと覚えているでしょう？」そしてもちろん彼はグラスを飲みほしながら思い出していた、十一月一日——諸聖人の祝日、つまり死者の日の前夜だ。どんな霊がウィスキーの表面を渡るだろう？「聖体拝領に行くわね、あなた？」そして彼は疲れを感じながら思った、これには終わりがない、いま句切りをつけようとしてもしようがあるまい？　最後まで堕地獄の罪をかさねて行くほうがましだろう。彼の孤独は彼のウィスキーが呼び出すことのできた唯一の霊だった、孤独はテーブル越しに彼にうなずいて見せ、彼のグラスから一口飲んだ。「次にくるのは」と孤独は彼に言った、「クリスマスだろう——深夜のミサ——それを避けられないことはおまえもわかってるな、その夜はどんな口実もおまえの役に立たないだろう、そしてそのあとも」――長々と続く春夏の祝祭日や早朝ミサが永遠のカレンダーのようにくりひろげられた。彼は突然目の前に、血を流している顔、たえまなく降り注ぐ乱打に閉ざされた目をありありと見た――ふらふらになって横ざまによろめく神の頭を。

「行くのでしょうね、ティッキー？」ルイーズが彼には突然の不安と思える口調で呼びかけた、疑惑の念かなにかがふたたび彼女に一瞬息を吹きかけたかのように――そしてふたたび彼は思った、アリはほんとうに信用していいだろうか？　商人たちや本国からの送金で暮らしている連中がもっている海岸地方の古くさい知恵が彼に語りかけた、「黒人は信用するな。やつらには結局裏切られるのがおちだ。うちの給仕は十五年いたことになるが……」この死者の日の前夜、不信の霊たちが現われて彼のグラスのまわりに集まった。

「もちろんさ、おまえ、必ず行くよ」

「あなたはただ一言おっしゃるだけでいいのです」と彼は神に呼びかけた、「そうすれば天使たちの大軍が……」と言って指輪をはめた手を目の下にあてると、皮膚が傷つき破れた。彼は「そしてクリスマスにはふたたび」と思った、神の子の顔を馬小屋の汚物のなかへ押しこみながら。彼は階段の上に向かって叫んだ、「いまなんて言ったんだい、おまえ？」

「ああ、明日はいろいろお祝いしなければ、と言っただけよ。いっしょに暮らせることや、署長になれたことや。人生ってしあわせいっぱいだわ、ティッキー」そしてこれがおれの受ける報いなのだ、と彼は挑戦的に彼の孤独に言った、テーブルにウィスキーをまき散らし、霊たちに最悪のことをやってみるよう挑み、神が血を流すのを見つめながら。

第四章

1

彼はユーゼフが波止場のオフィスで遅くまで仕事していることはわかっていた。小さな白い二階建ての建物が、軍用ガソリン置場のすぐ向こうの、アフリカ大陸の縁から突き出た木製桟橋のそばに立っていた、そして一筋の光が陸に向かった窓のカーテンの下に見えていた。木枠のあいだをたどって行くと一人の警官がスコービーに敬礼した。「異状はないか、警部？」

「異状ありません、閣下」

「クルー・タウンのはずれをパトロールしたか？」

「しました、閣下。異状ありませんでした、閣下」彼はその返事の迅速さからそれが嘘であることがわかった。

「波止場ネズミは出ていないか？」

「出ていません、閣下。墓場のように静かです」この陳腐な文学的表現はその男がミッション・スクールで教育を受けたことを示していた。

「じゃ、おやすみ」

「おやすみなさい、閣下」

スコービーは歩き続けた。ユーゼフとは何週間も会っていなかった——脅迫された夜以来だ、そしていま彼は自分を苦しめるものにたいして奇妙なあこがれめいた気持ちを抱いていた。その小さな白い建物は磁石のように彼を引きつけた、まるでそこには彼の唯一の仲間、彼の信用しうる唯一の男がひそんでいるかのように。少なくとも彼の脅迫者はほかのだれより彼をよく知っていた、そのふとった滑稽な姿と向きあってすわると彼はすべての真実を語ることができた。この虚偽の新世界を彼の脅迫者はわが家のように熟知していた、あるゆる道筋を知っていた、忠告することができた、援助することさえ……木枠の角をまわってやってきたのはウィルスンだった。スコービーの懐中電灯が彼の顔を地図のように照らした。

「やあ、ウィルスンじゃないか」とスコービーは言った、「遅い外出だね」

「ええ」とウィルスンは言った、スコービーは不安げに思った、この男はどんなにおれを憎んでいることか。

「波止場の通行証はもっているだろうな?」

「ええ」

「クルー・タウンのはずれには近づくなよ。あそこへ一人で行くのは安全じゃない。鼻血はもう出ないのか？」

「ええ」とウィルスンは言った。彼は動こうとする気配を見せなかった、それが彼のいつものやりかたのようだった——人の行手に立ちふさがることが、人がよけてまわらなければならないようにすることが。

「じゃあ、おやすみを言うとしよう、ウィルスン。いつでも家に寄ってくれ。ルイーズが……」

ウィルスンは言った、「ぼくはあの人を愛しているんです、スコービー」

「そうだろうと思っていた」とスコービーは言った。「彼女もきみが好きなんだよ、ウィルスン」

「ぼくはあの人を愛しているんです」とウィルスンはくり返した。彼は木枠の上の防水布を引っぱりながら言った、「それがどういう意味かあなたにはわからないでしょう」

「それがって？」

「愛がです。あなたはあなた自身、汚れきったあなた自身のほかにはだれも愛さない人だから」

「きみは疲れすぎているようだ、ウィルスン。気候のせいだ。帰って横になるんだな」

「あなたがあの人を愛しているならいましていいるようなことはしないはずだ」黒々とした

潮を渡って、目に見えない船から、胸を引き裂くようなポピュラー音楽をかけている蓄音器の音が聞こえてきた。野戦警備隊の詰所で歩哨が誰何し、だれかが合いことばで答えた。スコービーは懐中電灯をさげてウィルスンの蚊よけ長靴だけやっと照らすようにした。彼は言った、「愛はきみが考えているほど単純なものじゃないんだよ、ウィルスン。きみは詩を読みすぎるんだ」

「もしぼくがあの人になにもかも——ロールト夫人のことをすっかり話したら、あなたはどうします?」

「だがきみはもう話したんだろう、ウィルスン。きみが信じこんでいることを。だが妻はおれの話のほうを信じているんだ」

「いつかぼくはあなたを破滅させますからね、スコービー」

「それがルイーズの役に立つだろうか?」

「ぼくならあの人をしあわせにしてやれるんだ」とウィルスンは純情な声をあげた、そのかすれた叫び声がスコービーを十五年昔に連れもどした——いまこの波打ち際でウィルスンの話に耳を傾け、そのことばの合間に材木を打つ海水の低いピシャピシャという音を聞いている汚れた標本のような男より、はるかに若かった時代に。彼はおだやかに言った、「きみはやってみるだろう。やってみる気でいることはわかる。おそらく……」だが彼はそのセンテンスがどう終わることになっているか自分でも見当がつかなかった、なにかウィルスンの慰めになりそうなぼんやりしたことばが彼の心をかすめてまた消え去っていた。そのかわりに、木枠のそばに立っているこの無知なくせに多くのことを知ってしまったひょろ長いロマンティックな男にたいするいら立ちが彼をとらえた。彼は言った、「それはともかくおれをスパイすることはやめてほしいな」

「それがぼくの職業ですよ」とウィルスンは自認した、彼の長靴が懐中電灯の光のなかで動いた。

「きみが見つけ出すのはつまらんことばかりだ」彼はウィルスンをガソリン置場の横に残して歩いて行った。ユーゼフのオフィスへの階段をのぼりながら、ふり返ってみると、ウィルスンが立って見つめて憎んでいるあたりに暗闇がどんより濃くなっていくのが見えた。彼は家に帰って報告を書くだろう。「十一時二十五分、スコービー副署長があきらかに約束した時間に訪ねて行くのを見た……」

スコービーはノックして、ユーゼフがデスクに足をのせ、その向こう側になかば横になって、黒人事務員に口述しているところへまっすぐ入って行った。言いかけていたセンテンス――「マッチ箱模様の布五百ロール、バケツと砂模様の布七百五十ロール、水玉模様の人絹六百ロール」――を中断しないまま、彼は希望と不安をもってスコービーを見あげた。それから彼は事務員に鋭く言った、「さがってくれ。だがあとでまたくるんだぞ。給仕においてはだれにも会わんと言ってくれ」彼はデスクから足をおろし、立ちあがり、だらけた手を差し出した、「よくきてくださいました、スコービー副署長」そして買手のつかなかった商品のようにその手をおろした。「私のオフィスにご来駕の栄をたまわったのはこれがはじめてですね、スコービー副署長」

「おれはいまなぜここにきたのか自分でもわからないんだ、ユーゼフ」

「ずいぶん久しぶりですね、おたがいに顔を合わせるのは」ユーゼフは腰をおろすと大きな頭を皿のような掌の上に疲れたようにのせた。「時は二人の人間にとって別々に流れるものです――早かったり、遅かったり。それぞれの友情の厚さに従って」

「多分そんなことを歌ったシリアの詩があるんだろう」

「ありますとも、スコービー副署長」と彼は熱心に言った。

「おまえはな、ユーゼフ、ウィルスンと友だちになるべきだ、おれとではなく。あの男は詩を読んでいる。おれは散文的精神しかもちあわせていないが」

「ウィスキーは、スコービー副署長？」

「いやとは言わんよ」彼はデスクの反対側にすわった、おきまりの青いサイフォンが二人のあいだにあった。

「で、奥さんはお元気ですか？」

「どうしてあのダイヤモンドを届けてきたんだ、ユーゼフ？」

「あなたに借りがありましたからね、スコービー副署長」

「とんでもない、借りなんかあるものか。おまえは一枚の紙切れで充分おれへの支払いをすませているんだ」

「そういうことだったということは一生懸命忘れようとしてるんです。私は自分に言い聞かせています、あれはほんとうに友情だった——心の底では友情だったと」

「自分に嘘をついてもはじまらんだろう、ユーゼフ。自分には嘘は容易に見抜けるんだから」

「スコービー副署長、もっとしょっちゅうあなたにお会いしたら、私はもっといい人間になるでしょう」ソーダがグラスのなかでシューシュー音を立てた、ユーゼフはむさぼるように飲んだ。彼は言った、「私は心のなかで感じとることができますよ、スコービー副署長、あなたがいま心配して、気がめいっていることは……私はいつもお困りのときには私のところへきていただきたいものだと願っていたんです」

スコービーは言った、「おれはいつも笑い出していたよ——おれがおまえのところへ行くことになるなどと考えただけで」

「シリアにはライオンとネズミの物語がありましてね……」

「おれたちにも同じ物語はあるんだ、ユーゼフ。だがおれは一度もおまえをネズミと思ったことはないし、おれもまたライオンなんかじゃない。ライオンなんかじゃ」

「いまお困りなのはロールト夫人のことですね。そして奥さんのことですね、スコービー副署長？」

「うん」

「この私には恥ずかしがる必要はありませんよ、スコービー副署長。私だってこれまで女の問題はいろいろありましたから。いまはもうこいつがわかったんで困らなくなりましたがね。そのこいつっていうのは、ちっともかまわないことですよ、スコービー副署長。どの女にも言ってやるんです、「おれはちっともかまわんぜ。おれは好きな女と寝るんだ。おまえもおれを受けいれるなり棄てるなり勝手にしろ。おれはちっともかまわんぜ」そう言うと女は決まって受けいれるものですよ、スコービー副署長」彼はウィスキーのなかへ溜息をついた。「ときには受けいれてくれなけりゃあいいのにと思ったこともありましたがね」

「おれはさんざん苦労してきたんだ、ユーゼフ、女房にかくすために」

「どんなに苦労なさったかよくわかりますよ、スコービー副署長」

「苦労の全部はわかるまい。それにくらべたらダイヤモンドの件なんかごく小さなものだ……」

「そうですか？」

「おまえにはわからんだろう。とにかくいままでは知ってるやつがいるんだ――アリが」

「でもあなたはアリを信用しておいででしょう？」

「信用しているとは思ってはいるが。だがあいつはおまえのことも知ってるんだ。ゆうべ部屋に入ってきてそこにあったダイヤモンドを見てしまった。おまえの給仕も不注意だったよ」

大きな広い手がテーブルの上で動いた。「私の給仕はすぐ処分します」

「アリの腹ちがいの弟がウィルスンの給仕をしている。二人はよく顔を合わせているんだ」

「それはたしかに困ったことですね」とユーゼフは言った。

彼はこれで心配事をすべて話したことになる――最悪の一つをのぞいては。彼は生涯はじめて心の重荷をおろしたような奇妙な感じをもった。そしてユーゼフがそれを背負いこんだ――あきらかにユーゼフが背負いこんだ。ユーゼフは椅子から立ちあがると、大きな尻を窓まではこび、風景でも見るように緑の灯火管制用カーテンを見つめた。片手が口のところまであがり、彼は爪を嚙みはじめた――プチ、プチ、プチ、と彼の歯は一本ずつ次々に爪を嚙んでいった。それからもう一方の手にとりかかった。「そうたいして心配することはないと思ってはいるんだが」とスコービーは言った。彼は不安に駆られた、自分には操作できない強力な機械を偶然動かしてしまったかのように。

「信用しないというのはよくないことです」とユーゼフは言った。「いつも信用している給仕をそばにおいておかなければなりません。やつらがこっちのことを知っている以上にこっちがやつらのことを知っているようでなければ」それが、どうやら、彼の信用についての概念らしかった。スコービーは言った、「おれもいままではあいつを信用していたんだがね」

ユーゼフは嚙みとられた爪に目をやり、もう一度嚙んだ。彼は言った、「心配ご無用です。あなたにご心配はさせません。万事私におまかせください、スコービー副署長。あの男を信用なさっていいかどうか私が調べてみましょう」彼はびっくりするような申し出をした、「私があなたのお世話をしますよ」

「どうしてそんなことができるんだ？」おれは腹立たしさを感じていないようだな、と彼は疲れた驚きをもって思った。おれは世話を受けることになる、そう思うと子供部屋の平安が舞いおりてきた。

「私に質問なさってはいけません、スコービー副署長。今度だけは万事私におまかせ願います。私はこ﹅つ﹅がわかってますから」窓を離れながらユーゼフはスコービーに蓋をした望遠鏡のような無表情で厚かましい目を向けた。彼は広いしめった掌をなだめすかす乳母のように動かして言った、「あなたはただあなたの給仕に一筆書いてくださればいいのです、スコービー副署長、ここにくるようにと。私から話をしてみます。私の給仕にお手紙を届けさせましょう」

「だがあいつは字が読めないんだ」

「じゃあこうしましょう。あなたの使いだというしるしになるものを私の給仕にもたせてやってください。認印を彫ってある指輪でも」

「どうしようというんだ、ユーゼフ？」

「あなたをお助けしようというんです、スコービー副署長。それだけです」ゆっくり、いいやながら、スコービーは指輪を抜こうとした。彼は言った、「アリはおれのところに十五年もいる。いままではいつも信用していたんだが」

「いまにおわかりになるでしょう」とユーゼフは言った。「万事うまくいきますよ」彼は指輪を受けとるために掌をひろげ、二人の手がふれあった、それは共謀者たちが交わす誓約のようだった。「二言三言話をすれば」

「この指輪、抜けないな」とスコービーは言った。彼は妙に気がすすまなかった。「いずれにしろその必要はないだろう。おまえの給仕からおれが呼んでいると聞けばあいつはくるさ」

「そうは思いませんね。夜、この波止場にはだれもきたがらないんですよ」

「あいつは大丈夫だ。一人でくるわけじゃないだろう。おまえの給仕といっしょだから」

「ああ、それはそうです、もちろん。だけどやはり私の考えでは――なにかしるしになるものをもたせてやるほうが――そのう、罠じゃないというしるしに、ですが。ユーゼフの給仕は信用されていませんからね、このユーゼフ同様に」

っと見返した。

これをもって行かせてくれ、必要ないとは思うが……」そして黙りこんで、無表情な目をじ
スコービーはポケットを探った、こわれたロザリオが爪をこすった。彼は言った、「こ

「では、明日こさせよう」

「今夜のほうがいいのです」とユーゼフは言った。

「ありがとうございます」とユーゼフは言った。「これがいちばん適当でしょう」ドアのところで彼は言った、「おくつろぎください、スコービー副署長。もう一杯ご自分でどうぞ。私は給仕に指図してきます……」

彼は出て行ったまま長いあいだもどらなかった。スコービーは自分で三杯目のウィスキーを注いでから、小さなオフィスがあまり息苦しかったので、あかりを消したあと海側のカーテンを開け、湾から少しでも風が吹いてくるならしのびこめるようにした。月が昇っていて、海軍の母艦が灰色の氷のようにキラキラ輝いていた。落ちつきなく彼は波止場の上方にある現住民町の小屋やがらくたに面した反対側の窓へ行った。ユーゼフの事務員がそこから帰ってくるのが見えた、彼は思った、ユーゼフは波止場ネズミどもを完全に支配下においているにちがいない、やつの事務員が一人で彼らの縄張りを通ることができるのだから。おれは助けを求めにきた、と彼は自分に言い聞かせた、そして世話を受けることになった――どのようにしてか、そしてだれの犠牲においてか？　今日は諸聖人の祝日だ

った、そして彼はいかに機械的に、恐怖も羞恥もなしに、今日ふたたび祭壇の柵の前にひざまずき、司祭が近づくのを見守ったか思い出した。あの堕地獄の行為さえ習慣と同じように重要でないものになりうるのだ。彼は思った、おれの心も硬くなったものだ、そして彼は浜辺で拾われる貝殻の化石を思い描いた、動脈のような石の渦巻きを。神を打つものは一度でたくさんだ。そのあとはなにが起こるか気にしたりするものか。彼はとことんまで堕落してもういくら努力しても無駄であるように思われた。神は彼の肉体に宿っていた、そして彼の肉体はその核から外に向かって腐敗しつつあった。

「暑苦しすぎましたか？」とユーゼフの声が言った。「部屋は暗いままにしておきましょう。友だちといると暗闇もいいものです」

「だいぶ長くかかったね」

ユーゼフはわざと作ったにちがいないあいまいさで言った、「いろいろ気を使わなければならないことがありまして」スコービーにはユーゼフの計画をきく機会はいましかないように思われた、だが彼の腐敗の疲労感が舌をとめた。

「たしかに暑苦しいな」と彼は言った、「横からの風も入れてみるか」そして彼は波止場に面した側の窓を開けた。「ウィルスンはもう帰ったかな」

「ウィルスン？」

「あの男はおれがここにくるのを見張っていたんだ」

「ご心配にはおよびませんよ、スコービー副署長。あなたの給仕は信用しうる男にできると思います」

彼は安堵と希望をもって言った、「つまりおまえがあいつをしっかりおさえておくと言うんだな？」

「質問はしないでください。いまにおわかりになりますよ」希望と安堵はどちらもしぼんだ。彼は言った、「ユーゼフ、おれは知らなければならないんだ……」だがユーゼフは言った、「私はまさにこういう夜をいつも夢見ていたんですよ、スコービー副署長、私たちのそばに二つのグラスをおいて、暗闇のなかで大事なことを話しあうという時を。神とか。家族とか。詩とか。私はシェイクスピアが大好きでしてね。イギリス砲兵隊にはりっぱな俳優さんがたくさんおられます、おかげで私はイギリス文学の珠玉を楽しませていただいています。シェイクスピアとなると私はもう夢中ですよ。シェイクスピアのために字が読めるようになりたいと思うことだってあるんです、勉強するにはもう年をとりすぎましたがね。そしておそらく記憶力も薄れていくでしょう。それは商売にはよくないでしょうが、私としては商売のために生きるのではなくても、生きるために商売をしなければなりません。あなたとお話したいことはいくらでもありましてね。あなたの人生哲学をうかがいたいものです」

「そんなものはないな」

「森のなかで迷わぬようあなたが手にされている糸を」

「おれは道に迷ってしまったんだ」

「あなたのようなかたが、まさか。私はあなたのご人格に賛美の念を抱いているのです。あなたは正しい人物です」

「そんなことは一度もなかったんだよ、ユーゼフ。おれは自分で自分がわからなかった、それだけさ。終わりがはじめ、という諺があるだろう。おれは生まれたとき、もうここにおまえとすわって、ウィスキーを飲んで、知っていたんだ……」

「知っていたって、なにをです、スコービー副署長？」

スコービーはグラスを乾した。彼は言った、「おまえの給仕はいまごろおれの家に着いているはずだな」

「自転車をもってますよ」

「じゃあ二人でこっちへもどる途中だろう」

「いらいらしても無駄ですよ。私たちは長いこと待たされるかもしれませんからね、スコービー副署長。給仕たちってどんな連中だかわかっておいででしょう」

「わかっているつもりだったが」彼は机にのせた左手がふるえていることに気がついた、彼はその手を両膝のあいだに動かぬようはさんだ。彼は国境地帯への長旅を思い出した、森陰での数えきれないほどの食事、イワシの空罐で料理してくれたアリ。そしてまたバンバへの最近のドライヴが心によみがえってきた——渡し場での長い待ちあわせ、彼を襲った熱病、いつもそばにいてくれたアリ。彼は額の汗をぬぐって、一瞬思った、これはただの病気だ、熱病だ、すぐにおれは意識をとりもどすだろう。この六カ月間の記録——プレハブ住宅での最初の夜、あまりに多くを書きすぎた手紙、密輪のダイヤモンド、嘘、一人の女の心を安らかにするために受けた聖体——は、耐風ランプがベッドに投げかけた影のように実体のないものと思われた。彼は胸のなかで言った、おれはいま意識をとりもどすところだ。警報のサイレンが聞こえたぞ、あの夜のように、あの夜のように……彼は首をふり、意識をとりもどすと、机の向こう側にユーゼフがすわっており、舌にウィスキーの味が残っており、なに一つ変わってはいないことを知った。彼は疲れたように言った、

「もうそろそろ帰ってきていいはずだな」

ユーゼフは言った、「給仕ってどんな連中だかご存じでしょう。サイレンでびくついて避難しているのです。私たちはここにすわって話しあうほかないのです、スコービー副署長。私にとってはまたとないチャンスです。朝がやってこなければいいと思うほどですよ」

「朝が？　おれは朝までアリを待つ気はないぞ」

「おそらく彼はぎょっとするでしょう。あなたに見破られたと知って、逃げ出すでしょう。給仕ってやつはときどき叢林地へ逃げかくれるものです……」

「ばかなこと言うな、ユーゼフ」

「もう一杯ウィスキーはいかがです、スコービー副署長？」

「いただこう。いただこう」彼は思った、おれは酒にも深入りするのだろうか？　彼には自分がなんの形も残っていないもののように思われた、さわってみて「これがスコービーだ」と言えるものはなにもないもののように。

「スコービー副署長、結局正義がおこなわれてあなたが署長になられる、という噂がありますね」

彼は注意して言った、「おれはそうなるとは思わんが」

「私が言いたかったのはですね、スコービー副署長、私のことはご心配なさいますな、ということだけです。私はあなたのためによかれと思っているだけで、それ以上の望みはありません。私はあなたの人生からこっそり消え去ります、スコービー副署長。あなたの重荷にはなりません。私は今夜の思い出をもつことができただけで充分です——暗がりのなかであらゆる話題についてゆっくりお話できただけで。私は今夜のことをいつまでも忘れないでしょう。あなたはご心配なさることはありません。それは私がうまくやりますよ」

ユーゼフの頭のうしろの窓を通して、小屋や倉庫が立ち並ぶあたりのどこかから、叫び声が一つ聞こえてきた、苦痛と恐怖の叫び声が、それは溺れかかった動物が息をしようともがくように浮かびあがり、また沈んで行った、部屋の暗闇のなかへ、ウィスキーのなかへ、机の下へ、紙屑籠のなかへ、捨てられおしまいになった叫び声となって。

ユーゼフはあまりにもすばやく言った、「酔っぱらいですよ」彼は心配そうに甲高い声をあげた、「どこへ行くのですか、スコービー副署長？ 危険ですよ——お一人では」それがスコービーの目にしたユーゼフの最後の姿だった、壁の上にはこわばりゆがんだシルエットが固着し、サイフォンと二つの飲みほされたグラスには月の光が輝いていた。階段の下に事務員が立って、波止場のほうをじっと見つめていた。月の光がその両眼をとらえた、それは路面の金属鋲のように道が曲がることを示していた。

懐中電灯を動かしてみたが、両側の空倉庫にも袋や木枠のあいだにも動くものはなに一つなかった、波止場ネズミが出ていたにしてもさっきの叫び声で彼らの穴に逃げこんでいたろう。彼の足音は倉庫のあいだで反響し、どこかで野良犬が悲しげに吠えた。この乱雑をきわめた荒野では朝までかかって探しまわっても無駄に終わることは充分ありえたろう、それなのに、彼自身が犯行現場を選んだかのように、彼をすばやくためらうことなく死体のところへ導いて行ったのはいったいなんだったろう？ 防水布と木材の小路を右に曲がり左に曲がりながら、彼はアリのいる場所を探し出す神経が額でしきりに働いているのを意識していた。

死体はガソリンの空罐の山の下にこわれた時計のゼンマイのように丸くなり無価値なものになって横たわっていた、それはまるで朝になって肉食鳥がくるのを待つためにそこにほうり捨てられたかのようだった。スコービーは死体の肩を引き起こす前に一瞬の希望をもった、結局二人の給仕が道路をいっしょにやってきただけのことだから。灰黒色の首はずたずたに切り裂かれていた。そうだ、と彼は思った、いまこそおれはこの男を信用しうる。黄色い目玉が、血走って、見知らぬものの目玉のように彼をじっと見あげた。まるでこの死体は彼を放棄し、彼との関係を否認しているかのようだった──「あんたなんか知らないよ」と。彼は大声でヒステリックに叫んだ、「神に誓っておれは犯人をつかまえてやるぞ」だがそのだれのものともわからぬ凝視を受けて不誠実な気持ちはしぼんだ。彼は思った、おれがその犯人だ。ユーゼフの部屋にいるあいだずっとおれはなにかが計画されていることを知らなかったろうか？　それがなにか無理にでも言わせることができなかったろうか？　一つの声が言った、「閣下？」

「だれだ？」

「ラミナー警部です、閣下」

「そのあたりにこわれたロザリオが見えないか？　注意して探してくれ」

「なにも見あたりません、閣下」

スコービーは思った、おれが泣くことさえできたら、苦痛を感じることさえできたらいいのだが、おれはこれほどまで悪人になったのか？　いやいやながら彼は死体を見おろした。ガソリンの臭いが重苦しい夜のなかに一面に立ちこめていた、一瞬彼にはその死体がひじょうに小さい暗い遠くに離れてあるもののように見えた――彼が探しているこわれたロザリオのように、その端に黒い玉が二つと神の像がついているあのロザリオのように。おお、神よ、と彼は思った、私はあなたを殺したのです、長年私に仕えてくれたのにその歳月の果てに私はあなたを殺したのです。神はガソリン罐の下に横たわっていた、スコービーは口もとまで流れてきた涙を、唇の裂け目に塩からさを感じた。あなたは私に忠実であったのに、私はこんなことをしてしまったのです。あなたは私に仕えてくれたのに、私はあなたを信用しようともしなかったのです。

「どうしたのです、閣下？」と警部は死体のそばにひざまずきながらささやいた。

「おれはこの男を愛していたのだ」とスコービーは言った。

第二部

第一章

1

その日の仕事をフレーザーに引きつぎ、オフィスを閉めるとすぐに、スコービーはプレハブ住宅に向かった。彼は目をなかば閉じ、まっすぐ前方に向けて運転した、彼は自分に言い聞かせた、さあ、今日こそ、どんな犠牲を払っても、すっかり清算するぞ。人生がふたたびはじまろうとしている、愛の悪夢は終わったのだ。それはゆうべガソリン罐の下で永久に死にはてたように彼には思われた。太陽が彼の手をじりじり焼きつけた、その手は汗でハンドルにくっついていた。

彼の心はこれから起こること——ドアを開け、二言三言ことばを交わし、ふたたび永久にドアを閉めること——にあまりにも集中していたので、途中で出会ったヘレンのそばをあやうく通りすぎるところだった。彼女は丘をおりる道を彼のほうへ歩いてきていた、帽子もかぶらないままで。彼女は車を見ようともしなかった。彼は走って追いかけねばならなかった。ふり返った彼女の顔はペンデで彼の前をはこばれて行ったときに見たあの顔だった――うちひしがれ、衰弱し、砕けたグラスのように年齢不詳だった。

「なにしてる？　こんな日なたに、帽子もかぶらないで」

彼女はぼんやり「あなたを探してたのよ」と言って、その紅土の上に身をふるわせて立っていた。

「車に入れよ。日射病になるぞ」狡猾さが彼女の目に浮かんだ。「そうかんたんになれるものなの？」と彼女は尋ねたが、彼のことばに従った。

二人は車のなかに並んですわった。どこかへ車を走らせて行く目的はないように思われた、さようならを言うにはどこでも同じなのだ。彼女は言った、「今朝アリのこと聞いたわ。あなたがやったの？」

「おれが自分で彼の首を切ったわけじゃない」と彼は言った。「だがおれという人間がいたために彼は死んだのだ」

「だれがやったか知ってるの？」

「だれがナイフをふるったのかは知らない。波止場ネズミの一人だろう、多分。彼といっしょにいたユーゼフの給仕が姿を消している。そいつがやったのかもしれないし、そいつもまた死んでるかもしれない。おれたちにはなに一つ証明できないだろう。ユーゼフが企んだのではないかと思うが」

「こうなったら」と彼女は言った、「私たちはもうおしまいね。これ以上あなたを破滅させることは私にはできないわ。なにも言わないで。私に言わせてちょうだい。こんなことになるなんて、私、夢にも思わなかった。ほかの人たちには恋愛はじまって終わってしあわせであるようだけど、私たちにはそうはいかないのよ。私たちにはすべてか無であるみたい。そして結局無であったってわけ。黙っていて、お願い。私はこのことを何週間も考えていたの。私、出て行くつもりよ――もうすぐ」

「どこへ？」

「黙っていてって言ったでしょう。なにもきかないで」彼は風防ガラスに彼女の絶望が薄青く映っているのを見ることができた。彼は引き裂かれるような思いがした。「あなた」と彼女は言った、「楽にできることだなんて思わないでね。こんなつらいことはほんとうにはじめてなんだから。死ぬほうがどんなに楽なことか。あなたはあらゆるもののなかに生きている。私、もう二度とプレハブ住宅を見ることはできないわ――モリスの車も。ピンク・ジンを味わうことも。黒人の顔を見ることも。ベッドでさえ……でも寝るときはどうしてもベッドね。私、あなたから逃れるにはどこへ行けばいいかわからないわ。一年もすれば大丈夫なんて言ってみたってはじまらないでしょう。それは私が苦しみながらすごさなければならない一年なのだから。そのあいだずっとあなたがどこかにいるとわかっていて。電報か手紙を送ればあなたはきっと読んでくれるのだし、たとえ返事はくださらなくても」彼は思った、おれが死んでいたら彼女にはどんなに楽なことか。「でも私、手紙を書いてはいけないんだわ」と彼女は言った。彼女は泣いてはいなかった、彼がすばやく見やると彼女の目は乾いて、赤くなっていて、病院でそうだったと思い出せるように、憔悴しきっていた。「目覚めるときがいちばんいやでしょうね。すべてが変わってしまったことを忘れる瞬間があるものよ」

彼は言った、「おれがここへきたのもさようならを言うためだった。だがおれにもできないことがあるんだ」

「黙っていてちょうだい、あなた。私、いい子になろうとしてるのよ。いい子になろうとしてるのがおわかりにならない？ あなたが私から離れて行く必要はないわ——私があなたから離れて行くのだから。どこへ行くかあなたにはわからないままでしょう。私、あまり自堕落な女にならなければいいけど」

「なるものか」と彼は言った、「なるものか」

「静かにしてよ、あなた。あなたは大丈夫よ。いまにわかるわ。あなたはすべてを清算できるでしょう。またカトリックになれるでしょう——あなたがほんとうに望んでいるのはそれでしょう、女なんかじゃなくて？」

「おれが望んでいるのはこれ以上人を苦しめないことだ」と彼は言った。

「平安を望んでいるのね、あなた。あなたは平安を得られるでしょう。いまにわかるわ。なにもかもよくなるわ」彼女は彼の膝に手をおき、こうして彼を慰めようと努力しているうちについに泣きはじめた。彼は思った、この胸を引き裂くようなやさしさを彼女はどこで身につけたのだろう？　こんなにすばやくこんなに年をとることを女はどこで習いおぼえるのだろう？

「ねえ、あなた。小屋までいらっしゃらないで。車のドアを開けてちょうだい。固いわ。ここでさようならを言いましょう、あなたはこのまま家にお帰りになって——でなければオフィスでも。そのほうがはるかに楽だわ。私のことは心配しないでね。私、大丈夫だから」彼は思った、おれはあの一つの死をのがしていま死のすべてを身に受けようとしているのだ。彼は彼女の上にからだをのばして車のドアをねじ開けた、彼女の涙が彼の頬にふれた。彼はその涙の跡を火傷のように感じた。「お別れのキスをすることには反対しないわ。私たち、喧嘩したわけじゃないし。なんの騒ぎも起こさなかったし。いやな思いは全然ないわ」キスを交わしたとき、彼は口の下に小鳥の心臓の鼓動のような苦痛を意識した。二人はじっと、黙って、すわっていた、車のドアは開かれたままだった。丘をおりて行く二、三人の黒人労働者がもの珍しげにのぞいて行った。

彼女は言った、「これが最後だなんて信じられないわ、私がおりて、あなたが走り去ると、もう二度と会えないなんて。私、できるかぎり一歩も家の外に出ないわ、遠くへ行ってしまうまで。私は丘の上にいて、あなたは下にいる。ああ、あなたがもってきた家具など受けとらなければよかった」

「あれは官給品だよ」

「とう椅子のとうが一本折れてるわ、あなたがいそいでどしんとすわったから」

「ねえ、きみ、いまはそんな話をしている場合じゃないよ」

「黙っていて、あなた。私、ほんとうにいい子になろうとしてるのよ、でもこういうことってほかのだれにも言えないでしょう。小説だと秘密をうちあけられる腹心の友が必ず出てくるわ。でも私にはそういう人はいないの。だからなんでもいっぺんに言ってしまわないと」彼はまた思った、もしおれが死んでいたら彼女はおれから解放されているだろう。人は死者をたちまち忘れ去るものだ、死者のことについて思いわずらったりしないものだ――いまなにをしているだろうとか、だれといっしょにいるだろうとか。それが彼女にとってつらいことなのだ。

「さあ、あなた、私お別れするわ。目をつぶって。ゆっくり三百数えて、そうしたら私は見えなくなっているわ。いそいでUターンして全速力で飛ばしてね。あなたが行ってしまうのを見たくないから。耳に栓をするわ。あなたが丘の下でギア・チェンジするのを聞きたくないから。車って一日に何十回もギア・チェンジするでしょう。あなたがそうするの、私、聞きたくない」

　おお、神よ、と彼は手からハンドルに汗をしたたらせながら祈った、私を殺してください、いま、たったいま。わが神よ、あなたはこれ以上完璧な悔悛の祈りをお受けになることはないでしょう。私は破滅のかたまりです。体臭のように苦悩をもちはこんでいるのです。私を殺してください。私の息の根をとめてください。害虫は自然に滅びるのを待つまでもありません。私を殺してください。いま。いま。たったいま。

「目をつぶってね、あなた。これが最後よ。ほんとうに最後よ」彼女は絶望的に言った、

「ばかばかしく思えるけど」

彼は言った、「おれは目をつぶったりしないぞ。きみを棄てるものか。そう約束したんだ」

「あなたが私を棄てるんじゃないわ。私があなたを棄てるのよ」

「そんなことしたってだめだ。おれたちは愛しあっているんだ。そんなことしたってだめだよ。おれは今夜きみがどうしているか見に行くだろう。おれは眠れないだろう……」

「あなたはいつだって眠れるわよ。あなたみたいによく眠る人って見たことないわ。まあ、私ったら。またあなたをからかいはじめてるわ、まるでさようならを言ってるときじゃないみたいに」

「さようならを言ってやせんさ。まだ」

「でも私、あなたを破滅させるだけよ。あなたになんのしあわせをもあげられないわ」

「しあわせが問題じゃない」

「私はもう心を決めたのよ」

「おれもだ」

「でも、あなた、私たちどうするの、ことになるの？」彼女は完全に陥落した。「私はいままでどおりでもかまわないわ。嘘が続いてもかまわないわ。なにがどうなっても」

「ただおれにまかせればいいんだ。おれがよく考えてみるから」彼は彼女の上に身をのばして車のドアを閉めた。鍵がカチッという前に、彼は心を決めていた。

2

スコービーは少年給仕が夕食のあとかたづけをするのを見つめた、彼が出たり入ったりするのを見つめた、素足がペタペタ床を踏むのを見つめた。ルイーズは言った、「恐ろしいことだっていうのは私にもわかってるわよ、あなた、でもあのことは忘れてしまわなければ。いまさらアリをどうすることもできないんだから」書籍小包みがイギリスから届いたところだった、彼は彼女が一冊の詩集のページを切るのを見つめた。彼女の髪は南アフリカへ旅立ったときより白髪がふえていた、だがお化粧に前より気を使うようになっていたのでいくつか若く見えるように彼には思われた、彼女の化粧台は彼女が南からもち帰った壺や瓶やチューブでいっぱいだった。アリの死は彼女にはほとんどなんの意味ももたなかった、それも当然だろう。それに重要な意味をもたせるのは罪の意識だ。それがなければ人の死を悲しんだりしないものだ。彼は若かったころ、愛と理解とはなんらかの関係があるものだと思っていた、だが年とともに人間は他人を理解するものではないことがわかってきた。愛は理解したいという欲望である、だがやがて、いつも決まって理解できないので、その欲望は死に、愛もおそらく死ぬのだ、あるいはこのような苦痛に満ちた愛情、忠実さ、あわれみへと変わるのだ……彼女はそこにすわって、詩を読んでいた、そして彼女は、彼の手をふるわせ彼の口をからからにさせている苦しみから一千マイルも離れたところにいた。もしおれが書物に出てくる人物なら、と彼は思った、彼女は理解するだろう、だがもし彼女が作中人物にすぎないならおれは彼女を理解するだろうか？　おれはあの本は読まないんだ。

「なにかお読みになる本ないの、あなた？」

「残念ながら。いまは読みたい気分じゃないんでね」

彼女は本を閉じた、そしてふと彼は思った、結局彼女も彼女なりに努力しているのだ、助けになろうとしているのだ。ときどき彼は、もしかしたら彼女はすべてを知っているのではないか、帰ってきてからずっと彼女が見せているあの満足げな顔つきはみじめさをかくす仮面ではないか、と考えてぞっとすることがあった。彼女は言った、「クリスマスのことを相談しましょうよ」

「だいぶ先の話だね」と彼はすばやく言った。

「でもあっと言う間にきてしまうわよ。私、パーティーを開いたらどうかな、って考えていたの。いままでいつもディナーを食べに出かけていたでしょう、お客様にきてもらうのも楽しいんじゃないかしら。クリスマス・イヴにでも」

「好きなようにしていいよ」

「そうしたらみんなで深夜ミサに行けるし。もちろんあなたと私は十時以後禁酒ってこと思い出さなければね――ほかの人はかまわないけど」

そこに楽しげにとりすましてすわり、彼をさらに地獄へ堕とそうと計画しているように思われる彼女の顔を、彼は一瞬の憎悪をもって見た。彼は署長になろうとしていた。彼女は欲するものを――彼女好みの成功を手に入れた、いまの彼女は万事に満足できる状態だった。彼は思った、おれが愛したのは世間の人々がかげで自分を笑いものにしていると感じてヒステリックになっている女だった。おれは失敗したものを愛する、成功したものを愛することはできない。そして、いまそこに救われたものの一人としてすわっている彼女は、なんと成功者の顔つきをしていることか、そのニュース映画のスクリーンのような広い顔いっぱいに彼は見た、黒いドラム罐の下のアリの死体や、ヘレンの疲れきった目や、神に見放されたものたち、彼の亡命仲間たち、悔悛しない盗人、海綿をもつ兵士などの顔を。自分がやってきたこと、これからやろうとしていることを思いながら、彼は思った、神もまた一人の失敗者ではないか。

「どうしたの、ティッキー？　まだ心配しているの……？」

だが彼は唇まで出かかった哀願を彼女に言うことができなかった、もう一度おまえをあわれませてくれ、魅力のない失意の女になってくれ、失敗者になってくれ、二人のあいだに横たわるこのにがい間隙をなくしてもう一度おれがおまえを愛せるように。時は短い。おれは最後の時においてもおまえを愛したいのだ。彼はゆっくり言った、「また痛み出したんだ。いまはもう消えたがね。痛みがくると」――彼は医学書の文句を思い出した――

「万力で締めつけられるみたいだ」

「お医者さんに診てもらわなければいけないわ、ティッキー」

「明日診てもらうよ。どうせ不眠症もあるから行ってみるつもりだった」

「不眠症？　でも、ティッキー、あなたは丸太ん棒みたいによく眠ってるわよ」

「先週はそうじゃなかったんだ」

「自分でそう思いこんでるだけよ」

「いいや。二時ごろ目が覚めて、二度と眠れなくなるんだよ――呼び起こされる直前まで。心配するな。錠剤をもらってくるから」

「睡眠薬って嫌いだわ」

「習慣になるまで続けやせんさ」

「クリスマスにはよくなってくれないと困るのよ、ティッキー」

「クリスマスまでには大丈夫だ」彼はぎごちなく、痛みがまたもどるかもしれないと恐れている男の態度をよそおって、部屋を横切り彼女に近づくと、彼女の胸に手をおいた。「心配しないでいいよ」彼女にふれると憎悪はすぐに消え去った——彼女はそれほど成功したわけではなかった、警察署長夫人にはけっしてなれないであろうから。

彼女がベッドに入ったあと彼は日記帳をとり出した。少なくともこの記録のなかでは彼は一度も嘘をついていなかった。せいぜい省略するだけだった。彼は船長が航海日誌をつけるのと同じように注意深く気温を調べて記入していた。彼は誇張したりわざと小さくあつかったりしなかったし、勝手な感想にふけることもしなかった。彼がここに記したものはすべて事実だった。「十一月一日。ルイーズと早朝ミサ。午前中オノコ夫人宅での窃盗事件に費す。午後二時の気温、九十一度。Yのオフィスで彼に会う。アリが殺されて発見さる」その記述はかつて「C死す」と書いたときと同じく単純明瞭だった。

「十一月二日」彼はその日付を目の前にしたまま長いあいだすわっていた、あまり長いあいだだったのでやがてルイーズは二階から呼びかけた。彼は注意深く答えた、「先にやすんでいてくれよ。おれは遅くまで起きているほうがよく眠れるかもしれんから」だがすでに、一日の仕事と考えねばならぬ計画のために疲れはてていたので、彼はテーブルについたまま居眠りしそうになった。彼はアイス・ボックスへ行き、氷の一片をハンカチに包み、眠気が去るまでそれを額にあてていた。「十一月二日」ふたたび彼はペンをとった、これは自分の死刑執行令状に署名するようなものだった。彼は書いた、「二、三分間ヘレンに会う。（いかなる事実もあとで他人にほじくり出されるより書き記しておくほうが安全だった）午後二時の気温、九十二度。夕方また痛みがもどる。狭心症の恐れあり」彼は記入ずみのページを一週間分めくってみて、ところどころに書き加えた。「ひどい不眠。眠れぬ夜。不眠続く」彼は記入した文を注意深く読み返した、それはのちに検死官や保険会社の調査員たちに読まれるだろう。それは自分のいつもの文体のように彼には思われた。それから彼はまた眠気を払うために氷を額にあてた。まだ深夜十二時を三十分しかすぎていなかった、二時までは寝に行かないほうがいいだろう。

第二章

1

「痛みがくるんです」とスコービーは言った、「万力で締めつけられるように」

「そのときあなたはどうなさいます？」

「別になにも。痛みが去るまでできるだけ静かにしています」

「どれぐらい続くのですか？」

「はっきりわかりませんが、一分以上は続かないと思います」

聴診器が儀式のようにそれに続いた。実際ドクター・トラヴィスのすることすべてには、なにか司祭めいたものがあった、きまじめさ、ほとんど敬虔さと言ってもいいものが。おそらく若かったからだろうが、彼はひじょうな敬意をもって肉体をあつかった、彼が胸をたたくときは、ゆっくり、注意深く、だれかがあるいはなにかがたたき返すのをほんとうに期待しているかのように耳を近づけてたたいた。ラテン語がミサのときのようにそっと彼の口からもれた——ただし pacem（平安）のかわりに sternum（慢性の）が。

「それに」とスコービーは言った、「不眠症もあるのです」

若い医師は机の向こうですわりなおし、消えない鉛筆でコツコツたたいた、口の隅にフジ色のしみがついているのは彼がときどき――ぼんやりして――その鉛筆をなめることを示しているようだった。「多分神経のせいでしょう」とドクター・トラヴィスは言った、「痛みを恐れての。たいしたことはありません」

「私にはたいしたことなんです。なにか飲み薬をいただけませんか？　一度眠ってしまえば大丈夫なんですが、何時間も目を覚ましたまま横になり、待っているんです……ときには仕事にさしつかえるようになりましてね。警察官というものは頭を使わなければならないので」

「そうでしょうね」とドクター・トラヴィスは言った。「すぐ眠れるようにしてあげます。あなたにはエヴィパンがいいでしょう」ことはこれほどかんたんにはこんだ。

「で、痛みのほうですが――」彼は鉛筆でコツ、コツ、コツとたたきはじめた。彼は言った、「もちろん、たしかなことはわかりませんが……発作のたびにそのときの状況をよく注意してください……その原因がなんであるらしいか。そうすればその点を調整して、ほとんど完全に発作が起こらないようにすることも充分可能でしょう」

「だがどこが悪いんですかね？」

ドクター・トラヴィスは言った、「素人のかたが決まってショックを受けるようなことばがあるでしょう。癌にしたってH_2Oのような記号で呼べばいいのですが。そうすればだれもそれほど気に病まなくなりますよ。狭心症ということばでも同じことです」

「狭心症だとお考えなんですね？」

「その特徴は全部そろっています。だが狭心症の人でも何年も生きられるし——ちゃんとした仕事だってできます。あなたがどの程度お仕事できるかは正確に見なければなりませんが」

「妻に言うべきでしょうか？」

「言わないでおく理由はなにもありません。ひょっとしたらこのために——ご退職ということになりかねませんから」

「それだけですか？」

「狭心症で死なずにほかのいろいろな原因で死ぬまで長生きなさるかもしれませんよ——よく養生なされば」

「と言うことはつまり、いつまた発作が起こるかもしれないということですね？」

「私にはなに一つ保証はできません、スコービー副署長。これが狭心症だという絶対の確信さえないのです」

「では署長にだけそれとなく言っておきましょう。たしかだとわかるまで妻を驚かせたくないので」

「私だったらいまのことをすっかり奥さんに話しますよ。心の用意ができますから。とにかく養生すれば何年でも生きられるとおっしゃることですね」

「不眠症のほうは？」

「これで眠れるでしょう」

　車にすわり、座席のすぐそばに小さな包みをおいて、彼は思った、あとは決行の日を選びさえすればいいのだ。彼はかなり長いあいだ車を発進させないでいた、彼は実際に医者から死の宣告を受けたかのように畏怖の念に襲われていた。彼の目はかさぶたのようなきれいな封蠟のかたまりにすえつけられていた。彼は思った、おれはまだ注意しなければならぬ、充分に注意しなければ。できることならだれにも一点の疑念さえ抱かせてはならぬ。それはただ彼の生命保険の問題だけではなかった、ほかのものたちのしあわせが保護されねばならなかった。自殺というものは狭心症による中年男の死ほど容易に忘れられるものではなかった。

　彼は包みの封を開け、注意書をよく読んでみた。彼は致死量がどれぐらいになるのかなんの知識もなかったが、適量の十倍飲めば確実に死ねるだろうと思った。ということはつまり、九日間毎晩薬を飲まずにおき、十日目の夜使うためにひそかにとっておけばいいのだ。最後の最後――十一月十二日まで書き続けねばならない日記には、さらにいろいろな証拠を作り出しておかねばならない。その次の週にも人と会う約束などの予定を組んでおかねばならない。彼の行動には訣別の暗示となるものが一点でもあってはならないのだ。これはカトリック教徒が犯しうる最悪の犯罪だった——それは完全犯罪でなければならない。

まず署長だ……彼は警察署に向かって車を走らせ、教会の前までくると停車した。犯罪の厳粛さがほとんど幸福感のように彼の心をおおった、いよいよ実行だ——これまであまりにも長いあいだあっちへ迷いこっちへ迷いしていたが。彼はその包みをなくさないようポケットに入れ、死を身につけてお聖堂《みどう》へ入った。一人の老婆が聖母像の前の蠟燭に火をつけていた、もう一人の老婆はそばに買物籠をおいてすわり、手を組みあわせて祭壇をじっと見あげていた。そのほかには教会にだれもいなかった。スコービーは後方の席にすわった、彼には祈る気持ちなどなかった——そんなことをしてなんの役に立とう？　カトリック教徒であれば答えはすべてわかっていた、堕地獄の罪にまみれていてはいかなる祈りも無効なのだ、だが彼は二人の老婆を悲しい羨望の目で見守っていた。彼女たちはまだ彼が離れ去った国の住人だった。人間の愛が彼になしたことはこれだった、永遠への愛を彼から奪い去ったのだ。若者のように人間の愛にはそれだけの価値があるというふりをしてみても無駄だった。

ゴルゴタからできるかぎり遠く離れたその後方の席にすわっていて、彼は祈ることことそできなかったが少なくとも話すことはできた。彼は言った、おお、神よ、私だけが罪人なのです、私はつねに答えを知っていたのですから。私はヘレンや妻に苦痛を与えるよりはあなたに苦痛を与えることを選びました、あなたの苦しむ姿は私には見えないのですから。それは私には想像することができるだけです。だが私があなたにたいしてなしうることには限度があります――あるいは彼女たちにたいしても。私は生きているかぎり彼女たちのどちらも棄て去ることはできません、だが死んで彼女たちの流れている血からみずからを遠ざけることなら私にもできます。彼女たちは私のために病んでいます、そして私は彼女たちを癒やしてやることができるのです。それにあなたもです、神よ――あなたも私のために病んでいます。私は毎月毎月、あなたを侮辱し続けることなどできません。私はクリスマスに――あなたの生誕の祝日に――祭壇の前へ行き、ただ嘘のためにあなたの血と肉を受けることなど耐えられません。そんなことはできないのです。あなたにとっても永久に私を失ってしまわれるほうが楽でしょう。私はいま自分がなにをしているかわかっています。私は慈悲をお願いしているのではありません。自分を地獄へ堕とそうとしているのです、それがなにを意味するかはともかく。私は心の平安をあこがれ求めていましたが二度と平安を知ることはないでしょう。だがあなたは私があなたのお手の届かぬところへ行きましたら平安を得られるでしょう。そのときは私を見つけようとしていくら床を掃除しても、私を探そうとして山また山を越えても、無駄に終わるでしょう。あなたは、神よ、私を永遠に忘れ去ることができるでしょう。片手がポケットの包みを約束のようにしっかり握りしめた。

たった一人で長いあいだ独白を続けられるものではない——いつももう一つの声が聞こえてくるものだ、あらゆる独白は遅かれ早かれ対話になる。そのようにして彼はもう別の声を黙らせておけなくなった、それは彼の肉体の洞穴から語り出した、まるで彼を地獄へ堕とすべくそこにとどまっていた聖体が口を開いたかのようだった。おまえは私を愛すると言う、それなのに私にたいしてこういうことをしようとする——私からおまえを永久に奪い去るということを。私は愛をもっておまえを作った。私はおまえの涙を流して泣いた。私はおまえには知りようがないほど多くのことからおまえを救ってやった、私はおまえのなかに平安をあこがれ求めるこの気持ちを植えつけた、それもただいずれおまえのあこがれを満たしてやり、おまえのしあわせを見守ることができるようにと思ってのことだった。ところがいま、おまえは私を押しのけ、私をおまえの手の届かないところへおこうとする。おまえと私が話しあうとき二人を分けへだてる大文字はない。おまえが私に話しかけるとき、私は大文字の「汝」ではなくたんなる「あなた」だ、私はいかなる乞食にも劣らぬほど頭を低くしている。おまえは私を信用できないのか、忠実な犬を信用するように？　私は二千年間おまえにたいして忠実だった。おまえのなすべきことはただ、ベルを鳴らし、告解室に入り、告解することだけだ……悔悛はすでにそこにあっておまえの胸を締めつけている。おまえに欠けているのは悔悛ではない、ほんのちょっとした行動だけだ、プレハブ住宅へ行ってさようならを言うことだけだ。どうしても私を拒絶せねばならぬなら拒絶し続けるがいい、だがこれ以上嘘を続けるのはやめることだ。家に帰っておまえの妻にさようならを言い、おまえの情婦と暮らすがいい。生きていさえすれば、おまえは遅かれ早かれ私のもとへもどるだろう。女のうち一人は苦しむことになるだろう、だがその苦しみをあまり大きなものにはしないから、私を信用してまかせてはくれまいか？

その声は洞穴のなかで沈黙し、彼自身の声が絶望的に答えた、いいえ。私はあなたを信用しません。一度もあなたを信用したことはありませんでした。もしあなたが私をお作りになったのなら、私がいつも煉瓦袋のような重荷としてもち歩いているこの責任感もあなたがお作りになったのだ。私はなんのいわれもなく警察官でいるのではありません――秩序を保持し、正義がなされるよう監督する責任をもっているのです。私のような男にはそれ以外の職業はありませんでした。私は自分の責任をあなたに移すわけにはいきません。できることなら私は別の人間でありたい。私は自分を救うために彼女たちの一人を苦しめることができないのです。私には責任がある、私は自分になしうる唯一の方法でそれをはたそうと思います。病人として死ねば彼女たちには短い苦痛しか与えないでしょう――人間だれでも死なねばならないのですから。私たちはみな死にたいしてはあきらめています、生にたいしてだけです、あきらめていないのは。

おまえが生きているかぎり、と別の声は言った、私は希望をもつ。神の絶望にまさる人間の絶望などありはせぬ。おまえはいまのままやっていくことはできないのか？　とその声は、市場の商人のように口を開くたびに言い値をさげながら訴えた。その声は説明した、もっと悪い行為だってあるのだ。いいえ、と彼は言った、あるものですか。そんなことは不可能です。私はあなた自身の祭壇であなたを侮辱し続ける気にはなりません。いいですか、それは「行きどまり」です、神よ、「行きどまり」なのです、と彼はポケットの包みを握りしめて言った。彼は立ちあがり、祭壇に背を向け、出て行った。バックミラーに映る自分の顔を見てはじめて、彼は自分の目がおさえつけた涙で赤く腫れているのに気がついた。彼は警察署と署長に向かって車を走らせた。

第三章

1

「十一月三日。昨日署長に、狭心症と診断されたので後任が見つかり次第退官せねばならぬ旨伝えた。午後二時の気温、九十一度。エヴィパンのおかげで熟睡。

　十一月四日。ルイーズとともに七時半のミサに出かけたが痛みがもどりそうな気配だったので聖体拝領まで待たず。夕刻、ルイーズに任期が切れる前に退官せねばならぬ旨伝える。狭心症のことは言わず心臓障害とのみ話す。エヴィパンのおかげでまたも熟睡。午後二時の気温、八十九度。

　十一月五日。ウェリントン街でランプ窃盗。倉庫の火事を調査してアジカウの店で長い午前中をすごす。午後二時の気温、九十度。図書クラブの夜会へルイーズを車で送る。

　十一月六〜十日。はじめて日記を怠った。痛みの頻度がまし、余計な仕事をする気になれず。万力で締めつけられるようだ。約一分間続く。半マイル以上歩くと起こりやすい。この一、二晩、エヴィパンを飲んだにもかかわらず熟睡できず。痛みへの不安のせいか。

十一月十一日。またトラヴィスに診てもらう。もはや狭心症であることは疑いないようだ。今夜ルイーズに話す、だが同時に養生すれば何年も生きられるかもしれないことをつけ加える。署長と近いうちに出る帰国の船について話しあう。いずれにしろあと一カ月は帰れないだろう、これからの一、二週間に法廷で見届けておきたい事件が山積しているから。十三日にフェローズと、十四日に署長と晩餐をともにする約束。午後二時の気温、八十八度」

2

スコービーはペンをおき、吸取り紙で手首を拭った。十一月十二日の六時きっかりであり、ルイーズは海岸へ行っていた。頭はすっきりしていたが、神経は肩から手首にかけてズキズキしていた。彼は思った、いよいよおれの最後の時だ。あれからどのくらいの歳月が流れたろう、サイレンが泣き叫んでいる雨のなかをプレハブ住宅まで歩いて行った、あの幸福の瞬間からこんなに長い歳月をへてきたのだからもう死んでもいい時だ。

だが、まるで朝まで死なずにいるかのように、まだまだ実行すべき欺瞞があった、彼自身にしかほんとうのさようならであることがわからないさようならを言うことである。彼は人に見られる場合にそなえてゆっくりと丘をのぼって行った——病人の歩きかたで——そしてプレハブ住宅地へ入りこんだ。彼はなにかことばを言い残さずには死ねなかった——どんなことばを？　おお、神よ、と彼は祈った、それが正しいことばでありますよう。だがノックしても応答がなかった、なんのことばもなかった。おそらく彼女はバグスターと海岸へ行っているのだ。

ドアには錠がかかっていなかったので、彼はなかへ入った。彼の頭のなかでは長い歳月が流れていたが、ここでは時間が静止していた。そこにあるのは給仕が盗み飲みしたあのジンの瓶かもしれなかった——あれはなんと遠い昔だろう？　下級公務員用の椅子は、映画のセットのように、固苦しく並んでいた、そのどの一つもその後動かされたことがあるとは思えなかった、贈り物の寝椅子も同様である、あの贈り主は——カーター夫人だったか？　ベッドの枕は昼寝のあとのままだった、彼は頭の形のあたたかい凹みに手をおいた。おお、神よ、と彼は祈った、私はあなたのすべてのものから永久に離れ去ろうとしています、彼女を間にあうように帰らせてください、もう一度彼女に会わせてください。だが暑い一日が彼の周囲で涼しくなってきてもだれも帰らなかった。六時半にルイーズは海岸からもどるだろう。彼はこれ以上待てなかった。

なにか書き残しておかねばな、と彼は思った、もしかしたら書き終える前に彼女が帰ってくるかもしれん。彼はトラヴィスにしゃべった作りものの痛みよりはるかに苦しい痛みを胸に感じた。おれは二度と彼女にふれることはないのだ。今後二十年彼女の唇を他人にまかせることになるのだ。たいていの恋人たちは、墓の彼方で永遠に結ばれるという考えでみずからを欺いている、だが彼は答えをすっかり知っていた、彼が入って行くのはすべてを剝奪される永遠なのだ。彼は紙を探したが、破れた封筒さえ見つからなかった、文房具箱を見かけたように思ったが、引っ張り出してみると切手のアルバムだった、そして理由もなく手当り次第にあるページを開けたとき、彼は運命がもう一本の槍を投げつけたように感じた、そこに例の切手があり、それにどのようにしてジンのしみがついたか思い出したからである。彼女はいずれこの切手をはがしとることになるだろう、と彼は思った、だがどっちみち同じことだ、切手をはがしとると前にどこにあったかわからなくなるものよと彼女は言ったではないか。彼のポケットにも紙はなかった、そして突然の嫉妬に駆られて彼はその小さな緑色のジョージ六世像をはがしとると、その裏にインクで書いた、「おれはきみを愛する」彼女もこれをとり去ることはできまい、と彼は残酷さと失望をもって思った、これは消すことができないのだ。一瞬彼は敵に地雷を仕掛けたかのように感じた、だがこの相手は敵ではなかった。彼は危険な破片のように自分自身を彼女の行く道からとりのけているではないか？　彼は小屋を出てドアを閉め、ゆっくり丘をおりて行った——彼女はまだ帰ってくるかもしれなかった。いま彼がしていることはすべてそれが最後のことだった——奇妙な感じだった。彼はもう二度とこの道を通ることはないだろう、そしてその五分後に彼は戸棚から新しいジンの瓶をとり出しながら思った、おれはもう二度と新しい瓶を開けることはないだろう。くり返しなしうる行為はどんどん数少なくなっていった。やがてたった一つだけくり返しえぬ行為が残されることになるだろう、飲みくだすという行為が。彼はジンの瓶を宙にもったまま思った、それから地獄がはじまるだろう、そして彼らはおれから離れて安全になるだろう、ヘレンも、ルイーズも、「あなた」も。

夕食のとき、彼はわざと翌週のことを話した、フェローズの招待を受諾したことで自分を責め、その翌日の署長との晩餐は避けられないものであることを説明した——話しあうことはいくらでもあった。

「もう望みはないの、ティッキー、休暇を、長い休暇をとったあとで……？」

「勤めを続けるのはフェアじゃないだろう——同僚にたいしても、おまえにたいしても。おれはいつ倒れるかわからないんだから」

「ほんとうに引退してしまうのね？」

「うん」

彼女は今後どこで暮らすべきか論じはじめた。彼は死ぬほどの疲れを感じた、そして想像上のあの村やこの村、けっして二人が住むことにはならないとわかっている家の形などについて興味ありげな様子を示すには、意志の力を総動員しなければならなかった。「私、郊外はいやなの」とルイーズは言った。「ほんとうに住みたいのは、すぐ町に出られるような、ケント州あたりの下見板を張った家なのよ」

彼は言った、「もちろんそれはおれたちの懐工合いかんだがね。おれの年金はたいした額にはならんぞ」

「私、働くわ」とルイーズは言った。「戦時中だから仕事はすぐ見つかるでしょう」

「そこまでしなくてもなんとかやっていけると思うがね」

「私は働いてもいいのよ」

寝る時間がきた、彼は彼女を寝に行かせるのがたまらなくいやだった。彼女が行ってしまうと、あとはもう死ぬしかなかった。彼はどうやって彼女を引きとめたらいいかわからなかった——二人に共通する話題はすっかり話しつくしたのだ。彼は言った、「おれはもうしばらくここにいる。もう三十分も起きていたら多分眠くなるだろう。できればエヴィパンなんか飲みたくないんでね」

「私、海岸へ行ったので疲れたわ。お先に失礼するわね」

彼女が行ってしまえば、と彼は思った、おれは永久に独りになるだろう。心臓は鼓動し、とてつもない非現実が生み出す嘔吐感に襲われた、おれがこんなことをするとは信じられない。やがておれは立ちあがってベッドに行くだろう、そして生活はふたたびはじまるだろう。なにものも、なんぴとも、おれに死ぬことを強制することはできないのだ。その声はもはや彼の腹中の洞穴から聞こえてきはしなかった、それはまるで指が彼にふれ、苦悩の無言のメッセージを発信し、彼を引きとめようとするかのようだった……

「どうしたの、ティッキー？　顔色が悪いわ。あなたもおやすみなさいよ」

「眠れそうにないんだ」と彼はかたくなに言った。

「私にしてあげられることはなにかないの？」とルイーズは尋ねた。「ねえ、私、なんでもするわ……」彼女の愛は死の宣告のようだった。

「なんにもないよ、おまえ」と彼は言った。「いつまでも起こしておいちゃあ悪いから」

だが彼女が階段のほうに向きなおるやいなや彼はまた口を開いた。「なにか読んでくれないかな」と彼は言った、「今日新しい本が届いたろう。なにか読んでくれよ」

「あなたの気に入るようなものじゃないわよ、ティッキー。詩集だから」

「それでいいよ。眠くなるかもしれん」彼は彼女が読んでいるあいだほとんど聞いてはいなかった。二人の女を愛することはできない、と人は言う、だが愛でないとすればこの感情はなんだろう？　二度と見ることのないものをむさぼるように吸いこむこの気持ちは？　白髪のふえていく髪、神経による顔の皺、ふとりはじめた肉体は、彼女の美しさがかつて一度もなかったほど強く彼の心をとらえた。彼女は蚊よけ長靴をはいていなかった、そのスリッパは修繕が必要なほどひどくなっていた。われわれが愛するのは美しさではない、と彼は思った、それは挫折なのだ——永久に若いままではいられない挫折、神経の挫折、肉体の挫折なのだ。美しさは成功に似ている、われわれはそれを長いあいだ愛し続けることはできないのだ。彼は保護してやりたいという強い欲望を感じた――だがそれこそおれがしようとしていることではないか、おれは彼女を永久におれ自身から保護してやろうとしているのだ。彼女の読んでいたあることばが一瞬彼の注意をひいた――

われらはみな滅びゆく。この手もまた滅びゆく――
この滅びゆく病いにさからって踏みとどまるものは一人もいない。

しかしながらやさしい御手をしたもうかたがつねにいて
ものみな滅びゆくともその御手から滅び落ちることはない。

そのことばは真実であるように聞こえた、だが彼はそれを拒絶した――慰めはあまりにも容易にくることもありうるのだ。彼は思った、その御手も滅び落ちるおれをつかみとめはしないだろう、おれは指のあいだからすべり落ちるのだ、おれは虚偽と裏切りの脂でぬるぬるになっているのだから。信頼は彼がすでにその文法を忘れてしまった死語だった。
「あなた、眠りかけているみたい」
「ほんの一瞬間だけだよ」

「私はもう二階へ行くわね。いつまでもここにいてはだめよ。多分今夜はエヴィパンを必要としないでしょう」

彼は彼女が出て行くのを見守った。ヤモリが壁の上でじっとしていた。彼女が階段に着く前に彼は呼びもどした。「おやすみを言ってくれよ、ルイーズ、二階へ行く前に。おまえが眠ってしまうかもしれないだろう」

彼女は彼の額におざなりのキスをし、彼は彼女の手にさりげない愛撫を与えた。この最後の夜に、奇異に感じられることはなに一つあってはならぬ、彼女が後悔の念をもって思い出すであろうことはなに一つ。「おやすみ、ルイーズ。おれはおまえを愛しているからね」と彼は注意深い軽薄さをもって言った。

「わかってるわよ、そして私もあなたを愛していますからね」

「うん。おやすみ、ルイーズ」

「おやすみ、ティッキー」それが安全に彼のなしうる最善のことだった。

ドアが閉まる音を聞くとすぐに、彼は十錠のエヴィパンをかくしておいたタバコの紙箱をとり出した。彼はさらに確実を期してもう二錠加えた――十日間に二錠余分に飲んだというとにしてもまず疑われはしまい。そのあと彼はゆっくり時間をかけてウィスキーを飲み、じっと静かにすわり、掌に錠剤をのせて勇気が湧いてくるのを待った。いまこそ、と彼は思った、おれは絶対に独りだ、これが氷点だ。

だが彼は間違っていた。孤独はそれ自身声をもっている。その声が彼に言った、その錠剤を投げ棄てろ。おまえは二度とそれだけの量を集めることはできないだろう。おまえは救われるだろう。お芝居はやめろ。階段をのぼってベッドにもぐり、一晩ぐっすり眠るのだ。朝になるとおまえは給仕に起こされるだろう、そして警察署に車を走らせ、いつものようにふつうの勤務をはじめるだろう。その声は、「ふつうの」ということばを、「しあわせな」とか「平和な」とかいうことばを言うときのように強調した。

「いや」とスコービーは声に出して言った、「いや」彼は一度に六錠ずつ口にほうりこみ、二口で全部飲みくだした。それから日記帳を開き、十一月十二日のところに書いた、「H・Rを訪問したが、外出中。午後二時の気温」そこで突然、ちょうどその瞬間に最後の痛みに襲われたかのように、書くのをやめた。そのあと彼は背をまっすぐ伸ばしてすわり、ずいぶん長く思われるあいだ、近づいてくる死のなんらかのきざしを待った、それがどのようにやってくるか彼には見当もつかなかった。彼は祈ろうとした、だが「天使祝詞」は彼の記憶から抜け落ちていた、そして彼は時を打つ時計のような胸の鼓動を意識していた。彼は「痛悔の祈り」を口ずさもうとした、だが、「わが罪を許したまえ」まできたとき、ドアの上に雲が現われ、部屋じゅうにひろがり、彼はなにを悔いているのか思い出せなくなった。彼は両手でつかまってからだをまっすぐ支えねばならなかった、だがそうやってからだを支えている理由はもう忘れていた。どこか遠いところで苦痛の声が聞こえたように思った。「嵐だ」と彼は声に出して言った、「嵐がくるぞ」雲はますますふくらみ、彼は窓を閉めるために立ちあがろうとしていたのだ。「アリ」と彼は呼んだ、「アリ」部屋の外にいるだれかが彼を探し、彼を呼んでいるように思われた、彼は自分がここにいることを知らせようと最後の努力をした。彼は立ちあがり、鉄槌のような心臓の鼓動が呼び声に応答するのを聞いた。彼には伝えねばならぬ伝言があった、だが暗闇と嵐がそれを胸郭のなかへ押しもどした、そしてそのあいだじゅう家の外を、彼の耳のなかで鉄槌のように打ち鳴らしている世界の外を、だれかがさ迷い歩き、なかに入ろうとしていた、助けを求めているだれかが、彼を必要としているだれかが。助けを求める呼び声を、犠牲者の叫び声を聞くと、自動的に、スコービーは気を張りつめて行動に移ろうとした。彼はなんらかの応答をしようとして無限の深みから自分の意識をすくいあげた。彼は声に出して言った、「愛する神よ、私はあなたを……」だがその努力はあまりにも大きすぎた、そして彼は自分のからだが倒れて床を打ったときもそれを感じることはできなかったし、メダルが金貨のようにアイス・ボックスの下にころがって行きチリンと小さな音を立てたときもそれを聞くことはできなかった——その名をだれ一人思い出すことのできない聖女像のメダルが。

第三部

第一章

1

ウィルスンは言った、「ぼくはできるだけ遠ざかっていましたが、なにかのお役に立てるのではないかと思って」

「皆さんが」とルイーズは言った、「とっても親切にしてくださったのよ」

「ご主人がそんなに悪いとは思ってもみなかったんです」

「あなたのスパイ活動もその点では役に立たなかったようね？」

「あれはぼくの仕事でした」とウィルスンは言った、「そしてぼくはあなたを愛しているのです」

「あなたってよくそうすらすらそのことばを使えるのね、ウィルスン」

「ぼくを信じてはくださらないんですか？」

「愛、愛、愛、と言う人はだれも信じないわ。それは自分、自分、自分、ということだもの」

「じゃあぼくと結婚してくれないんですね？」

「ということになりそうね、でもそうなるかもしれないわよ、時がたてば。孤独が人にどんなことをするのか、まだ私にはわかっていないから。でも愛の話はもうよしましょう。それは主人がよく使った嘘だったわ」

「あなたがたお二人にたいしてですね」

「あの女は今度のことをどう受けとっているの、ウィルスン？」

「今日の午後、バグスターと海岸にいるのを見かけましたが。ゆうべクラブでちょっと酔っていたらしいですよ」

「品位というものがない人ね」

「ご主人はあの女のどこが気に入ってたのかぼくにはまったくわかりませんでした。ぼくはあなたを裏切ったりしませんよ、ルイーズ」

「あの人はね、死んだ当日にもあの女に会いに行ってるのよ」

「どうしてご存じなんです？」

「なにもかも書いてあったわ。日記帳に。日記のなかではあの人も嘘はつかなかったわ。心に思ってないことはなにも言ってないの――たとえば愛とかは」

スコービーがあわただしく埋葬されてから三日たっていた。ドクター・トラヴィスは死亡証明書に署名していた――狭心症。ここの気候では検死解剖は困難だった、そしていずれにしろそれは不必要だった、もっともドクター・トラヴィスはエヴィパンを調べてみるだけの用心はしたけれども。

「ぼくはですね」とウィルスンは言った、「ご主人が夜中に突然亡くなったと給仕から聞いたとき、てっきり自殺だと思いましたよ」

「おかしな話ね、私ったらあの人のことを平気でしゃべってるわ」とルイーズは言った、「死なれたいまになって。でも私、ほんとうにあの人を愛していたのよ、ウィルスン。あの人を愛していたわ、でもいまはずっとずっと遠いところへ行ってしまったみたい」

彼はあとになに一つ残さず死んで行ったかのようだった、ただ、家のなかに二、三着の服とメンデ語の文法書、警察署に引き出しいっぱいのがらくたと錆びついた一対の手錠を残しただけで。しかもその家はちっとも変わっていなかった、本棚はいままでどおり本でいっぱいだった、この家はずっと彼女の家であって、彼の家ではなかったようにウィルスンには思われた。とすれば、彼らの声がまるで空家ででもあるかのようにやや、うつろにひびいて聞こえるのは、気のせいにすぎないのだろうか？

「ずっとご存じだったんですか――あの女のことを？」とウィルスンは尋ねた。

「だから私、帰ってきたのよ。カーター夫人が手紙をくれたの。みんなが噂してるって。もちろんあの人はそのことに全然気づかなかったけど。あの人は自分がうまく立ちまわっていると思ってたわ。私もあやうく信じこまされるところだったわ――もう終わったと。

あんなふうに聖体拝領に行ったりして」

「それと良心とをどう調整したんですかね？」

「カトリックのなかにもそうする人はいるんだと思うわ。告解しに行って、またはじめからやりなおす人が。あの人はもう少し正直かと思ってたけど。人間って、死んではじめてわかってくるものね」

「ユーゼフから金をもらってもいたし」

「それもいままでは信じられるわ」

ウィルスンはルイーズの肩に手をおいて言った、「ぼくは信用しても大丈夫です、ルイーズ。ぼくはあなたを愛しています」

「そう心から信じるわ」二人はキスはしなかった、それはまだ早すぎた、だが二人はうつろな部屋にすわり、手を握りあい、禿鷹が鉄板屋根を這いのぼる音を聞いていた。

「それがあの人の日記帳ですね」とウィルスンは言った。

「死ぬときも書いていたのよ——それがつまらないことばかり、気温だけ。いつも気温をつけていたの。ロマンティックな人じゃなかった。あの女はいったいあの人のどこが気に入ったのかしらね」

「ちょっとのぞいてみていいですか？」

「よかったらどうぞ」と彼女は言った、「かわいそうに、ティッキーはなに一つ秘密を残して行かなかったわ」

「あの人の秘密はほとんど秘密とは言えないものばかりでしたよ」彼はページをめくり、読み、またページをめくった。彼は言った、「あの人はだいぶ長いこと不眠症で苦しんでいたんですか？」

「私はいつもなにが起ころうと丸太ん棒みたいに眠ってる人と思ってたわ」

ウィルスンは言った、「お気づきでしたか、不眠症のことはところどころに――あとから書きこんであると？」

「どうしておわかり？」

「インクの色をくらべるだけでわかりますよ。それにこのエヴィパンを飲んだという記録もみんなそうだ――ひじょうによく研究され、ひじょうに注意深くはあるけれど。しかしなによりこのインクの色ですよ」彼は言った、「考えさせられますね」

彼女は恐怖をもってさえぎった、「とんでもない、そんなことできる人ではなかったわ。結局、なにはともあれ、あの人はカトリックだったのよ」

2

「ほんの一杯飲むだけだからなかに入れてくれよ」とバグスターは訴えた。

「海岸で四杯も飲んだじゃないの」

「だからもう一杯だけ」

「いいわ」とヘレンは言った。彼女に考えられるかぎりでは、もはや永久にだれかになにかを拒絶する理由はなに一つないように思われた。

バグスターは言った、「はじめてだなあ、きみがぼくをなかに入れてくれたのは。なかなかチャーミングな家にしてるじゃないか。プレハブ住宅がこんな家庭の雰囲気をもったものになるなんて、思いもよらなかったよ」

私たち二人とも、ピンク・ジンで真赤になり、酒臭い息を吐いているなんて、お似合いのカップルだわ、と彼女は思った。バグスターは彼女の上唇にぬれたキスをし、またあたりを見まわした。「ホ、ホー」と彼は言った、「いい味だ」二人がもう一杯ジンを飲みほすと、彼は制服の上着を脱いで注意深く椅子に掛けた。彼は言った、「ゆっくりくつろいで恋について語りあおうよ」

「そんな必要があって?」とヘレンは言った。「いまさら?」

「点灯時間だ」とバグスターは言った。「黄昏どき。だから操縦はジョージにまかせよう……」

「ジョージって?」

「自動操縦装置のことさ、もちろん。きみもまだまだ勉強しなければな」

「お願いだから教えてくださるのは別のときにして」

「爆撃するにはいまがいちばんいいときだ」とバグスターは言いながら、彼女をしっかりつかんでベッドのほうへ押して行った。いいじゃない？　と彼女は思った、いいじゃない……この人がそうしたいんなら？　バグスターだってだれにも負けないぐらいいい人だわ。この世に私の愛する人はだれもいない、そしてそれ以外のことはどうだっていい。だから男たちがほんとうにそうしたいのなら（バグスターの言いかたによれば）爆撃させてやってもいいじゃない？　彼女はおとなしくベッドに仰向けになり、目を閉じた、暗闇のなかで彼女はなにも意識しないでいた。私は独りだわ、と彼女は自己をあわれむ気持ちなしに思った、風雨にさらされて仲間たちがみんな死んでしまったあと一人残った探検家のように、それを事実と認めながら。

「どうやらきみはあまり熱がないようだね」とバグスターは言った。「ぼくをちっとも愛してはいないのかい、ヘレン？」そして彼のジン臭い息が彼女の暗闇のなかへ吹きこまれてきた。

「ええ」と彼女は言った、「私はだれも愛していないわ」

彼は激怒して言った、「だってきみはスコービーを愛していたじゃないか」そしてすばやくつけ加えた、「ごめん。悪いことを言ってしまった」

「私、だれも愛していないわ」と彼女はくり返した。「死んだ人を愛することなんてできないでしょう？　死んだ人たちは存在していないんでしょう？　だからそれは絶滅した鳥ドードーを愛するようなものでしょう？」と彼女は、バグスターからさえ、答えを期待するかのように問いかけた。彼女は目を閉じたままでいた、暗闇にいるほうが死の世界に、彼を呑みこんでしまった死の世界に近いように感じられたから。バグスターがからだをどかすとベッドは少しふるえた、そして彼が上着をとりあげると椅子はキーときしんだ。彼は言った、「ぼくはそれほどひどい野郎じゃないよ、ヘレン。きみはいまそんな気分じゃないようだ。明日会えるかい？」

「と思うわ」いまやだれかになにかを拒絶する理由はなに一つなかった、だが結局なにも要求されなかったことで彼女はかぎりない安堵を覚えた。

「おやすみ、ヘレン」とバグスターは言った、「また会いにくるからね」

彼女は目を開き、灰青色の服をつけた見知らぬ人がドアのあたりでぐずぐずしているのを見た。見知らぬ人にはなんでも言うことができる——彼らは通りすぎて行き、別世界からきたもののように忘れてくれる。彼女は尋ねた、「あなた、神を信じている？」

「うん、まあ、そう思うよ」とバグスターは口髭にさわりながら言った。

「私も信じたい」と彼女は言った、「信じたいわ」

「うん、まあ」とバグスターは言った、「信じている人はおおぜいいるさ。もう帰らなきゃ。おやすみ」

彼女は瞼の裏の暗闇のなかでふたたび独りになった、信じたいという欲求が彼女のからだのなかで子供のようにもがいた、彼女の唇が動いた、だが言おうと思いついたことばは、「今もいつも世世にいたるまで、アーメン……」だけだった。そのあとは忘れてしまっていた。彼女はかたわらに手を差しのべ、もう一つの枕にふれた、まるで、おそらくは結局彼女が独りではないというチャンスは千に一つであるかのように、そしてもしいま独りでないとすればもう二度と独りになることはないかのように。

3

「わしだったら気づかなかったろうな、スコービーの奥さん」とランク神父は言った。

「ウィルスンは気がつきました」

「どういうわけかわしはそのようなこまかいことに気がつく人間は好きになれぬ」

「それがあの人の職業なのです」

ランク神父はチラッと彼女に目をくれた。「会計係としてかな？」

彼女は悲しげに言った、「神父様、私になにか慰めを与えてくださいませんか？」ああ、と彼は思った、死人のあった家でおこなわれる会話、ほじくり返し、議論し、質問し、要求し――沈黙の周辺で起こるかくも多くの騒音。

「あなたはこれまでの生涯で多くの慰めを与えられてきたのだ、奥さん。もしウィルスンの考えておることがほんとうなら、ご主人こそ慰めが必要な人ではなかろうか」

「あの人のことで私の知っていることをあなたは全部ご存じでしょうか？」

「もちろん知らぬな、奥さん。あなたはあの人の妻だったでしょうが、十五年も。司祭が知っておるのはつまらぬことだけだ」

「つまらぬこと？」

「ああ、わしの言うのは罪のことだ」と彼はいら立たしげに言った。「人がわしらのところへくるのは美徳を告白するためではないのでな」

「ロールト夫人のことはあなたもきっとご存じでしょう。たいていの人が知っていましたから」

「あなたもかわいそうなお人だな」

「どうしてでしょう」

「しあわせでありながらそれを知らず、わしらのところへそのような話をもちこむ人はだれであれ、わしは気の毒と思うのだ」

「あの人はカトリック教徒としては落第でした」

「それは一般によく使われるなかでもっともばかげたことばだ」とランク神父は言った。「そしてそのあげく、こんな——恐ろしいことをしでかして。あの人は自分を地獄へ堕としていることを知っていたにちがいありません」

「そう、それはよく知っておられた。あの人は慈悲というものを信じておられなかったのだ——ほかの人たちにたいする慈悲以外は」

「ではお祈りしても無駄ですわね……」

ランク神父は日記帳をパタンと閉じて、腹立たしげに言った、「どうか、奥さん、かりにもあなたが——あるいはこのわしにしてもだが——神の慈悲についてなにか一つでも知っておるなどと考えないでいただきたい」

「教会の教えでは……」

「教会の教えはわしも知っておる。教会は規則についてはなんでも知っておる。だが一人の人間の心のなかで起こっていることについては教会も知らぬのだ」

「ではまだ希望があるとお思いなのですね？」と彼女は疲れたように尋ねた。

「あなたはそんなにご主人を恨んでおいでか？」

「もうなんの恨みも残っておりません」

「では、神は女よりも恨み深いとでもお思いか？」と彼はきびしい口調で言い張った、だが彼女は救いの希望の議論から話をそらした。

「ああ、なぜ、なぜ、あの人はこんな騒ぎを起こさなければならなかったのでしょう?」

ランク神父は言った、「おかしな言いかたと聞こえるかもしれぬが――なにしろあのような間違いをしでかした人のことだからな――だがわしの見るところでは、あの人はほんとうに神を愛しておられたと思う」

彼女はたったいまなんの恨みも感じないと言ったばかりだったが、わずかに残っていた恨みが、しぼりつくされた涙腺からにじみ出る涙のように、いましみ出てきた。「たしかにあの人が愛したのは神だけで、あとはだれも愛していませんでしたわ」と彼女は言った。

「その点もあなたの言われるとおりだろう」とランク神父は答えた。

訳者あとがき

本書の成立については、作者自身がくわしくふり返っているので、ここではごく個人的な感想を二、三のべさせていただく。

『事件の核心』（*The Heart of the Matter*, 一九四八）の原題は、「ことの核心、ことがらの中心」といった意味である。それはわかるのだが、作者がそのことばになにを託しているのか、はっきり言い切る自信はない。学生時代、『第三の男』や『落ちた偶像』の映画を見て以来、しばらくはぼくにも「グリーンの季節」があった。『権力と栄光』や『事件の核心』（伊藤整訳）や『情事の終り』などは、映画を見、翻訳を読んだだけでなく、原書をとり寄せて辞書を片手に少しでもグリーンの世界に触れようとさえした。だが、そのころ疑問に感じた題名の真意は、ぼくが作者のこれを発表した年齢（四十四歳）を越え、主人公スコービーの心の動きが充分理解できるはずの年になったいまでも、正解をつかみかねたままである。

誤解をおかす覚悟であえて言えば、「ことの核心」を見ることは、「あわれみ」(pity)を抱くことかもしれない。本書でただ一カ所、このことばが使われているのは、第二巻第一部第一章3節(二四二ページ)である。そこでスコービーは次のように胸のなかでつぶやく、

だが事実を知ったものは、と彼は思った、星にたいしてさえあわれみを感じなければならないのだろうか？　いわゆることの核心に到達したものは？

これと、冒頭にエピグラフとして引用されているシャルル・ペギーの、

罪人はキリスト教の核心にいる……罪人ほど教える力をもつものはいない、聖者をのぞいては。

ということばをかさね合わせると、「あわれみ」を抱くことは「罪」であるというパラドックス、さらにその「罪」を犯すものこそキリスト教の「核心」を知るものであるというダブル・パラドックスが読みとれてくる。もしかしたらグリーンは、「ことの核心」に、神にたいする人間存在のそのような逆説性を見ているのかもしれない。

その主題を展開するために、彼は二つの三角関係を設定している。一つは、スコービーとルイーズとヘレン、もう一つは、スコービーと二人の女と神によって形成されるものである。そして小説が進むにつれて、前者から後者へ焦点が移行していく。これは彼がしばしば、たとえば処女戯曲『居間』（*The Living Room*, 一九五三）でもくり返しているパターンである。

『居間』では、四十五歳の大学教師マイケル・デニスとその妻と二十歳の恋人ローズの三角関係が、ローズの大叔父である老神父の登場により、神をめぐる三角関係へと移行する。この劇の場合、頂点にあるのはカトリック教徒のローズであり、主禱文を口ずさんで自殺するのも彼女である。初演のとき《サンデー・タイムズ》紙にJ・W・ランバートは次のような劇評を書いた、「これはたんなる三角関係の新作というにとどまらない。これは人間の不完全性という主題のヴァリエーションを組み合わせたものである。若い娘と老神父の二人に感応しない観客は冷血のそしりをまぬがれないだろう。その結びついた心の苦痛こそ、いわばことの核心（the heart of the matter）なのである」

このくり返される主題とパターンが、グリーンの実人生の体験に発するものであるのかどうか、ぼくは知らない。彼がオクスフォード在学中、カトリック教徒の女子学生ヴィヴィアン・デーレル＝ブラウニングと知り合い、のちに彼自身カトリックに回心したあと、一九二七年十月に彼女と結婚し、一男一女をもうけ、初期の作品数篇を彼女に献呈しているのに、数年後（離婚は許されないので）別居したことと、はたして関係があるのだろうか。いずれにしろ、カトリック信者でもなく、結婚後恋人をもったこともないぼくでも、このテーマは心に深く刺さってくるのだから、やはりこれは人間の本質に横たわるエターナル・トライアングル（永遠の三角形）なのだろう。

なお、グリーンは二十歳の学生時代、詩集『おしゃべりする四月』（Babbling April, 一九二五）を上梓し、詩人として出発しているが、その後詩集を出してはいない。本書第三巻第二部第三章2節（五一四ページ）に引用されているのは、リルケの詩である。

本書を訳すにあたっては、さまざまな友人たちの助力を得たが、特にカトリック用語については、矢代静一・和子ご夫妻の懇切なご教示をいただいた（一般にわかりにくいと思われることばは訳者の独断で改変したものである）。感謝の意を表したい。

一九八二年四月

今回、文庫にしてくださるというので、全篇改訳しようかとも思ったが、二十三年前にとり組んだときの「勢い」みたいなものが薄れてしまうような気がしたので、編集部に指摘された十数カ所のことばを現代に合わせて訂正するにとどめることにした。なお、数年前に相次いで天に召された矢代静一・和子ご夫妻に文庫化された喜びを改めて感謝をこめてご報告したい。

二〇〇五年十一月

小田島雄志

夜想曲集

音楽と夕暮れをめぐる五つの物語

Nocturnes

カズオ・イシグロ
土屋政雄訳

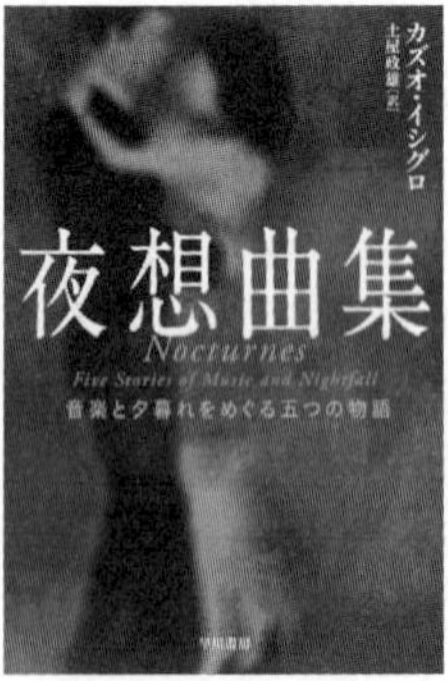

ベネチアのサンマルコ広場で演奏する流しのギタリストが垣間見た、アメリカの大物シンガーの生き方を描く「老歌手」。芽の出ないサックス奏者が、一流ホテルの秘密階でセレブリティと過ごした数夜を回想する「夜想曲」など、書き下ろしの連作五篇を収録。人生の夕暮れに直面した人々の悲哀と揺れる心を、切なくユーモラスに描きだした著者初の短篇集。解説／中島京子

ハヤカワepi文庫

オリーヴ・キタリッジの生活

Olive Kitteridge

エリザベス・ストラウト
小川高義訳

〈ピュリッツァー賞受賞作〉アメリカ北東部にある港町クロズビー。一見平穏な町の暮らしだが、人々の心にはまれに嵐も吹き荒れて、癒えない傷痕を残していく――。住人のひとりオリーヴ・キタリッジは、繊細で、気分屋で、傍若無人。その言動が生む波紋は、ときに激しく、ときにひそやかに広がっていく。人生の苦しみや喜び、後悔や希望を、静謐に描き上げた連作短篇集

いつかわたしに会いにきて

Come Up and See Me Sometime

エリカ・クラウス
古屋美登里訳

わたしが魅かれる男はいつも他人のもの。妹の夫も寝取った。妹はそれも知らず、真面目に生きるべきだとうるさい。奔放な姉が目覚める真実が胸に迫る「他人の夫」。職場で出会った風変わりな女性が、ある日わたしに衝撃の告白を……親密さが生む不可思議な心理を描く「女装する者」。恋や人生に臆病で孤独に揺れる女性たちを可笑しみと哀しみをこめて綴る瑞々しい短篇集

ハヤカワepi文庫

心臓抜き

L'arrache-cœur

ボリス・ヴィアン
滝田文彦訳

成人として生れ一切過去をもたぬ精神科医ジャックモールは、全的な精神分析を施すことで他者の欲望を吸収し、空っぽな心を満たす。被験者を求めて日参する村で目にするのは、血のように赤い川、動物や子供の虐待、人の〝恥〟を食らって生きる男といったグロテスクな光景ばかり……ジャズ・ミュージシャン、映画俳優、劇作家他、20以上の顔を持つ、天才作家最後の長篇小説

見えない日本の紳士たち

The Invisible Japanese Gentlemen and Other Stories

グレアム・グリーン
高橋和久・他訳

〈グレアム・グリーン・セレクション〉
レストランで偶然聞こえてきた若い娘とその婚約者との何気ない会話を描く、短くも鮮烈な表題作。海辺の保養地を訪れた新婚夫婦の仲が危機に瀕する様子を中年の作家がつづる「ご主人を拝借」――本邦初紹介の「祝福」と「戦う教会」を含む、ひそやかなユーモアと胸を打つ哀感をあわせもった十六短篇を収録した日本オリジナル短篇集

ハヤカワepi文庫

ハヤカワ epi 文庫は、すぐれた文芸の発信源（epicentre）です。

訳者略歴　1930年生，東京大学名誉教授，東京芸術劇場館長
英文学者，演劇評論家
訳書『シェイクスピア全集』シェイクスピア
　　『欲望という名の電車』ウィリアムズ
　　『名誉領事』グリーン

〈グレアム・グリーン・セレクション〉

事件《じけん》の核心《かくしん》

〈epi 33〉

二〇〇五年十二月十五日　発行
二〇一四年　九　月十五日　二刷
（定価はカバーに表示してあります）

著　者　グレアム・グリーン
訳　者　小《お》田《だ》島《しま》雄《ゆう》志《し》
発行者　早川　浩
発行所　株式会社　早川書房
郵便番号一〇一‐〇〇四六
東京都千代田区神田多町二ノ二
電話　〇三‐三二五二‐三一一一（大代表）
振替　〇〇一六〇‐三‐四七七九九
http://www.hayakawa-online.co.jp
乱丁・落丁本は小社制作部宛お送り下さい。
送料小社負担にてお取りかえいたします。

印刷・信毎書籍印刷株式会社　製本・株式会社明光社
Printed and bound in Japan
ISBN978-4-15-120033-5 C0197

本書は活字が大きく読みやすい〈トールサイズ〉です。